江西省2011协同创新中心"庐山文化
传承与传播协同创新中心"项目成果

庐山文化传播丛书

印象庐山

陈晓松 陈晖 主编

百花洲文艺出版社
BAIHUAZHOU LITERATURE AND ART PRESS

图书在版编目（CIP）数据

印象庐山 / 陈晓松, 陈晖主编. –– 南昌 : 百花洲文艺出版社, 2020.9（2021.6重印）
ISBN 978–7–5500–3700–7

Ⅰ . ①印⋯ Ⅱ . ①陈⋯ ②陈⋯ Ⅲ . ①回忆录 – 作品集 – 中国 – 当代
Ⅳ . ①I251

中国版本图书馆CIP数据核字（2020）第021784号

印象庐山

陈晓松　陈晖　主编

出 版 人	章华荣	
责任编辑	胡青松	
书籍设计	方　方	
制　　作	何　丹	
出版发行	百花洲文艺出版社	
社　　址	南昌市红谷滩世贸路898号博能中心一期A座20楼	
邮　　编	330038	
经　　销	全国新华书店	
印　　刷	南昌市红星印刷有限公司	
开　　本	720mm×1000mm　1 / 32　印张　11.75	
版　　次	2020年9月第1版第1次印刷	
	2021年6月第1版第2次印刷	
字　　数	250千字	
书　　号	ISBN 978–7–5500–3700–7	
定　　价	48.00元	

赣版权登字　05-2020-20
版权所有，盗版必究

邮购联系　0791-86895108
网　　址　http://www.bhzwy.com
图书若有印装错误，影响阅读，可向承印厂联系调换。

《庐山文化传播丛书》总序

胡振鹏

　　九江学院庐山文化研究中心成立以来做了大量的工作，开展了白鹿洞书院研究、陶渊明研究、陈寅恪研究、赣北地区非物质文化遗产研究等研究工作，编纂了《庐山文化研究丛书》，目前已出版6辑30本专著，取得了显著的成绩，在学术界产生了较大影响。中心现在开始编辑《庐山文化传播丛书》，对于宣传、普及和传播庐山文化，必将起到积极作用，借《庐山文化传播丛书》出版之机表示热烈祝贺！

　　深化庐山文化研究具有重要的意义和价值。研究工作向高层次、综合性、更深刻的方向发展，对于挖掘、弘扬中华优秀传统文化具有推进作用；当前各级政府把旅游当作支柱产业发展，高度重视文化与旅游相结合，深化庐山文化研究可以直接为庐山旅游发展服务，对于推进庐山旅游高水平、高质量、高效益发展具有支撑意义；九江学院作为一个区域性、高水平、综合性的大学，庐山文化研究中心在全国高校独一无二、特色鲜明、亮点突出，搞好庐山文化研究对于学校上水平、上台阶具有重要价值。

庐山文化研究如何向高层次、综合性、更深刻的方向发展？庐山文化研究中心上一任学术委员会主任邵鸿教授2012年为龚志强博士的论文《渐进与跨越——明清以来庐山开发研究》写了一篇序言，其中提出庐山文化研究需要进一步努力的方向。

第一，基础史料工作还不够充分。近十余年来，一些学者在庐山史料汇集编撰方面有一定的成绩，出现了胡迎建、宗九奇《庐山诗文金石广存校补》，陶勇清《庐山历代石刻》，白鹿洞书院古志整理委员会《白鹿洞书院古志五种》，李宁宁、高峰《白鹿洞书院艺文新志》等著作。特别值得一提的是郑翔任主编、胡迎建任副主编的《庐山历代诗词全集》，汇集历代吟咏庐山诗词16 300余首，用力甚巨，尤值称道。但这方面还有大量事情可做，比如周銮书先生二十多年前就提出的对古籍中庐山史料系统汇集工作至今尚未开展，此外如近现代期刊报纸中庐山篇目报道索引的编辑，清代及民国档案中庐山资料汇编，国外有关庐山文献的编目和搜集，庐山口述史料记录与整理，庐山研究资料电子数据库建设，等等，都有待起步。这些基础性工作的完成，将使庐山历史文化研究条件发生根本性的改变和提升。

第二，整体史研究还有待开展。虽然《庐山学》和《庐山文化研究丛书》已经展现了这方面的努力，但仍然是初步的。近几十年来，庐山研究的主要收获还是在专题考察方面，出现了如姚公骞《匡庐之得名与慧远〈庐山记〉辨》，何友良《庐山与民国政治》，陈荣华、何友良《庐山军官训练团》，李国强《历代名人与庐山》，徐效刚《庐山典籍史》，张国宏《宗教与庐山》，龚斌《慧远法师传》，吴国富《庐山道教史》，赵志中等《庐山第四纪冰川研究的有关问题》等一批较好的文章和著作。但整体的庐山研究似还需有三方面的进一步提升：一是更广阔的视野，即把庐山研究放到区域史、中国史乃至世界史的大背景下来进行，而不是就庐山谈庐山；二是更完整地复原，即进一步深入考察庐山发展进程，不仅在长时段上把握庐山历史的脉络和特征，而且细致了解各个时期的实际及变迁；三是更全面的整合，即将生态、政治、经济、文化等方面打通，把握它们之间的相互联系和影响，从而形成完整的庐山历史认识与叙述。

第三，专门研究亦需不断深化。庐山是一部巨大的奇书和宝库，我们今天所知其实仍然有限。提倡整体研究的方法和方向，不但不排斥反而需要以更多精细深入的专题研究为基础。像庐山考古与文物、人口与经济开发、宗教人物与寺观、近现代城市发展、现代旅游业发展、国民政府与庐山、庐山抗战史、庐山会议，庐山与中国近代科学、庐山研究史等等，应该做的研究课题实在很多。

邵鸿教授对庐山文化今后研究方向的论述概括性强、很全面，我完全赞成。我对今后工作谈几点建议，没有超出邵鸿先生概括的范围。

首先，抓紧庐山文化基础性资料的积累和整理。一个大学的学术研究中心想要在全国有地位，首先就看资料积累；作为全国高校独一无二的庐山文化研究中心，手头上要掌握充分的资料，成为庐山文化研究的信息中心。例如，上海交大曹树基教授从2010年起带领一些博士生，历经千辛万苦，在鄱阳、余干、都昌三县收集了许多关于鄱阳湖水域和草洲使用的契约文书和几个家族的家谱，编纂《鄱阳湖区文书》共十本，2018年正式出版，很有价值。以这些历史文书为基础，又取得了一批优秀的学术成果，如刘诗古博士的《资源、产权和秩序——明清鄱阳湖区的渔课制度与水域社会》，揭示了鄱阳湖水域捕捞权的配置、流转和管理以及水域捕捞社会秩序的建立与维持，填补了有关空白。资料的积累、整编是搞好学术研究的前提与基础。我认为，当前庐山文化研究需要立即着手的具体工作包括三项：

第一，建国以来有关庐山文化研究各种书籍和研究论文的收集和编目。这件事现在做不难，至少20世纪80年代以后的文章，在中国知网等学术资料库里可以收集到；20世纪80年代以前的论文，有些可能要到各个图书馆、学报编辑部去找，一篇一篇复印，分类、编目，建立一个庐山文化资料集。

第二，收集和整理民国以来的档案资料。近一个世纪以来，许多政治、军事、经济、社会和文化方面的重大事件与庐山有关，随着时间的推移，一些历史档案资料逐步解密，或者以这样那样的形式披露出来，收集整理这方面的资料，不仅对庐山文化研究有作用，对进一步了解庐山发展的历史进程、扩大庐山知名度、促进旅游事业发展也具有很重要的价值。前不久在微信看到一个消息，说到现在庐山植被好，导游介绍是当年飞机播种造林的成果，但一直没有看到有关庐山"飞播"的文字记载。外省的同志来江西，我给他们介绍江西的绿水青山是怎么来的，也讲过20世纪50年代井冈山和庐山飞播造林的事。我曾经看到过一篇文章介绍，飞播造林是建国初期由中南局组织的，现在也找不到出处。类似的问题不少，都是庐山发展史的有机组成部分，搞清楚事实真相，对了解庐山、宣传庐山很有裨益。

第三，收集、整体有关庐山的口述历史。口述历史是通过传统的笔录和录音、录影等现代技术手段，记录历史事件当事人或者目击者的回忆而保存的口述凭证。口述历史的价值，可以为以后的文化和学术研究积累资料，从这些原始记录中，抽取有关的史料，再与其他历史文献比对，使历史更加全面具体，更加真实；同时再现不同地区、不同群体普通人的价值追求、生活状态和喜怒哀乐，使历史事件更细致、丰满，更加感人。2017年庐山庆云文化社在编写庐山山南抗战史时，收录到了40多篇有关抗日战争方面的口述历史资料；2007年星子县委宣传部收集了80多篇口述抗战历史资料。这些资料深刻、具体、细致地描述了日本侵略者在星子实行"三光"政策的残忍与疯狂、人民群众遭受的苦难，以及有识之士义无反顾的英勇反抗，极大地丰富了抗战史实，很有教育意义。接受采访的100多位老人中，这些年已有60多人去世，其中一位当年参加过抗日游击队的老人，接受采访后，没有等到书印出来，人就走了。假如不是2007和2017年收集口述历史，可能很多历史事实就湮没了。

三个方面综合起来，就是建立一个庐山文化研究数据库或信息系统。研究庐山文化的学术团体和社会组织做这件事不容易，但九江学院有优势、有实力。希望有关方面大力支持，也希望研究庐山文化的各位同仁贡献自己珍藏的有关资料，为庐山文化研究数据库建设添砖加瓦。

其次，进一步加强专题研究。最近十多年来，庐山文化的专题研究做得不少，取得了许多成绩，例如，2019年庐山市的有关学者编纂了《庐山茶志》，不仅把庐山云雾茶起源和发展、茶文化的内涵及人文价值研究得比较透彻，而且把茶、水、泉相互依托的关系作了深入的剖析。但是，有些专题研究进展不大，比如白鹿洞书院研究、陶渊明研究等，很少见到有分量、有影响、有创新的突破性进展。前几年看了庐山文化研究中心出版、罗时叙先生撰著的《点击大师的文化基因——庐山新说》很有感触，作者以文化"基因"为切入点，把庐山文化（文学）的传承与发展脉络梳理出来，很有创意，拓展空间也很大。但仅凭少数学者、一两本著作把这个问题搞清楚，深度、广度和厚度都不足。期望更多的学者借用生物学"基因"遗传与变异理论，结合中华文化形成、发展进程，深入研究，提炼出庐山文化（或文学）传承创新的历史脉络、发展演变的时代特征以及在中华文化演进中的地位。

庐山文化专题研究还有很多空白，如庐山生态环境演变过程以及人与自然如何相互影响、相互作用，庐山旅游历史演变与现代旅游特征等，都是亟待突破的课题。前几年，打出了"人文庐山"

的品牌，庐山旅游以山水为本、以文化为魂，这么多景点，有哪些文化内涵和特征？如何选择一些文化旅游精品线路来体现庐山文化某一方面的特征？改革开放初期，一部《庐山恋》就能让庐山旅游火爆起来，新时期用什么文化内涵和表现形式将庐山旅游推向新阶段？这些问题是庐山旅游事业发展迫切需要解答的，大有文章可做，既需要大手笔，更需要坚实的文化内核。

第三，也是最艰巨的，就是对庐山进行整体性研究。结合国内外历史发展的时代背景，打通生态、经济、政治、社会、文化和旅游休闲，把各方面综合起来，全方位地把庐山发展的脉络和特征描绘出来。龚志强博士撰著的《渐进与跨越——明清以来庐山开发研究》，收集了许多资料，进行了深入钻研，围绕庐山开发与发展，描述了明清到抗日战争前夕庐山发展、演变的过程与变迁，探索驱动这一变迁的原因。其中龚志强博士提出一个问题：西方人及以后的中国人开发牯岭、使之繁荣后，带动了浔阳城至莲花洞一带的社会经济发展，为什么促进星子县城发展的效果不明显？他没有作进一步分析，这个问题对当前现实很有针对性，从历史发展过程中分析原因，总结经验和教训，对于促进大庐山一体化、山上山下协调发展很有借鉴意义。

以前对抗日战争期间庐山与周边地区发生的重大事件进行了许多专门研究，如国民党的军官训练团、蒋介石在庐山召开谈话会、周恩来二上庐山谈判为国共合作奠定基础、武汉外围战中国军民的英勇抗击、万家岭大捷、国民党孤军坚守庐山、日本侵略军"三光"暴行及人民遭受的苦难、日军占领期间抗日游击队的活动以及营救美国飞行员等，取得了丰厚的成果。如果把这些研究成果放到全国抗日战争的背景下综合起来，全景式地把这段历史展示出来，将是一件很有价值的工作。新中国成立以后，庐山的政治、经济、社会、文化发展高潮迭起，发生了许多影响国家和民族发展的大事，如果条件许可，从政治、经济、社会、文化等方面把这些历史综合起来，意义更大。

文化与旅游结合起来是旅游产业发展迈向更高层次的标志。最近几年，为了推进庐山旅游的发展、擦亮人文庐山的品牌，大家做了许多工作，以皇甫金石牵头、李国强担纲的专家学者编撰了《庐山故事丛书》，以景玉川领衔的专家学者编撰了《星子历史文化丛书》，均已正式出版发行，社会反响很好。文化旅游需要游客有一定的人文素养，不能等到大家的人文素养都提高了再来发展文化旅游；发展庐山文化旅游与提高游客人文素养是相辅相成、互相促进的过程，首先需要用通俗易懂、大众化的语言推广、传播和普及庐山文化。这两套丛书都贯穿了这一思想，通过对庐山文化进行一定的综合，进行推广、普及和传播，同时提供了许多新的史实、资料和观点。《庐山文化传播丛书》的出版，也秉承这一宗旨，力争在普及中提高，在传播中创新。

在《庐山文化传播丛书》出版之际，九江学院庐山文化研究中心向我索序。我是理工科出身，对庐山文化少有研究，写不出多少新思想、新观点，只好把2018年10月在庐山文化研究中心第二届学术委员会聘任仪式上的即兴发言稍作修改，补充最近两年庐山文化研究取得的新成果，充当作业交账，期望起到抛砖引玉的作用。

胡振鹏

2020年4月15日

印象庐山

作者简介：胡振鹏，男，1948年2月出生，星子南康镇人，教授，博士生导师。1982年1月，江西工学院（今南昌大学）毕业获学士学位；1984年10月，天津大学毕业获硕士学位；1987年11月，武汉水利电力学院（现属武汉大学）毕业获博士学位；先后担任南昌大学副校长，江西教育学院院长，江西省副省长，江西省第十一届人大常委会副主任等职；民建中央常委，全国政协委员，九届全国人大代表，十一届全国人大常委。现任江西省生态文明研究与促进会会长，江西省地域文化研究会总顾问，九江学院庐山文化研究中心学术委员会主任等职。

目录

印象庐山

"李广记"与庐山

口述：李汝庆
记述：张雷

"李广记"是我祖父李祥卿（1850—1935）于清末在庐山创办的一家营造厂。我祖父是广东台山人，做小木出身。当时因家贫到上海谋生，后在长江（沪汉线）招商局轮船上谋得一木工差事，整天在船上干着修修补补的活儿。那时，船上客人络绎不绝，九江一带正在大量开发，有许多建筑业需要商人承包经营。一天，他在船上拾得一信，是一位上海的英国人写给九江的一位英国朋友的，说的是介绍一位叫"李广"的人，到牯岭为这位英国人建房的事。李祥卿拿着信四处寻找丢失信件的主人，可没有人认领。既然没有人认领，李祥卿认为这是一次机会，他想自己去试一试。于是，他辞去工作，带着木工工具在九江下了船，接着就上了庐山。他试着拿信去找那位英国人，冒名顶替李广承建。他从此开始涉足营造厂业务。由于他是木工出身，做事特别认真，做的工程质量上乘，后来他在牯岭注册"李广记"营造厂，因所建工程质量上乘，他又被介绍为九江某洋人建房，建房市场业务逐年扩大。

李祥卿在牯岭承建的不少别墅，已经少有记载。却有一栋建筑因引起纠纷而被记载下来，就是现在的柏树路27号。当年，英国人阿瑟·安格连·钱尔德购下了这块地，那时他任九江海关"总巡"。这栋别墅的设计人是甘·约翰，承建别墅的是"李广记"营造厂。"李广记"施工的水准很高，所有的工序都做得很认真，就连别墅的附属工程，包括砌筑驳坎、台阶、石板路面等，都显出很高的工艺水准。主体工程更是一丝不苟，特别是青石板瓦上那两个高高的石烟囱，用本地的毛石方料砌筑，与精细的屋面、三角形老虎窗相互呼应，做工精细、考究，形成一道靓丽的风景。

罗时叙先生的《庐山别墅大观》一书记载了这一案例："别墅于1906年建成，钱尔德拒付欠李广记的工程款。而外国籍的职员当年在中国海关的待遇几乎是任何其他国家同等职务的两倍。钱尔德有钱却很瘝。'李广记'将向钱尔德索款的呈书，转诉于九江海关税务司李明良（英国人）。李明良将此呈文转中国海关总税务司（也是英国人），仍然是石沉大海。钱尔德久欠'李广记'营造厂的工程款，并久拖不付，成为当时流传很广的丑闻。中国海关史的'花絮'中，也有钱尔德这个不光彩的记录。"

牯岭开发之初，"李广记"刚到牯岭，听说这儿要建一条街，李祥卿见临街有块空地不错，就动了买地的念头，但又怕这地"名花有主"，随打消了这一想法。他的九江朋友听说此事，当面拍胸脯说，这事我给你搞定。"李广记"一共买了888平方米，在这块空地上建了两层楼，就是现在的邮局西侧。楼下的六间店面用来出租，楼上用来居住。另有别墅两座（三个单元）。这些房产门号分别为正街5、6、7号，正街背4号，西街背10号等。民国吴宗慈编撰的《庐山志》第465、466页都有记载。

我祖父一方面帮人建房，一方面喜欢购置房产，还在九江、汉口、芜湖、台山等地都置了很多房产。他非常热爱庐山，在牯岭打拼时，闲暇时涉足了庐山所有风景名胜和景点。因为年代久远，少有记载。但吴宗慈《庐山志》内有关于李祥卿的记载："民国十二年癸亥七月，台山李祥卿建石栏题识。一百十三字（在金井侧，下瞰悬石急溜，建此石栏，以避危险）。"据说，祖父游此，见观音桥下水流甚急，客人游此处会有危险。他欣然出资建石栏，并将此事撰文题刻在石壁上，共一百十三字。由于时间久远，现在到现场寻找，当年的石栏仍在，可题刻早已不见……

抗日战争之前，"李广记"已是四代同堂，已经是一个成员达60人的大家庭，每年皆有几十人上山避暑，十分热闹。除家人外，当时我家还接待过众多至亲好友，而最尊贵的客人当数廖仲恺夫人何香凝女士了。1927年夏，经我家世交、同乡，时任汉口广东银行副经理的陈仲璧先生介绍，何香凝与女秘书及陈先生一家同住我家别墅，后来国民党左派将领余恺湛军长携夫人及六岁、八岁的两位公子（小名阿虾、阿海）也来了。余军长本人仅在牯岭住两日就下山了。据陈仲璧先生之子陈世治追忆，在这段日子里，何香凝常谈起国共合作是中国唯一的希望，也是中山先生的遗愿，前程似锦，可是被蒋介石所破坏，蒋成为千古罪人。有一天，有两个军人上山来探望廖夫人，这两个军人呈上一个布包给廖夫人，她打开看，原来是一大包钞票，还有一封汪精卫的亲笔信，内容大概是送上生活费之类的话。廖夫人马上洞悉汪精卫企图收买她，她把钱往两个军人脸上掷去，命令他们把钱交还汪，并大骂汪是叛徒、反骨，投靠蒋介石这个杀人不眨眼的流氓，对不起中山先生对他的培养，蒋暗杀廖仲恺的血债，将来人民要找他算账，一边骂一边泪流满面。我父母亲把她搀扶回房间，外面两个军人把满地的纸币捡拾起，慌忙下山。

抗战前我们家人一般都是初夏上山，中秋节前后下山。至1938年九江被日军侵占前，我祖母及三伯父李政安、二伯母林金枝等逃难上山，他们成了庐山居民。九江沦陷后，国民党保安团退守庐山，他们的抗日不降精神，当然应该钦佩。但国民党军队的恶行还是不免存在，该保安团当时以筹集抗日军费为名，向富户索款，我家因战乱原因已是非常困难，在那种情况下，我家出资有限。这引起他们的不满，他们竟把我三伯父扣押，后经全家再次四处筹集，再交数百大洋后才放人。1947年庐山的一场意外大火对我家又是沉重一击，牯岭沿街房屋全部烧毁，伯父等人只得栖身于河西路侄儿的小别墅。他的后人至1961年才无奈被下放迁出。

在庐山居住最久的是我的二伯母。她虽原籍广东，却非常喜爱庐山，后来女儿、女婿、外孙都已下山谋生，她在邻里们照应下，仍独自住在莲谷路的小木屋里，至96岁高龄时（1972年），彭泽的外孙实在放心不下，

3

一再恳求她才同意随行下山。二伯母定居庐山达34年之久，美好的自然环境，良好的民风，使之身心健康，延年益寿，她十分热爱这个"第二故乡"。虽然下山了，但她仍然对庐山念念不忘，一年后，她安详离世，临终遗言是一定要葬回庐山。遵她遗嘱，家人将她安葬在庐山山脚下的威家。

我们家族和庐山结缘已一百多年，有数位先辈亡故于此，更有不少后人诞生于此，如今"李广记"后裔已繁衍六代，现有成员两百多人。虽然族人散居中国京、沪、粤、湘、赣、鄂、川、陕、黔、浙、皖、港、台等十三省市区及英、美、加三国，但是大家仍然很向往我们心中的圣地——庐山，几十年来不断有族人来"朝圣"。庐山是美丽的，但对我们来说是一份更特殊、更富感情的美。"改革开放"后来访者更是络绎不绝。2004年夏来访的亲人"队伍"可谓空前的庞大，有来自美国以及广州、武汉和江西的21位亲人，跨3、4、5、6四代。他们不论是初来乍到，还是故地重游，都为庐山的美景所陶醉，而且在这里或找到了童年的回忆，或寻到了先辈的足迹，同时目睹了祖辈的功业。庐山的风光加上她与我们家族的渊源，形成了我们的代代庐山情。

注：口述中李祥卿生卒年存在误差。

口述人：李汝庆（1929—2018），广东台山人，1949年从香港回内地参加解放军，1960年毕业于江西农学院，后在江西红星农场等单位工作，享受国务院津贴，1995年离休。

记述人：张雷，男，庐山牯岭镇人，1954年出生，曾任庐山文化研究会会员。

国运下的家运

——庐山老人李汝庆口述家族故事

口述：李汝庆
记述：罗环　曹辉

李汝庆的祖父李祥卿曾参与庐山别墅群的修建，他的"李广记营造厂"比宋子文岳父的张兴记要早得多。上世纪60年代，身为"特嫌"的他，却与赫赫有名的王震将军结下了不解之缘。

2017年夏，我们在庐山认识了李汝庆先生。已经88岁高龄的李老，头脑清醒，记忆清晰，他告诉我们，已经连续8年从广州来到庐山度夏。在庐山，李先生领我们去寻访他祖父当年的遗迹，看合面街他家的旧址，指点"李广记营造厂"当年建造的别墅。

在他租住的屋内，李老连续数日讲述了李氏家族跌宕起伏的历史和他奇特的人生际遇。

九江是我家的福地

祖父李祥卿，1849年生，广东台山人，少时贫穷，跟人学木匠，成年迎娶我祖母时，只能借邻家屋檐搭下的半边小披房成亲。家境窘迫，祖父却胸怀大志，他先是背井离乡到南洋闯荡，后返回国内来到上海。

有一件事显示祖父聪明过人。当时上海正在修建外白渡桥，工程遇到一个难题：外白渡桥建在苏州河上，建桥时打下大量木桩，桥成需拔掉，由于苏州河淤泥深厚，拔桩十分不易。主持建桥的英国人采纳了一位年轻木工的建议，退潮时在木桩上绑上大油桶，涨潮时借助浮力轻易地拔起木桩。这个年轻木工就是我的祖父。

当时，祖父是上海招商局属下船上的木工，二十出头，正在寻找发展机会。一天，祖父在船上行走，发现甲板上有一封信，四周无人，不知是谁掉下的。他捡起来好奇地拆开看，原来是一封推荐信，内容是介绍一个名叫李广的人到九江给外国人建房子。祖父心里揣度：我姓李，又是广东人，何不去九江看看呢？他决心一下，立即拿着这封信动身前往九江，这次行动改变了祖父命运。他按信上的地址找到联系人，自称李广，顺利地通过试工，承揽下工程活，接着开办了李广记营造厂。

当时九江已被辟为英租界，正在大兴土木，李广记营造厂专给外国人做房子。祖父精明灵活，又见过大世面，做出来的活质量过硬，价实相符，很快李广记声誉鹊起，订单不断，九江成了祖父发迹的福地。那时九江上游的汉口、下游的芜湖都有外国租界，祖父的生意顺风顺水扩展到了那里。十九世纪八九十年代，李德立在庐山成立牯岭公司，开发别墅，李广记营造厂也上了庐山，建了不少庐山别墅。现在的柏树路5号，就是李广记营造厂建的，在罗时叙先生编写的《庐山别墅大观》里有记载。

民国初年，经人介绍，祖父受聘英商汉口汇丰银行首任买办。汇丰银行各部门负责人多由外籍高级职员担任，但买办间由华人买办管理，主要办理现金收付和行庄票据收兑。由于汇丰银行所收款项是次日上解，因此李家始终拥有汉口汇丰银行一天包括江汉关税银在内的全部资金，这笔巨额资金为李家生意大进大出提供了条件。此间祖父还担任了海通银行买办，汉口广东银行司库等。随着李家转入金融行业，在九江已负盛名的李广记营造厂逐渐停业。

祖父爱置房产，在九江、庐山、芜湖、汉口都有大片的家产。九江的房屋位于溢浦路上，建有十栋楼房，取名"龙江里"，还购买了一座俄罗斯砖茶厂，共有房产5500平方米。庐山的房产位于合面街最繁华的地段，临街一栋石砌两层楼房，下面是一字排开的六间门面，连同楼后两栋

庐山文化传播丛书

别墅，自家编序1~8号。大楼的二层与楼后的别墅住人，每年夏季李家老老少少乘轿上山避暑，就住在这里。芜湖临江闹市区有祖父建造的"长安里"，他还购置了大量店面。汉口街最热闹的区段矗立着祖父修建的四层大楼"李积福堂"，家人称"汉口大屋"，大楼旁建"荣昌北里"，均是连绵成片的二层店面。

祖父交游广泛，辛亥革命时期，资助过在九江闹革命的林森、吴铁城，后来他们对我们家人有不少关照。抗战时期，我三哥李汝超大学毕业，父亲让他到重庆去找林森。林森当时已是国民政府主席，他念及旧情，也十分喜爱我三哥的一表人才，特别是三哥名字中的"超"与他的号接近（林森，字长仁，号子超），他用寿款资助我三哥赴美留学。我五哥1942年大学毕业，写信给林森谋求职业，林森立即叫秘书回信，帮助安排工作。

何香凝曾住我家。1927年夏，蒋汪合流，汪精卫叛变革命，何香凝愤而离开武汉来到庐山，广东银行经理陈应莲（字仲璧）在我家接待何香凝。汪精卫派两人携巨款上山，到我家企图拉拢何香凝，被何当众大声斥责，装钱的箱子也被扔出门外。这次何香凝与陈经理家人在长冲河旁合影留有照片，陈经理的儿子现已90多岁，与我有来往。他把照片复制给我，我赠送给了美庐博物馆，博物馆立即展出了这张珍贵照片，并回赠我一套蒋氏瓷器餐具和五年免费参观券。

祖父家乡观念重。那时广东在外谋生的人不少，喜欢聚集而居，互相往来以身为广东人自豪。祖父八个儿子找的全是广东媳妇。二伯父病重，祖父从广东找来一个女孩给他结婚冲喜，未等圆房二伯父就死了。祖父很伤心，准备将这个儿媳当女儿嫁出去，但她坚决不离开我们家，于是祖父在广东老家为我的这位二伯母立了贞节牌坊，并给她抱养了个儿子。儿子长大，祖父送他去国外留学，岂料染上肺病，回国不久就病故了。二伯母悲叹自己命太硬，把保姆当作养女，一直在庐山居住，活到97岁，故后葬在庐山。

1935年，祖父在汉口去世，享年86岁。在这之前，祖父在庐山脚下的威家买了一大片山林作坟地，又买下一些邻近的田地，供看坟人免费租种。祖父出殡时，开道幡为时任上海市市长吴铁城亲书，至交皆乘马车，逶迤数里，棺椁自武汉运至威家落土下葬，沿途路祭不断。

祖母蔡太夫人，与祖父同为广东台山人，婚前算命先生称有"旺夫益子"之命。婚后祖母治家有方，善良、勤俭，是祖父的贤内助，深受儿孙与亲友的爱戴和尊敬。她晚年一直居住在庐山，抗战时期病故，安葬庐山土坝岭。

自祖父起，我们家就与九江结下难解之缘。母亲非常喜欢庐山，直到年老瘫痪，坐轮椅还要上山。五哥出生在九江，一生命运多舛，为国家做了不少有益的事情，是享有国务院津贴的专家，去年98岁在杭州离世。我们按照他的遗嘱归葬九江，用不锈钢小棺盛上他的骨灰，沉入浔阳江底。

日寇战火摧毁了我家

祖父80岁时我出生，名字里的庆字，就是为了祝贺祖父80大寿，我在30多个孙辈中排行最小。

那时，我们一到暑期就会跟随大人乘坐轿子上庐山，上山后买个大草帽，拿根拐棍四处游玩。小时候，长冲河里的水是可以直接挑回家吃的，那时有一个职业叫挑水工。我们小孩子经常去河里捞鱼摸虾捉小螃蟹，有趣得很。

庐山我家楼下的六间门面，全租给人家做生意。有一家是开照相馆，招牌叫"真光"，至今很多人家保存的庐山老照片都有"真光"字样。还有一家面包房，整日弥漫着烤面包的香味，十分诱人，我们家人平时买面包只需记个账，最后归总抵房租。我们最喜欢去王家坡游玩，路好走，风光美，有双瀑，瀑下深潭可游泳，当年王家坡是很出名的景点，上庐山的人都会慕名前往。

都洋人卖的冰淇淋令我记忆深刻。都洋人很会做生意，在庐山名气很大，他家有冰窖。当年做冰淇淋全是手工操作，他们在装冰块的大木桶里安装一个带漏孔的铁球，将牛奶和糖放进铁球，用手柄摇动铁球，牛奶与糖融合着从铁球漏孔中出来，与木桶里磨碎的冰碴混合，就成了好吃的冰淇淋。为了降低温度，木桶里的冰块加了盐。

夏季的庐山很热闹。合面街是最繁华的商业街，从合面街到河南路口是单面街。河南路口对面，现在的振豪超市，原是赫赫有名的胡金芳大旅社，门面后背的一大片房屋也属于它。观光客多选择在这里住，临街近，方便。当年的胡金芳大旅社声名远播，生意远胜于仙岩饭店。

那时，庐山是外国人的天下，山上至少有几千个外国人，他们划分了各自的势力范围。以合面街我家（现邮局）东侧墙基石为界，下坡即是英租界。芦林湖一带是俄租界。河南路上下是美租界。

从合面街走往东谷，迎面可见一个巨大的温度计竖立在马路对面，上面即时显示庐山气温。到庐山的人，站在街口就能看见这个温度计，可见外国人很善于营销。大约是1986年夏天，我因工作上庐山，曾写信给庐山管理局负责人，建议恢复温度计，没有回音。

我六岁时祖父去世，这时家境已开始走下坡路。接替祖父管家的四伯父猝然去世，买办的职务也丢了，仅剩下房产。尽管这样，分家时，我们每个家庭成员，每月仍可分到80块银洋的生活费，要知道当时一个保姆的月工资才两块银洋。我们暑期仍然可以乘轿子上庐山，后来是日寇侵华战火彻底摧毁了我们家。

1938年夏，日本人围住庐山，祖母和不少家人都在山上。日机轰炸，我就跟着大人，沿着屋旁的松树路跑往租界躲藏。一天，我三伯父突然被守卫庐山的国民党军队扣住，索要了300块银洋才放回来，他们以这种方式筹集军饷。庐山待不下去了，我们家人开始四处逃散。

日本人占领芜湖，强占我家房屋做操场，练兵，养马。他们用绳子绑住我家房梁，另一头系在汽车上，车一开房子就垮塌了。日军围攻九江，发生激烈的巷战，反复拉锯，我家龙江里房屋悉数被毁。武汉沦陷后，日军将汉口大屋辟为医院，战火中全被炸平。

父亲排行老五，重道德品质，喜欢看《曾国藩家书》，重视子女教育，对我们影响很深。抗战时安排家人疏散，父亲既考虑自己的家室，也考虑兄弟的眷属。我的九叔病故，他的家人子女就是父亲安置的。那时期，我的哥哥们一个个长大，没有一个替日本人做事。

战乱时期，父亲把工厂迁到武昌区法租界里。1941年太平洋战争爆发，日军立即没收了英法美等租界的全部资产，我父亲的企业落在汪伪政权手中，家中生活来源断绝。父亲经常与老乡躲在一边听收音机短波，盼望把日本鬼子赶出中国，但他没能看到这一天。生活的苦难摧残父亲的健康，他的肺病日渐严重。

1944年底，为逃避武汉大轰炸，全家躲到乡下父亲的朋友家。农历腊月小年这一天，父亲自知挺不过去了，嘱咐家人将他移至小柴房里。当时，姐姐告诉他，汉口大屋被炸毁了。她问父亲："哪里难过？"父亲回答："年难过！"父亲死前清醒，不言不语，所有苦难都压在心里，就在小年这天咽的气。

我恨透了日本人。教会学校本来全是学英语、法语，日本人来了，非要我们学日语，教我们的老师就是日军翻译官，经常打我们。我一生只打过一次人。抗战胜利后，我邀了三个最要好的同学，在大街上对着迎面来的一个日本兵，走上去狠狠地扇了他个耳光。

我在庐山亲眼见到过蒋介石。1947年夏天，我坐在牯岭街家中二楼窗前，见蒋介石从东谷过来，他披一件黑色斗篷，有几个便衣警卫跟随，沿台阶走上来，经过我家门前，没有前呼后拥，也没人在意。我心里恨恨的，觉得就是这个人，把中国搞得一团糟。

与王震将军结缘

1949年春，母亲带我到香港投奔二哥。这年我20岁，站在人生的十字路口。二哥要我留在香港帮他做生意，美国的三哥希望我去他那读大学，而我自认为前途在大陆。

这年7月我高中毕业，8月即回大陆，在上海报考华东军政大学，9月即被录取，15日正式入伍。

华东军政大学在南京。我短训班毕业又进了政教班，毕业后先后在部队文工团、校俱乐部、图书馆工作，有时还被抽调参加"三反""五反"运动查账。无论干什么，我都想办法出色完成任务，因此荣立三等功，升到正排级，当选团支部宣传委员。

我一帆风顺，一点也没想到会有厄运降临。同宿舍好友反映：李汝庆早晨唱东方红，不是唱毛主席是人民大救星，而是人民大舅子。组织上立即找我核实，其实真没这事，我相信党组织会公正处理，把自己的一切都向党表白。半年过去，没想到处分决定是：遣送回家！更没想到这只是厄运的开始，"海外关系"与香港"特嫌"成了一直笼罩在我头上的阴影。

部队派两名战士押送我回武汉，到当地公安部门报到。我没有告诉家人真情，悄悄取下挂在门上"军属之家"的牌子。家人没有追问，也没有责备，可我必须面对的是：出路何在？我决定报考大学，学一技之长，为社会所用。

1956年我考入江西农学院兽医系。同学们都以为我是调干生，其实我属于社会青年考进来的。进大学后，成绩差的同学，我主动帮助补习；文艺演出，我是导演；学校演讲，我总是第一名。第一学年选班干部，我是众望所归的班主席，还是学校文艺组组长，校广播站播音员。学校组织上庐山，我快乐地当起了导游，带领着同学们游遍庐山，从含鄱口至观音桥，来回都是步行。我对庐山景点及行走线路了如指掌，令同学们十分佩服。

我暗自庆幸，跌了个大跟头又起来了。然而好景不长，1957年"反

11

右"，把我定为"中右"。1959年反"右倾"，我是重点批判对象。大学毕业，班上相当一部分同学留校继续深造，只有我一人分配至基层农场。"文革"开始，我又被当作重点"牛鬼蛇神"批斗了三年。此时的我，心灰意冷，几乎绝望了。我后悔当初没有留在香港，后悔不该结婚拖累妻女。

我是学畜牧兽医的，但有人说我会搞破坏，连养猪的活都不让我干。一天，养母猪的饲养员病了，叫我临时顶班。正在打扫猪栏时，场领导陪同一位60多岁的人来看猪。当时我觉得这位干瘦长者和蔼可亲，说起话来特别有精神。他问我母猪一年生几窝？每窝大概有多少小猪？断奶时有多重？我确切地告诉他：在正常年景，我们这个猪场年平均每头母猪产仔1.8头，产仔成活9.6头，哺育率为92%，60日龄头重约20市斤。接着，他又问了饲养管理和品种改良等问题。我不敢含糊，就根据几年的实践经验，一一作答。

显然，来人看出我不是个普通饲养员，离开猪场时，即向陪同人了解我的情况。那时，我还以为他是省里来检查畜牧工作的领导，做梦都没想到他就是国家农垦部部长王震。

两天后，通知我到总场会议室去。那个时期，像我这样的人从不"乱说乱动"，习惯了叫干啥从不问究竟。我到总场会议室被安排在门外等候，不一会听见里面叫我。刚跨进门，就听见坐在中间的王部长对我大声说："我和你们党委研究过了，现在决定解放你。"我恍若梦中，一时没明白过来。只听王部长又当着满会议室的干部对我大声说：海外关系要划清思想界限，要好好学习，提高思想觉悟，我们党要发展生产造福人民，红星的畜牧业要大发展，要用人！现在你坐下来一起开会。

三年多来，我只参加过批斗会，只有站或跪的份，现在突然叫坐下来讨论工作，思绪无法集中，感情不能自已，糊里糊涂坐了两个小时。散会后，王老把我叫到身边，一边走出会场一边询问我妻子、孩子的情况，还主动与我握别。

我是一路哭着跑回家的。妻子见状不知所措，等我说明来龙去脉，她也哭了起来，这是激动的泪水。我得救了，我们全家都得救了！

我逐渐恢复了工作，王部长一直器重信任我。王震部长是1969年10月经中央批准到江西调研的，至1971年9月奉命回京，期间作为中央政治局委员，他出席了1970年在九江庐山召开的中共九届二中全会。这次来江西的大部分时间，他都是在红星垦殖场蹲点调研。

王老常说：我就是对农牧业感兴趣。他理解和尊重知识分子，自己也很注意学习，在这方面的知识和见解，颇具专家水平。在王部长的书房，他收藏的有关农牧业政策、技术方面的书籍，满满几大柜。1971年他赠我十几本大学程度的专业书，有些书上有很多他亲笔勾画的批注和校释。

在他的影响下，我对畜牧工作愈加认真。一次他从福建引进一种红心薯（学名标心红）代替胜利百号老品种喂猪，我就养猪实验对比，提供精确数据。还有一次，他从九江的都昌县带回很多蚌壳，准备磨成粉掺在猪饲料里，他找几个人琢磨这事，问谁知道其中的含钙量，有一个兽医说百分之零点几，我回答是30%。王部长肯定我是对的，他事先已经研究过。

王震旧居前有一条很宽的走廊，夏天他喜欢叫我去那儿聊天，这也许和我的见识有关。比如，他说了一个喝咖啡的故事。长征途中王稼祥想喝咖啡，哪儿找呢？傅连暲就敲破几支咖啡因冲水给他喝。王老说完这个故事仰天大笑，只有我跟着他笑起来，其他人不知道咖啡和咖啡因是什么。王部长到过苏联，说奶酪是炊司（俄语），别人不懂我懂。

王震离开红星回北京后，多次叫我去北京，或是介绍我去学习，或是陪同他考察，或是出席专业会议。在一些规模较大的会上，他会点名叫我到台上讲解畜牧业的专业问题。王老不止一次地说："我在红星交了三个朋友，一个农民，一个老干部，一个知识分子。"这个知识分子就是我。

我的兄嫂是美国华侨，王老多次让我转致问候。1986年4月26日王老夫妇给我兄嫂一信，里面提到我：

李汝庆同志与我们相处多年，彼此都很了解。汝庆同志在"文革"期间，虽然蒙受不白之冤，惨遭"四人帮"之迫害，但他始终热爱祖国，拥护共产党，全心全意为发展祖国畜牧实业而积极工作。红星农场能发展到现有水平，实与他的努力分不开。

我66岁时，从红星企业集团总畜牧兽医师的位置上离休，定居广州。2008年，王震100周年诞辰纪念，他的孙女带着电视台专门到广州采访我，邀请我出席了在北京举办的纪念会。

王震副主席是一位中外闻名、已载入史册的伟人，他却视我——一名普通的技术人员为朋友。这是我此生最为难得、最为珍贵的际遇。

2017年采访结束，我们与李老相约：他回广州后，将一些相关资料和照片寄来；我们把这次采访的笔记与录音整理出来，等明年夏天庐山见面，请李先生审看与补充。

今年7月17日，我们突然接到李老女儿发来的信息："很悲痛地通知您，我爸于7月12日永远地离开了我们！"李先生一直努力搜集整理祖父的往事，非常希望有人研究李氏家族的兴起与衰落，因为它是中华民族近代历史的一个缩影。

根据访谈及李老提供的资料，写出以上片段，以告慰刚刚离去的李汝庆先生。

记述人：罗环，湖北恩施人，历任星子县委党校教员、九江市史志办主任、中共九江市委副秘书长、九江市委督查专员，著有《九江红色记忆》《庐山风景话趣》等。

曹辉，江西星子人，历任九江市政府办公室副主任、九江市交通局副局长、九江市公路学会理事长、九江市诗词学会副会长，著有诗词集《零星草》。

忆庐山荻芦精舍学堂和李一平老师

陈熙炜

我是陈熙炜，自幼生长在庐山牯岭，小时候，我曾在荻芦精舍读过书。

牯岭西南以前有一块湿地，芦苇林立，庐山人称之为芦林。

1898年，俄国人泥娑将此地强租，从此教堂、学校、别墅，三三两两地坐落在此，布满了整片的山间，逐渐形成了俄国人的一个天然的避暑小区。

1956年政府又在此筑了座大坝，山谷形成了现在的人工湖，人们叫芦林湖，当年的芦苇已不复存在了，可"芦林"这个名字就成了地名并一直沿用至今。

湖边往南走的小路上，当年有一块自然的大石，石上刻有"荻芦精舍"四个大字。沿小路上行，又有一座用乱石筑成的老别墅，它就是"荻芦精舍"。

沿着小路可拾级而上，现在修了公路四通八达。那时候仅此一条小路，没有其他路可行。上到院落，原来有两个石门阙，上刻有"荻芦精舍"四个字，李一平老师曾在这儿办过学。

李一平是我的老师，"荻芦精舍学堂"是他创办的。我于上世纪30年代曾在这儿读过书。

据记载，这幢别墅属俄式风格，建于1910年前后，原为一俄国老太太所有，因当年她惧怕北伐战争波及庐山，想趁早离开，愿低价出售。当时广东军政要人林森、蒋光鼐、黄居素等人正在庐山避暑，得此信息，他们

15

与朋友以入股方式集资，在1928年买下了该栋别墅。约定分成二十股，凡要好的朋友均可认购。这时李一平、陈铭枢、冯钢百等人纷纷入股。他们都是文化名流，再加上志趣相投，经再三斟酌，将这幢别墅取名为"荻芦精舍"。"荻"在古书上的注释是："用芦苇编成的大索。"借指这些志趣相投的好友们，住在这儿，团结得像拧成一股绳索一样。其中又含有佛经中"犹如束芦，辗转生烧"之意。当年还为这四个字制了一块匾，挂在别墅的正门上，这匾是由国画大师黄宾虹题写的。黄宾虹的字写得最好。

这老房子现为1347号（2000年前房号），两层、石构、红机瓦屋顶，有外走廊。当年，这二层的外廊好敞亮，扶栏扶手、挂落都很有情调。抗日战争之后这别墅已破旧不堪，与当年已大不一样。当年，朝西面敞开式木外廊是用来看云海、日落的。外廊居高临下，可以看得很远很远。

说到这房子，我想起了李一平老师的往事。

李一平（1904—1991年），名玉衡，字一行，云南大姚人。新中国成立后任政务院参事、中国佛教协会常务理事，无党派爱国民主人士。他一生刚直，淡泊名利。早年就读于南京东南大学。青年时代曾领导参与南京"五卅运动"。他热爱祖国，积极投身反帝反封建的热潮中。后结识了陈铭枢、廖仲恺，参加过北伐。与林森、陈诚、李四光、严重等人交往甚密。因痛感时事混乱回天无力，遂以养病为由脱离了军政界，上庐山避居。

这院子的小溪边原来有一座用乱石筑起的两层楼高的钟楼，现在已荡然无存。钟楼是为他们这些笃信佛学的同道们，上庐山同修佛法而准备的。寺庙要能听到钟声，暮鼓晨钟，钟声响起方圆几十里都能听到。为了营造出寺庙中那种暮鼓晨钟的氛围，荻芦精舍的同仁们，在别墅的边上建起了这座钟楼。别墅买好后，可他们却迟迟未来。

一直到1930年，李一平老师带着亲友十数人上了庐山，住进了这栋别墅。从这天起，他们在这儿修身养性、游山玩水，兴趣盎然……

16

秋天到了，朋友们纷纷下山，李一平却不愿意离开。

李老师博学多才。他房内的书架、书案上、地上到处是大堆的书。他终日看书不倦，求学不止，遂引来周围一些居民子弟向他求教，他热情地予以教诲。年复一年，日复一日。渐渐的求教的越来越多。这些正要读书的孩子们却没有书读，他心里不是滋味，暗暗着急。经调查，这样的人不在少数，他便起了办学的念头，就在"荟芦精舍"腾出多余的房间，开办了一所半工半读的贫民学校。

从此，李老师在此广收弟子，设帐课徒，教书育人。学校不规定学费，视家庭经济好坏而定，实在是很穷的也可免费入学，结果深受当地百姓的欢迎。庐山的老人当年都称这儿为"交芦精舍学堂"。

教室里的墙壁上，用毛笔书写着文天祥的《正气歌》，字大如碗口，苍劲有力，看了让你肃然起敬，会油然生起一股正气，全身上下热血沸腾。

李老师思想先进，他知道，要改变中国的现状，需要现代的教育，从而改变人、改变中国。在山里办学，受到各种条件的限制。他为了广大劳苦大众，办学的方法很特别——半工半读的勤工俭学方式。白天劳动，晚上读书。既培养劳动本领，也传授文化知识，又能磨炼学生的意志。除几位专职老师外，其他兼职老师和工勤人员只能领取极其微薄的工资。专职教师由李老师的好友阎任之、史远明、蔡希欧等担任。兼职老师由社会各界名流义务担任，如北京大学任教的李四光，每年寒暑假义务讲学；在太乙村隐居的原黄埔军校训练部主任严重将军，也常来学堂义务教学。学生们白天劳动，晚上挑灯夜读（遇雨、雪天气白天上课）。那时学校分高、中、低班，老师一般教高班学生；高班学习优异者教中班；中班学习优异者教低班。学校的课程安排很正规，有语文、数学、英语、物理、化学等。学制十年，期满达到大学预科程度。当年我曾就读于这所学校，虽然过了近70年，许多事仍历历在目。

教室里十分干净，每日由学生跪在地上用擦布擦一遍。学生要在门外将脚冲洗干净，才能进去，晚上读完书后学生就睡在教室的地板上。学校实行准军事化管理。用餐为八人一桌，共一双公用筷夹菜，干净又卫生。早起晨练，与体育教学融为一体。早餐后，开始劳动。开荒种马铃薯和蔬果、打柴、烧炭、挑水浇园，什么活都干。晚饭后，开始上课或集体自习。课程都由李老师亲定，他选取古书中抒发天地正气、能激励人们积极向上的文章，例如在"四书五经"等书中选择一些好的文章，删除其糟粕作为教材。用剪贴的方法，将古文粘贴在旧杂志上，变成课本。老师讲解文中的内容，学生认真领悟，反复朗读背诵。

李老师对学生教育极为严厉，在精舍旁有一老虎凳，虽然从来没有见到谁在这上面受过体罚，但学生见了就害怕。

那时很清贫，但清贫中有一种正气。它总感召着我们克服困难，勇往前行。虽然，生活简朴，四季都赤着脚，但培养了学生刻苦坚毅的意志。学生从家中带来的衣物，由学校仓库统一保管，按需打乱发放。学校还规定学生一律不准穿鞋，不准搞特殊化，夏季如此，冬季也如此，让学生养成生活简朴的好习惯。久而久之这种精神已融入学生的血脉之中。

在钟楼旧址旁，有摩崖石刻，上面刻有"中华民国十七年，茭芦精舍同仁，建立此钟，普度一切众生。闻此钟声，永离苦海，同登极乐"的字样。这块大石边原有一座钟楼，有两层楼高，四面透空，一口大钟吊在中间，一根长长的绳子垂下来。本来这钟是为敬佛而用的，没想到学校办成，遂用来给学校报时。每天清早钟声响起，钟声传得很远。学生们被钟声唤醒，新的一天学习生活又开始了。

这所半工半读的学校，声名远播，穷苦家庭的子女都前来求学，一时间人越来越多。学校住不下了，为解决这一问题，李老师游说山中寺庙，征得住持的同意，将学校扩大到仰天坪及山下的五乳寺一带。于是，这里成了本部，其他地方为分部。

李老师将年龄小的留在本部就读，年长的分别在仰天坪的云中寺和山下的五乳寺就读。我在荼芦精舍读了几年，也转到山下的五乳寺去了，五乳寺我们叫它"存古学堂"。那时很艰苦，白天劳动，晚上有时还要巡逻。刚去的第一天半夜，高年级的同学将我叫醒，我糊里糊涂跟着，不知干什么。高年级的同学每人手里拿着铜锣、棍子、脸盆、铁桶、筲箕上山了。原来，学生半夜上山是为了巡逻。发现有野物靠近，就铜锣、铁桶、脸盆等一齐敲响，正在觅食的野猪听到乒乒乒乒的响声，吓得落荒而逃。学生们用这种方法，不让它们糟蹋自己种的庄稼。

庙里有三尊菩萨，身披盔甲，手持金刚棒，有的面目凶狠且特别高大（约有两层楼高），有的慈目低垂。我住在庙里的楼上，见到这些菩萨后，晚上不敢下楼小解。时间长了才慢慢习惯。

有一天，班长派我和几位同学，去太乙村打扫卫生。那别墅里没人，门是虚掩的，我们屋里屋外地打扫。这屋里也像李老师的家一样，到处堆满了书，我想这位主人一定学识渊博。打扫完还不见主人回来。这儿住的是谁？事后听说，这儿住的是严重老师。

李老师笃信佛学，是佛学大师欧阳竟无的高足，他与周围寺庙常有往来。他戴着眼镜、身着长袍，瘦条瘦条的身材，背着一只斗笠。他脚穿草鞋，一身贫民打扮。

1988年，李一平老师重返庐山，他来到芦林的荼芦精舍学堂，又去了当年办过学的五乳寺。

"李老师来了！李老师来了……"

那些当年在这儿读过书的学生，如今都是白发苍苍的老者了，大家向李老师行三拜九叩之礼。李先生说"免礼免礼"，忙叫起他的学生们。和学生们追忆起往事来，李先生突然想起一位学生，问："陶义来了吗？"这时，陶义同学忙答应说："来了，李老师。"李老师拉着陶义的手说："我认不出你了，却还记得你的名字，记得你当年的作文，不信我背给

19

你听。”

“今日早起，大风止了。天气晴和，心中快乐。终日做工，努力不息。……”

陶义听完，两行热泪夺眶而出。

“九一八”事变后，李老师认识到，当前国难当头，仅靠教育救国是不够的，只有立即唤起民众，维护中华民族的尊严，才能挽救中国。因此他在教学生掌握科学文化知识之外，还引导学生关心时政，宣传抗日之主张。1934年，日本鬼子已开始侵略中国，身在山区，作为一位军人，李老师非常关注事态发展。李老师带着其他老师和年龄稍大的学生，又将学校扩大到栖贤寺、万杉寺等处垦荒设教，创办农民夜校，旨在宣传抗日救国思想。

1936年，国民党当局以“聚众讲学，图谋不轨”的罪名，强制解散学校。

李老师不服，多次上书申辩，无果。

解散前的那天早晨，几百名学生在荻芦精舍学堂前的场地上集中，李老师给全体学生上了最后一堂课：国难当头，民族存亡危在旦夕，大家离开后仍要自强自立、奋斗不息，要做中华民族的好儿郎……

望着朝夕相处的李先生，看着这荻芦精舍学堂，即将告别生活在一起的同学，大家痛哭一场。

最后，李老师提议，同声朗诵《正气歌》：

天地有正气，杂然赋流形。下则为河岳，上则为日星。

于人曰浩然，沛乎塞苍冥。皇路当清夷，含和吐明庭。

时穷节乃见，一一垂丹青。…………

这一字一句，铿锵有力，声声让人振奋。

接着，李老师亲自将钟楼的钟声敲响。这钟声在芦林的上空盘旋，在山谷中低鸣……

听惯了这钟声的我们，突然意识到这将是最后一次听见这钟声了。大家在钟声里痛哭惜别，肩挑行李负笈而散，气氛沉重凄婉。

住在荚芦精舍一旁的李四光先生，被这种气氛深深感染了，他吟诗一首：

"孤雁数行泪，长空一掬秋。……"

"荚芦精舍学堂"解散了，但"荚芦精舍学堂"的精神却永存。这些学生并没因此而气馁，只要有空闲，或路过牯岭，都会来这儿看看，看看这座别墅，看看这座钟楼，看看李老师。

学生们凭着这些年受到的自强自立的教育，用在这儿学到知识的这盏明灯，照亮着前进的方向。在"天地有正气"的精神感悟中，时时努力更新着自己。

1938年，李老师离开庐山，回云南老家，在云南大姚继续办学。

随着日寇铁蹄的践踏，抗日的烽火在江西燃起。荚芦精舍学堂大批的学子，走上抗日前线，参加了打击日本鬼子的战斗。如黄志才、张石忱、吴周煌等几十位同学先后为国捐躯。另有八名学生在李一平老师的帮助下奔赴延安，其中有六人牺牲。幸存者罗丰，离休前为福州军区空军政治部副主任。另一位李杜同志，曾任全国人大代表、江西省人大常委。

新中国成立前，李老师为云南的和平解放曾作出过重大贡献。新中国成立初即担任政务院参事，是备受敬重的无党派爱国民主人士，是共产党的挚友和诤友。

陈熙炜（1925—2010），庐山牯岭镇人，1948年参加工作，曾在庐山中学担任英语、数学老师，在庐山接待处担任英语翻译，1954年担任庐山建筑公司计划科科长职务，1975年在庐山水泵厂子弟学校任教，1985年退休。

罗素家庭和庐山的故事

口述：普莉希拉·B.芳宁
笔录、整理、翻译：陈晖

我叫普莉希拉·B.芳宁（Priscilla·B.Funning），来自美国，1944年出生。我与庐山的故事起源于我的外公和外婆。我的外公华莱士（Wallace Boyd Russell 1882.01—1925.08）作为一名医学传教士于1909年7月带着外婆伊丽莎白（Elizabeth H.Russell 1882.05—1947.11）被卫理公会派教会派遣至中国工作。外公作为一名医生，带着救死扶伤的使命在中国不同城市的教会医院工作。1918年因教会和常州当地乡绅的要求，外公与另两位医生共同创办了常州第一家医院（即现在的常州市第一人民医院），并担任院长职务。第二年他还创办了护士学校。外婆曾经是老师，在中国期间除了照顾孩子们外，她还做义工。1925年外公因病去世后外婆带着我的母亲、舅舅和姨妈们回到美国。1947年外婆在美国去世后骨灰运到中国和外公葬在一起。

我们家族与庐山的缘分和其他大部分庐山的西方人一样，都是因为夏季在庐山避暑。从1914年开始每年夏天外婆带着孩子们到庐山租房度假。外公因工作繁忙，只能偶尔抽空上庐山看看家人，总是来去匆匆。我的母亲是家里的第一个孩子，我本来有三个舅舅和两个姨妈，其中两个小舅舅和小姨出生在庐山，遗憾的是两个小舅舅在婴儿时期就死于庐山，也就葬在庐山。在1922年至1923年期间祖父母在庐山建了一栋自己的房子，在当时的地图上编号是50E。我们家的房子比较大，当外婆他们来庐山度假时，多余的房子会出租。1925年外公去世后，外婆带着妈妈、舅舅和两位姨妈回国，她把房子委托给庐山房产局出租，这栋房子租赁的钱是外公去世后，家庭的经济来源之一。1931年7月外婆带着舅舅和两个姨妈又回到了中国，回到庐山。但是当时她和家人没有直接入住自己的房子，因为房子被蒋介石租下给他和夫人宋美龄的家人居住了。我的母亲那时正在美国读大学，因而没有来。

最初我们西方人在庐山建房子和租房子只是为了逃避炎热的夏季，后来我们发现庐山的冬天很像我们家乡的冬天，因而有些人一年四季都住在庐山。为了解决孩子们教育问题，一些学校建立起来了，牯岭美国学校是其中之一。我的母亲和舅舅、姨妈们都曾在牯岭美国学校读过书。我的舅舅博伊德（Wallace Boyd Russell, Jr.）在牯岭美国学校毕业后留校做了三年手工课教师，另外他还兼做学校的电工活。当时学校有位名叫玛格丽特的音乐老师（Margaret Russell），她后来成了我的舅妈。她是应聘到牯岭美国学校做音乐老师，并负责学校乐队事务。她还曾带着学校乐队为当时的中国总统蒋介石先生表演过节目。当年舅妈是从美国乘船来到中国，在上海码头迎候的正是她日后的丈夫、我的舅舅博伊德。两人乘船溯长江而上至九江，然后来到庐山脚下，再经历一段艰难的攀爬才到庐山。我想应该就是这段漫长而辛苦的旅行点燃了两个人爱的火花。他们于1936年离开庐山，1937年在美国结婚。

我的小姨妈凯瑟琳（Katheryne Russell Webster Root）出生于庐山，并在庐山的牯岭美国学校读过书，对庐山有深厚的感情。1985年她曾来过庐山，并在以前的家门口拍照留念，当时那里居住的是庐山的一户居民。她回国时还带了一盘《庐山恋》的碟片，据说这部电影在那时的中国非常火爆。1998年我随同我的姐姐弗吉尼亚和她的丈夫也来到了庐山。2018年我再次随着他俩来到庐山，这次姐姐的外孙女卡罗、我叔叔博伊德的儿子菲利普（Philp B.Russell）和儿媳戴安娜（Diana Russell）也与我们同行。菲利普和戴安娜非常想了解他们祖父母和父母亲曾生活的地方。来之前他们翻看了我们祖辈和父辈留下来的资料，还在家看过小姨妈凯瑟琳送的电影《庐山恋》的碟片。

2018年来庐山之前我们本想预定庐山宾馆，庐山宾馆位于我们庐山房子的前面，1998年我们来庐山曾住在庐山宾馆。遗憾的是这次我们是冬季来的，宾馆已歇业。庐山宾馆以前是巴利医生（Dr.Barrie）开的医院，据我们所知巴利医生在庐山开了两家医院，庐山宾馆这家是新的，旧医院也在附近，当地人根据我们提供的照片，告诉我旧医院现在是庐山旅游公司的办公楼。我两位去世的叔叔和小姨妈凯瑟琳都是在新医院出生的。巴利医生的医院擅长治疗肺病，夏季来自中国各地的外国病人来此治疗休养。我的外公和巴利医生的关系非常好，外公在庐山期间会帮助巴利医生打理医院，这样巴利医生可以有时间去其他地方走动。我已去世的最小的叔叔David的名字就用了巴利医生的名字，以此来纪念我们两家的友谊。

2018年我们来庐山看了我们在庐山的房子、牯岭美国学校旧址、一些老别墅和一些自然景点。我们还特意去了我们母亲曾经拍过照片的翡翠潭，也就是现在的黄龙潭。有意思的是在1998年我们来庐山时，我们也曾到过黄龙潭，但是我们并不知道这个黄龙潭就是妈妈曾拍照的翡翠潭。庐山恋电影院也在我们的行程里，据说这个电影院因《庐山恋》这部电影上了"吉尼斯大全"。

我们入住的是个中式风格客栈，客栈主人是一位女士，她和家人就住在客栈，我们就如居住在家里。在这里我们体验了中国饮食、中国乐器和茶艺表演。客栈的主人还贴心地为我们放映了《庐山恋》。《庐山恋》这部电影留有我们家庭四代人共同的记忆。弗吉尼亚的外孙女卡罗是我们这个家族新的一代，相信这次庐山之行给她留下了深刻印象。

庐山承载了我们家族百余年五代人的故事，我们家族是中国百年变迁的亲历者。我们的祖父母带着救死扶伤的使命来到中国帮助中国人。2018年是中华人民共和国成立后我们家族成员第三次来中国。从我们祖辈、父辈那儿了解的中国，我们小姨妈给我们讲述的1985年的中国，还有我们1998年亲历的中国，与我们2018年亲历的中国相比让我们感受到中国的巨大变化。中国的高铁快而稳，机场高大上，在中国旅行变得更容易更安全。我们也看到中国人民的生活水平得到极大的提高。在庐山的三天之行更让我们深切体会到中国人民在生活富裕后，更注重精神生活的享受。个性化酒店的居住、中国传统饮食文化和茶文化体验、中国传统乐器的欣赏等等给我们耳目一新的感受。我们家族的五代人是中国百年历史的见证者。我们深深感受到和平的重要性，并深感幸运，因为我们都拥有和平幸福的生活。但世界仍有地方不太平。我们共同祈愿世界和平与昌盛，没有战争与贫困。

陈晖，庐山中学英语教师，曾从事庐山世界遗产、世界地质公园相关工作近十年。2018年被联合国教科文组织世界地质公园董事会遴选为世界地质公园评估专家。

印象庐山

邓青山在牯岭的时光

口述：邓文惠
记述：张雷

邓青山（1893—1964），河北盐山人。1919年获北京协和医学院毕业文凭，实习后经学校推荐，1920年来到牯岭普仁医院工作。4年后，由院长文德林（Dr.Vendalin）医生提名，美国教会批准，任命为普仁医院中国院长。30年代初，他在牯岭遭到军阀彭武炀迫害，生命受到威胁，决定离开庐山去上海，接受中国红十字会医院颜福庆院长的聘请，任该院副院长，后调任上海市黄浦区卫生局副局长兼任红十字医院院长，担任数届人民代表、政协委员。

一、"椅凳"风波

上世纪20年代，牯岭东谷属外国人的租借地，那儿建造了许多欧式别墅、教堂、饭店。长江中下游一带夏季酷热，许多外国商人、传教士及中国的达官贵人多来牯岭避暑。当年牯岭已形成了西式的度假区，在东谷一个被称为"松树林"的地方，山脊边有一条横行小道在松林中伸延。西人管理当局在此路旁设置供人休息的长椅，座椅上皆立告示牌："禁止华人使用"。这种侮辱中国人的事，很快激怒了在山上的中国人。邓青山见此情景很是气愤，他被众人推荐为华人代表，与"大英执事会"交涉。交涉无果后，邓倡议组织捐款，他们在外国人的椅子旁，由和昌营造厂承建了一批质量考究的石凳，并竖牌告示："禁止洋人使用"。不久英人派员来协商，双方取消了告示牌，椅凳共用。一场羞辱庐山人民的风波就此平息下来。这次"椅凳"风波的胜利，邓青山赢得了庐山百姓的一片喝彩。

牯岭的游泳池只供外国人使用，中国人如果使用，需要进行体检。这种"歧视"做法，作为中国人的邓青山决定建设中国人自己的游泳池，地点设在大林寺旁边，游泳池建成后还竖了一块大石碑。除此之外，邓青山还组织建设了中国人的网球场，地点设在当年胡金芳旅馆及云天旅馆之间的平地上。

邓青山在医师职业工作之外，还被聘为庐山董事会成员（在庐山档案局民国档案中有记载），他为庐山发展出谋献策，做了大量的工作。

二、普仁医院的人和事

普仁医院是当年庐山唯一一所综合性医院。这是美国教会办的慈善医院，分男、女医院。男医院设在原胡金芳旅馆后面，由7幢房屋组成；女医院设在原警察局后面的山坡上，是两幢石木结构的楼房。从现在的邮局对面小巷可以上去，据老人回忆，当年小巷入口的墙上曾有醒目的"普仁医院"指路牌。医院房子属别墅式样，内收治内科、外科、妇产科和传染病科（主要是肺结核病疗养）等各科的病人，还有化验、手术、小药房等设施。在当时已算是一个不错的山村医院了。护士主要来自九江的大医院，部分是由本院培训的。至少还记得的有男护士黄世斌，女护士卢小姐，小药房李道中。当年牯岭街有家药房，是医院的处方药房，店主叫董家伟。医院由美国教会派来的文德林（Dr. Vendalin）医师任院长。

邓青山是农村出身的青年医师，待人诚实，工作负责。初来乍到的一天半夜，他提着马灯出诊，半路上尿急，便放下马灯，忽见前面人影晃动，着实把他吓了一跳："莫非有人打劫？"定下神来，原来是自己的影子与随风吹起的小树一起摇动。领路人在一旁会心地一笑，两人又继续赶路。那时，牯岭正在开发，到处在建房子，蛇很多，被蛇咬伤的事时有发生。邓医师救治了很多被蛇咬伤的病人。他半夜出诊，只顾急着赶路，也曾多次被蛇咬伤，以后渐渐习惯。虽然条件艰苦，但他没有离开医院的想法。因为这儿只有一个中国医生。有位农民骨瘦如柴，腹部鼓起像个孕妇，已经多年行走不便。一天，邓医师给他手术治疗，取出了小西瓜般大的肿瘤，多年的病痛即刻解除。他可以重新下地干活，维持生计了。来年，这个农民挑了一担果蔬上山送给邓医师，邓哪里肯收，好说歹说，收下一个南瓜，其他如数退回。农民见邓医师执意不收，却能领情，就高兴地挑担回去了，还不时地回头招手示意再见。还有一次，医院来了一个出麻疹的女孩，脸色发青，呼吸困难，危在旦夕。在她妈妈的同意下，邓医师勇担风险，为她做了气管插管手术，第二天早晨，女孩病情开始好转。后来女孩的妈妈一直要她认邓医师妻子为干妈，女孩姓胡，是牯岭山中轿夫的女儿。

有一天黄昏，邓医师刚下班回家，正准备吃饭，这时，一位农民行色匆匆，神情紧张地进了家门，他说他嫂子难产……邓医师二话不说，拿了两只饼，匆匆跟着他沿九十九盘古道下山出诊。过了两夜还不见邓医师回来，妻子心急如焚，又不知他去了哪家。第三天清晨妻子再也坐不住了，就带着两个孩子到山上眺望。中午时分，见上山的羊肠小道有个人从山下往上走，远远地妻子就认出是邓医师。邓医师手提药箱、马灯，喘着粗气，见到妻子，讲的第一句话是："母女都平安，放心。"原来产妇产期长，小孩出生后窒息了，当时没有氧气设备，是邓医师隔着纱布，用口对口人工呼吸，直至小孩呼吸恢复。待小孩一切平安后，他才放心返回。

邓医师治病救人表现出的至爱、勇敢、仁义、精湛，感染着在他身边工作的每一个人。他妻子也因医院人手不足来参加护理，成为忠诚的义工。多年的风风雨雨，他们与庐山人民凝结了深厚的友谊。

邓医师经常翻山越岭出诊，跑遍了庐山的穷乡僻舍。遇上贫穷的人家，他不但送医送药，有时还要用钱接济他们。现在近百岁的老人，如果健在，可能还记得当时为他们看病、接生的邓医生。上世纪60年代初，邓医师上庐山休养，晚上还有老人来找他说说老话，叙叙旧事。

每年盛夏，中外来庐山消夏的人很多。外国医生不懂中文，不能为中国人看病，只能为外国人看病。邓医师精通英文，他既要为中国人看病，又要为外国医生做翻译工作。那时，邓医师深得文德林医生的信任，文德林医生将自己的医学知识及经验，毫无保留地传授给邓医师，这对邓医师的一生影响很大。文医生与医学院教授通信或在适当时，一再称赞邓医师是他遇到的最得力的青年医生。邓医师30岁那年，由文德林医生提名，美国教会批准，被任命为医院的中国院长。文医生退休后，由杜克尔医生（Dr. Tourker）接任院长。邓医师工作尽职尽力，深得杜克尔医生的器重。也许是因为外国医院的特殊身份吧，常有一些奇怪的"病人"来医院，称病要求住院休养。时间长短不一，有的甚至当晚突然离开。邓医师妻子感到蹊跷，为此晚上总是提心吊胆害怕邓医师出事。据说，这些"病人"当时只有两个去处，中国寺庙或外国医院，他们能说能唱会演戏很是活跃。邓医师说这些人是正派人，医院就是治病，都将他们一一收治住院。后来知道，其中一个住了较长时间，并和邓医师常常讲到"共产主义"这个新名词的人，就是方志敏烈士。

美国的洛克菲勒石油大王财团，曾有意向普仁医院慈善捐款，当时的美国医生杜克尔说这是肮脏钱，不能要，便婉言谢绝了。邓医师说：有良知的美国人，正义和邪恶他们是能区分的。

三、一幢石砌小屋的家

邓医师刚来普仁医院工作时，先住在原邮政局上面（普林路附近）的山坡上，后迁到女医院附近，富民面包房旁一个冰库（冬天挑夫把山上的冰挑来储进冰库，夏天使用）旁边。隔壁住的是张谋知（后成为宋子文的丈人，其女张乐怡和其子张远*都是邓医师接生的）一家。杜克尔医生回美国时，邀邓住他家（老八号，现在的175号别墅），一方面替杜医生照看房子，另一方面又解决了邓家的居住问题。邓医师一直没有自己的房子，后来在安记营造厂陈松龄、和昌营造厂应兴华的帮助下，于1924年在安记营造厂厂房旁的一块洼地上，推土填石，盖起了一幢石头房子，这就是我们邓医师的家。房子为正一层，下有地下室，上有阁楼，很是实用。东侧有石砌台阶直通正门。外墙用石块砌筑，室内地板漆成灰色。前面院落旁有小溪，四季涓涓细流。邓医师和儿子等从万松林挖来树苗，在房子四周栽种了20多棵树苗，并在树旁放置一张圆石桌和四个石凳。小溪上架有带树皮的原木小桥连接着现在的大林路。妻子沿溪种了各色小花，房后种了红枫，每当风和日丽，百花盛开，在一片郁郁葱葱之中，红枫随风摇动，映衬出灰色石墙，景色煞是宜人。路过的中外人士见此情景都连声称赞："简直像神仙世界。"

邓医师深爱着庐山，深爱着他的家，他的七个孩子中有四人出生于庐山，都在个人履历表的出生地一栏骄傲地写上"庐山"二字。

可天有不测风云，上世纪30年代，邓医师遭到来避暑的军阀彭武敉的迫害（案情见《医案诉讼》，中华医学会编，曹晨涛主编，商务印书馆出版）。邓医师生命受到威胁，只有离开庐山。在下山的路上，沿途百姓得知，拉住邓医师的手，问"何时再回来，一定要回来？"时，邓医师凝泪不能言语。邓医师去上海接受中国红十字会医院颜福庆院长的聘请，任该院副院长，后来上海霍乱病肆虐，调任中国传染病医院院长。该院后来改名为上海时疫医院，后又改名为上海红十字医院，邓医师继任院长。后调任上海市黄浦区卫生局副局长兼红十字医院院长，担任数届人民代表、政协委员。

1948年，邓医师曾随医学代表团访问美国，见到普仁医院老院长文德林医生。文医生对庐山感情很深，见到邓医师激动地说："庐山终生难忘，很想回牯岭再叙过去的好时光。""可惜光阴不再，老了，此梦难圆。"文医生感慨万千……

上世纪60年代，邓医师随上海医学专家团来庐山休养，大家围坐在邓医师庐山老屋院中的石凳上叙旧，激情油然而生。邓医师回首牯岭往事，历历在目，感慨万千。他想起了老院长文德林医生的话："庐山终生难忘，很想回牯岭再叙过去的好时光。"然而，可惜光阴不再，老院长的梦没有实现，邓医师却美梦成真了！

注：张远＊因口述信息不准确。

口述人：邓文惠，邓青山的小女儿，1958年毕业于华东师大。

记述人：张雷，男，庐山牯岭镇人，1954年4月1日出生，曾为庐山文化研究会会员。

印象庐山

曾祖父的庐山缘

岳侠

著名历史学家王春瑜先生说："假如一个人连父亲、祖父的来龙去脉——也就是家族史中的现代史都一无所知，他能珍惜祖辈、父辈的荣誉，或他们的教训吗？大而言之，如果一个人对自己的国家、民族的历史一无所知，肯定是个愚民……"我的曾祖父岳绍昆（字俊山）于上世纪二十年代末期上庐山开"得露堂"中药号，行医济世二十余年。为了弄清他在庐山的来龙去脉、主要事迹，我曾先后五次上庐山寻根祭祖，参观走访。现特写此文，以纪念和缅怀曾祖父的恩德，并晓谕后代。

家道中落，出外谋生

我们这支岳家人，在清朝中晚期，圣祖岳飞三子岳霖支系二十六世孙岳钟岱高祖为摆脱贫困，谋求发展，千里迢迢，由穷乡僻壤的陕西合阳小张家村，迁徙到鱼米之乡的汉中城固一带学习商业。学成自立门户，惨淡经营，历经数年。因城固地处汉江沿岸，水下江汉，陆上川陇，行商坐贾，十分便捷。祖上励精图治，聚沙成塔，逐渐发家致富，出现了繁荣昌盛、盛极一时的局面。整个城固南关约半条街均为岳家商铺，先祖岳钟岱也当选为城固县商会会长，授八品衔顶戴花翎，并监造城固县钟楼。

熟料于清朝末期，后代不思进取，烟赌玩物，家道中落。民国初年，军阀混战，家人急于振兴家业，便为一张姓军阀采办粮秣。因张战败远逃，欠款无从追讨，被迫倾家荡产抵债。此时，先祖岳钟岱辞世，全家老小数十口人的生计全部落在了已是不惑之年的曾祖父岳绍昆（岳钟岱长子）的肩上。

在家计枯竭、生存难以为继的关键时刻，曾祖父岳绍昆勇于担当，挑起了重振家业的重任，决定出外谋生，进行再次创业。

1918年（民国七年，父亲两岁时）曾祖父带领胞弟岳绍伦、二儿岳本裕一行三人到达北京（大儿岳本宽是1921年父亲五岁时到达北京）。曾祖父自幼熟读儒学、道学、中医、书法等著作，在这些方面有很高的造诣，他颇具战略眼光，深知知识改变命运的道理。他之所以把北京作为外出谋生的首选，一是北京是全国的政治文化中心，那里有全国最好的大学。到达北京后，首先让胞弟岳绍伦和二儿岳本裕到北京郁文大学法学专业上学。二是民国时期，经过辛亥革命后北京政府打着共和、民主、自由、平等的旗号，对全国进步青年颇有诱惑力，曾祖父从小受岳飞尽忠报国、忠孝、节义等思想的影响，满怀报国之志，想为国家效力。由于他有较高的文化、能力和水平，很快便就职于北洋政府，后任中央委员兼全国赈济委员会会长职。但是在北京十年他目睹并经历了北洋军阀之间和全国各军阀之间争权夺利明争暗斗，他们对内打着共和统一的旗号实行军阀独裁和封建统治，对外为取得帝国主义的支持，壮大自己实力而崇洋媚外、出卖主权，造成国家连年战争，政局混乱，祸国殃民，人民处在水深火热之中；全国人民反帝反封建，反北洋军阀的浪潮风起云涌，五四运动、五卅惨案等工农学生运动接连发生，北洋军阀所控制的北京政府政局极不稳定，总统、总理像走马灯一样频繁更换。终于在1928年（民国十七年）6月15日，国民党领导的北伐军进入北京，北洋军阀所控制的北京政府宣告垮台，国民党南京政府宣告全国"统一告成"。

在北京十年，他痛切地感到，在军阀混战、时局混乱的年代，真是报国无门，回天无力。他想到古人的教诲，人生在世"不为良相，便为良医"，因而痛下决心离开北京，归隐庐山，重操旧业，一面炼道，一面行医，实现自己为老百姓治病行医济世的人生理想。

落户庐山，行医济世

关于曾祖父上庐山的时间，父亲告诉我是北洋政府垮台后（即1928年6月），曾祖父即带领二儿岳本裕（郁文大学毕业后也曾随父就职于北洋政府），上庐山牯岭，创办了"得露堂"中药号，一面炼道，一面行医。

据庐山老相册丛书第4辑《松门别墅与大师名流》一书作者，曾名满京华，与谭嗣同等誉为维新四公子的清末大诗人陈三立的孙女，国学大师陈寅恪的侄女陈小从在书中记载，他们一家人在庐山期间，无论谁有点小毛病，都是找牯岭正街"得露堂中药号"的岳老中医开个方子，无不收到药到病除之功效。而她们家是1929年冬搬上庐山牯岭的，由此可知曾祖父上庐山是1929年之前的事。又一证就是曾祖父在庐山归宗寺玉帘泉写"玉帘吐花"四个石刻大字，落款是"刻于1930年"。这些都可说明曾祖父是1928年北洋政府垮台后上庐山的，从时间上看衔接无缝。

曾祖父为什么要在庐山一面炼道，一面行医，这是因为曾祖父自幼学儒学、道学，特别热衷于道教，他是一名"道医"。为此我查阅了有关道医的文献资料，文称："道医"是以老子的《道德经》为标志，由上古真人修道，证道过程中为解决自身障碍而发展起来的一门知识。历史上上工大医都是修行有成的高道，但凡修行有成的高道也都精通医术，医道相通，医道同源，是道医最突出的特征。道是医之体，医为道所用。道医之本在阴阳，阴阳是道生化出来的，是道性的体现，"道"是道医的根本和源头。要想学好道医，用好道医，要想演绎出古代道医的神效，必须认真修道、练功，只有修道、证道，才能悟道、识道、把握道，对"天人合一""万物同体"有所感悟，才能洞察事物的本质，明阴阳之理、升降之机，才能本于阴阳应症施法，才能不执一法，不舍一法，法无定法，甚至非法之法而达上工境界。这就是曾祖父要上庐山，一面炼道，一面行医的深层次的原因。也因为庐山当年是道教圣地。众所周知庐山有个"仙人洞"，是道教祖师吕洞宾修道成仙之地，仙人洞旁边就是太上老君殿，伟人毛泽东也曾写过"天生一个仙人洞，无限风光在险峰"的诗句。可见庐山是炼道、修道当好道医的理想之地。

《以百姓心为心——试从修道的角度看岳飞》一文讲道："岳飞那种精忠报国和宁死不屈的精神以及对忠、孝、义、慈、俭等道教思想的切身践行，一直被人们仰慕、效仿，时至今日，祭祀岳飞的庙宇仍然遍布大江南北，岳飞身份早已从民族英雄上升为道教护法神灵，他的思想行为处处契合道教的修道思想"。"早在唐代，道教祖师吕洞宾已将奉行忠、孝、义、慈、俭作为修道成仙的条件，这些条件对于岳飞来说已是有过之而无不及"。由此可见曾祖父上庐山一面炼道，一面行医，既是继承先祖岳飞的道教思想，也是在追随和践行道教师祖吕洞宾忠、孝、义、慈、俭等修道成仙的要求。他给自己在庐山牯岭创建的医馆取名为"得露堂"中药号，就集中体现了他践行道教思想的决心。顾名思义，他要让老百姓吃了他开的药就像久旱的禾苗逢雨露一样起死回生。换言之，他把治病救人、行医济世作为他的初心和宗旨，可见他作为道教的忠实信徒和践行者对天下苍生的一片慈悲情怀。

父亲在我小时候就常对我说，"我2岁（1918）离爷，15岁（1931）初中毕业去庐山觅得祖父"，在与爷爷朝夕相处的五年中，得到爷爷的抚爱、熏陶和言传身教，虽然言语不多，但都是做人的经典。爷爷对他教育时，说得最多，他记得最牢的话就是"贫贱不能移，威武不能屈，富贵不能淫""头可断，血可流，志不可移"，爷爷还专门送他到进步学校庐山公学学习儒学道学三年。经过五年在庐山受爷爷的言传身教和在庐山公学专门学习国学文化，父亲的思想水平和文化知识都有了很大的提高，成为一个热血沸腾的进步青年，故而在1937年"七七"事变发生后，立即挺身而出投笔从戎，奔赴抗日战场。

曾祖父是上世纪二十年代末期落户庐山的，至今已有90余年。由于年代久远，无论是"得露堂"的员工，还是当时居住在庐山的居民，了解曾祖父当年在庐山的情况的人绝大多数已不在人世，因此除了曾在庐山与曾祖父朝夕相处五年的父亲和在庐山出生并长大的彤华姑母以及四爷口传的一些情况外，我们对曾祖父在庐山的情况了解很少。但值得庆幸的是五年前，我们在无意之中见到了当年经常请曾祖父看病，居住庐山牯岭街河南路1169号"松门别墅"的主人，清末大诗人陈三立之孙女，国学大师陈寅恪的侄女陈小从写的《松门别墅为与大师名流》一书中有一篇文章《小记两位神医的妙药》，内容如下：

　　我家在庐山前后十几年……跟家里人打交道的医师仅仅一两位而已。

　　第一位是牯岭正街"得露堂中药号"的岳老医师，这位老医师的医道颇有特色，我们家无论是谁有点小毛病，都是找他开个方子，无不收药到病除之功效。

　　有一次，八叔登恪来山度寒假忽然肚子疼，疼得满床打滚，冷汗直流。父亲赶紧将岳老接来，诊断后开出了个最简便的方子：白胡椒十粒、热白干烧酒一盅，连服几帖，果真奇效，病好了，也没再发。事后我父亲向他请教此症之原委，他说：八爷大概是夜里起来小解，没有注意腹部保暖，为寒气所侵，白胡椒为驱寒良药，用热白干酒送下，能令速达患处。

　　岳老先生系陕西人，在牯岭正街开设"得露堂中药号"，与我家因至熟，每次诊病也不收诊金，父母亲就趁年节送些礼物酬谢。

　　…………

　　这篇文章集中地反映了曾祖父在庐山行医因高尚的医德和精湛的医术，被庐山人民誉为"神医"的情况。虽然只是大师名流陈三立、陈寅恪、陈小从一家三代人对曾祖父的评价，但却反映了曾祖父在庐山为百姓行医治病的真实情况，表达了庐山人民对曾祖父赞美和感激之情。

　　四爷曾在短信中对我讲："当时在庐山大伯（指曾祖父）是名医名

士，与之交往名流也多。如大书法家于右任，与之谈书论道"。"于右任与大伯有交往，尚有当时一些将军"。父亲也多次给我讲过："有很多国民党上层人士拜他（指曾祖父）为师，从事学道，其中有中国著名地质学家李四光也为其道徒"。另外，陈三立、陈寅恪、陈隆恪一家人所居之松门别墅经常迎来一些到庐山避暑省亲的大师名流及亲友，如美术大师徐悲鸿、教育家李一平、抗日名将马占山、曾任国民党交通部长的俞大维等，因曾祖父与陈三立两家至熟的关系，一般也会与曾祖父有所交往。可想而知，曾祖父炼道行医水平非同一般。

千古名山，源远流长，得露中药，造福一方

庐山是一座源远流长的千古名山，她以雄奇险秀闻名于世。"江山如此多娇，引无数英雄竞折腰"，从古到今无数文人墨客、名人志士被庐山奇峰峻岭、秀美风光所折服。而曾祖父对庐山更是情有独钟，可以说在晚年把自己对庐山的热爱和深厚感情都献给了庐山人民，以及庐山的风景名胜和山山水水。

他创建的庐山"得露堂"中药号坐落在庐山风景区中心地带——牯岭镇正街中段街心公园对面，现在的新华书店位置。而"牯岭"之名是因为在千姿百态的庐山诸峰中，有一形似牯牛仰天长啸的奇特山岭，环岭形成一座山中小城。现为庐山风景名胜区管理局所在地，是世界上少有的一座繁荣的高山城镇，海拔1167米，因常有云雾弥漫，故有云中山城的称谓。

牯岭街三面环山，一面临谷。站在街心公园，可以眺望九江古城、长江玉带，为休闲娱乐、消遣的理想场所，也是庐山旅游者的首到之地。街心公园呈半月形，园内有一牯牛雕塑，为牯岭标志。周围花香木茂，绿草成茵。这里游客不断，白天可以在这里凭栏远眺浩浩长江和九江秀色，入夜可在这里欣赏庐山、九江万家灯火，美如幻境，犹如人间天堂。

我们作为曾祖父的后人，看到曾祖父当年把"得露堂"中药号创建在

这样一个恰似人间天堂的风水宝地之上，深深感到曾祖父高瞻远瞩水平之高，对此赞叹不已。

父亲在庐山五年（1931—1936），目睹了"得露堂"中药号的盛况。曾祖父有着高尚的医德和精湛的医术，不论谁请他看病，他都一视同仁，热情接待，认真诊治。只要他开个方子，无不收到药到病除的效果。对于那些没钱的穷人，他绝不拒绝，而是发扬人道主义救死扶伤，治病救人，没有钱也要认真地治疗。所以"得露堂"经常门庭若市，山民、难民们络绎不绝，生意红红火火。"得露堂"药材门类齐全，都是经过严格的采集和配制，各种药材应有尽有。父亲刚上庐山因少不懂事，不认识也不晓得人参须的厉害，随便抓了几根泡水喝，结果搞得全身浮肿，经曾祖父的治疗才得以缓解。总之，上世纪三四十年代"得露堂"中药号在庐山牯岭声名远扬，真正造福了庐山百姓。

新中国成立后，在对个体工商业进行社会主义改造中，"得露堂"中药号按国家要求进行公私合营，改名为公有的"庐山药店"，归庐山医药公司管理。因牯岭街意外地遭遇一场大火，原"得露堂"房屋全被烧毁。而后政府重新规划，将"得露堂"旧址改建为新华书店，而庐山药店则另迁别处。虽然"得露堂"中药号的名字已在庐山消失，但曾祖父的人品、医德及"得露堂"中药号的声誉仍珍藏在庐山一些老人及居民的心目中。

抗战爆发，共负国难，救死扶伤，难民为上

据陈小从《松门别墅与大师名流》一书记载，1938年夏天，日军攻打九江，庐山危在旦夕。由于日军的铁蹄疯狂肆虐长江沿岸，九江附近的难民络绎不绝地从山下逃往庐山经牯岭又觅途翻山而去。子女幼小且无力携带的难民，有的竟抛下亲骨肉。牯岭街及大道旁，每天都有被遗弃的"孤儿"。所幸当时教会里有慈善济众的洋人，将他们收留下来，还自发在街上及要道口设立施粥棚，以救济过路的逃难人群。这时在山上长住的"老

山民"们也惶惶不安都为如何自保，躲避敌机投弹和扫射而发愁。凡在山上有点声望，有些产业的"士绅"都接到一封勒令即时下山且措辞很不客气的信。

曾祖父的徒弟、"得露堂"中药号的传人黄河清老先生在世时曾向我说，曾祖父也是被勒令离山的人员之一。但是他首先想到的是庐山牯岭街每天都有成群结队来避难或路过的难民，由于整天在路途中日晒雨淋，奔波劳累，夜里露宿街头、稻田或谷场，其中不少人都患病在身，急需治疗。治病救人是他的天职，他怎能抛弃这些病人而远走他乡呢？因此他和得露堂的全体员工，无一人为个人安危而离开牯岭，而是夜以继日，坚守岗位，治病救人。病人都是难民，不论有钱还是没钱都尽力给予治疗，充分体现了救死扶伤的人道主义精神。在遇到敌机轰炸、扫射的危急时刻，他们便与松门别墅陈三立等几家友人在脂红路原英侨住宅租了几幢小屋集中住，以便互相照应。在《松门别墅与大师名流》104页有文字记载："这幢房子是单层平房，一厅三室，面积都不大，我（指陈小从）随母亲睡一间，……另一间则为得露中药号的岳老医师及其家人在风声紧时来住住。那时都认为这'租界'比别处安全，因屋顶上都用油漆画上美国国旗，敌机不敢对外侨'撒野'"。

另外，听彤华姑母对我讲，在日本攻打和占领庐山期间，经常散发传单放言，只要在你家的屋顶上挂上白旗，日机决不轰炸和扫射。对此，曾祖父态度非常坚决，誓死不挂白旗。对于个别山民在房顶上挂了白旗的，曾祖父看见就特别气愤。他曾多次向家人表示，我们绝不挂白旗，绝不向日本鬼子投降，充分表现出曾祖父高尚的气节和风骨。

后人知晓，人皆敬仰，寻根祭祖，祖德永光

自从我知道了曾祖父岳绍昆、二爷岳本裕一家在庐山开"得露堂"中药号，一面炼道，一面行医济世以及他们死后都安葬在庐山的情况，我打

内心对他们十分崇拜和敬仰，觉得曾祖父是一位德高望重、医术精湛、一辈子积德行善的很了不起的人，他为我们这个家族从衰败重新走向兴旺呕心沥血，立下了很大的功劳。因此从小我心中就有一个愿望，就是何时能有机会到庐山寻根祭祖，纪念和缅怀曾祖父对我们后人的恩德。这个愿望终于得以实现，至今我已先后五次上庐山，一次到烟台，对曾祖父和二爷进行祭祀和叩拜。

第一次是上个世纪八十年代早期，我先到星子县人民医院看望二婆（二爷岳本裕妻子刘氏）、姑母和姑丈，然后与姑母岳彤华、姑丈曲子敬一起上庐山牯岭，先后到斗米洼曾祖父墓地、牯岭公墓二爷墓地进行祭祀和叩拜。曾祖父的墓地是曾祖父生前就选好的。两个墓地的风水和风景都非常好，且各有特色。站在曾祖父墓地举目眺望前方就是庐山的芦林湖和芦林桥景区，再眺望山下即是鄱阳湖。墓地依山傍水，松柏常青，风景如画，就是只有曾祖父一个坟墓隐埋于丛林之中，没有当地人带领很难找到。而二爷墓地置于公墓之中，坟头墓碑林立，气势雄伟，举目远望山下，滚滚长江东流而去，气势磅礴，甚为壮观。

第二次上庐山约是上世纪80年代晚期，是我一人利用出差机会专门请假两日上庐山给曾祖父祭拜。上庐山我先找到原"得露堂"中药号二代传人黄河清老先生，由他带领我一起去祭拜的。黄老先生得知我是岳老中医的曾孙时，真是喜出望外，对我格外亲切，把我像他家人一样留在他家中热情款待。他告诉我，他自年轻时就拜我曾祖父为师，学习医道，受到曾祖父多年的教诲和关怀，受益匪浅。他对我曾祖父的医德和医术有深切的感受，由衷地钦佩，且非常感恩。他的妻子对我说，在曾祖父去世后，每逢过年过节他都要想法买些祭品到曾祖父坟上去祭奠一番，而且数十年如一日从不间断。在我们一起去斗米洼给曾祖父上坟的路上，沿途要经过很多居民的家门口，大家相互间都要热情地打招呼，其中有好几个家中有病人的都要向他介绍病人情况，求医问药，他都耐心地给予解答，并能很快提出解决方案。可见他作为一个民间医生，已深深植根于庐山人民之中。虽然他只是一个普通的医生，但他继承了"得露堂"中药号和曾祖父的医德、医术，始终坚持以人为本，发扬全心全意为庐山人民治病的宗旨，因此得到庐山人民的爱戴和尊敬。他在庐山很有人缘，口碑很好，难怪在他去世出殡时，小小的庐山牯岭，竟有千余人自发地为他送葬，这就是道德人品的力量。

第三次上庐山约是上世纪90年代中期，我到九江出差开会。会议结束后我请了一天假上庐山，通过镇政府联系上在斗米洼居住的村民给我带路才找到曾祖父墓地。但可惜的是曾祖父灵柩已随彤华姑母的工作调动而迁往烟台了，因事先不知道，故只看到现场留下坟墓的遗迹。后经联系才知道曾祖父和二爷的灵柩均已迁往烟台安放。

第四次是1997年10月陪省人大一位副主任一起到江西省进行《道路运输管理条例》的编制考察时，考察团集体组织到庐山参观游览。此时，因曾祖父和二爷的灵柩已随彤华姑母和姑丈的工作调动迁往烟台，我只顺便到牯岭街"得露堂"中药号旧址"新华书店"及新址"庐山药店"看望了一下。

第五次是2017年9月，当我看到了陈小从写的《松门别墅与大师名流》一书中《小记两位神医的妙药》一文后，深为曾祖父在庐山的业绩和名望所感动，自己从内心深切感到作为曾祖父的后人，有必要到庐山做一次较深入的走访和考察，追寻曾祖父在庐山的足迹，寻根问祖，收集、整理、总结曾祖父一生的经验和业绩，将其载入家族的史册，以晓谕后代，以便后人能珍惜先祖的荣誉。同时，以先祖的荣誉、业绩来鼓舞、教育、激励自己继承和发扬先祖的优良品德，吸取他们的经验，争取家族更大的发展和光荣。

此时，黄河清老先生已辞世多年，得知他的子女仍在庐山的消息后，我们几经周折终于找到了黄先生的大儿黄大欢，二儿黄大欣和女儿三人。

41

当得知我们是原"得露堂"中药号岳老中医的子孙时，他们也同当年他们的父亲一样对我们十分亲切热情，像自己的兄弟姐妹一样很周到地安排了我们的食、宿、交通等事项。黄老先生的大儿是牯岭街一个旅游服务公司的老总，工作非常忙碌，但他在百忙中仍然挤出时间陪伴接待我们。在庐山10天的日子里，基本上按我们预定的计划，亲自开车陪同我们走访了牯岭街、新华书店、庐山药店、松门别墅、月照松林、虎守松门、花径、仙人洞、庐山老别墅、庐山石刻博物馆、庐山会议旧址、庐山抗战纪念馆、芦林饭店、庐林湖、毛泽东诗词园、脂红路英侨小屋、庐山植物园、三宝树、黄龙潭、黄龙寺、乌龙潭、含鄱口、如琴湖、庐山图书馆、大口瀑布、归宗寺玉帘泉等处。最后离别时，还带我们到陈三立八十大寿时，与来祝寿的亲友合影留念的地方，让我坐在当年曾祖父坐过的石头上大家一起合影留念，让我倍感荣幸和欣慰。

这次庐山之旅又得到黄老先生三个儿女的热情接待，让我深深地感到有其父必有其子，黄老先生的子女继承了黄老先生的优良品德，待人热情、朴实、厚道，给我留下美好而难忘的印象！正是由于他们一家人倾力相助，我的第五次庐山之旅才比较顺利地达到了预期的目的。

上世纪九十年代，姑母岳彤华、姑丈曲子敬举家迁往烟台工作，将曾祖父和二爷的灵柩随迁到烟台，我于2002年退休后曾专程前往烟台看望姑母姑丈并相约一起到公墓将曾祖父、二爷的灵柩请出来进行了祭祀和叩拜，了结了我多年的心愿，内心甚感欣慰。

多才多艺，情操高尚，玉帘吐花，百世流芳

庐山是千古名山，素以风景名山、文化名山、教育名山、政治名山、科技名山著称于世。从古到今，无数文人墨客、名人志士被庐山雄奇险秀、奇峰峻岭所折服，竞相到庐山游览名胜，赋诗作画。名人名山，珠联璧合，交相辉映，给庐山留下了宝贵而丰富的文化遗产和精神财富。历史

名人陶渊明、谢灵运、李白、白居易、苏轼、王安石、岳飞、文天祥、李时珍、徐霞客、康有为、范仲淹、张九龄、韩愈、朱熹、黄庭坚、吕洞宾、孟浩然、欧阳修、杨万里等都在庐山留有名篇佳句，成为庐山一道道亮丽的风景线。如李白《望庐山瀑布》："日照香炉生紫烟，遥看瀑布挂前川。飞流直下三千尺，疑是银河落九天"。苏轼《题西林壁》："横看成岭侧成峰，远近高低各不同。不识庐山真面目，只缘身在此山中"。白居易《大林寺桃花》："人间四月芳菲尽，山寺桃花始盛开。长恨春归无觅处，不知转入此中来"。岳飞《寄东林慧海上人》："淼浦庐山几度秋，长江万折向东流。男儿立志扶王室，圣主专征灭土酋。功业要刊燕石上，归休终作赤松游。殷勤寄语东林老，莲社从今着力修"。这些名诗佳句在庐山几乎妇孺皆知，传为美谈，给世人留下美的享受。

我的曾祖父岳绍昆（字峻山）自上世纪二十年代末期到庐山二十余年，一面炼道，一面行医济世，他不仅在道医方面有很深的造诣，被庐山人称为"神医"，深受庐山人民的赞誉和爱戴，而且他多才多艺，有多种兴趣爱好，尤其非常热爱庐山的风景名胜，热爱庐山文化公益事业，对书法石刻艺术情有独钟。对此姑母岳彤华曾在多年前就告知我，曾祖父在庐山归宗寺附近玉帘泉有亲自书写的摩崖石刻"玉帘吐花"一处，在庐山仙人洞附近留有"老君殿"石刻一处，要我抽空一定去瞻仰祭拜一下。

到庐山寻访曾祖父的足迹，特别是去瞻仰曾祖父两处石刻作品，是我多年的愿望，也是我2017年9月第五次庐山寻根之旅的重点项目。9月30日下午2点到达星子县归宗寺，由于出租车师傅没去过玉帘泉，几经辗转也找不到去玉帘泉的道路。此时，出租车师傅给我出主意，要不出点钱找个当地的老乡带带路吧，此时路边正好有一个幼儿园，老师带着一群儿童正在玩耍。我向老师说明来意，老师立即很高兴地领着两个大点的儿童给我带路，先从田埂上走过，又从一片树林的小路穿过去二百多米就到达一个进入景区的被称作防火检查站的山口，我们才知这就是去玉帘泉小路的入口处。为了防止火灾，政府在此设了检查站，凡要去玉帘泉景点的人都要进行防火检查。这时给我带路的幼儿园老师与儿童和我告别准备返回。我立即拿出20元钞票给老师，说谢谢你们给我带路，但老师和同学齐声说：我们不要钱。转身就走掉了。我心里既有敬佩，又有自责，觉得自己太低估了当地老乡的思想水平了。经与检查站的同志交流，他们看我已是76岁高龄的人，是专门去玉帘泉瞻仰祭拜八十八年前（1930年）自己的曾祖父在此景点书写的石刻的，知此情景，检查站两位同志商议，为了我上山的安全，其中的王同志主动提出给我带路，陪同我前往。对此我真是喜出望外，我正怕沿途岔路多，走错路，有王同志陪同，我求之不得。

虽说从防火检查站到玉帘泉景点仅3里路，这对我这个年轻时曾在巴山工作过三年的人来说本来只是轻而易举的事，但可惜年龄不饶人，如今我已是76岁高龄且已患有多年较严重的腰腿疼的老人，面对着上山要爬5000多个台阶，真是有点望而生畏。但是一想到我如果这次不上去，以后恐怕再没有机会上去了，这样我会留下终生的遗憾，对不起我的曾祖父，对不起列祖列宗，愧为岳家子孙，所以我下定决心，我就是爬也要爬到玉帘泉，不达目的，决不罢休！无论腰腿怎么疼痛我要坚持到底，就这样经过一个多小时的艰难攀登终于爬到了玉帘泉。举目仰望，高山之上一股银白色像银河般的瀑布从石镜峰崖顶空跨布崖喷薄而下，轻扬成白练！水雾蒙蒙，晶莹灿灿；凌空开卷，随风飘动，如玉帘吐花，潇潇洒洒，悠悠扬扬，飘落潭中。瀑声婉转动听，疑是玉女拨弦！真似进入人间仙境一般。

潭水旁巨石之上，曾祖父八十八年前亲手书写"玉帘吐花"四个刚劲有力的大字，巍然屹立在山崖之上。落款为"庚午秋承青松和尚邀赏仙境，特书此以志焉。岳峻山、席妙音全劳用宏、杨德洵、劳则民、杨寅承、李叔谦泐"。

当我观看到玉帘泉美如人间仙境的自然奇观，又瞻仰了曾祖父的石刻大字的人文景观，我的心里突然感到，自然和人文两个景观真是珠联璧合、交相辉映，美哉妙哉！"玉帘吐花"四个字真可谓是画龙点睛，把玉帘泉如人间仙境般的自然奇观生动形象地描绘出来，足见曾祖父文采飞扬、书法精湛，有着浪漫主义的高尚情操，这个题字一下子将这个景点的档次提高到一个新的高度。目前这一石刻已被收集到庐山石刻博物馆展览，曾祖父的石刻作品将与日月同辉，流芳百世，永远供世人游览、观赏，带给人们以美的享受。

对家族的主要贡献

民国初年，商业破产，家道中落，曾祖父临危受命带领家族男丁出外谋生，游京、鄂、赣，最后落户庐山牯岭，创建"得露堂"中药号，一面炼道，一面行医济世，开创了家族一段新的兴旺时期。在这段家族由衰败到兴旺的发展过程中，曾祖父功劳重大，功不可没。本人以为最大的贡献有以下三个方面：

1.非常重视对子孙后代的文化教育和人才培养。站得高，看得远，颇具战略眼光。当时他之所以把全国政治文化中心北京作为出外谋生的首选目的地，首先看中的是北京文化发达，有全国最好的大学，可以把胞弟和儿子送到好的大学读书深造。当时家道已经败落，经济十分拮据，但他认识到只有知识才能改变面貌。只有让子孙后代有了文化知识和专业技能才能彻底斩断穷根，改变家族的命运。因此，即使是在经济十分困难的情况下，他毅然决然地把胞弟岳绍伦、儿子岳本裕送往北京郁文大学读书，足见曾祖父眼光之高，志向之远。是曾祖父为我们这个家族开启了哪怕父母再穷再苦，砸锅卖铁也要供孩子上大学的先河。这也是我们这个家族尽管跌宕起伏灾难不断，但是总蕴藏着发展的潜力，总能走出困境的重要原因。

事实也是如此，曾祖父的胞弟岳绍伦大学毕业后，由于具有较高的文化和专业知识水平，加上本人能干，能力很强，所以能在没有任何背景和关系的情况下很快就当上了武汉老河口统税局长的职务。曾祖父的二儿子岳本裕大学毕业后，由于有较高的文化知识水平，开始随父在北洋政府工作，后随父上庐山创办"得露堂"中药号是曾祖父的得力助手和接班人。在庐山将"得露堂"办得红红火火，井井有条。从此家族彻底摆脱了困境，各人的家眷、子孙分别被从陕西接到庐山和武汉，过上了衣食无忧、安居乐业的富裕生活。

2.以"尽忠报国，忠孝传家""文官不爱财，武官不惜死"的岳飞精神和"忠孝义慈俭"的道教思想教育培养岳本宽、岳杰两个儿孙。因我们是岳飞的后人，有练兵习武的家风，家中一直都备有练武用的冷兵器——刀、枪、剑、钢鞭、长杆、大刀、铜锤等，从小就让儿孙练习武艺，在老人们的言传身教和耳濡目染下，从小就有学好武艺"尽忠报国"的志向和疾恶如仇、见义勇为的侠义精神。在上世纪二十年代初期，军阀混战、民不聊生、国家危难之际，曾祖父毫不犹豫，通过友人陕西籍国民党元老于右任先生介绍将自己大儿子岳本宽送入黄埔军校一期学习，毕业后投入北伐大军，奔赴前线，先后任排长、连长、营长等职。从1926年7月9日，国民革命军在广州誓师，北伐战争正式开始，到1928年6月15日北伐军进入北京，国民党南京政府宣布"统一告成，北伐胜利"为止，一直都在北伐战场上浴血奋战。进入北京后，祖父因北伐中身受重伤，在北京协和医院治疗无效身亡，葬于北京九天宫北伐烈士墓（另一说法为葬于香山碧云寺）。

1931年父亲15岁初中毕业就被曾祖父叫到庐山，送入庐山进步学校"庐山公学"学习儒家道学三年。1936年父亲从庐山到上海考入上海建业汽车工业学校学习，适逢西安事变爆发，他深为张学良坚决抗日的精神所感动，已是热血沸腾、摩拳擦掌。1937年"七七"事变爆发，他更是义愤填膺，心潮澎湃。在曾祖父的支持下，他立即投笔从戎，奔赴抗日前线。由于他对张学良坚决抗日的崇拜，便投入到张学良部115师，转战大江南北，在正面战场，奋勇杀敌，历任连文书、排长、连长、副营长、营长、副团长等职。抗战胜利后被任命为中校、团政工主任。1945年8月日本宣告无条件投降，当时他仍在广西全州一带死守。

曾祖父的儿、孙，我的爷爷和父亲父子两代人作为圣祖岳飞的后人，义无反顾地在国难当头之际参加中国现代史上两次伟大的正义战争，北伐战争和抗日战争，直到最后胜利，为国家的统一、民族的解放立下了汗马功劳。他们作为岳飞后人真正践行了岳飞"尽忠报国"和"文官不爱财，武官不惜死"的家训家规和爱国主义精神。事实证明他们父子二人不愧为民族的脊梁，不愧为民族英雄岳飞的后代，无愧于列祖列宗。这是我们这支岳家人最大的光荣，是最值得我们引以为自豪的事。

他们之所以能够这样做是曾祖父从小对他们的培养教育熏陶的结果，对此曾祖父功不可没。

3.行善积德，庇荫子孙，枝繁叶茂，家族兴旺。曾祖父一生对道教情有独钟，他之所以选择庐山落户，就是因为庐山仙人洞是道教祖师吕洞宾修道成仙的地方。而在唐代吕洞宾就将忠、孝、义、慈、俭（崇俭抑奢）作为修道成仙的条件。曾祖父一生以老子《道德经》为标准，遵循道法自然、无为而治、忠孝义慈俭的做人准则，坚持修道、炼道，心系百姓，心怀慈悲，在行医治病中始终坚持以人为本，救死扶伤，治病救人，发扬人道主义，无论有钱还是没钱，无论是高官还是平民百姓，众生平等，都要给精心治疗，让老百姓少花钱甚至不花钱（如难民）也能治好病，真正做到行医济世、行善积德。作为道医，他以道治心，以医治身，心身兼治，自然病好得快。他将道教的阴阳五行理论用于中医，因为道医之本在阴阳，阴阳是道生化出来的，是道性的体现。"道"是道医的根本和源头。要想学好道医，用好道医，发挥古代道医的神效，必须认真修道、炼道，只有修道、炼道才能悟道，才能洞察事物的本质，明阴阳之理，升降之机，才能本于阴阳，应症施法而达到上工境界，这是一门科学。这就是曾祖父在庐山被称为"神医"，无论是谁吃了他开的药，无不收到药到病除的效果的原因。

正因为曾祖父一生对道教的理念深有研究，他深知"积财给子孙，子孙未必能守，积书给子孙，子孙未必能读，不如积德给子孙，用阴德来庇荫子孙，唯此才真正是替子孙着想"。所以他一生都在行医济世，行善积德，常修布施，利益众生。在庐山以自己高尚的医德和精湛的医术，为无数老百姓治好了疾病，拯救了多少难民和百姓的生命！

正是由于曾祖父一生行善积德，给我们这些子孙后代带来的福报，使我们这支岳家人渡过了一个又一个难关。

在抗日战争中父亲出生入死、流血流汗，坚持抗战八年，身负弹伤多处，为抗日战争的胜利立有汗马功劳。解放战争中，他抱着中国人不打中国人的思想被迫参战，在淮海战役中率团投诚起义。新中国成立后他解甲归田，回到老家本想下农村种田务农，自食其力养家糊口，过悠闲自在的田园生活。可没想到好日子没几年就被戴上"历史反革命"的帽子管制起来劳动改造，完全丧失了人格和尊严，在历次政治运动中不断遭到批斗。在自然灾害中多年吃不饱肚子，忍饥挨饿，得了浮肿病。由于粮食急缺，为了两个小弟和一个小妹不被饿死，也为了他们长大有个好的前途，父母不得不忍痛将自己的亲骨肉送给南山成分好有杂粮吃的人家做继子（女），造成骨肉分离的悲剧。"文革"十年浩劫期间，父亲不知多少次被游街、批斗打骂，也曾被打断两根肋骨，卧床数月，疼痛难忍，全家经历了一段十分悲惨的岁月。在经济上更是一贫如洗，上无片瓦，下无立足之地，长期租房，居无定处。总之，在改革开放前的几十年中父母在农村饱受批斗、饥饿、冤枉、委屈等各种苦难的折磨，但父母始终有一个坚定的信念，就是相信自己参加八年抗战没错，解放战争投诚起义没错，大丈夫要能屈能伸，人生在世要经受得住冤枉和委曲，因此才终于从艰难困苦中挺了过来，保住了性命。在自然灾害和十年浩劫期间，全国死亡人数比较多的情况下，全家无一人饿死或被打死，真是不幸之中的大幸，可谓是万幸。我以为这正是曾祖父和岳氏列祖列宗行善积德修来的福分所庇护的结果。

改革开放四十年，斗转星移，时过境迁。我们可以十分欣慰地告知曾祖父的在天之灵，我们这支岳家人迎来了枝繁叶茂、家族兴旺的新局面，你的长子长孙岳杰被选进县政协连任两届政协委员，你的曾孙有6人（四儿二女），你的玄孙（含家孙、外孙）有13人。你的胞弟岳绍伦有儿子二人，孙子3人，曾孙3人，玄孙3人。你的侄儿岳尧德高寿长，现已93岁，侄媳88岁，二人均是高寿，且现在儿孙满堂，四世同堂。你的孙女岳彤华、孙婿曲子敬之女中学时就是一个十分优秀的学霸，在全国中学物理（或数学）统考中名列榜首，是被保送到华中科技大学的尖子生，后留学加拿大搞研究工作；其弟也到加拿大留学，现姐弟二人都定居加拿大。在你的30多个子孙中，从事教育工作的有教授1人（任大学一个学院的副院长、副书记），曾留学英国，为访问学者；有副教授3人（其中1人是诗歌、散文、书法、绘画的爱好者，曾创作过很多优秀的作品）；有医务工作者4人（其中副主任医师1人，主治医师3人）；有政府机关公务员2人（其中1人曾任省交通厅副厅长、省公路局长，另1人任市审计局审计科长，市政协委员等职）；有从事高铁、高速公路、隧道、地铁等项目建设的高级工程师、项目经理2人；有从事动漫行业美术主笔技术骨干1人；从事科技信息公司自动控制工程师项目经理1人；从事房地产装修工程高级技工1人；从事地区党校干部培训工作管理干部1人；从事交通职业技术学院成人教育管理干部1人；有自主创业的个体经营者4人。凡是进行自主创业者，均是有魄力、能吃苦、有经营头脑和拼搏精神的能人。由于经济基础比较薄弱，尽管困难重重，但目前都在积极想办法努力发展之中。还有从事农村基层村党支部书记多年的1人。可以自豪地告慰曾祖父的在天之灵，我们这支岳家人由于从骨子里传承了岳氏家族"尽忠报国，忠孝传家"和"忠孝义慈俭"的家风家训，从总体来看，个个都能自强自立，奋发有为，爱岗敬业。在家为父母尽孝，在单位尽职尽责，努力工作。目前整个家族在曾祖父和列祖列宗所积阴德的庇护下，在每个族人各自的努力下，已初步呈现出枝繁叶茂、人丁兴旺、繁荣昌盛的良好局面。全体族人已从陕西城固南关和石家巷2号祖屋奔赴陕、甘、青、新或其他大中城市工作。到农村参加农业生产的岳家人已基本上跳出"农门"，走出大山，从上无片瓦、下无立足之地，一贫如洗的惨状发展到进入城市工作并都有了自己的事业、住房和家庭，达到衣食无忧的良好状态。纵观我们这个家族迁徙和发展的历史，有一条贯穿于家族成员骨子里的东西，就是圣祖岳飞和列祖列宗的"尽忠报国，忠孝传家"和"一不怕苦、二不怕死"自强不息的拼搏精神。通过对我们的家史进行认真总结和反思，有以下三条基本经验和一条深刻的教训。

经验：

1.以德立家，以德树人，永远牢记圣祖岳飞"尽忠报国，忠孝传家""忠孝义慈俭""文官不爱财，武官将不惜死"的家风家训家规，在家尽孝，在单位搞好本职工作，为国尽忠。为人正直、正派、公道，不卑不亢，光明正大，坦坦荡荡，积极向上、向善，助人为乐，行善积德，利益众生，广积阴德，泽及子孙。

2.重视文化教育，培养教育好下一代，再穷也要让子孙后代上大学，掌握较扎实的文化知识、科学技术和专业才干，才能彻底摆脱贫困。

3.要能吃大苦耐大劳，要有坚忍不拔、自强不息、不怕挫折、艰苦奋斗的拼搏精神。

具备了这三条，一个人，一个家才能永远立于不败之地。

教训：

全体家人都要吸取我们家族在民国初年家败的教训，每个家族成员生生世世都要远离黄、赌、毒，这是一条高压线，碰不得。要牢记祖训：

"贫贱不能移，威武不胜屈，富贵不能淫"。要崇俭抑奢，把高尚的思想品德情操和俭朴的生活作为一生的追求和目标。

缅怀曾祖父的功德！岳门兴旺，祖德永光。

　　岳侠，男，1942年3月生，原籍陕西汉中城固县。中共党员，高级工程师。1968年西安交通大学机械系毕业，在青海第一汽车修理厂当工人、技术员、技术革新副组长先后十年，后历任省交通厅副处长、省公路局党委书记兼局长、省交通厅副厅长、省交通企业管理协会副会长兼秘书长等职。

南康府与老水井的传说

口述：郭宝林、汪松元
记述：汪传贵

在庐山市中医院的东北角有一郭家自然村，虽然如今的村子已被新的街道及商品房屋所掩映，但久远以来，关于郭家村前古樟树下那口老水井的神奇传说，却一直被人们当作茶余饭后的故事流传着。

早时的县城及城郊区，在没有自来水之前，人们的饮用吃水大都依靠取用井水。记得小时候，我家与郭村仅相隔一个小山丘，那时县城及郊区水井又极少，我们常常和周边的居民一道担着木制水桶，走上十来分钟的弯曲小道到郭村这口水井取水。虽然这口水井不深，但早时人们就说这水井连通着"泉眼"，水质清澈甘甜。尽管原来居住周边的村里人都取用这口井水，但一年四季、春夏秋冬，这口小小的水井似乎从来没有听说干涸过。

前不久，当我再次听郭村88岁高龄的郭宝林老人提起这口水井的故事时，便决定去重访一下似乎阔别了已几十年的那口老水井。

自明太祖洪武九年（1376年）设南康府起，南康府辖星子、永修、都昌、安义四县，府衙便设在星子县城。南康府衙作为当时南康知府接待上级官员和商讨重要政事的重要场所，其规模横贯谯楼（点将台）以北一线，如今周瑜点将台以北的大片地方，都是古代南康府衙的旧址。那时的府衙建筑都是进深几重的庭院式结构，房屋内侧均为砖木相砌，屋顶梁架也都是用上等优质的木料镶嵌而成，不仅规模宏大，气势恢宏，而且应该是坚固无比。

古时南康府的四周修筑了一道高高的城墙。那时，紧临北城墙外如今的郭村处还是一片荒凉的山地，而那时的山地大多是一些家族购置的葬墓用地。传说明朝晚期，有一天，南康府的府官们正在府衙大堂议事，突然大堂房顶上的一根木质横梁好端端地从房顶轰然掉落下来，顿时让府官们慌作一团，个个惊吓得面如土色。这时，有位懂八卦风水的府官立即警觉起来，在检查不出任何房梁掉落的原因后，感觉大事不妙，猜想一定是附近有阴风怪事触动了府衙的灵脉所致。于是，南康府官便下令派几位懂风水的府官立即出城，沿着城墙外四周微服私访，查寻缘由。

南康府城外周边原有的地貌，东西左右呈凹凸起伏的龙凤结构。而郭家村早时正处于南康府近城外东侧凸起的一块山地位置，其地貌也酷似南康府的一只臂膀。当南康府官巡访到如今的郭家村地段时，突见有一吴姓人家正在山地上动土葬坟。于是，府官们假装过路客走近墓地，查看发现其墓穴位朝向正直指南康府衙，而且推算其下葬时间又与府衙房梁掉落的时间刚好吻合，心中谜团顷刻不解自开。原来是这山地动土葬坟触动了南康府衙的灵脉，因而导致了府衙房梁的突然掉落。

古时人死后土葬，有钱人家都要请风水先生即所谓的"地仙"选择墓地风水及墓的朝向，以祈盼家族平安兴旺。吴姓人家选择的这块墓地也许当时正符合顺风水、接地气的要求，但却无意中触动了南康府衙的灵脉。如何解除和化解葬墓对府衙的不利影响，同时又不妨碍丧葬人家，此时必须尽快有一个万全之策。同样善于看风水的南康府官灵机一动，暗自观测周边山势地貌后，故作惊异而诚恳地对葬墓吴家人说："你们选择的这块墓地，暂时表面上看来风水地理位置都不错，但要长久安定发达，周边必须要有出气之类的井塘。"府官告知他们可先在墓地的右侧土坝下方挖上一口水井，水井挖至三四米时底下方会出现一石块，并挖至见着石块和出水就可以了，再在墓地的前方位置开挖一口小水塘。这样，便可保佑他们家族后人世代无忧，兴旺发达。吴姓人家听后认为府官说得如此富有玄机，便言听计从，不久便在山坝下和山地前方分别开挖了一口水井和水塘。据悉水井挖至三四米后，果真井底有一整块底石。人们说这口水井原取名为"玉莲泉"，在早年清洗水井时，发现井底的石块上还曾有"玉莲泉"等字迹。也曾有人说，井底"玉莲泉"三字是挖井时就显现的。

水井取"玉莲泉"之名，是因为观音桥处有"玉渊"泉水，传说南康府府官中的风水先生选中的这口水井，其泉源与观音桥的玉渊泉眼是一脉相通的。听说在南康府时期，为了保证府衙里生活饮用水的品质和口感，吃水都是靠人工步行到观音桥取玉渊泉水肩挑而来。因为去观音桥处取水太远，长年累月肩挑担扛实在辛苦艰难，挑夫们便偷想在府城附近试着请人寻找同样品质的水源替代。那时检验泉水与普通水源的方法只有采用含矿物质比重原理，通过量筒比对水位高低得知。通过寻找和量筒比对，挑夫们发现在五里李个庙如今消防队以北的地方，有一井水与观音桥玉渊泉水的品质非常接近，从此便偷偷地取这一泉水送到府衙，从而省去了一大截路途。由于水质相差无几，府官们一直也浑然不知。

至于原五里乡李个庙和郭家村前开挖的这口水井，据悉与观音桥玉渊的天下第六泉为三点一线，一脉相通。也许当初选择开挖水井位置时，南康府的府官风水先生也是观其天象而神算定位，叫人不可思议。

我沿着郭村前的小区道路，走过房屋的中间地段右侧的一条巷口，坝上方的那棵老樟树依然那样茂盛着。尽管四周的农田早已被高耸的房屋所替代，但坝下方却预留着一块20多平方米的空旷地，眼望着杂草丛生的空地，却不见那口老水井的影子。正当我怀疑是否位置有误或水井是否早已被淹埋了时，由于我们的惊动，近旁房屋里一位老太太牵着条小狗走出了院门。我说明来意后，老太太指着那盖着门板、草席的地方说："水井就在那下面。"于是，我俯下身子，掀开那盖着的杂草乱物，果真一口长方形状的水井凸显眼前。然而，令我深感遗憾的是，原来那口约宽一米、长二米，四周用粗糙大理石砌成的老水井模样不见了，如今的水井四周不知何时被人为地用水泥裹盖着，井口也似乎砌小了一些；而村前现位于公路南侧的那口水塘早已淹没得所剩无几，但仍可辨其址。不过令人欣慰的是，尽管现今的城市人不再取用这井水了，四周也早已被高耸的商品房屋所围困，但房屋的建造商们毕竟给予了老水井难得的生存空间，让这口古老的水井有幸保存了下来。虽然水井历经千年的泥沙风雨，但井水依然充盈喷涌，且清澈如故。

传说中南康府衙的房梁突然掉落，那口直通玉渊泉的水井的神奇由来，以及"玉莲泉"三字是挖井时就天然呈现还是后人所刻，如今似乎是无法考证的。其实，很多民间的传说都有着历史与故事的融合，天地万物间许多的现象玄机有时也真的令人百思不得其解。或许，有时一段故事的畅想也往往给予人们一种快乐的遐想和意想不到的启迪。

眼前这口如此安静的老水井，不仅承载着古时南康府曾经的平安吉祥，也给予过我们难舍的生命源泉。祝福它千年如故，泉源不息，继续滋养着庐山市这块人文圣地新的灿烂辉煌。

口述人：郭宝林，男，生于1932年7月，庐山市南康镇人，现为庐山市农业银行退休职工。

汪松元，男，生于1952年7月，庐山市南康镇黄泥岭人，曾任生产队长、南康镇人大代表。

记述人：汪传贵，男，庐山市南康镇人，生于1963年10月。中共党员。1980年10月起在原星子县粮食局工作多年，现为庐山市农业农村局干部。

印象庐山

怀念族兄平邦和好友铁生

龚平海

族兄龚平邦

著名爱国华侨、哈佛大学教授龚平邦先生于2005年6月4日仙逝。人虽作古，音容宛在。特别令人怀念的是，他88年辛勤奋斗的一生中，留给我们许许多多可歌可泣的精神财富。

平邦兄出生于九江市星子县，他少小离家，出门求学，上世纪40年代毕业于上海复旦大学经济学系，一直到晚年在美国几所著名大学从事经济研究。在近70年的岁月中，都潜心于经济管理的教学和研究。任过台湾地区成功大学、逢甲大学的经济管理系主任和院长，上海复旦大学的客座教授，在美国哈佛大学和德州理工大学从事研究工作。1963年被联合国教科文组织派往泰国曼谷法政大学资助研究经济发展，曾多次被邀请到北京、上海以及东北等地高等院校讲学和研究。前后出版了《管理学》《现代管理学》《行为学概论》等9部高等学府教材和500多万字的经济管理专著，是蜚声海内外的经济管理学专家。他在经济管理上的许多著名论文和教学经验，在国内外都得到广泛论同。他曾写信说："我从事教学数十载，无大善可陈，只是写了八九种公开出版的著作，为经济管理专业劳碌了一辈子。"这种七十年如一日，学术成就卓著，世代为人师表，甘愿奉献终身的敬业精神，是永远值得我们学习的，旗帜鲜明支持祖国统一的爱国热情更令人感动。平邦在台湾和美国生活工作了六十多年，最了解美国各种政治势力斗争的复杂性。他身为双科教授，又是著名学者，一言一行的影响力，深受各方关注。1992年春节，他写信给我说："我好想念祖国。居住海外的人，寂寞的心，渴望故国之情是复杂而深沉的。"他说："我在美国，虽处复杂漩涡，作为教师，我会站得稳、行得正，不怕风浪袭人。"1993年秋，平邦第三次回乡带来已获得芝加哥大学化学博士学位的大儿子君展第一次寻根，两代教授同行，情意浓浓。我陪同他俩到庐山参观，他无限深情地说："毛主席是中国历史上少见的伟人，今年是他100周年诞辰纪念，中国人民、世界华人尊敬他，怀念他是理所当然的。"谈到《台湾问题与中国的统一》白皮书时，他说："我看过了，文章写得在情在理，我是赞成的。中国要强大、要发展，必须走这条路。衷心希望中国能早日统一。"1997年底给我写信说："这次江主席访问美国，给我们侨界带来了许多欢愉、骄傲与光荣，我有幸参与了欢迎、欢送以及宴会，真是感到中国人民终于站起来了。"1998年，平邦兄应中国政府邀请参加了在北京举行的国庆49周年的庆典活动，1999年又应邀到北京观赏50周年国庆大典。不久朱镕基总理访美时，他都参加了迎送宴会。每次来信时，他都激动不已，"感到无限的光荣与自豪"，"身在异国他乡的炎黄子孙，每时每刻都心系着祖国，在我有生之年，能亲眼看到祖国的繁荣发展，其中的感慨真是太多了"。他还谴责少数"台独"分子"没有本事报效祖国，却在外面乱骂，真是不知廉耻"。

平邦兄离家六十多年，他身在海外，故土难忘。1996年他年满80周岁前后，他的思乡情结愈加浓厚了。他多次来信说："我好想念祖国，时时想起儿时记忆中那破落的料咀上我的家乡。而建设家乡始终是存在心中的大事。"他念念不忘"生斯养斯的祖国和故乡"。他无限深情地写道："思乡之情，随年华老去而与日俱增，我真想在庐山脚下找一个隐居之所，悠游于山林田园之间。人老了，总是要准备西归的，能为自己的祖国贡献一分力量是值得骄傲的。在我老年心里缺少这种享受，我要唱'归去来兮'，也许是这个原因吧！"1993年秋他回乡考察，看到村里吃水困

57

难，便设法请省里拨款3万元帮助解决；看到村上的小学有困难，便解囊相助。1998年家乡发大水，他在美国发动全家捐款，委托乡村组织和亲友购买大米送到灾民家中。

平邦身为国际知名大学教授，经常进出于高层领域，却始终保持着平民的生活习惯。回乡探亲时，看上去他就是一个普通的老百姓。他怀着一颗感恩的心对待家乡的乡亲父老，他深深感谢乡村的干部为家乡建设所做出的辛勤努力，席间总是主动敬酒致谢。在星子参观华橘园，看到满园葱绿，果实累累，他便问陪同人员一棵树可产多少斤，一亩地收多少，销售怎么办，还嘱咐儿子君展带些样品回美国帮助推销。当参观看到花岗石矿和艺术石雕作时，他高兴地说，这是祖先留给我们的一大笔财富，并嘱咐一定要保护开发利用好。市科委领导请他到学校讲学，谈到酬金时，他当场表态："为家乡做事都是享受，一分钱也不要。"他告诉我们，他每次回国都乘坐国航班机，带回的美金也都是在国内的银行兑换。"从一滴水中可见太阳"，在平邦这些看似平凡琐碎的小事中，我们看到了他待人处事的高尚风格和魅力。

平邦兄为我们树立的敬业精神、爱国热情、思乡情结和人格魅力，是值得我们永久怀念和好好学习的。

好友陈铁生

1999年5月底6月初，在九江的同乡告诉我，陈铁生在台湾病逝了。噩耗传来，万分悲痛，哀悼之际，故友的音容宛在，思恋之情，遐想连绵……

陈铁生，原名陈述源，享年逾古稀，比我大三岁。新中国成立前，我们两家同住在星子县城正街坡头附近，我俩从小一同在张功夫、朱建阳等老师家读私塾，又一道读小学到毕业。不仅是童年学友，还是星子县城有名的"调皮鬼"，踢球、打闹、贪玩，在当时孩子中都稍有名气。

述源聪明，活泼而又热情待人，是我少年时最要好学友之一。新中国成立前夕，在"一寸山河一寸血，十万青年十万军"的召唤下，他投笔从戎，从此远离家乡，一别四十多年。直到1991年他第一次从台湾回乡探视，故友重逢，真是情泪双盈，欣喜若狂。此后，铁生兄每次回乡探亲，都会到九江看望我们，或是通知我到星子家乡同老友畅抒。每次在宴席上畅谈童趣，在互赠礼品中珍惜晚情，在每次离别时互道珍重，都亲如兄弟，情同手足，那些动人的情景仍历历在目，念念难忘。

现在，铁生兄同我们永别了，为了深致哀悼，特将我们传真到台湾的悼念函附后，永志怀念。

悼念陈铁生兄

收悉铁生兄噩耗，我们心情十分悲痛，表示深切哀悼，并向铁生兄的夫人和家属致以亲切慰问。特拟对联一副致哀：

离家三千里，铁心不忘故乡亲。

漂泊五十年，生时深凝两岸情。

龚平海，1932年3月出生，星子县白鹿镇人。1949年7月参加革命，1953年加入中国共产党，曾任星子县建设局局长，后任中共九江地委组织部干部科副科长、地委办公室副主任、九江专员公署秘书室主任、九江地区体委副主任、九江市港口建设办公室副主任等职。

星子《上梁祝辞》

口述：胡运发
记述：张秋林

面对渐行渐远的民俗俚语，我们应该怎么做……

周末，下乡探望岳父母。二老年迈，岳母尚康健利索，岳父则耳目不便。岳父大人1935年出生，曾经是华林镇一带有名的木匠，手艺出众，人又随和，远近村庄中口碑很好，一直做到快七十岁才歇手。我今天除了来帮老人加餐，还想"采访"一下老人家，让他把木匠生涯中帮东家做屋上梁的祝辞说给我听，我好整理成文字，以"抢救"此类民俗文化。

"奔九"的岳丈大人，这两年慢慢出现了老年人常有的迟钝，一天到晚呆坐着，不怎么说话。甚至孙子孙女来叫他，他一时间还识不清是谁。我凑近他的耳朵，说明我的"采访"计划，他听了两遍才明白，开始他的背诵。

很奇怪，一字不识、沉默寡言的老人，张开口念诵祝辞却非常流利！这些祝辞来自他的师傅的口传，读的过程中，他的声音苍老，吐字不甚清晰，有些文字我着实听不明白，我听了五遍，终于记下了一个大概。

上梁祝辞

第一段

福~喜~黄道吉日！（东家及众人唱和：好喂……）

日吉，时良。（东家及众人唱和：好哇。唱和词下同，此文中不重复）

时良时良哎~

听我言章！

生在何处喂？

长在何方？

生在九龙之地耶，

长在八宝紫金山上。

我今打马山下过哎，

看见此木好栋梁。

带转马哎，

扭转缰，

我与贤东作商量。

贤东付银钱八百两哎，

付着银钱判山庄。

上买浮梁景德镇哪，

下买湖广并浙江。

东边木匠请几对耶？

西边锯斧请几双？

请列位师傅发栋梁。

行旱路喂，

要半月；

行水路喂，

要半年，

雾气冲冲来到马前。

掌墨师傅拿起尺来量一量哎，

也不短来也不长，

此木弯弯好栋梁。

一把金锯拿在手喂，

风吹锯屑满堂香。

一排斧头鱼鳞灿哪，

一排削刀案牌方。

长刨刨得波罗镜哎，

短刨刨得镜儿明。

弹起线哎，

度起中，

列位师傅用了功。

两头做龙牙凤榫哪，

中间做双凤朝阳。

双凤朝阳生贵子哎，

文武双双状元郎。

第二段

（此时木匠师傅拿起酒壶用酒祭梁）

手拿贤东一只壶喂，

千两黄金巧造成。

上打狮子并宝盖哎，

下打莲花托酒瓶。

酒是何人所造喂？

杜康造酒传凡人。

寅时做酒卯时香哎，

卯时做酒桂花香。

酒祭天哎，

天上八路神仙。

酒祭地耶，

地下当香土地。

酒祭东哎，

单鞭救主尉迟恭。

酒祭西哎，

槐荫树下遇仙枝。

酒祭南哎，

师仙求官转凡乡。

酒祭北哎，

北边遇着高怀德。

高怀德结拜三兄弟耶，

万里江山一齐得。

酒祭梁头喂，

文官拜相武官封侯。

酒祭梁尾哎，

子子孙孙在朝里。

酒祭梁中哎，

子子孙孙在朝中。

第三段

（此时木匠师傅拿起祭祀用的大公鸡，掐破鸡冠用血祭梁）

手指黄袍一雄鸡哎，

生得头高尾又长。

头高种下千颗种，

尾长收得万担粮。

此鸡不是凡间鸡哎，

正是王母娘娘报晓鸡。

一更不乱叫喂，

二更不乱啼。

三更四更平平过哎，

五更正是报晓时。

文官听得此鸡啼耶，

手捧朝竿见驾时。

武官听得此鸡啼耶，

正是提兵点将时。

老板听得此鸡啼耶，

手牵牛绳肩驮犁。

老板娘听得此鸡啼耶，

正是烧茶焐饭时。

小姐听得此鸡啼耶，

正是挑花绣朵时。

我今听得此鸡啼耶，

正是打扮上梁时。

神听土司嘱喂，

木听匠人言。

听我祝喂，

听我言，

荣华富贵万万年！（东家及众人唱和：好哇……）

　　录写完祝辞，我深为感慨。我们无法得知此文的原创作者姓甚名谁，想必是古代星子哪一位秀才公。文中抒发了普通老百姓对幸福生活的向往，满心期待家族子孙能够生贤出贵、光宗耀祖。

我依稀记得小的时候，那时候村民都是盖砖瓦房，哪一家做房子上梁，是全村孩子们最开心的事情，因为主人会抛撒糖果，我们一个个上蹦下蹿的。总能看到，泥工木工师傅站在梁下，东家的家人亲戚站满大厅，严肃中带着喜悦。师傅开念祝辞，是非常具有仪式感的事情。师傅念一句，东家众人雷鸣般唱和：好喂~好哇！我们这些前来沾喜气捡拾糖果的小孩子也跟着唱和。等师傅念完，主人家从高处抛撒糖果，下面顿时一窝蜂般抢着捡。连大人也不客气，混在小孩堆里捡几个放进口袋预备拿回家给小孩子。等到捡完了，我们嘴里含着糖果离开，调皮的伙伴也学着匠人师傅念念有词：酒祭天哎！我们大声喊：好喂……一路嘻嘻哈哈地回家，骄傲地掏出糖果，向母亲展示今天的收获。然后期待下一家早点做屋上梁……

走出儿时的回忆，我深深感到，时代发展的今天，我们的物质生活水平确实发生了翻天覆地的变化，然而植根于我们心中的乡愁，似乎慢慢淡了。民俗俚语，作为祖祖辈辈口传心授的文化形式，正在离我们远去。作为一名文学爱好者，我由衷希望并倡议，我们每一个人，应当树立一份文化自觉。有机会的话，去走进乡村，拜会民间老艺人，去寻访这些朴素的文化遗产。树高千丈，落叶归根，倘若我们每一个人对此视而不见，我们的"根"有可能就真的要断了。

非物质遗产的保护，人人有责！努力，我的朋友！

口述人：胡运发，1935年出生，庐山市华林镇花桥村木匠。

记述人：张秋林，庐山市南康镇大塘村党支部书记，庐山市朗诵协会会长。

儒雅书生也有惊天怒目时

——中国植物园之父陈封怀传奇二三事

汪国权

陈封怀是中国植物园之父，也是中国学者自己创办的中国第一座供科学研究的植物园——庐山植物园创始人之一。陈封怀出身名门世家，曾祖父陈宝箴被曾国藩称为"海内奇士"，终任湖南巡抚，积极革故鼎新，创设时务学堂、算术堂、湘报馆、武备学堂等，并"馨举……可用者三十余人，备上之采择"，其中便有为维新献身的杨锐、刘光第。祖父陈三立是"同光体"诗派领袖，因戊戌政变被革职；"七七"事变后，北平、天津沦陷，他卧床不起，拒药、拒食，五日而逝。父亲陈衡恪（乳名"师曾"），留日八年归国，致力于中国美术教育与研究，为民国初期国画大师；蔡元培聘其为北京大学导师，齐白石亦师亦友待之，梁启超称其为"现代美术界"第一人。叔父陈寅恪，十二岁留日，后入德国、瑞士、法国、美国等名校学习，懂十多国文字；三十六岁归国，从事教育与研究，与王国维、梁启超、赵元任并称清华四导师，著有十三种十四册的《陈寅恪集》，在历史学、宗教学、语言学、考据学以及中国古典文学等领域都取得了开拓性的成就，特立独行，风骨极硬。陈封怀便出生、成长在这样富有崇高民族气节和新思想的名门世家。早年，南京尚无一所新式小学，陈三立为了教育陈封怀等孙辈，在寓所后院办小学，名为"思益小学"；陈封怀以优异成绩考入南京金陵中学，1922年升入金陵大学农科，1925年，转到东南大学就读生物系。大学毕业后，先后在上海吴淞中国公学、北平清华大学、北平静生生物调查所工作。1934年，在北平静生生物调查所与江西农业院在庐山共同创建"庐山森林植物园"（即庐山植物园前身）时，为了建好这座植物园，他考入了英国爱丁堡大学植物园，学习、研究报春花科、菊科植物的分类，以及植物园的建设与管理。1936年学成归国，便来到庐山森林植物园任技师兼副主任。1954年赴南京，创建南京中山植物园。1957年调到武汉，创立并领导武汉植物园。1962年调到广州，任华南植物研究所副所长兼华南植物园主任……综观陈封怀一生，无论对长者、同事、学生、晚辈或者工人，都谦和儒雅、彬彬有礼。就是这样一介书生，却有两次惊天怒目，一次是断然拒绝国家第一夫人的要求，一次对着上级办案人员拍案而起，把桌上瓷质印泥盒也震碎了。虽是传奇，但却是真实的历史。

拒绝国家第一夫人宋美龄的要求

新中国成立前的庐山，有势的人占地，有钱的人买山，但科学家却难以立足。正当陈封怀把赤诚的心掏出来，供奉在庐山森林植物园这座中国植物学家自己建造、供研究中国植物的中国现代第一座植物园时，却发生了一件几乎要了陈封怀性命的事。1947秋日的一天，当陈封怀带着次子陈贻竹，在植物园内观察似霞如焰的红枫时，忽见四个彪形大汉，肩扛铁锹，选了一株枝叶繁盛、树型优美的红枫，称是"夫人"（指蒋介石夫人宋美龄）派来的，"十二号"（即蒋介石在庐山的"美庐"别墅）要用，便动手挖了起来。原来蒋介石、宋美龄为了装饰他们在庐山的行宫——美庐，需要红叶如丹的植物。这个时候，陈封怀一改往日的宽厚平和，大声吼道："不管十二号，还是十三号，红枫不准挖，树是学术团体（指庐山森林植物园创办单位之一的北平静生生物调查所）的，我这个主任，责任是保护！"往日温文尔雅的陈封怀，这时如怒目金刚，大有一拼之势。那四个挖树的彪形大汉，据说还是蓝衣社的特务，在凛然正气的陈封怀面前，哪知什么家国天下情怀，只知道在这种情况下，许多人都会主动往上凑，拍马屁还来不赢，岂会如此硬顶？一时摸不着头脑，只得讪讪而退……

此后，在庐山的蒋介石与夫人宋美龄，倒未见什么动作，可蒋介石在江西最大的喽啰、江西省主席王陵基却坐不住了，在庐山管理局"宴请"陈封怀，企图压陈封怀就范。蒋介石与王陵基有深厚的关系，1946年3月26日蒋介石任命王陵基为江西省政府主席兼保安司令、江西省军区司令；7月31日，蒋介石又将王陵基晋升为陆军上将，王陵基岂能不报答？岂能不尽犬马之力？第二天，王陵基派了八个人来到植物园，气势汹汹地对陈封怀说："今天晚上，省主席请你吃饭。"所谓的"请吃饭"，谁都能一眼看穿，不过是"鸿门宴"，借此当面威逼陈封怀。陈封怀的同事、陈封怀的妻子都苦苦劝说陈封怀不要赴这个"宴"。陈封怀心中清楚王陵基玩的这个把戏，大义凛然地说："不怕！"决计去碰碰这个大人物。

这天傍晚，山野路黑，陈封怀便请工人胡金水提着马灯，陪伴去闯"鸿门宴"。这哪里是江西省主席请吃饭，陈封怀到达时，王陵基与庐山管理局局长吴仕汉等人早已在那儿喝酒欢笑，也没有人让陈封怀落座，庐山管理局局长吴仕汉首先开口："蒋夫人要的树，你不给？"意思是"不给不行"，只是没说出来，语含凶恶杀气。陈封怀毫无所惧，理直气壮地答道："植物园的树不是我个人的，我是替植物团体——北平静生生物调查所保管的，不能挖！""不能挖"三个字一出陈封怀之口，场面便僵住了，像死样的寂静。静默了好一会儿，陈封怀还想作些解释，江西省主席王陵基把脸一沉："好吧，不谈了。"江西省主席"请吃饭"就这样结束了。陈封怀就是这样忠诚耿直对待科学事业，一点也不乖巧地硬着头皮顶着……

江西省主席王陵基对于挖红枫的事似乎不问了，谁知道更小的喽啰却为此忙开了。首先是庐山森林植物园的另一上级单位——江西农业院肖院长，给陈封怀寄来了挂号信，重要的信中只有这样一句重要的话："蒋夫人要树，你不给不行。"陈封怀看后，愤怒至极，当众把信撕成了碎片，扬弃风中。然而自此以后，特务不请自来，经常到陈封怀家里，翻查信函书报，进行所谓的检查。任你折腾，国家第一夫人想要的那株红枫，陈封怀就是不给。写到这里，我想起了元代诗人王冕《墨梅》诗中的两句："不要人夸颜色好，只留清气满乾坤！"陈封怀就是这样一个人！

对着上级办案人员拍案而起

一个儒雅学者，竟敢对着上级办案人员拍桌子，把桌上的瓷质印泥盒也震碎了，实属罕见。原委是这样的：

1934年，蒋介石在庐山白鹿洞书院主持"庐山军官训练团"时，见山南秀峰寺一带优美宁静，认为"此处最宜讲学，大学设于此处最佳"。当蒋介石的话音一落，随行在旁的江西省政府主席熊式辉，急忙趋上前，向蒋介石建议，在庐山"由江西创办一理想之大学，首先实现实验政教合一之理想"。当即得到蒋介石的"嘉纳，并饬着手筹办"。熊式辉本是江西安义人，有这样一段趣事：1930年，蒋介石任命熊式辉为浙江省政府主席时，熊式辉想为老家江西办点事，便自荐任江西省政府主席。而江西省政府主席蒋介石早已任命了鲁涤平，蒋介石便让熊式辉自己去与鲁涤平商量调换。浙江乃富庶之地，极易锦上添花。熊式辉和鲁涤平一说，鲁涤平大喜过望……蒋介石便把鲁涤平从江西调到浙江去了，熊式辉便从1931年开始主政江西，他早就苦于江西"无大学为全省之表率"。

1936年5月，蒋介石召集10省高级行政会议，再次提出政治与教育打成一片，利用学校教育，协助推动地方……在会上，熊式辉再次向蒋介石提出兴办大学，并以"中正"命名的愿望。蒋介石为实验自己的理念，支持江西创设大学；1939年1月，熊式辉赴重庆开会，又向蒋介石提出，在江西先行开办中正大学之行政学院，得到了首肯，手令拨款100万作为开办基金。熊式辉说："此100万元之款虽有限，而为余之精神上之助力则不啻千千万也。"但是，由于日寇的侵略，1938年夏庐山沦陷，1939年日寇又进占南昌，江西省政府被迫迁往泰和。随着江西临时省会在泰和成立，江西兴办大学之梦，也只好挪到泰和之杏岭。1940年10月10日，植物学家胡先骕就任国立中正大学首任校长。10月31日是蒋介石的生日，这一天举行了国立中正大学奠基暨开学典礼，学生达391人。1942年6月底，日寇入侵紧逼，江西人心混乱，国立中正大学内部不安，出现学潮；又因校内痢疾引发伤寒病变，感染者百余人。校长胡先骕下令停课，疏散学生，除一年级及两个专修科外，迁往湖南零陵。7月10日，《江西民国日报》发表社论《为全赣学生呼吁——请国立中正大学终止迁湘》。此时熊式辉与江西国民党省党部，怀疑两学生是共产党，拟开除学籍，再次引发学潮。此时，蒋经国在赣州主事，为发展自己势力，曾要求国立中正大学迁赣南，遭胡先骕婉拒，引起不悦。加之胡先骕不让开除学生，也引起诸多麻烦，胡先骕曾提出辞职。1943年5月9日，国立中正大学青年剧社为庆祝戏剧节以及赈济逃荒来到泰和的粤东灾民，义卖公演《野玫瑰》。演出中《江西民国日报》项姓记者扰乱剧场，并于第二天在报纸上刊文诬蔑演出，引起学生怒砸报馆。这也引起蒋介石与熊式辉不悦，认为胡先骕"不宜"任校长。书生斗不过政客。1944年4月，校长胡先骕辞职（实为免职），萧蘧继任校长。1945年1月，因避日寇，国立中正大学再迁宁都长胜。抗日胜利后，国立中正大学始迁回南昌，在望城冈落脚，以军政部营房暂为校址。

1947年5月4日，上海学生为纪念"五四"28周年，举行反内战、反饥饿示威游行。5月15日，南京3000余名大专学生，也举行示威游行，冲入教育部。5月18日，国民党政府颁布《维持社会秩序临时办法》，严禁10人以上的请愿和游行示威。就在这一天，北京大学、清华大学学生上街示威游行，遭军警毒打。5月20日，北平各大中学7000余学生再次上街游行；同日京沪苏杭地区16所专科以上学校学生6000余人，也上街示威，但遭到宪兵、警察、特务殴打，重伤21人，轻伤近百人，20余人被捕。同日，天津也有50余名学生受伤。这就是"五二〇"血案。1947年5月21日，国立中正大学近千名学生进城，准备到南昌后转赴南京请愿，开展反内战、反饥饿运动。当学生走到距中正桥（即今之八一大桥所在地）还有半里路的地方，遭到江西省政府主席兼保安司令王陵基派来的2000余名军、警、宪、特的残酷镇压，数十名学生被打成重伤……中正医学院、江西医专、江西体专、江西兽专等校迅速组成"五二一"事件后援会，冒雨上街游行；南京、北平、上海等地高校学生也纷纷声援。5月23日，新华社发表评论《蒋介石的末日》，毛泽东也发表文章《蒋介石政府已处于全民的包围之中》……

鉴于国立中正大学学潮高涨，经常到南昌市内游行示威，现在的校址又是暂时的，尽管此时熊式辉已离开江西他任，但旧事还是重新被提起，当局决定国立中正大学迁往位置偏僻、人口稀少的庐山，在白鹿洞书院建立永久校址。校长萧蘧为此还专程到庐山进行考察……当时，庐山森林植物园主任陈封怀，兼任国立中正大学教授，也曾在清华大学教过书，夫人张梦庄又是清华大学学生、女子篮球队队员。而国立中正大学校长萧蘧亦为清华大学校友，深知陈封怀的为人，便把国立中正大学新校址的基建巨款汇入庐山森林植物园账户，授权陈封怀管理。后来形势发展迅速，工程尚未启动，国民政府便濒临崩溃。通货恶性膨胀，法币急剧贬值。国民党为挽救财政危机，停止现行货币——法币的流通，发行"金圆券"，收兑民间的黄金、白银以及外币。不久，金圆券也不行了，大幅贬值，人们争相抛出金圆券，购入银圆、金条等硬通货。许多人都劝说陈封怀把这笔基建巨款取出来，换成银圆、金条，不要几天，再把银圆、金条卖掉，把金圆券原数存回去，便能赚一大笔，对个人、对单位都有利。但是，此时的陈封怀，任凭风浪起，稳坐钓鱼船，不为所动，"木讷"得不行，坚持无校方通知，不可从银行取出一分钱。当时庐山森林植物园的会计兼技佐，

71

就因陈封怀不听"忠告"，气得愤然离开了植物园……

新中国成立后，有关上级来清查这笔款项，通知陈封怀去南昌"交代"。当时，人们都认为陈封怀此去凶多吉少，回不了庐山，为之捏把汗。在南昌，办案人员对陈封怀很凶，没有一个人相信陈封怀是清白的，认为新中国成立前不可能有钱不取、不赚的人，硬是逼着他承认挪用公款和贪污。

陈封怀气急了，为了自己的尊严与人格，拍案而起，用右手使劲拍着面前的办公室，把瓷质的印泥盒震得跳起来，碎了；陈封怀的右手无名指，也有一节被拍打断了。陈封怀说："人的精神是不可以侮辱的！"而那些办案人员，一味用老的、旧的习惯思维，认为陈封怀的清白是不可能的。"交代"进入胶着状态，谁也说服不了谁，僵持在那里，气氛十分紧张。陈封怀拍打桌子的惊天举动，惊动了专案组的军代表杜雷，他思忖了一会儿，吩咐手下人员暂不要作结论，派专人到庐山的银行查账。查账结果：这笔巨款一文未动，全在账上，但早已不值几文了，这时10万元金圆券，只能兑换人民币1元了……

"交代"风波就这样平息了，这要感谢军代表杜雷。此公后来调往华南农业大学任党委书记，而陈封怀后来也辗转调到华南植物园任主任，两人竟成了要好的朋友，这是后话。陈封怀带着受伤的手指，平安回到庐山，不久便被任命为江西农业研究所副所长，举家迁往南昌。人们说陈封怀因傻得福。陈封怀这哪里是傻啊，这正应验了老子的名言："良贾身藏若虚，君子盛德，容貌若愚。"这是真正的"大智若愚"！

柔情似水故旧情谊绵长

陈封怀开朗豁达，尊重人，重感情。笔者较陈封老（我们都这样尊称陈封怀先生），晚生三十余年，是货真价实的晚辈。我到庐山植物园工作，陈封老已远赴华南任职，由于我平时研究植物园历史，写点植物方面的考证文章，经常向陈封老请教，承不弃，被视为知己，除赐信函外，还赠诗送画，并为拙作写序……现择晚生与陈封老交往之一二，便足可看出陈封老是善待故旧、温文儒雅、柔情似水、情谊绵长的长者。

1974年仲夏，陈封老与中学时的同窗好友、后为著名画家司徒乔夫人的冯伊湄先生及其外孙来庐山小住。一次，他们来我家欢聚小酌，在"要是不会喝酒，会少很多人生乐趣"的笑谈中，陈封老和冯伊湄先生答应合作为我画一幅画。陈封老系著名画家陈师曾之子，自幼受父亲熏陶，也能挥毫泼墨；冯伊湄先生留学法国，学的虽然是文学，但与著名画家司徒乔结婚后，受先生影响，也能舒展笔墨。我喜不自禁，忙问画什么。

陈封老略为思忖后说道："现在紫藤盛开，我们又回到多紫藤的庐山，自然画紫藤。"冯伊湄先生微笑颔首。

我大喜过望，忙磨墨铺纸。冯伊湄先生首先挥毫，蘸着浓浓的紫色水彩，熟练灵巧地涂涂点点，不一会儿便画好了两串沉甸甸的紫色蝶状的花。陈封老借着酒兴，微笑地从冯伊湄先生手中接过画笔，在我的金星砚中调好了浓淡相宜的墨色，龙飞凤舞，几笔便牵好了藤，补好了景，一幅《紫藤图》便呈现在我眼前：紫花如蝶纷飞，藤蔓扭曲苍古，画面上似乎还透露出一丝丝醉人的清香……这幅《紫藤图》我极为珍视，把它与关山月大师画的《一枝春》以及著名画家梁邦楚画的《春风》收在一起，从不轻易示人。

十年弹指一挥间。1984年夏，当陈封老再次登上庐山，他的夫人张梦庄女士已谢世，与陈师母情同姊妹的冯伊湄先生也已故去。一次陈封老在我家书案上看到冯伊湄先生写的《未完成的画》一书，想起了1974年与冯伊湄先生合作画的《紫藤图》，说是自己非常想得到它，面对故人……面对耄耋之年、满头银丝的长者，怎能拂其心意？

陈封老得到了那幅《紫藤图》，观赏良久，左看看，右看看，远看看，近看看，真可谓爱不释手。似乎从这幅画里，陈封怀看到了少时同窗

73

的倩影与欢笑，看到了与好友交往的黎明与黄昏，看到了流失岁月的幸福与苦涩，看到了笔友挥毫之间心灵的相通与默契！

陈封老面对那幅《紫藤图》，虽然喜不自禁，却也不忘我这个原来的持画人，铺开五尺长的宣纸，说是要画长幅《松石图》作为回赠！陈封老凝神片刻，便胸有成竹提起画笔，不一会儿，一幅《松石图》便跃然纸上：巨石高耸，老松寂立，松石相接，不胜依依。陈封老在画上还这样深情地写道："花开花落使人愁，上庐山，访故友，旧地重游。人何在？物依旧，留得老松伴石头。——癸亥初夏，画赠知己国权。"

至此，《紫藤图》的故事并未完，陈封老喜滋滋地携《紫藤图》南归后不久，我便接到了他的来信，称《紫藤图》不知怎的，怎么也找不到了，询问是否遗留庐山？我确切记得陈封老将画带走了。奉复之余，也惋惜不已。我极力回忆冯伊湄先生在画上题写的两句诗，可怎么也记不全，只记得最后一句是"柔条缚得云来"。

后来，陈封老仙逝，我专程赶往广州吊唁时，顺便向陈封老的公子陈贻竹问及《紫藤图》的下落，贻竹兄不假思索地告诉我："画由冯伊湄之女取走了。"原来陈封老携《紫藤图》南归后，一次向冯伊湄先生之女展示，其女见是母亲遗作，便恳求陈封老送给她。柔情似水的陈封老，真是左右为难，重感情的他，最后还是割爱了。不知怎的，陈封老总以为《紫藤图》还在身边，最后连他自己也忘了《紫藤图》之所在。九泉之下的陈封老，若获知《紫藤图》如此归宿，也当含笑不已。

至今，陈封老刚劲笔触画就的五尺直幅《松石图》，还悬挂在我家的中堂之上。每当我面对这幅巨石耸立、高松苍古、松倚石立、石傍松存的《松石图》，便如同面对陈封老，那如烟往事，便一件件、一桩桩浮现眼前，令我难以移步……

结　语

陈封怀先生，虽然有惊天怒目的传奇，却丝毫没有影响他那儒雅潇洒的形象，反而使人们从心底崇敬他是一位真正的读书人！这是为什么？因为他的家国天下的情怀，因为他坚守做人的最基本底线！他一生都站立得堂堂正正，永不缺乏气节！陈封怀先生一生重感情，柔情似水，但也没有影响他是一位真正的人，一位永远站立的人，只是更增添几分儒雅的书生情怀！

斯人已逝，陈封怀先生故去已整整四分之一世纪。每当忆及先生，惊天怒目如在眼前，似水柔情也在眼前，怀念不已，敬仰不已，且以拙著权作长燃的心香，敬献在这样一位正直、富有儒雅情怀的智者、长者的灵前！

2018年8月写于加拿大大多伦多列治文山

汪国权，男，1935年生，祖籍安徽泾县，出生、成长于江西景德镇。1955年考入中山大学中文系汉语言文学专业，因病退学；次年再次考入湖北大学。大学毕业后分配在北京工作，因素爱庐山文化与美景，主动申请调来，在中国科学院庐山植物园工作至退休。曾参与庐山向联合国申报世界遗产、世界地质公园的申报书的撰写，参加庐山大型书籍《庐山历代诗词全集》的编注，先后独著、合作完成书稿20余部，在全国各报刊发表文章近两百篇。

印象庐山

师恩难忘

王楚松

  我1936年农历七月出生在牯岭西街。1941年因逃避日本鬼子迫害（父亲被人诬告私通游击队，被日本鬼子抓起来坐牢半年，我还去送过东西），父亲带我们一家人逃到原籍湖北黄梅乡下。抗战胜利后，1946年秋我回到庐山，随即入庐山小学读书，直到小学毕业。这段往事虽过去了半个多世纪，但仍历历在目。

  悠悠岁月载不走珍藏在我心底的少年往事，浓浓师情伴我走过几十年的人生旅程。当年把我从混沌的荒原引向知识彼岸的小学老师，至今还深深地留在我记忆之中。其中有的老师尤其使我终生难忘。最能让我记起的是音乐老师龚佩珍，她是江西进贤人。她当时正年轻，二十来岁，自然朴素，却又不失一位老师的典雅。同学们都爱戴她，或许是因为她温柔慈爱的性格，如同一位大姐姐。而最能让我忆起的是龚老师的多才多艺，以及在她身边留下的许多美好的日子。她上音乐课非常有趣，可以变换着几种不同人物的腔调唱歌。在音乐课上，她不仅教会我们许多好听的儿歌，还教唱了一些进步歌曲（这是后来才知道的）。在课外，她还热情地辅导我们排练节目。在小歌剧《夏禹治水》中，她让我扮演了夏禹，其中的一招一式、一词一句，龚老师都悉心加以指导，我们排练起来都特别有兴致。演出时，受到了全校师生的赞扬。那是我一生中第一次登台表演。新中国成立前夕的一天，龚老师突然告诉我们，要离开学校回进贤老家。临走那天，我们早早地挤在她的住处，个个有一种怅然若失的感觉，然后又都噙着泪水送了一程又一程，直到她的背影走出我们的视野。几十年过去了，再没能见到我们的龚老师，也没有听到关于她的音讯，我的老师，不知现在可好吗？

对我的人生影响最大的，当是新中国成立后庐山小学第一任校长厚万仁。他是位南下干部，1949年5月庐山解放，他随军上庐山担任文化干事，为庆祝解放，发动群众，他负责组织山上有文化的青少年（主要是中小学生）上街扭秧歌、搞宣传。他的秧歌舞跳得颇有风采，他总是扭在最前头。1950年，他调到我们小学任校长，当时我是学校少先队的大队长，与他接触也比较多。我们经常听他讲共产党领导人民翻身求解放的故事，讲新中国美好的前景，使我懂得了许多革命的道理，对共产党、新社会产生了深厚的感情。我后来能够继续念中学、上大学，也是靠厚校长的热心帮助。新中国成立初我们家主要靠父亲和姐姐种地、砍柴、挑脚（当时上山没有公路）维持生计。考虑到我是子女中唯一的男子汉，而且身体也很棒，小学毕业时，家里决定不让我继续上学，要我回家参加劳动。厚校长得知后，曾三番五次地上门做我父母的工作，讲学文化的重要性，讲我怎样有培养前途，终于说服了他们。从此我踏上了一条新的生活道路，厚校长就是我的指路人。2007年暑假我上庐山小住了几天，听老同学说，厚校长2006年已病故，更使我产生了对他的无尽思念。

光阴荏苒，转眼六十多年过去了。我的小学时代的老师，健在的、作古的，都永远留在我的记忆中。我感激他们教给我文化知识，更感激他们教育我从小学会做人。我永远怀念他们。

王楚松，男，1936年农历七月出生在庐山牯岭西街。1946年入庐山小学。1957年九江二中（现同文中学）毕业，考入湖南师范学院物理系，1962年毕业于北京邮电学院无线电物理师资班。长期从事教育工作，退休前任湖南师范大学附属中学校长21年。1994年起享受国务院特殊津贴，1995年被评为全国教育系统劳动模范，并被教育部授予全国优秀校长奖章。

逃离牯岭

口述：史蒂文·哈恩斯伯格（现任牯岭美国学校协会会长）

整理、翻译：陈晖

牯岭美国学校在1937年8月底开学时，因为很多次的撤离，毕业班的学生只剩下我（施特林·怀特纳）一个人。因而我负责学生会事务，包括编辑、印刷学生报纸《牯岭美国学校回音》，以及所有学生事务，这让我非常焦虑。那个秋季学期大概有70名学生。我被选为高年级巡视组负责人和牯岭小童子军团长，也是凯乐先生的助理。凯乐先生训练我在撤离时担负童子军的职责。哈持和吉姆·哈恩斯伯格兄弟俩，西德·安德森也是童子军的负责人，他们是在日本人入侵和炸弹声渐浓时加入的。

撤离确定

1937年秋天，日本人的军队从庐山脚下的乡村直接向4000英尺高的庐山行进。我们随时待命准备撤离。12月初，日军的飞机在我们头顶上飞过，偶尔丢下几个炸弹，但都是在庐山高一点的山谷中落下，对我们没有伤害，很明显他们在警告我们。我记得1937年12月正是日本人制造了南京大屠杀，所以我们撤离的时间是没错的。

当我们得到消息，一个获得日本政府授权的国际难民专列将于1937年12月中旬从上游的大城市武汉离开时，牯岭美国学校校长罗伊·奥尔古德决定送我们和他的家人一起去香港。牯岭美国学校课程结束，打包准备工作开始。我们得背着自己需要的东西从庐山的主山道"一千级阶梯"（好汉坡）走下来。我们把60人分成三组走下山至九江，然后乘船去武汉。当年我们从美国的巴特菲尔德和施怀雅乘坐"上海号"蒸汽船就是在九江下船，然后坐轿子爬上那个著名的"一千级阶梯"（好汉坡）。这期间奥尔古德先生把庐山植物园图书馆里珍贵的档案和书籍带到牯岭美国学校藏起来，直到战争结束后再秘密把他们拿走。

通宵告别会、离开庐山

我们这些学生要求在离开牯岭美国学校之前举办告别晚会。于是一个盛大的通宵晚会开始了，晚会上有唱歌、跳舞、讲故事等节目。大部分的教职工也参加了我们的通宵晚会，厨房里的中国员工通过为我们做烤面包和好吃的松饼的方式也参与进来。在这个1922年建成的石头房子里，我们100余人的大家庭一起举办的孩子们的通宵晚会是牯岭美国学校的最后时刻，牯岭美国学校在第二天永远地关闭了。永别了清凉夏季我们曾经游过泳的三叠泉、黑龙潭，再见了我们曾经野餐过的庐山著名的三宝树。

下山的旅程安排得很紧密，作为高年级童子军负责人，我的任务是带领最后的队伍断后，同时还要确保每组有三个童子军照顾年纪小的孩子，他们中有的只有四五岁。我记得哈持和吉姆·哈恩斯伯格兄弟俩负责第二组，另外他们还得抱着表弟。牯岭美国学校女童子军也参与了撤退任务。童子军在撤离中的表现后来得到教职工和其他人的赞扬和肯定。到达庐山"一千级阶梯"（好汉坡）下面后，我们乘坐卡车穿过25英里满是灰尘的平原，然后在九江码头附近的旅馆过了一夜。第二天我们吃的是中式早餐，稀饭配咸菜、煮鸡蛋和黑豆。我们所有外国孩子都学会喜欢上中国食物。上船对我们来说更困难，因为似乎好几百人都有票。牯岭美国学校学生被带至船上露天夹板上并被仔细地点名。卧室只安排给女生和教职工们。大部分男童子军裹着提供给他们的毯子在饭厅的地板上睡觉。船沿着长江慢慢驶离中国人的村庄。第二天到达汉口，我们在岸边集合，确保所有的包裹没有丢失。幸亏庐山的挑夫帮助我们，他们一直和我们沿着长江上行。

最后的通道

武汉的路德教之家成了我们的旅馆，我不记得我们等待国际难民专列的消息用了多少天。当国际难民专列快准备好的消息最终传来时，大家都很兴奋。欧洲国家的国旗都牢牢地绑在每节车厢的顶上，另外还有美国的、红十字会的，甚至还有纳粹的旗子。当我们准备上车时场面非常的混乱，因为沿路都是到不同站点的大批人群。牯岭美国学校至少占据了三个车厢，因为孩子们整个家庭成员的加入让队伍规模增大。我们开始离开战区直接往南去香港。

在列车上，童子军根据计划指导安顿学生和家庭成员、分发餐车就餐说明、确保国旗在火车车顶上（以此避免被日本人的飞机空袭）、保证每个人知道如何使用中式厕所。哈持和吉姆·哈恩斯伯格兄弟俩负责应对挑夫装载行李。我们又累又饿地在下午分手，每个人带着一小袋糖和晚餐的份额。晚餐有几种选择，我们大部分人喜欢用酱油拌的中式炒饭。那天晚上火车在岳州停下来加油，我们怀特纳家的三个男孩看到了自己的父母，但是被禁止离开火车，我们只能通过开着的窗户挥挥手和我们的父母说话。从那时开始我们组织做游戏，哈持和吉姆·哈恩斯伯格兄弟俩给大家讲有关在我们头顶上跟踪我们火车的日本轰炸机的故事，为避免疲劳还安排一些安静的休息时间。我们还有1000多英里才能到达香港。

因为前方有日军轰炸机的危险和潜在的破坏，火车在隧道停了好几个小时。我们被允许离开火车沿着铁轨走走，但不能出隧道，这让我们有机会释放一下被压制的能量。隧道里满是烟，当烟散去后，我们很快离开隧道，又开始上路。接着我们到达一个很大的铁路桥停下来了，桥已被炸成了一个扭曲的废墟。一连串的小船被绑在一起在河上组成了简易的浮桥。我们带着各自的行李组成一个行李队列，通过这个浮桥把从前面的火车上拿下的行李往后面的火车上放。哈持和吉姆，这对哈恩斯伯格家兄弟非常有胆识，他们返回到已经停下来的原先的火车，爬上车顶把所有国家的国旗收集过来，看着我们这群小洋鬼子的所作所为，火车工作人员觉得非常有趣。几个小时候后，我们大部分人被塞进三等车厢，又开始了行程。我们的车厢更拥挤了，但火车走得更快，经过两个夜晚，我们终于到达香港。

在香港，有很多的英国教会圣公会信徒来接我们，他们带着我们坐公交车到我们居住的教堂，我们睡在学校房间的简易床上。哈持和吉姆兄弟俩睡在五星级半岛宾馆的大理石地板上，他们只记得晚餐吃美味的面包和奶油。在香港期间，我们是活跃的香港游客，我们租自行车骑车享受美丽的乡村风情，我们乘坐轮渡再乘火车去香港海岛的山峰游览。当意大利班轮"比安卡马诺伯爵号"到达香港后，我们乘坐此趟班轮去日本占领的上海，船非常拥挤，男孩被安排在船头。在船上的四天，天气非常糟糕，最糟糕的是晚上，因为船头会随着一个大浪升起，然后又撞向下一个大浪，很多乘客生病了。

最终到达上海美国学校

我们的船最终驶进浑浊的黄浦江，到达被日本占领的上海，途中我们看到很多国家的驱逐舰，其中也有日本的。来自上海美国学校和教会团队专家指挥我们上岸，我们被公交车直接送到法国租界内的上海美国学校，住进学校特意为我们开放的宿舍。上海美国学校校长和几个工作人员接待我们这些近50人的牯岭美国学校学生和家庭成员，他们已经重新雇用了厨师和食堂的工作人员。在上海美国学校我们度过了非常幸运的时光，我们内心充满了感激。那年哈持和吉姆的母亲，哈恩斯伯格夫人和我们一起住进了上海美国学校宿舍，帮助管理新的上海美国学校学生的食宿事宜。到校的第二天我们被分配到各自的班上，疲惫地到书店去拿我们的教科书。我作为规范的高中生在上海只待了6个月，我有11位同学。那时很多人已经撤离上海。虽然上海美国学校比牯岭美国学校的基础教学更复杂些，但学校的基础课程大多类似。我们很容易适应并吸收得很好。

下面是1938年2月12日，我母亲写给美国教会董事会秘书的信：

"孩子们已进入这里的学校，就我看来，对他们来说没有困难。唐纳德是两年前来这里的，所以他已经有很多的朋友。施特林很善于交朋友。从今年开始美国学校不再是寄宿学校，家长们和难民占据了宿舍。我们支付房费管理我们自己的食堂，这样使得家长对孩子负责，用这种方式我们也可以住这儿，我不介意这样的生活。"

毕业是件大事。作为牯岭美国学校唯一的毕业班学生，16岁的我是班上12个学生中年龄最小的学生，但我是以第三名成绩毕业的。我一直认为自己是个中等生，第三名的成绩对我的鼓励很大。我还有其他的成就：我是上海美国学校毕业班剧本的主演、毕业班童子军巡视组负责人、乐队和合唱队成员，我还会国际象棋。我已经摆脱了害羞的男孩时期走向成熟。毕业后，我坐上了"亚洲皇后号"轮船到温哥华上大学。从上海去北卡罗来纳州是我的另一个记入史册的旅行。

牯岭美国学校的故事止于上海美国学校

1937年12月牯岭美国学校关闭后的故事，结束于上海美国学校敞开大门接收来自至香港国际专列的我们这些战争难民。上海美国学校成为我们在中国的最后一站。第二次世界大战中，日本在中国的战争爆发成世界性的战争之前，我们中的大部分人不久就回到美国。我们这些牯岭美国学校的学生只有几个人在50年后才返回庐山的家，大部分人从没有返回庐山。

我们经常想起我们在儿童时代曾经游泳过的黄龙潭、三叠泉，互相比赛跑上的那个"一千级阶梯"（好汉坡），在三宝树的家庭野餐，还有在鄱阳湖畔的远足。庐山曾经是，现在仍然是我们无忧无虑夏季时光的梦，是永恒美丽的回忆。尽管我们是美国人，但我们热爱中国，热爱庐山，中国是我们第一故乡，我们知道中国一直是我们灵魂深处的一部分。中国庐山作为我们年少时无与伦比美丽的、精神的自然乐园，永远在我们的心中。

庐山——我永远的故乡

陶继华

一

我叫陶继华，今年81岁，我们有兄弟姐妹七个，最长者94岁，我排行老六，我们是陶渊明家谱之下第五十五代"辅"字辈。我夫人凌茜74岁，我们育有两个儿子，定居加拿大已三十年。我的护照及身份证上，都标明我是中国江西庐山人；我生在庐山山脚下的星子县城，长在庐山山顶牯岭上。抗日战争爆发之后的1938年，父母亲把我这刚出生不久的婴儿移居到庐山上，原因就是日寇狂轰滥炸了我的出生地！

我这辈子，成长在庐山，喝着庐山的山泉水，呼吸着绿树丛林及辽阔天空中伴有绵绵薄雾的清新空气长大，仙境般的自然环境中调养了我这个头高身体健康的庐山人。从小学到中学我几乎踏遍了山上山下各处名胜风景。清澈的矿泉溪流，优美的瀑布池潭；山北俯瞰长江九江，山南眺望鄱阳湖水农田村庄；常在茂密丛林中摘采野果和竹笋，剥开带刺的毛栗及尖栗；在长满杂草蔓藤的操场上踢皮球，爬大树甩秋千。夏天常在河西路及大林路边清泉透底的泳池游泳，那是我的最爱，两处游泳池具备相同的规模格式。走入泳池就是对意志及身体的极大考验，进入水中的瞬间那清凉的泉水似乎立刻将你的心脏提到了喉咙，而出水时伴随着微风会使你全身颤抖，上下牙齿都会不停地敲打。在太阳从云中露出笑脸的片刻，爬上十米高的跳台腾空跃起，飞燕一般直下泳池。那真是"庐山真面目"的美好回忆及享受！

二

因遭日寇杀父之灾，我们家境陷入了极其贫困的灾难之中。小小年纪，不得不进入荒山野岭，砍柴挑担，忍饥挨饿以至晕倒；还得寻找野菜野果，挖地种菜，养猪养鸡，艰难度日。

父亲陶贤望为国捐躯，均有庐山历史档案佐证，他的牺牲充分揭露日本鬼子在中国血腥屠杀之残暴。当年我们的父亲及母亲并肩奋战在庐山战时伤兵医院，救治抗战受伤官兵，之后母亲继续支援抗日游击。

父亲为国为民奉献了年轻的生命，可怜的母亲在日寇铁蹄之下，一人艰难地抚养身边尚未成年的我们五人，另有两位姐姐当年在日寇疯狂轰炸下，不得不随着姑母们仓皇逃离故乡去往后方，这一别就是八年，音讯皆无，亲情割裂，留下永久之伤痛。母亲无日无夜，无早无晚，拼死拼命沿用父亲在世时拥有的医务专长，将身边儿女拉扯长大，且个个成材，妈妈是一个伟大的母亲，是中华民族普通母性的典范！父母为国为民做出了重大贡献，这不仅使我们儿女后代倍感自豪，更使我们庐山人的骄傲！

2015年，在抗战胜利70周年之际，我们七位儿女中的五位高龄兄弟姐妹及其后代们奔赴庐山参与了庐山隆重的追思纪念活动，旨在提醒我们后代子孙们铭记日寇侵华杀害包括先父在内的中国人的血腥历史，避免历史悲剧重演，坚决阻止日寇那死去的幽灵卷土重来。我们也期盼庐山的史记中永远铭记真实历史。请记住列宁的名言："忘记过去，就是背叛！"

2019年3月15日于加拿大多伦多

陶继华，男，1938年1月出生于九江市星子县，抗战时随父母迁至庐山，先后就读于庐山小学、九江同文中学及现东北大学，后在北京工作，现定居加拿大。

抗日沦陷后的星子县城

口述：项镜泉
记述：项欣

　　我这篇口述，主要是想把抗日沦陷后，1938年到1945年这七年间，星子县城（即新中国成立后南康镇的辖区）被敌人占领的情况做些概要性的回忆，留给后人作了解历史的参考。

　　我家当时在县城东北角有两亩多菜地，以种菜为生，住在离菜地不远的东门涧（也叫冰玉涧）欧阳祠堂。虽然我是1933年出生，星子沦陷时只有五六岁，到1945年日本鬼子投降时也才12岁，但在这个我生活多年，只有一平方公里的地方发生的事，特别是自己亲历的、亲见的、听大人们告知的，都容易记入脑中，久久不能忘却。当然对那时的事，我只能根据印象做一些记忆性的归纳，难以作细致的描述。

被鬼子狂轰滥炸后的惨状及百姓的遭难

　　东牯岭战役是日军入侵江西时，国民党军队抗击日军进行的一场大战，打得非常激烈和艰巨。当时国民党的守军抵抗日本人的决心还是很坚定的，所以日本鬼子一时半会攻不下来。由于当时昌九铁路还没有建，主要依靠走九江—星子—德安—南昌的公路，或者从九江乘船往南昌这两种方法运送军队，而星子同时是这两条线路的中转站，攻不下星子就进入不了更占领不了南昌，因此日本人一定要拼命攻占星子。

　　日本人侵占九江后，就着手开始准备攻打星子。当时，东牯岭战役还没有开战，就常有飞机和零星日本人来星子县侵扰和侦察。所以县城的百

85

姓都惶恐不安，差不多都出去躲难了。一般是有点钱财和身体较好的人，逃得比较远，比如逃到赣南赣北等地，投亲靠友去了。我有个爷爷，他当时就是慌不择路地跟着熟人去远处躲难了，但一直没回来，尸骨也找不到了。而一般拖家带口和家境贫困的，大多是躲到附近的山林里。

当时我们家五口人，父母兄姐和我，都躲到了庐山脚下的项家畈，战局紧张时就躲到庐山半山腰的树林里。在我印象里躲难的时候是夏天，热得不得了，山上又有许多虫子蚊子之类的叮咬，一同躲难的很多人都得了疟疾，包括我母亲、哥哥和我，可是当时没有药，只能慢慢拖着，一天发一次高烧，难受得不得了，后来不知道熟人在哪里找来了药吃后才好了。除了病虫危害外，粮食不足也是个大困难。怎么解决？非常难。如果白天下山找粮食，容易被日本鬼子发现，只能晚上下山到项家畈弄点粮食，找点吃的。也没有菜吃，只能挖点野菜度日。这样难熬的躲难日子持续了半年多。

东牯岭一战，日本人一直打不下来，于是天天派飞机来轰炸。庐山的万杉、栖贤、秀峰、归宗、海会五大丛林和一大道观（道教庙观）全都被炸毁，县城也有好多房屋、学校和古迹被炸毁了。比如我家附近就被炸了个稀巴烂：屋左后边那所颇具规模的小学，被炸得粉碎；紧靠这所小学的名胜古迹爱莲池被炸了好多坑，建筑全部被毁；张家大屋背后那一大片房屋也挨了好多炸弹，它对面是我外公家的房子，被炸得什么都没有了；还有张家大屋对面的那一大片五六栋房子，都被炸毁了，只剩一片瓦砾。

在这一战役期间，日本鬼子在派飞机狂轰滥炸的同时，还到山里村里搜人搜粮食，抢劫牲畜和其他财物。为了躲避轰炸和抢劫，老百姓一般都躲到山上或者防空洞里去。我有一个姑爷的亲戚，他们村里挖了防空洞躲日本飞机轰炸，可不幸的是被进村的日本人发现了，日本人拿了机关枪对着防空洞扫射，可怜防空洞里的人，包括我姑爷亲戚的一家，共三四十人，全都死了。但是我姑爷年纪较大，没去防空洞躲，逃过一劫。他亲戚家只剩一个小孩，年纪小小的就成为孤儿，没有人照顾，因为跟我们家也有点亲戚关系，就在我们家抚养长大。

这只是日本人残害中国老百姓的几个例子，像这样的事情，数不胜数。

日本人占领星子初期的疯狂欺压掠夺的殖民行径

东牯岭战役最后是国民党军败了，星子被日本人占领。不久后，日本人又打下了南昌，星子就成了一个输送日本兵和其他一些军需物资的中转站。

日本人占领星子后，就把县城的城门都严守起来了，不让随便出入，进出必要要有日本人发的"良民证"。即使有"良民证"，进出城门时，日本人还是经常抢拿老百姓的东西，调戏妇女，甚至打人抓人。

当时日本人还经常在乡下抓人，关在县城的牢房里。住在牢房附近的人时常听到从牢房发出尖叫声，尤其在晚上听得更清楚，非常惨重揪心。而且时不时就把人直接拉到南门外，用大刀砍头。据看过的人讲，情形十分恐怖，所以一般家长都不让家里小孩去看。日本人砍杀这些人时，还巧立名目，说这些被杀掉的人都是"坏人""强盗"，实际谁都知道，这些人就是反对他们的人。

当时县城的主要任务是接待从九江过来的日本兵，然后往南昌输送。占领后的前两年输送的军队比较多，几乎两三天就有一批。为了满足这些日本兵在星子吃好玩好的私欲，日本人还在星子开了妓院。妓女都有编号，除了一号（也就是妓院的"老大"）是日本人外，剩下的都是因为家破人亡或者家境实在贫寒，走投无路才到妓院的星子人。除了妓院外，日本人还经常组织"慰安妇"来星子，她们一般只在县城过个夜，第二天就走了。这些慰安妇年纪很小，几乎都只有十七八岁。

日本人在县城驻扎的时候，都是住在被赶走屋主的大户人家里，一般都有大狼狗看门。这些大狼狗特别凶狠，只要有人路过，就会不停地吼叫。有时日本人甚至不拴着这些狼狗，就让它们扑向老百姓，听到老百姓发出害怕的声音或者惨叫时，日本人甚至哈哈大笑。所以当时很多人都不敢往日本人住的屋子这边走。

日本人还在枇杷岭上搞了个神社庵，经常烧香祭拜。每年都要搞几次抬神像游街活动，就是日本人吃饱喝足后，全身裸个精光，只剩一块遮羞布，抬着神像，前呼后拥，连嚷带唱，满街走一圈后，再把神像送回到原处的小庙。然后，这些日本人就去妓院，或者直接冲到人家家里找女人。平时，日本人也经常冲到老百姓家里侵害女性，更多的是晚上突然去，所以天黑后妇女都要设法躲起来。

日本人除了欺压老百姓外，还疯狂地掠夺中国资源。星子的东牯岭上有云母矿，这种矿物有很好的隔热性、弹性和韧性，当时这种矿物一般是应用在军需制造上。不知日本人怎么知道了这个矿，怎么开采了这个矿，就知道他们在县城开设的日本洋行经常用一辆独有的汽车把这些矿物送到外地生产武器的地方作原料。

日本人当时还有许多极度危险的行为。我曾听日本人在星子办了个化学试验所，就是在下洞的一幢楼里，据说是做人体试验。

沦陷时老百姓过着被压榨的惶恐不安的生活

因为日本人对老百姓的欺压，所以当时星子县整体来说是很萧条的。为了维持生计，县城街上零零星星的有部分人在开店，而且卖的大部分都是些零用杂货。我们家当时也开了一家小店，主要做自己腌制的一些咸菜、酱豆腐之类的酱菜生意。也有一些菜农一大早出来卖菜。总而言之，整条街上很荒凉，只有一些维持人们极低水平生活需要的商业活动。

就说看病，一般老百姓既不知道哪里有医院，也没有看病的钱，只能在家慢慢拖着，听天由命。我的妹妹，就是一个很典型的例子，我每每想起来，都十分心痛。她当时才一点点大，不满一岁，不知道怎么的得了病，高烧不退，没医没药，没法救她，只能眼睁睁地看着她去世。

后来随着南昌失守，日本人就把军队投放到别的战场了，需要星子输送的人和物就慢慢地少了。特别是珍珠港事件发生后，日本的战场拉大了，在中国留守的日本兵就更少了。在星子的统治，主要依靠由日本人和汪伪政府的人组成的保安队、维持会、商会等机构。

这个时候城门管理就比较松散了，除了西门关闭和北门还有人看守外，其他几个城门都可以自由出入了，进出城门的人多了起来。乡下也有一些人来卖农产品，不过主要卖的是柴火，一担担地挑来卖，有的是毛柴，有的是劈好了的木柴，卖了过后好去买粮食和日用品。虽然渐渐有人进出县城，但县城整体来说还是很冷清的。

虽然城门管理不那么严了，但维持会害怕县城里会有反对他们的人，所以经常在县城查户口。当时县里的人经常遇到这样的情况，一家人正在一块吃晚饭，维持会就突然闯进来查户口。有时看到年轻女性，维持会的人还会调戏她们。这导致维持会一来，年轻女性就都躲了起来。

日本人占领星子一段时间后，为了奴化中国人，也办了一所小学。小学位置在北门巷下西边一座两层楼的地方。我和我哥哥也在那里上学，课程不太记得了，只记得有门日语课。在那里我经历了一件终生难忘的事：记得有一年，汪伪省政府教育局有个督察来县里视察工作，学校要求每个学生都必须按时提前到校。督察来校的那天，我和哥哥担心迟到，于是拼命往学校跑，但是我没注意摔了一跤，脑袋磕在有尖头的石块上，导致留了个疤到现在都还在。

1945年时，听说日本人要撤离的消息。当时人们又开始恐慌起来，因为害怕日本人和伪军又会抓人、抢人、杀人、乱抢东西，所以很多人又躲了出去。我被我父亲送到项家畈的一位同宗家，住了快一年，直到日本人投降后，才回到县城。

这就是我了解的星子县城在抗日战争时的一些情况。因为我当时年岁小，记得的事情只有这么多，如果我哪里记错了说错了，欢迎同乡们指正。

口述人：项镜泉，男，星子南康镇人，1933年7月1日生，曾任财政部财政科学研究所研究员。

记述人：项欣，女，星子南康镇人，1995年11月18日生，为口述人侄孙女。

"木狗队长"胡代财

口述：胡代财

记述：查勇云、陈林森、常文东

阳春三月，和风拂煦。我们来到温泉镇上头胡村，采访抗日老兵胡代财。该村位于庐山南麓鸡笼山下，对面是东牯岭和西牯岭，门前宽阔的环庐山南路就是当年抗日德星公路阻击战的重要组成部分。

走进上头胡村，古木葱茏，鸟语花香。来到胡代财屋前场地，只见他端坐在门前的木沙发椅上，头戴黑色军式皮帽，胸佩抗战老兵勋章，脸上那沟壑般的深深皱纹，似乎承载着不寻常的百年沧桑。在金色阳光的照耀下，98岁的老人显得格外精神矍铄，只是患有轻度老年性耳聋。但有他小儿子胡炎生的转述，并不影响我们的采访交流。

当我们问及70年前的抗日往事时，老人思维敏捷，记忆犹新，讲起自己的抗日经历，如数家珍，声音洪亮，同时也把我们带到了那烽火燃烧的抗日岁月。

"我对日本佬的仇恨啊，不晓得有几深呀！"

老人说，日本佬还没有打进我村之前，早在1938年6月23日，就有6架日本佬战机轰炸了门前胡家，炸毁3栋房屋，炸死13人。8月20日，日本佬又出动35架飞机，轰炸了星子县城及附近的国军阵地，晚上南康城被日本佬攻陷。

我家门前的那座大山，叫东牯岭。9月2日，日本佬飞机大炮开始轰炸东牯岭，国军阵地上的官兵英勇反击，打了三天三夜，打得日本佬死伤惨重，尸横遍野，不知其数。后来由于日本佬使用毒瓦斯，国军不得不放弃东牯岭高地。日本佬放毒气弹后，不仅使国军中毒死亡殆尽，而且给百姓带来极大危害。许多人闻到气味就死，没死的人也伤皮烂肉，甚至危及多年后出生的儿童身心健康。

日本佬攻陷东牯岭后，烧杀抢掠，无恶不作。项家墙附近一带的老百姓400多人被赶进县城，围在郭家祠堂里，给日本佬干活。祠堂前面有口水塘，被日本佬屠杀的人就扔进那里。后来发人瘟，每天都死十几个人。日本佬看到死人太多，才把我们放了回来。

我母亲和村民一起躲进了背后的山里，生下我妹妹的第三天，她煮点粥给大人小孩吃。日本佬发现山上冒烟，便找到了我母亲，并企图施暴。当看到我母亲处在月子里，下身流血未止，日本佬就用枪对着我母亲的头，一枪打死了。

老人说到这时，声音陡然提高。"我对日本佬的仇恨啊，不晓得有几深呀！"所有在场的人都感受到了老人心胸中涌动着对日本佬的深仇大恨。

"我参加游击队，为我妈和乡亲们报仇！"

老人说，1939年春，在我家北面的观口甘露寺里，胡茂赏组织成立了一支抗日游击队，后改编为庐山游击指挥部第九中队。

胡茂赏早在土地革命时期就参加了革命，1928年加入中国共产党。1929年8月，赣北红军第一大队星子中队带领千余群众攻打南康城，胡茂赏指挥第四路攻打小西门。1930年红军北上后，胡茂赏在白色恐怖中，隐蔽于鄱阳湖东岸的都昌，继续坚持革命斗争。1937年抗日战争爆发后，胡茂赏又回到星子。

我与胡茂赏同一个村，而且是邻居。有一天，胡茂赏来到我家，动员我说："木狗，参加游击队吧，给你妈和乡亲们报仇！"我小号叫木狗，当时刚20岁出头，血气方刚，想起国恨家仇，心里火冒三丈，因此就爽快答应了。

我说，我恨死了日本佬，我参加抗日游击队，为我妈和乡亲们报仇，把日本佬全部杀光！可我手上长着毒疮，怎么拿枪打仗？胡茂赏说："国家福气大，你去了就会好。"过了十几天，我的手竟奇迹般地好了。

我参加游击队的那天晚上，就在甘露寺开会，当时游击队员很少，连我一起才20个人。我看见人很少，有点担心说，日本佬人马多，我们这么点人，能打得赢吗？胡茂赏说："我们游击队，主要是打游击，剪日本佬的电线，炸日本佬的汽车，破坏交通要道，捉拿汉奸走狗。捉到汉奸就杀，决不留情。遇到日本佬，少就干掉，多就袭击。星子现在是沦陷区，如果没有游击队，一个日本佬依靠汉奸就管得住全县；有了咱们游击队，一百个日本佬也难镇得住。江西有80多个县，一个县牵制一两百个日本佬，全省就能牵住几万日本佬。"接着胡茂赏还讲了在上头胡家东边的芭茅桥上打死日本佬的经过。

有一天，胡茂赏远远发现有个日本佬朝着芭茅桥走来。芭茅桥位于项家墙与四房熊家之间，过去是从县城到温泉、隘口的必经之路。那是一座石桥，中间有两座桥墩，桥面分为3节，每节由5块长麻石条并排铺就，长麻石条之间有些缝隙。胡茂赏提前隐匿到桥下，屏息窥守。当那个日本佬肩扛长枪，哼着小调，大摇大摆地走近桥面时，胡茂赏根据日本佬的脚步声，判断着日本佬的距离，然后找到一个稍大的缝隙，一枪就把日本佬毙了。小鬼子应声倒下，胡茂赏一跃而起，缴了日本佬的三八大盖，把日本佬的尸体扔到了粪缸里。

胡茂赏的一番话，使得群情振奋，一致表示要"同生死，共患难，不怕牺牲，排除万难"。当时游击队里没有等级差别，不分官长士兵，谁有空谁做饭，一人有难大家帮。胡茂赏身先士卒，不久队伍就扩充到100多人，编为3个分队，每个分队36人。我担任机枪手，作战勇猛，身手矫健，深得胡茂赏赏识，因此担任二分队队长。

老人说，大家都晓得"狗队长"，说胡代财别人不知道，说到"狗队长"，大家都知道，连日本佬都晓得哦。

"狗汉奸，不许动，举起手来！"

老人说，1938年8月，日本佬沿星德公路久攻东孤山不下，后由汉奸桂训策引路，用汽划子从钱家湖登陆上岸。桂汉奸是日伪星子县维持会的头目，日本佬的走狗，作恶多端，因此游击队九中队决定捉拿桂汉奸。

为了摸清桂汉奸的活动情况，先找到了上马颈的游击队员周木连。由于周木连有个房下老表与桂汉奸是一个屋场（神灵湖北面窑背后桂家），因此通过周木连的老表了解到桂汉奸的家人都在乡下，只有桂汉奸在街上（县城），要是回家过夜，都是中饭过后，半下昼到家，第二天又返回县城。

我们做好了那个老表的思想工作后，安排了4个内部哨（情报员），并让那个老表担任内部哨组长。如果桂训策回到家里，内部哨就把消息传递出来，从隔壁屋里送到詹家崖，再传到观音桥张家。后两个内部哨是游击队员，他们和前两个内哨都是单线联系。

我们4个游击队员蹲守在玉京山，前后守了10天，终于发现桂汉奸回家了。我们化装成农民，肩扛着锄头、耙锄，身上藏着手枪，从不同方向悄悄地向桂汉奸家靠近，到天黑时再聚拢。两个队员从桂汉奸家后门进去，一个队员从厨房进去，我就从大门口径直走进，大吼一声："狗汉奸，不许动，举起手来！"桂汉奸正在吃夜饭，突然发现我用手枪指着他的脑袋，一时手足无措。两个队员迅速扑上前去把他捆了起来，押到游击队临时驻地干腊岭，准备审讯后处决。

第二天拂晓，日伪军来了700多人，将干腊岭包围了，企图营救桂汉奸。正当游击队成功突围之时，队长胡茂赏突然想起桂汉奸还没处置，于是就回身对着被捆绑着的桂汉奸，一枪就把他打死了。后来我们游击队还处决了汉奸刘书明、曹家木瘌痢。

"要讲打日本佬的故事，三天三夜也讲不完啊！"

老人说，要讲打日本佬的故事，三天三夜也讲不完啊！

有一天，我们游击队在香山寺驻地住宿。深夜了，汉奸曹家木瘌痢带着80多名日伪军，将香山寺包围了。情况十分紧急，胡茂赏隐藏在厨房的柴灶后面，我和其他队员就隐藏在大门两边。有一个日本佬头目从引水进厨房的洞口向里张望，胡茂赏手起枪响，日本佬应声倒地。我听到一声枪响，立即和其他队员冲出大门，对着外面一阵猛烈扫射，躲在松树林后的日本佬机枪手被打成了马蜂窝。其余的日本佬见状，惊慌失措。我们趁势冲出了包围，向山下空旷地带跑了出来，但有两名队员却向背头山上跑，结果都牺牲了。

有一次，我们游击队得到消息，一伙日本佬从李家塘出发，要去八都大屋潘家打鸡。我们安排一个中队隐蔽在大屋潘家西边的山下潘家，从望远镜里看得很清楚，10个日本佬，由一个汉奸带路。当日本佬提着两篮鸡，正要回李家塘时，游击队员就开枪射击。日本佬听到枪响立即照原路返回。我们早已安排一个分队堵在去李家塘的大路上，我带领一个分队堵在附近另一条路上。那里有一条港，我们两边夹攻，日本佬走投无路，躲在港里。一个姓蔡的游击队员爬到港边，扔了几颗手榴弹，其他战士也往港里扔手榴弹，结果游击队消灭了9个鬼子，缴获了1挺机枪，7支步枪。

又一次，日本佬准备偷袭游击队在李家塘的驻地，隐蔽于于家背头松树丛里。晚上我率领他分队战士埋伏在松树丛的两边。战斗打响后，我端着机枪冲到周家巷，向松树丛里一阵猛扫，结果打死了两个日本佬，游击队却一个伤亡都没有。

1942年6月，我们游击队在汤家港与日本佬发生了激战。当时从卢家据点出来的日本佬在王家楼下打鸡，除了几个日本佬外，还有一些伪军，有两挺机枪。我是二分队队长，带着手下36名游击队员，架着一挺机枪，堵在缪家畈。战斗打响后，伪军看到游击队人多，撒腿就往温汤方向逃跑。但日本佬不熟悉道路，很快就被我们游击队围住了，包围在一座油榨坊里，水泄不通。我吩咐游击队员，鬼子不出来，就不要打枪。要等到天黑，日本佬不识方向，就跑不掉。有队员说捉活的，我说不行。我派人买了20斤洋油，等到天黑了，悄悄地把洋油浇到油榨坊的木门上，然后把手榴弹扔过去，一时烟火冲天。我趁机拿起机枪从油榨坊后窗口向里扫射，结果把6个日本佬全部歼灭了。

"我是死不出的人，死里逃生啊！"

在汤家港那场战斗中，我们游击队打了个大胜仗，但我却受了重伤，日本佬的步枪子弹打中我的右大腿，将腿部射穿了。战斗结束后，我被送到都昌（当时是后方）治疗腿伤。

我在都昌治疗了一段时间，游击队里送信来，要我回来养伤。后来才了解到，在我治伤期间，由一个姓王的队员代理分队长，但他不懂战术，所以急着要我回来。

那天傍晚，我一行4人冒着风浪回到星子时，不幸被湖边巡逻的日本佬抓住了。日本佬发现我身上有当过兵的痕迹，便叫来了伪保安队长程利国。程利国认出了我的身份，日本佬奸笑："原来你就是狗队长！"另一个日本佬用一根粗竹棍从我背后打来，我来不及躲避，当场就被打昏了。第二天，我被送到县城警察队监狱，在狱中多次遭到木棒毒打。

我被关了两个月后，保安队里有一个班长，偷偷地对我说："你赶快找人做'保状'，不然哪天过堂，就没活命了。保安队长已经检举狗队长的游击队打死了两个日本佬。"

我心里暗暗一惊，如果今晚能够刮风下雨，那就有逃出去的希望。

因为只有等到半夜看守牢房的人叫完号子后，我们才好行动。真是老天有眼，那天晚上半夜过后，果然起了大风，又下大雨。当时关我们的号子是用竹筒子做成的栅栏，上下和中间用木头作杠杆。我抽开了两根竹筒子，立即从号子里钻了出来，又在牢房墙脚处扒开一个洞，然后从墙洞口钻了出来，洞口外面有一棵很大的桂花树，树下的茅草很长。我们4人沿着围墙脚爬到院墙门口，抽开门闩，逃了出来。这时狂风怒吼，倒天倒地。毛步青在县里住过，熟悉城内道路方位，带领我们一口气跑到城墙北门。北门内低外高，从内可以走上去，城墙外有三层楼高。我们爬上城墙，用被子、衣服结成长带条，一头拴在城墙垛口上，然后拉着布条从城墙上滑下来。就这样，我和毛步青、程世高、查金森一起成功脱险了。

我从牢里出来以后，继续担任分队长。有一次，我带领分队队员来到八都（今横塘镇）麻原垅况家打游击。当时从江家桥来的一伙日本佬打鸡刚离开，只剩下一个小鬼在一间民房里强奸妇女。有个村民跑来报告了消息，我当即带领胡远红和毛毛赶过去。我从前门进去，另两名游击队员从后门进，把那个日本佬活捉了。那个日本佬叫谷口隆太，有人要烧死他，最后我还是按照星子县国民政府的要求，把那个日本佬送到了都昌县。因为当时可以用交换俘房的方式营救部分中国军队官兵。

"我很知足啦！感谢你们对我的关心！"

老人说，胡茂赏于1941年4月在项家墙受伤被捕，在狱中拒绝日本佬的治疗和劝降，最后为国殉难。胡茂赏牺牲后，由程世璋任副大队长（县长兼任大队长），同年9月，程世璋也牺牲了。胡茂赏领导的庐山抗日游击队九中队一直坚持到1944年9月，余部改编为星子县保警大队，县长张国猷任大队长。星子游击队前后坚持抗战5年多，直至中国抗日战争全面胜利，给日本侵略者以沉重打击，在中国抗战史上立下了不朽功勋。

但遗憾的是，由于各种复杂的历史原因，新中国成立以后，幸存游击队员的战功长时间被湮没，名字渐渐被人们淡忘。有些抗日老兵丧失劳动能力以后，没有固定的生活来源，又得不到社会救助，特别是那些在战斗中负伤又得不到有效治疗的老兵，沦为社会困难群体，晚年处境令人心酸。

我出生于1918年7月19日，老伴于2010年逝世，享年88岁。现有6个儿女，4男2女。老大身心发育不正常，可能与他小时候遭受日本佬毒气污染有关，我这附近一带村子有很多这样的人。

我是日本佬投降后就回家种田，新中国成立后在星子共大锯板，前后有十四五年。直到分田到户后，我又回家种田，还挖过几年长石，一直干到85岁才歇下来。我的身体一直很好，80多岁还能挑一百多斤。平时很少吃肉，吃蔬菜多，不喝酒，抽点烟。我现在年龄太大，牙缺了，又耳背，行走缓慢，特别是下雨天，右腿枪伤和背部内伤疼痛难忍。

老人说，我很知足啦！感谢你们对我的关心！感谢北京3A志愿者公社的好心人！去年3A志愿者给我颁发了抗战老兵勋章，每月派人送来500元钱。今年春节前，3A志愿者又送来大米、面条、食用油、水果、糕点、糖果等过年食品。星子县的县长也来看望了我，并给我400元慰问金。

今年5月，我生病了。3A志愿者司马花和邹女士，还有常友实业公司董事长常文东等来医院看望我。我出院了，3A志愿者为我举办寿宴，王波特意从北京赶来。让你们这么操心，我的心里过意不去啊！我很知足啦！感谢你们对我的关心！

当我们起身告别时，老人颤巍巍地站了起来，与我们一一握手。最后他举起右手，给我们敬了一个珍藏了70年的庄重军礼。我们也自然而然地举起了右手，向老人挥手致敬，不约而同地说再见！

口述人：胡代财，别号木狗，江西星子县温泉镇东山村上头胡家人，1917年出生。1939年参加庐山抗日游击队，担任第九中队队长，抗战胜利后在家务农。2015年6月2日逝世，享年98岁。

记述人：查勇云，1962年出生，江西庐山市人，中共党员。1982年毕业于永修师范学校，先后供职于星子县人事局、县委组织部、县科委、县政协等单位。曾任庐山市政协文史委员会主任，现为庐山山南历史文化研究会副会长兼秘书长、庐山市诗词学会副会长兼秘书长。

黄泥岭的轰炸声

口述：汪传发
记述：汪传贵

在现今庐山市原床单厂以南沿紫阳大道而下，至南康大道环绕冰玉路而上的地带，早时都称之为黄泥岭。自元末明初时期起，汪姓便最早开始在黄泥岭生活居住及繁衍，黄泥岭自上而下的山脉遍布着汪姓人家的山地农田、池塘及墓地。然而随着1937年日寇对我国的入侵，黄泥岭人们平静的生活也瞬间被战火打乱了。

那是1938年农历正月的一天，当家家户户正沉浸于新年的氛围之中时，在庐山市（原星子县）城外以北黄泥岭的上空，出现嗡嗡的轰鸣声响，在外玩耍的孩子们望见天空突然呈现黑压压的一片，孩子们兴奋地以为头顶飞来了许多的麻雀。突然，随着一阵阵爆炸声落地并连环响起，整个黄泥岭村庄上顷刻火光浓烟四起，慌乱的人群发出的惨叫、哀痛声不绝于耳，村庄上整排的房屋在日军飞机的一阵轰炸中顿时化为一片废墟。

早时的星子县城很小，整座县城由一呈四方形状的城墙所揽括，人们可从南、北、东、西四处城门进入县城内。"城内叮咚响，城外听得见"是对当时城区范围很小的写照。而在城外附近，那时的村庄和居住人口是很少的，像黄泥岭这样的村落在当时应算是房屋较多、人口较为集中的大村子了。那时黄泥岭汪姓大多居住于县城原农机厂东侧，其地势在县城也算最高处，很早时这里主要居住同根繁衍下的汪与姜姓人家，而汪姓在黄泥岭又属于人口较多的大户人家。约百年以前，爷爷辈们最先有三兄弟从黄泥岭上端搬至现冰玉路中段的县城汪家，黄泥岭便有了上头汪和下头汪家之说。

黄泥岭的特殊地理位置及房屋、人口密度，或许成为日军轰炸星子首选目标的缘由。日军在轰炸黄泥岭之后的第二天，人们在县城北门城墙上便看见了日军挂起的太阳旗。自那天起，星子县在日蹄的侵占下一恍就近愈八年之久。

日军对黄泥岭的轰炸可谓是丧心病狂，心狠手辣。在对黄泥岭村庄的连续轰炸中，炸毁房屋二三十栋，死伤20多人。在这次轰炸中损毁最惨烈的当属黄泥岭汪氏家族。在黄泥岭，早时的汪氏大家庭的住房都是按古时的天井风格摆布和建造的。当时被称为"一进三重"，"一把锁管全屋"的汪家大院占地三四亩地，整个大院中间为祖厅，前后厅房为长辈和大户人家的住房，院屋内设有两个天井，围绕大院两侧的是许多小厢房。和许多姓氏家族一样，那时黄泥岭汪氏大家族都是家人几代同居住一起。在大天井屋内，一些兄弟家族成员按其辈分大小，分别居住于上下厢房。从当时房屋的结构和规模来看，足见当时黄泥岭汪氏家族的繁茂与和谐。然而，由于日军入侵后的一阵轰炸，整个黄泥岭汪家院落几乎被夷为平地，汪家多数家庭从此流离失所，背井离乡。我堂哥汪润山的祖父就是在那次轰炸后，在逃难的途中走失而至今杳无音信。

日军入侵和占据星子后，在星子大抓壮丁做劳役和苦力，并进行了惨无人道的大屠杀。现年86岁的汪传发的父亲等常被日军用铁丝捆绑双手，从黄泥岭押至现斜川公园（原汪家包）一带做苦力，稍有不从便遭乱杀之险。黄泥岭汪林滚的爹汪贻恕（也称江和尚），因不满被日军抓去做苦力，而被日军砍头和赤裸分尸后扔在蔡家岭原罗家塘中。有一天，姜毛森的太公一家八口正在家准备吃午饭，无缘无故地被日军全部赶出到外面，除家中一老太婆侥幸逃脱外，一家七口被日本佬当场全部活活刺杀。白鹿镇大岭村余家5人被日军抓到黄泥岭为日军送麦子，结果送完麦子后也被日军一个不留地全部残忍杀害。

面对日本侵略军的疯狂掠杀，善良无助的黄泥岭平民百姓们只好选择出外避难和逃荒。当时，也有黄泥岭的一些难民，临时躲藏到现冰玉路中段处没被轰毁的汪家房屋或地洞内，只有晚上才敢出来走动一下。而轰炸后多数人则选择了跟随县城附近的难民，一同逃往到离县城较远的观音桥或白鹿梅溪鄱阳湖边高家一带的山林中躲难。日军得知梅溪高家一带有大量难民逃往的信息后，乘坐汽艇从湖边赶至附近山林进行了大规模的搜山和驱赶，汪水印的祖母就是在搜山中被日军发现后，用军刀割断手动脉后而遇害身亡。

日军入侵星子后，开始主要驻扎在南门的县中一带，后移至扬五角处的原县供销社处，他们白天烧杀掠抢，到处抓壮丁做苦力，搞的县城周边百姓惶恐不安，无家可归。在星子县城原石粉厂附近，原来有两个7~10米高的大小宝塔，老人们说在那小塔下，日军曾杀人无数，虽然如今已时过境迁，但当地居民说起小塔仍心感绞痛，面视小塔遗址仍生忌讳。

日军入侵星子几年后，由于主要战场的转移，在星子的驻军和杀掠也相对减少。为了巩固其侵占地，日军便利用一些亲日汉奸和乡绅，在星子城东门口菜园里郭家处搞起一个所谓的维持会，并普发良民证。由于有维持会的存在，黄泥岭附近一些老弱妇幼们白天则大多聚集在维持会的广场，也算找到了暂时的一份安宁。

随着日军在城外杀掠活动的相对减弱，约1942年开始，黄泥岭汪姓等也慢慢地返回到被摧毁的家园，并尝试在废墟上开始搭建一些简易的茅草房屋居住。那时，有一日本商人酒井在黄泥岭旁开了一家农场，设有生活物资仓库，并从事种植和养猪等，为日本驻军提供生活和后勤保障。由于酒井较长时间与黄泥岭及附近百姓打交道，也慢慢地与当地百姓"日久生情"，和附近中国百姓竟也能和睦相处，而且还娶了白鹿大岭桂家桥的桂银莲为妻生子，直到抗战即将结束时才带妻儿返回日本。在1944年的美国飞行员前往九江补给跳伞大营救中，当地日军要求熟悉星子地形的酒井带路，围捕从星子鄱阳湖边向都昌县转移的美国飞行员。而酒井却隐瞒本应从波湖村神灵湖处围剿的路线，故意将围堵的日军带往了偏北的周连湖一带，从而使美军飞行员顺利被游击队轮渡到都昌的安全地带。据说酒井回日本后的很长一段时间内，还保持着与当地人的联系，在"文革"时还来信索要过百家姓资料等。酒井的良知义举，为黄泥岭在以后的一段时间少遭日军骚扰是起了作用的，以至长时间以来酒井也仍被黄泥岭的老人们所记起。

如今的黄泥岭到处是高楼林立，早已融入市区繁华的风景。尽管距黄泥岭日军飞机的轰炸声已经过去70多年了，回忆起当年日军飞机轰炸的情景，黄泥岭的老人们依然是记忆犹新。是啊，每当我们回顾抗战历史和缅怀英烈的同时，我们更应珍爱今天来之不易的和平环境，为建设富饶美丽、繁荣强大的祖国而奉献我们的爱心和力量。

口述人：汪传发，男，生于1930年6月，庐山市商贸企业退休职工，居住在庐山市南康镇黄泥岭社区。

记述人：汪传贵，男，庐山市南康镇人，生于1963年10月。中共党员。1980年10月之后在原星子县粮食局工作多年，现为庐山市农业农村局干部。

我的祖母，牯岭山中的客家女

张雷

　　祖母陈氏，名自礼，闽西客家人，因祖父早年经商而随来九江。1938年因躲避日机轰炸逃难庐山，先住牯岭近郊——大寨。因父辈兄弟就学之便，祖母又将家搬到牯岭草地坡220号英人别墅暂居。牯岭原是一片荒芜，1900年左右英人开发为特区，这儿混居着中国、欧美等各国人，而闽西客家仅此一家。那时，牯岭的本国女人大多穿着旗袍或裙子，穿长裤亦不打绑腿。她们裹着小脚步履蹒跚，在家做些轻活儿。而我祖母打着绑腿，一双大脚（客家习俗女子不裹足）走路、担物脚下生风。那时，曾引起过四邻的"特别关注"。为了生计，祖母常带着竹筒、饭团上山打柴，打回的柴或卖或自家烧。她挑着重担步履轻松，那双大脚稳重自如。过路人都瞪大眼睛看着，先是惊奇，再是议论纷纷。日子久了，牯岭山中的人都知道我祖母这位客家女，像男人一样能干力气活的大脚女人。我们闽西老家人住的是围屋、土楼，一个大家族上百人共住着一幢大屋。我祖父兄仁人避居他乡，客家习俗不改，一家十几口人在一起说着客家的方言，其乐融融。祖母不赶时髦，老式的装束，后脑勺上盘个鬏，一辈子不穿裙子，直至上世纪70年代初，仍是那清末民初的打扮。

　　1939年4月9日，牯岭沦陷，叔父张开元当时十一岁，上小学四年级。那时，每日凌晨祖母即叫醒他们兄弟早读。一天，叔父正朗读头天上课学的日语，什么"尼计、尼、萨、西、库……（音）"。在一旁的祖母听了觉得耳生，问这是读些什么？叔父说日寇把每天第一节国文课改为日语课了。这引起了祖母的愤怒，"该死的小日本！"于是，祖母经与祖父兄弟商议，不准叔父兄弟继续上学。后来，家里请来一位穷秀才，由他在家教他们背诵古文。那时，叔父不懂文中的意思，问先生也从不解答，只有死记硬背。随着年龄、学识的增长，叔父又能从中理解一些道理。叔父能读完大学，不能说没有这方面的作用。祖母为抵制日寇奴化教育，选择了这种无奈的方法教育孩子。她痛恨日本侵略者，态度鲜明。

由于"战乱"而家境艰辛，祖母只得扛着锄头在山上日夜开拓荒地种菜，早出晚归地劳作，补给一家人。祖母常头戴草帽顶着烈日在菜园中不停地忙碌着，将山地的菜园收拾得平整干净，园中看不见一棵草和一个小石子。地边坎上的毛草也割得干干净净，那菜长得枝繁叶茂充满生机。后来，我看见祖母从地里挖掘出许多"洋芋"来，此物既可做菜，又可当粮。她将其去除泥土，分类珍藏在家中的各个床底下。祖母将用它们度过那些刮缸见底的日子。周围的小脚女人羡慕母亲会挑、会扛又会种地，能自力更生，她们自愧不如，都夸客家女子真能干。然而，再能干依旧过着半饥半饱的日子。祖母是那种穷得有骨气的女人。那时，我家下面住着一位英国人，逢礼拜日便拿出面包布施，许多住在牯岭下街的贫苦孩子都来领得一块充饥。我虽家境窘迫，却不敢去领，因为祖母平时教训孩子："不可靠施舍过日子，要靠自己劳动所得。"

祖母没读过书，深知文化的重要。她不知"万般皆下品，唯有读书高"，却晓得唯读书才有出路；她不知有"孟母三迁"的典故，却能为儿子读书之事时时记挂在心。1947年秋，叔父不负母望，考入九江同文中学高中。9月5日临别那天，叔父在日记中这样写道："大清早，吃完母亲为吾做的早点，随起身向母亲辞行。母亲拉着吾的手执意要送吾一程，途中，皆母亲为吾肩挑行李赶路，母亲边挑行李边语重心长对吾嘱咐：要知寒知暖、知饱知饥、知家中疾苦，在外要与人融洽友好，要用功读书……我看着母亲汗流浃背为吾挑着行李，心中着实增加不少罪恶感，只恨自己不争气，不耐苦，以至有累吾母亲也。"祖母送叔父沿崎岖山路过好汉坡

105

达山脚下，出莲花洞上大路才依依不舍返回。回想起八年抗战流离生活的苦涩，也曾使人失望流泪，经此岁月的辛苦挣扎和锤炼，叔父兄弟自小已懂得人世的艰辛，知道人生需要奋斗不息、不断地向上仰望，才能克服、超越忧患与磨难。

五十年代末，三年自然灾害前后，为了家中温饱，年老体弱的祖母仍上山种地。后来"文革"之乱波及于叔父，从此母子分离，祖母心忧无处诉说，身体每况愈下，直至病逝。祖母永远离开了，但她那客家人吃苦耐劳的伟大精神，时时激励着我们去克服人生道路上的重重困难。

　　张雷，男，庐山牯岭镇人，1954年4月1日出生，曾为庐山文化研究会会员。

我的家庭

戴进泉

我是一个地地道道的庐山人。生于斯，长于斯，那里有我幼年、童年生活和学习的记忆，那里也是我在外漂泊数十载日夜思念的地方。我于1958年十九岁时到北京求学乃至其后参加工作，至今已六十一个年头了，实际上在外生活的时间三倍于在庐山的时间，但我的乡音未改，至今只要是置身于九江人的环境中，我还是会说标准的九江话（即庐山话）。

我名叫戴进泉，戴是姓氏，进是我们这一辈分的派字，最后一个字据说是算命决定的，由于我命中缺水，所以取了一个"泉"字。

我生于1939年（民国二十八年）7月10日，农历己卯年五月二十四日。在庐山时我家一共六口人：父母亲和我们兄弟四个。

父　亲

我父亲名叫戴贤泰，家谱上的名字应是戴先泰，后来不知为什么将"先"字改成了"贤"字，可能是他本人故意改的，也可能是从自己口念到他人手写的"误"。

父亲生于1901年（光绪二十七年）9月4日（农历是辛丑年七月二十二日），卒于1971年2月7日（农历庚戌年正月初二日）。出生地是九江县姑塘乡陶家畈后屋戴村，在家里排行老二。他还有一个哥哥（戴先顺）、一个弟弟（戴先清）和两个妹妹（戴金枝、戴银枝）。

父亲十二三岁就随村里的大人们上庐山砍柴，十五六岁时正值庐山洋租界开发时期，到处都在修建别墅，他就在工地上打工，由于正当年轻力壮，别墅建好后就被别墅的主人留作看房子工人。当时在庐山修建别墅的都是一些较长时间在中国各大城市投资开办工厂的资本家或做生意的商人，也有外籍传教士。他们在庐山修别墅主要是为了避暑，一般每年只是夏天来住两三个月，其余时间需要一个人替他照看别墅。除此以外，还要打扫别墅周围的环境卫生、种花剪草等。

后来，别墅易了主人，美国人将别墅卖给了中国的官员或资本家等，我父亲继续看房子，就这样一直当了大半辈子的看房子工人。直到新中国成立后房东将别墅上交给了国家，父亲才参加了豆腐厂（生产合作社）的筹建，并担任负责人。在工作中经常是起早摸黑，非常辛苦。在两次庐山会议期间，都被抽调去为会议伙食做豆腐。

1939年，日本人占领了庐山，我父亲和许多青壮年人一样，经常被拉夫，替日本人到莲花洞挑运物资。从莲花洞到牯岭镇是十八里山路，路不宽，有的路段很陡峭，空着手走都很费劲，更不要说挑上百十来斤的重担，还不给钱。为了少被拉夫，四十来岁的他就蓄上了胡子。

看房子工人的工资不是很高，每月的工资只够买一石米，光靠这些收入不足以养活我们一家六口人，于是父亲就用种地来作些补贴。庐山山高气温低，而且雨水多、日照量不足，种粮食不行，只能种些蔬菜。开始只是在房屋周围开了一些荒地，主要是栽种土豆（洋芋），土豆收完以后改种大白菜（当地称为黄芽白）和萝卜，这些主要用来出售，一般有人上门来收购。还种一些日常家里吃的蔬菜，如各种瓜、豆、西红柿、绿叶菜等。后来，我们家又在山后的大校场开了一片荒地。农业合作化时先后加入了农业生产合作社和人民公社。后来大校场的菜地全部收归国有改成了国营茶场。

父亲幼年读过两三年私塾，认识几个字，一般话本小说和戏本大体能看懂，其间有个别字不认识就跳过去，前后连起来可以明白大致的意思。由于平时用不着写字，时间一长也就不怎么会写了。

新中国成立后，工人当家做了主人，成立了雇佣工会（后来改名为市政工会），父亲自然是第一批会员。比较早（好像是1953年）就加入了中国共产党。由于积极工作、任劳任怨，尤其在护林方面做出了重大贡献，多次被评为劳动模范、护林模范。

父亲为人老实，在周围群众中人缘好、威信高，在居委会和生产合作社中一直担任基层干部。父亲在家中也态度和蔼，从不打骂孩子，我们也从来没有看见过父亲和母亲红过脸、吵过架。

母　亲

我的母亲叫欧阳荷花，她在家里排行老大，下面还有四个弟弟（大弟欧阳华明、二弟欧阳显清、三弟欧阳显林、四弟欧阳显钜）。我外公欧阳启松祖籍是湖口，年轻时就只身带着自己的母亲和弟弟出来闯荡，在姑塘镇开了个铁匠铺。我母亲生于1905年（光绪三十一年）9月15日（农历乙巳年八月十七），卒于公元1963年2月14日（农历癸卯年正月二十一）。

我母亲是个农村妇女，没有上过学，一直在家操持家务，她与我父亲结婚时还生活在农村。年轻时身体一直不好，可能是家族遗传，患有哮喘病（外婆和四个舅舅都患有此病），一到冬天就喘得尤其厉害。由于没有得到有效的治疗，随着年龄的增长愈发严重，所以不到五十八岁就永远离开了我们，那时我大学还没毕业。我母亲除了我们兄弟四个外，还生育过两个女儿（具体排行不详），但都不幸早夭。母亲在生我们兄弟四个时都奶水不足，我大哥是母亲在农村时生的，是吃邻村一个叫扈婆婆的奶长大的；二哥、三哥是在庐山出生的，他们都是以喝代乳品为主；我是以吃邻居家廖老板娘（庐山当地对男的统称"老板"、女的统称"老板娘"）的奶作为补充。

母亲非常勤劳，除了平时操持家务外，一有空闲时间就去菜地里拔草、捉虫。为了贴补家用，只要有合适的、力所能及的工作，母亲也会出去打打零工，比如新中国成立前在庐山大厦（就是后来的庐山会议会址处）举办青训营期间，母亲和许多妇女一样到现场的河边去参加洗被单和衣服；还有修路时参加捶石子等劳动。

天下母亲对儿女都是疼爱有加的，我是家里最小的，所以对我更加溺爱。记得我小时候头顶生了两个大脓包疮，那时缺医少药，也没那么多钱去大医院医治，我母亲只有每天给我挤脓并用开水洗。脓包疮里的脓用手挤不干净，她就用嘴巴把脓吮（九江话叫"嗽"）出来，这是一般人办不到的。

我和三哥到北京上大学以后，一般是每年寒暑假回家两次，每次我们回家时母亲都很高兴，但是离开家的时候，她总是流着眼泪送别，我们的心里也很难受。

母亲一辈子没有用过什么化妆品，唯一就是梳头用的、自制的"润发液"，一种用蕨类的根泡制的水，所以隔一段时间我们这些孩子要到山上去挖些蕨根。

大 哥

大哥名叫戴汉明（谱名进炎），字茂林，生于1926年（民国十五年）3月23日（农历丙寅年二月初十），卒于2000年5月31日（农历庚辰年四月二十八日）。

由于家境贫寒，大哥只读了几年私塾就辍学了，别看他只上了几年学，可他写的字在我们弟兄四个当中是最好的。他辍学后，开始是替人家放牛（奶牛），后来与他人合作养了几头奶牛。在此期间，我们能喝到新鲜的牛奶（尽管舍不得喝），还学会了手工加工奶油的方法。

1948年大哥到武汉去求职，先在湖北省农垦处工作，后与他人合伙开了一家"吴抄手"饮食店。1952年到湖北省粮食厅参加工作，1957年下放到洪湖农场劳动，1958下放结束后调到宜昌粮食局工作。我们家里弟兄四个都在外地工作，在我母亲去世的第二年，为了照顾年老多病的父亲，1964年大哥调回庐山，先后在供销社、燃料公司、石油公司工作。大哥是中共党员（具体入党时间不详，大概是上世纪50年代初）。

大哥1953年春与徐克美结婚，大嫂徐克美生于1930年（民国十九年）5月4日（农历庚午年四月初六），1948年参加工作（参加革命工作从1952年起算），从事幼儿教育工作（一直在武汉市惠康里幼儿园）。大嫂今年已经年近九旬，身体还很健康。大哥、大嫂育有两个女儿和一个儿子：长女戴忠萍（谱名中萍），生于1954年7月12日（农历甲午年六月十三日）；次女戴忠玲（谱名中玲），生于1956年6月14日（农历丙申年五月初六）；儿子戴忠勤（谱名中勤），生于1963年9月28日（农历癸卯年八月十一日），十五岁时，即公元1978年9月7日（农历戊午年八月初五日）在一次游泳中不幸溺亡，这对大哥、大嫂是一个很大的打击。

二　哥

二哥名叫戴进水，字发源，生于1929年（民国十八年）6月15日（农历己巳年五月初九），卒于2001年9月26日（农历辛巳年八月初十）。他出生时不足月（七个月），所以体质比较瘦弱，但是个头却是我们兄弟四个中最高的。

二哥于1936年至1942年在庐山立德小学读书。由于家中生活困难，小学毕业后就辍学在家，1942年至1944年跟随父亲挑脚（从莲花洞到庐山山上）和在乡下放牛（水牛）。1944年至1949年在庐山中学读书（其中辍学一年在乡下放牛），1949年读到高一又因家境困难而休学。1950年到武汉谋生，1951年1月至6月在湖北省人民革命大学三期二部九班学习。1951年6月至1954年在湖北省农林厅工作。1954年至1957年12月在湖北省监察厅工作。1957年12月26日下放到国营周矶农场劳动，分配在五分场二队任队长。下放人员返城时他还继续留在农场当干部。1959年1月周矶农场与周围一些农业社合并成立王场人民公社，原周矶农场改为新建大队，时任公社副社长兼新建大队队长。1959年4月农场又与公社分家，6月任国营周矶农场副场长。1964年2月至1966年5月任农场场长。"文化大革命"中受到冲击。1972年10月至1979年2月任农场革命委员会副主任。1979年2至1984年5月任农场场长。1984年5月退居二线，1984年5至1985年12月任农场调研员。1985年12至1991年3月任潜江县（市）人民代表大会常务委员会驻周矶农场联络处主任。1991年4月正式退休。2001年4月28日感到不适，经检查为肝癌，2001年9月26日去世，终年72岁。

1956年3月24日与严久玉结婚，二嫂生于1937年（民国二十六年）1月21日（农历丙子年十二月初九）。生二子、二女：长子戴忠（谱名中能）生于1957年2月4日（农历丁酉年正月初五）；长女戴蓉（谱名中蓉），生于1959年10月19日（农历己亥年九月十八日）；次女戴辉（谱名中辉），生于1961年11月12日（辛丑年十月十一日）（1971年8月10日因患疟疾用药过度中毒去世）；次子戴森（谱名中潜）生于1963年12月6日（农历癸卯年十月二十一日）。

二哥在工作上兢兢业业，任劳任怨，在农场虽然身居要职，但一直深入生产第一线，带领全场职工战天斗地，尤其是在抗洪中成天浸泡在水中，因此得了严重的血吸虫病，这就发展成了日后的肝癌。

我在中学和大学期间享受的是乙等助学金，即免除伙食费（中学是每月6.80元、大学是12.50元），其他学杂费和书本费都是自己负担，还有平时的零花钱，每月二哥给我寄5元。三哥的助学金跟我的也相同，他的费用是由大哥负担，也是每月5元。现在看来5元钱不怎么起眼，但在当时是一个不小的数目。所以我和三哥能上大学，主要是新中国成立后党和政府给予了助学金，另一方面也跟两位兄长的鼎力相助分不开的。

三 哥

三哥名叫戴进池，字腾蛟，生于1934年（民国二十三年）2月18日（农历甲戌年正月初五）。

1941年入庐山私立立德小学读书，1945年转入庐山管理局设立的庐山小学（1946年又改为江西省立庐山小学），1947年成为省立庐山小学的第二届毕业生。小学毕业后升入庐山唯一的一所中学——庐山中学。

1949年庐山解放，学校组织了各种文艺宣传队，我三哥比较活跃，参加了腰鼓队，每逢节假日都要演出。1950年随政府和学校组织的土改工作队，到星子县参加了土地改革。

眼看还有一年即将中学毕业，1952年庐山中学被撤销而改为庐山林校，学校的原有高中部都转学到九江浔阳中学（后来改为九江二中），由于大哥、二哥都在武汉，他和他们班几个同学转学到武昌中学，但是因为教学的进度不一样，他们学习跟不上，又不得不转投九江浔阳中学。就在又一次即将高中毕业的1953年夏天，他突然得了急性阿米巴杆菌痢疾，不得不休学一年。

1954年高中毕业后被保送到北京航空学院航空发动机系学习。为了给研制原子武器培养人才，清华大学成立了工程物理系，就在我被保送到北航的1958年，他又被选调到清华大学新成立的工程物理系重同位素分离专业学习。

他于1960年毕业（实际上是工作单位提前到学校选调上来的），被分配到第二机械工业部（即后来的核工业部）二局（生产局）工作。1969～1972到陕西省合阳县二机部的五七干校锻炼。从五七干校返京后被分配到核科学技术情报研究所工作，直到1994年退休。退休前是室副主任，研究员，兼职中国核学会铀同位素分离学会第一、二、三届理事。长期从事重同位素分离方面情报研究工作，《论世界新技术革命与原子能工业》等三项研究成果获部级科技进步三等奖。主编核科技、工业用大型工具书：《世界核工业概览》《核能利用手册》。参加编辑核电站系列丛书：《核电站去污导则》《辐射防护实用导则》《放射性流出物实用导则》《非放射性环境导则》和《放射性废物导则》。参加编辑语言方面大型工具书：《语言大典》《英汉辞典》《日汉科技词汇大全》《俄汉科技词汇大全》和《英汉科技词典》等。

三哥于1956年4月16日加入中国共产党，多次被评为优秀共产党员和各级先进工作者。

1965年与本单位邹伯英结婚，三嫂邹伯英祖籍山东省泰安县，生于1936年（民国二十五年）11月11日（农历丙子年九月二十八日）。泰安县是革命老区，她12岁就加入了中国共产党（18岁转正）。1963年毕业于北京大学技术物理系，毕业后分配到二机部工作。

二人育有两个儿子：长子戴全胜（谱名中明），生于1966年5月27日（农历丙午年四月初八）；幼子戴晓冰（谱名中亮），生于1970年1月19日（农历己酉年十二月十二日）。

为了求学和革命工作，我们兄弟四人不得不先后离开庐山的这个家，只留下孤苦伶仃的父母亲两个人，他们用现在时髦的话来说就是"空巢老人"，作为下一辈的我们，留下的是无以弥补的遗憾。好在在母亲去世的第二年，为了照顾年老多病的父亲，费尽了周折，大哥终于调回了庐山，为我们弟兄尽了几年孝，也使我们感到一丝欣慰。

我整个幼年和童年时期都是在庐山度过的。抗日战争胜利后的第二年，也就是1946年到江西省立庐山小学读书。那时的小学分为初小和高小两个阶段，初小四年，校址在大林路，于1950年7月初小毕业；高小两年，校址迁至中二路，于1952年7月高小毕业。

就在我小学毕业这一年，原来庐山仅有的一所中学撤销了，改为中南林业学校，我不愿意那么早读专科学校，于是就到九江考入浔阳中学（后改名为九江第二中学），分配到初一（甲）班。1955年初中毕业后又升入本校高中高一（四）班继续学习，高二时进行班级调整，四个班缩编为三个班，原（四）班改为（一）班。而将原（一）班拆散，分配到其他各个班。1958年高中毕业后被保送到北京航空学院。

我的志愿是学习航空发动机，结果如我所愿，一年级就读于航空动机系（当时也称为三系），该系我们这个年级共有六个班，我被分在8302班。后来北航成立了火箭系（也称为六系），到我们二年级时从各个系、专业抽调部分学生转入火箭系。我们从航空发动机系来的同学分到火箭发动机专业（也称为三专业），当时共有两个班——8631、8632班，我分在8632班。到四年级时又细分为液体火箭发动机专业（又称为三专业，只有一个班即8631班）和固体火箭发动机专业（又称为五专业，也只有一个班即8651班），我被分在五专业。北京航空学院的学制是五年，也就是说，我是在1963年毕业于北京航空学院固体火箭发动机专业。

大学毕业时有幸到人民大会堂聆听了一次周总理的报告，他用自己的亲身经历讲解如何处理个人利益与党和国家利益的关系，对于我们这些即将走上工作岗位的人十分有益。听报告时我们虽然不在主会场，但总理在报告结束后到各个分会场去走了一圈，跟大家都见了面，同学们都感到十分亲切。

1963年大学毕业后分配到中国人民解放军总字750部队（即国防部第五研究院固体发动机研究所）工作，1965年集体转业，国防部第五研究院改为第七机械工业部（简称七机部，曾改名为航天工业部、航空航天工业部，后又分为航天科技集团和航天科工集团）。750部队由火箭发动机专业所改为总体设计院——四院，我被分配到新成立的第四总体设计部（简称四部）工作。后因体制变化，四部从四院中划出，四院又重新变为固

115

体火箭发动机研究院。四部则先后辗转搬迁，分别隶属于不同上级单位（1965～1970年隶属于四院，1970～1980年隶属于一院，1980～2000年隶属于二院，2000～2002年隶属于航天科工集团，2002年隶属于航天科工集团第四事业部，后又改为航天科工集团第四研究院），但万变不离其宗，四部始终是固体弹道导弹总体设计部，所承担任务包括研制我国第一个潜艇水下发射的导弹"巨浪一号"和多种型号陆上机动发射的固体弹道导弹。在研制中我一直在基层从事固体弹道导弹的弹体结构设计工作，在后期又参加了军贸型号导弹及其发射车研制。1999年退休，退休后继续在原单位返聘，直到2012年3月，4月才算是正式退休。

我随着单位的变迁，先后辗转于四川泸州（1963～1965年）、内蒙古呼和浩特（1965～1970年）和北京（1970年以后）。参加过下厂劳动（1964年）、"四清"运动（1965年）和五七干校（1975年）。

从我的工作性质来看，作品主要是弹体结构设计图纸和有关技术文件。这一生没有发表过什么论文和著述，只是参加了《导弹与航天丛书》的编写工作，编写了丛书中第45分册（宇航出版社，1996年8月第1版第1次印刷）第五章《冷发射试验弹设计》，约6.6万字。第45分册属于丛书的"固体弹道导弹系列"，共有14分册（41～54分册）。

1978年获一项"全国科学大会奖"（集体奖，我是主要参与者），1980年获一项"国防科工委重大科学技术成果一等奖"（我是第一完成人），1985年获一项"航天部科学进步二等奖"（我是第二完成人），1999年获一项"航天部科学进步二等奖"（我是第四完成人），2002年获一项"国防科学技术奖二等奖"（我是第三完成人）。

我于1956年加入中国共产主义青年团，1988年加入中国共产党。1984年获"航空航天工业部劳动模范"称号，1992年被评为"国家机关优秀共产党员"，1989、1992年两次荣立北京市总工会"爱国立功标兵"，并多次荣获各级"先进工作者"和"优秀共产党员"称号。

我这一生有过两次婚姻，第一个爱人向煜贵（1944—1974），育有一个女儿戴向红，生于1970年6月16日；第二个爱人郑兰清（1948—2010），生有一个儿子戴玮，生于1982年8月29日。

今年我整整满八十岁了，已经步入了耄耋之年。常言道"人活七十古来稀"，随着人民生活水平的提高和医疗条件变好，现在八十以上大有人在。某个国家或地区有"平均预期寿命"之说，但是对于每个个人的寿命是无法预期的。人越是到晚年，越是思念自己的故乡，我也不例外。我最近一次回庐山是在2015年4月，那时上庐山的索道还没有建好，近年来由于疾病的影响行动有些不便，自己一个人单独难以实现回庐山的梦想，我想两年后待女儿退休后在她的陪同下，再回一次我日夜魂牵梦绕的故乡——庐山，孩子们还一次都没有回去过，到时候也让他们看看我们家乡的美景，我将介绍我的亲身经历。

印象庐山

庐山——我从你的怀抱中起飞

熊美兰

（一）起飞

1939年11月26日，一个大雪纷飞的晚上，我出生在庐山上中路（现改为脂红路，属五一疗养院管辖）八十五号的一间破旧小屋里，由于家庭经济来源主要靠给外国人看房子每月两斗米的收入和父亲给外国人做饭的薪金。在日寇侵占庐山和国民党统治时期我们全家只能过着饥寒交迫的日子。我的幼年和童年时代，只要能胜任的家务活都会学着去干，上小学的学费和书费等开支基本上是靠自己上山去砍柴挑到街上卖的收入和做小工的微薄所得来维持。

1953年我在庐山小学毕业后，考入九江一中初中部，毕业后被保送进入本校高中部学习。住校期间，为了减轻家里的经济压力，我每周六下课后徒步路经十里铺、莲花洞、好汉坡，行程四小时后回到家里拿米和咸菜，周日下山返回学校。为了学业的顺利完成，就这样坚持数年毫不动摇。因家庭困难，上高中后主要经济来源依靠在陕西省咸阳市工作的姐姐负担，1957年春季我转学至陕西省咸阳中学学习。1959年高中毕业后考入西北农学院（现改名为西北农林科技大学）园艺系蔬菜专业，1963年大学毕业后被分配到陕西省略阳县农业技术推广站工作，从此我就和三农（农业、农村、农民）结下了不解之缘。

（二）漫漫征程

1963年至1973年我在陕西省略阳县农技站从事农业技术工作期间跑遍了略阳县大大小小的山区（该县坐落在宝成铁路上），当时的口号是"下乡一把抓、回来再分家"，上级部门要求我们到基层去后，不论是行政或业务工作都得管，这就增加了大家的压力及工作量。在与当地菜农的接触中我了解到该地区长期以来存在着种植番茄不能成熟的疑难问题（只结青果，很难转红成熟），经过反复思考，结合当地的气候条件特点和番茄整个生育期所需要的条件，我发现番茄不能成熟的主要原因是因为山区气温低，日照少，不能满足番茄成熟期所需要的温度和光照。通过采取多种技术措施后，终于能让红彤彤的番茄上市了，这在当时略阳县农业生产中曾传为佳话。

"文化大革命"开始前我参加了三期社会主义教育运动（简称社教），其中最艰苦的一期是在当年红军二万五千里长征经过的路上（陕西省南郑县碑坝区），自己背着行旅步行一百多里山路，还要帮助行走困难的同志。到达目的地后所住的地方不但是深山老林路难走，而且还有野兽和过去残留的土匪，使我们心有余悸。虽然条件如此艰苦，但我们是新中国培养出来的大学生和建设者，坚决响应党的号召，紧跟党中央的战略部署，通过加倍努力我克服了一切困难，完成了党交给的任务，我也光荣地加入了中国共产党（当时称火线入党）。

"文化大革命"运动基本结束后，我被选为略阳县农技站革命委员会副主任，不久被调到略阳县革命委员会工作，并被选为县委委员，后担任县妇联副主任职务。1974年初因夫妻长期分居两地和家庭许多实际困难，经申请获组织批准后调回江西省工作，离开了为之奋斗十年的西北大山区，依依不舍地告别了同甘共苦的同事、战友。酸甜苦辣的十年工作和生活，在我人生旅途中写下了浓墨重彩的一篇。

（三）转折

调回江西后，因当时的政策是专业对口，因此我被分配到南昌市蔬菜科学研究所（现为南昌市农业科学院），我的主攻课题是蔬菜育种，上级部门要求所有的科技人员应培育出更多的蔬菜优良品种和解决当前南昌市蔬菜生产中的难题。经调查研究后，我选择的课题和主攻方向是通过遗传育种的手段，培育抗青枯病的番茄优良品种，从此我踏上了蔬菜抗病育种科研的漫漫征程（注：番茄青枯病也号称番茄"癌症"，是当今世界上毁灭性病害，无特效药可治，只有通过抗病育种和农业综合技术措施才能减轻其危害程度）。

经过多年的艰苦努力，从国内外引进抗原材料获得了抗病基因，通过航天育种得到了番茄突变基因的载体，经反复进行亲本优化组合试验和示范，我终于如愿以偿地培育出两个抗青枯病的优良品种——洪抗一号、二号番茄，经省农作物品种审定委员会审定通过后，命名为"赣番茄一号"和"赣番茄二号"，在省内外示范中获得良好的效果。八十年代末在苏州召开的番茄抗青枯病评比会上，"赣番茄一号"和"赣番茄二号"因发病率低、品质好、产量高，得到了与会者的高度赞赏，他们纷纷要求与南昌市蔬菜研究所共同合作开发这两个品种。

除了上述的课题外，我还承担了国家"七五"攻关课题"稀土在农业上的应用研究"，我具体开展的项目是稀土在大白菜和辣椒上的应用研究。通过三年布点和定点试验，筛选出了稀土在蔬菜上使用的最佳浓度和最佳使用时期，增产幅度为15%—20%以上，并且提高了产品的质量，其中稀土在辣椒上的应用成果填补了国家空白。"稀土在农业上的应用研究"是由全国一百多个科研单位共同协作承担的国家"七五"攻关课题，此项课题完成后出版了一部农业专著，研究成果获得国家科技进步二等奖。

在科研工作中我先后承担了国家、省、市科研课题十一项（全部获奖），在国际学术会议上发表论文三篇，在国内各级刊物上发表论文十一篇，其中八篇被评为优秀论文，参加了"稀土在农业上的应用研究"专著的编写工作，由我独自编著完成的蔬菜专业丛书和小册子五本、电视科教片一部，为蔬菜生产起到了一定的指导作用。

我在农业生产第一线和蔬菜科研工作中奋斗了三十七个春秋，漫漫征程付出了艰辛，也获得了丰收，党和人民对我所取得的成果给予奖励和荣誉，使我由一名普通的科技人员晋升为研究员职称，获得农业专家盛誉，被评为南昌市"七五"科技明星，并享受了国务院特殊津贴。

2000年我光荣退休，告别了为之奋斗的农业战线和科研岗位。退休后仍然心系三农，在南昌市农业老科协的支持和帮助下，我参与了新的科研项目，取得了较好的效果。

（四）幸福的候鸟

人生是一条漫长的路，一路上有欢乐和悲伤，有失望和收获在人生的道路上，我是一个幸运儿，回首往事，我是一只幸福的小鸟，从艰苦寒冷的高山之巅起飞，翱翔蓝天，途经狂风暴雨，苦苦的寻觅自己的栖息之地。现在我是一只幸福的候鸟，当烈日炎炎，无法忍受高温之际，我义无反顾地立刻起航，飞往我的出生地——庐山。世界地质公园——庐山风景名胜区，让我享受着庐山的清风，凉爽的气候，呼吸着新鲜的空气，聆听着知了悦耳的鸣叫声，优美的旋律让我陶醉。我品尝着庐山的特产——石鸡、石鱼和石耳，品味着清香的庐山云雾茶，欣赏着云雾山中不可多得的美景，这是多么有滋有味的幸福生活啊！当气温逐渐下降、寒冬来临之际，我又飞往温暖的广西北海市，沐浴着冬天温暖的阳光，欣赏着漫无边际的大海，过着无忧无虑的海滨生活，真是美哉！

我常在想，自己现是八十岁高龄的老人，如果没有故乡庐山的气候环境从小养育着我、锻炼着我，会有今天这样能吃、能睡、能跑的好身体吗？人们常说"基础很重要"，这话不假，一方水土养一方人，庐山人个个身体都是棒棒的！

（五）祝愿庐山明天更美好

我目睹了庐山的变迁，没有新中国就没有今天的庐山。历史变故的经过在我的脑海中留下了永恒的记忆。我深深地热爱我的故乡，也非常感谢庐山这片沃土养育了我，让我从小有着健康的体魄，有着对生活无限热爱的激情。无论何时何地，我都深深地热爱和眷恋着我的故乡，不忘初心，牢记从你怀抱中起飞的时刻和历经锻炼成长的过程。祝愿庐山乘改革开放之东风，将世界名山建设得更加美好！

话说女儿城

周时志

庐山有一座名不见经传的女儿城，它地处小天池原门东南约2000米的峡谷中，峡谷全长约4000米。

峡谷的两侧重峦叠嶂，松柏参天，山花浪漫，泉水叮咚。峡谷的底部是一条由窄变宽蜿蜒的小河，河水哗哗地流淌，直达中国候鸟之乡鄱阳湖。小河从上至下约3000米处，流进一块面积约七万平方米的盆地，在这块盆地中，小河的西北面是土质较松的坡地，小河的东南面是一块乱石遍野，灌木丛生的河滩。小河穿过盆地的出口是女儿城峡谷的大门，大门正对着20公里之遥的鄱阳湖，每当风和日丽的清晨，站在女儿城峡谷的大门处便可看到鲜艳美丽的红日时而在宽阔无垠的湖上跳跃，时而在飘浮翻滚的云海中穿行。

更令人惊叹的是女儿城峡谷盆地东南面巍然耸立着一堵高耸入云的石壁，石壁犬牙交错，直接蓝天，延绵数千米。这座石壁，犹如坚不可摧的城墙经历过数十万年前第四纪冰川的洗礼，又经历千百年风雨雷电侵袭，始终不渝地保卫着庐山的风景名胜，保卫着女儿城。

我没有考究过女儿城命名的由来，但我有幸见证女儿城70年来社会变迁的轨迹。上世纪三四十年代，庐山的风景名胜名扬海内外，大批西方传教士蜂拥上庐山修教堂、建别墅、办学校，国内的官僚买办也争先恐后来庐山避暑，来自河南等地的灾民和庐山周边的贫苦农民为谋生，有的来庐山当了教工杂役和菜农。当时菜农的集聚地主要有三处，一是土坝岭（胜利村），二是斗米洼（朝阳村），三是女儿城。

123

1948年，我的父亲带我上庐山玩，住在女儿城种菜的堂兄家里，堂兄一人住在一间不足6平方米的草棚里。草棚的四周用乱石和泥堆砌，顶上盖着茅草，没有门，棚内有一张用松木搭起的床，床上垫着草，上有破旧的棉絮，我和我的父亲晚上只有睡在屋外的空地上，空地上有两块长短不一的破木板。房外还有一个用乱石围成的灶台，灶上有一口小锅，做饭烧水全部都靠这口锅。

堂兄每天忙着在地里种菜，到牯岭街公用厕所里淘粪放到粪窖里，待粪便发酵后再施到菜地里。成熟的菜便在清晨采摘，趁新鲜到牯岭街和别墅区叫卖。

上世纪五六十年代，庐山的人口逐渐增多，汉口峡水库供水严重不足，于是庐山管理局成立了庐山水厂，并先后建立起芦林湖、大月山水库、汉阳峰水库、女儿城水库。女儿城水库建立在女儿城峡谷的中部，水库容量约5万立方米，水质清澈，湖面如镜，犹如万绿丛中的一颗蓝宝石。

上世纪80—90年代末，我国改革开放的春风吹遍大江南北，随着庐山旅游事业的发展，庐山的殡葬习俗与旅游事业发展的矛盾越来越大，不少人为修建坟墓大肆砍伐森林，占用大片土地，撒纸钱，放鞭炮，大办酒席……严重破坏了庐山自然生态，污染了旅游环境，与国家的殡葬改革要求背道而驰。

1991年庐山管理局党委、管理局向全山各单位和驻山单位下发了《关于殡葬改革若干问题的通知》，通知指出，自通知下方之日起，本山居民去世后一律实行火葬，禁止棺葬，禁止砍伐树木，禁止大量占用土地修坟，禁止燃放鞭炮，撒纸钱，禁止敲锣打鼓，大摆宴席。1998年管理局拨款20万元，历时一年在女儿城盆地建立起全省第一个园林式公墓区——"常青园"。

常青园占地约五公顷，分公墓区和殡仪馆，公墓区分杜鹃园、紫薇园和立式碑园三区。杜鹃园绿草铺地，柏树如塔，杜鹃花争相斗艳，各色各样雕磨精细的碑牌，或立或卧，千姿百态。紫薇园如层层梯田，逐级向下，平整的草地绿油油，鲜艳的紫薇花迎风摇曳，整齐的墓碑依次排列。立式碑区墓碑高不超80厘米，排列成行，草地和塔柏环绕其中。常青园的所有墓占地均不超1平方米，全部为骨灰墓。当我们从女儿城公路沿着宽阔的石阶人行道经过松林，来到常青园时，仿佛进入了绿地成片、绿树成荫、鸟语花香、流水潺潺的美景公园。

殡仪馆坐落在女儿城公路的内侧，有悼念厅、冰藏棺、殡仪车，为庐山居民举办丧事提供了极大方便。

有诗云"不识庐山真面目，只缘身在此山中"，庐山处处有奇观，只要寻找有心人。

周时志，男，庐山牯岭镇人，1942年7月17日出生，曾任庐山一小校长，庐山中学校长，庐山民政处主任。

祖辈轶事

口述：宋招娣
整理：陈璐

我叫宋招娣，1944年1月出生于星子县弥陀庵宋家，1970年开始在食品公司上班，做皮蛋、卖卤肉。在鼓楼饭店开过餐馆，直到1993年退休。之前一直住在星子县西宁街，由于棚户区改造，从2018年至今，生活在庐山市南康镇陈家垅。

我的童年生活

我听父亲说，母亲一共生了19个孩子。因为当时生活状态不稳定，经济、卫生条件极差，再加上日本人的侵略，在我1岁的时候，母亲生第18个孩子（双胞胎）时难产去世，所以我一点都记不得母亲的样子。19个兄弟姊妹最后存活下来9个人。

在日本鬼子侵略的时候，父亲为了让母亲和孩子不被日本人发现，挖了个地洞，盖上板子，再在板子上种上红薯，将母亲和孩子藏在底下。可恶的日本鬼子竟然挖红薯吃，母亲他们躲在下面，听到挖地的声音时吓得半死。等到声音渐渐远去，以为逃过一劫，母亲就带两个孩子回家拿衣服，没想到又被日本人发现了，其中一个孩子被扔到水里淹死了，母亲和另一个孩子侥幸留下了一条命。悲痛的父亲将孩子尸体放在门板上，停在家里的大堂，日本鬼子看到了也不放过，用木棍毒打尸体。

当时因为家庭经济一直很困难，家里把我送到潘家做童养媳。养父名叫潘毅官，南京人，是一名国民党军医。我在他家生活过得不错。不幸的是，在我五六岁时，养父染上了吸鸦片，导致生意失败，并且被关押起来。养父当时被关押在北门巷，养母就要我去那里哭爹爹。当时下着很大的雨，把我淋得透湿，又冷又饿。北门巷有个叫赵妈的，看到我很可怜，给我端了一碗剩饭，我当时饿极了，狼吞虎咽地把饭吃了下去。爹爹出事后，家里的经济支柱倒了，养母便让我在北门巷街口炸油粑做生意糊口养家。我当时年龄小，也不认识钱，蓼华胜利一个姓吴的阿姨，5分钱将我一箩油粑全部拿走了。我很开心，本以为赚了钱，没想到回家后，养母对我又打又骂，因为这笔买卖连本钱都不够。后来，我们又开始乞讨生活，每天吃的是剩饭菜拌臭豆腐乳，穷困潦倒。印象中很深的是有一次饿得不行，遇到在工商联工作的龚家维婆（大爷爷陈铁生好友龚平海之父），给我和养母打了一篓子饭，我心里一直充满了感激。

在我8岁的时候，进行土地改革，我又回到生父宋家。宋家的生活也很艰苦，上午挖半年粮（树根）、观音土，做糠饼，自己捡柴烧，晚上做饭吃。10岁左右，队上分配我去神灵水库修水库，每次都饿着肚子参加，穿的衣服都是破上加破，工作结束后穿着一双草鞋去池塘洗脚。晚上我和队友金香睡在一张床铺，床垫是稻田秆子上面铺麻布袋，然后用蓑衣和麻布袋当被子盖。有两件事让我记忆犹新。有一天晚上，金香睡着睡着人就去了，我摸着她那双冰冷的双腿吓得半死。她全家人哭得死去活来，没想到后来她竟然又活了过来。还有一次，在修水库前，突然一声巨响，山被炸药炸开了，我被土埋住了，爬了很久才爬出来。后来国家补了一些钱给我家，因为重男轻女，父亲将这笔钱提供给哥哥念书。父亲每个月可以领取四两米，除了工作以外，我需要给四五个人做饭打豆腐，做栗子粑吃。有一次父亲嫌我做事很慢，就说了一句"趴着卵社"（星子土话），并把我的小拇指筋都打断了，然后就用臭老鼠药包粘着，最后竟然生了蛆，所以我的小拇指到现在还有点残疾，一直都伸不直……

127

我的婆婆"查妈"

我的婆婆叫干招佬，住在星子县西宁街坡头，号称"查妈"。说到"查妈"这个称号，星子大街小巷无人不知、无人不晓。婆婆个子瘦，长脸，身板很扎实，走起路来风风火火，心眼特别好。我听村里的老人家陶家婆婆说过她的过去。婆婆一直做生意，最初开过饭铺，炸油饼卖钱。她为人很大气，经常怜悯可怜人，别人也不亏待她。有一次客人为了表示感谢，送了一些瓷器给婆婆，于是，婆婆慢慢地做起了瓷器生意，赚了一些钱，家庭生活从此缓解了一些。婆婆住在星子老街，生了4个儿子1个女儿，在陈家垅、邹家墩等处买了很多桩数（田地），后来乡下的田都给别人种了。1952年"土改"时，公公婆婆在队上办了一个猪场喂养猪，突然一场大雨将猪场冲倒了，猪也全部跑走了，无奈之下，公公婆婆就搬到别处，靠看管养猪求生存。有一天，她去叫公公吃午饭，推开木门，发现公公躺在床上没气了，奇怪的是床头边有一只被扒了皮的猫和一个有粪便的瓷缸。我们猜测公公是因为太饿而生吃了那只猫，可惜最后还是饿死了。还听婆婆说以前的日本人很嚣张，杀人放火，搜刮老百姓的牲畜，把女的强奸后还要灭口。婆婆不仅被日本人吊在树上吊打，而且手指也打断了，奶头给弄掉了，吃尽了苦头，还好捡回了一条命。当时，大家为了躲避日本鬼子都躲在山上岩洞里，但是山上有老虎豹子，吓得整天人心惶惶。

我记得婆婆准备了50元，为4个儿子操办婚事。我和你爷爷1961年结婚时，住在茅屋里，没桌子没床铺，连被子都是借来的。家里到湖对面的都昌买了一些死猪肉，用食堂吃剩下的尾子米来待客。为了孩子，婆婆那一辈人真是吃尽了苦头。

我的台胞兄弟陈铁生

婆婆生了4个儿子，大儿子出生于1931年5月19日，原名陈述源，后来改名陈铁生，他就是你的大爷爷。正当年轻力壮，被国民党抓了壮丁去，背井离乡40年，之后就再也没有消息了。婆婆担心、伤心甚至绝望，以为再也见不到他了。直到1991年，陈铁生带着自己的大女儿维文从台湾到香港转机回星子，家人才知道他在台湾已成家立业了，生活不错，生了4个女儿。陈铁生是星子第一个回乡的台胞，他的到来让陈家熠熠生辉，非常风光，不仅全家族人都很兴奋，连星子县城都轰动了，家门口水泄不通，整个西宁街的人都赶来看望他。那时候大陆确实比较穷，台湾的经济比大陆好得多，陈铁生带回来很多礼物，包括黄金、松下牌电视机、傻瓜相机，甚至还会给我们美元现金等，都是大家都没见过的稀罕洋货。所以，家里人都盼望着大哥他们经常能来，一方面盼望着家人团聚，另一方面他经常会给我们补贴，全县人民都很羡慕我们有这样的一位台胞亲人。1994年，婆婆突然去世了，家里兄弟都哭穷说没钱办丧事。当时陈铁生正和家人在菲律宾度假，为了等他回来，婆婆十天后才下葬。后来，陈铁生在九江市区买了房子，在老家有宅基地，打算岁数大了再回家乡养老。不幸的是，1999年4月17日，陈铁生因心肌梗死突然去世，享年69岁。"山是故乡的美，月是故乡的明，水是故乡的甜，人是故乡的亲"。虽然在台湾生活了很多年，但是陈铁生和许多台胞一样，心系家乡，思念家乡，去世前跟家人交代一定要回到自己的家乡，落叶归根。2010年，陈铁生的骨灰被家人送回大陆，在星子办了丧礼，葬在老家陈家坂的故土上。

自陈铁生去世后，他的妻子和女儿、女婿回大陆就不多了。改革开放之后，大陆发生了翻天覆地的变化。你姑姑在一次台湾的旅行中，寻找到了我大嫂和她的家人，并盛情邀请他们来大陆走走看看。2017年3月1日，他们再次回到大陆，我们盛情地接待了他们。此时，原来的星子县已经改成现在的庐山市，她们一路走下来不禁感慨："现在的大陆完全不一样了，可是我们台湾还是和20年差不多，没有太大变化。"

祖辈的轶事好像都越来越久远了。回想起来，脑海里还是不断地清晰回放。我虽然生在旧社会，但长在新时代。我太幸运了，现在的时代变化真的让我做梦也没有想到，吃喝不愁还可以隔空看到你们打视频电话，要是祖辈他们还在世的话，那就太好了。

陈璐，女，江西星子人，讲述人之孙女。原大韩航空公司国际乘务员，ACI注册国际高级礼仪培训师，人力资源和社会保障部认证高级礼仪培师，九江学院特聘教师，九江陈璐礼仪服务有限公司创始人。

大医精诚　以德济世

——追忆我的爷爷孙英杰老中医

孙严

　　我爷爷孙英杰是星子县闻名遐迩的老中医。他医技之精、威望之高、救人之众，影响了社会各界人士，被誉为方圆数百里中医界的一张活名片。

　　爷爷去世时我才5岁，记忆只停留在儿时那段浅显的印象之中。好在父辈及爷爷的一些故友在日后的生活工作中常常跟我提及往事，让我对爷爷有了更深层次的了解和认知。

　　爷爷的一生，布衣粗食、生活简朴，只求贤良道义、妙手仁心。他博极医源，精勤不倦，推陈出新，追求医术的炉火纯青；他博采众长，开阔眼界，启迪思维，提高医技水平；他从严要求，厚积薄发，为九江的中医药事业的发展做出了积极的贡献。爷爷的医德、医风、医术以及做人风格，留给人的印象太深。斯人远行，其名长留人间、仍存人心。

　　爷爷的一生，精于辨证，思路开阔，独树一帜，崇尚实效。他诊治疾病唯善是从，执简御繁，纲举目张。在行医治病方面，他极其严格认真，无论是轻病、重病，本地的、外乡的，他都一丝不苟，毫无半点虚伪，体现了一名从医者的担当和责任。

　　在诊疗时，他胆大心细，全神贯注分析病情，认真选用每一味药，对一些特殊的药材，诸如有要求另煎、先煎、后下、包煎、冲服，以及融化后冲服、浸泡重复等等，耐心细致地给病人或家属交代清楚，有时反复交代数遍，一直到患者听懂为止，从不怕麻烦；在接诊病人时，为人热情，

印象庐山

态度和蔼，不嫌贫爱富，凡求治者一律以礼相待。碰上贫困者无钱取药，立马慷慨解囊，出资相助；在细微之处，遇上特别严重的病人，除开具药方，还亲自到药房监督拣药，以防出现差错。甚至还亲自为患者煎药，并看其服药下肚。整个疗程，他都事必躬亲，生怕哪一个环节没有注意到而影响治疗效果。

爷爷以坚韧不拔的精神和顽强的毅力努力探索。每起沉疴，多获奇效，后因名声大噪，社会上找他看病的人越来越多，每天应接不暇。随着患者的日益增多和自身对中医药文化认识的进一步提高，他不再认为"中医人"只要看好病就行，而是把中医药工作作为一种事业去追求。一边精益求精做良医，一边尽自己的能力谋求中医药事业的发展，实现了其人生的最大价值。

爷爷当医生，看病没有固定时间，病人随到随诊。甚至在他生命的最后时刻都躺在病床上为患者把脉、开方。诊所天天门庭若市，家中长年人流不断。他以病人为中心，有求必应，天长日久，从未懈怠，将医者的职业道德和人文关怀润物无声地融入患者的诊治和咨询接待之中。

爷爷接诊，无论"当官的"还是"老百姓"，一律一视同仁，望闻问切极细心，极平和，语重心长地进行健康教育，使患者感到医学是心灵温暖心灵的科学。正如一些患者所说："见了侯老爷（爷爷号侯官），病就好三分。"他开药方，必须把病人的经济状况考虑在笔下，家中还常备短缺药，遇到药房紧缺的药，不论贵贱赶快拿给患者，生怕患者为买药到处奔波，他使医学轻易地走进普通患者之家。一次有幸与九江市委原副书记余松生交流，他听说我是孙医生的孙子时，拉着我的手激动地说，孙老医生医德好、医术高，是一代名医啊！

随着致病因素的增加，疑难杂症种类更多、治疗更难。在爷爷看来，疑难病治疗也无固定方药。中医攻克疑难，贵在高深的悟性加超常的勤奋，需要博览群书，博采众方，师古不泥，辨证应用，努力创新。据我父亲讲，爷爷一生接诊的大多为疑难病，不论哪种病，他具体病具体人具体处理，没有拿不出方案的时候。如白血病、寒战、谵语、血卟啉病等各种疑难杂症，治疗的病例又多，效果又好。他的水平验证了他的观点，中医就要靠真功夫立足医林。

爷爷治病尽量不开大处方，遇到经济困难的病人，常开各种效果又好又不怎么花钱的偏方、验方。他在家中常年放个大药箱，装满偏方、验方用药，遇到适应性病人就拿出来。那是上世纪70年代，当时县委程书记的父亲患病，出现连续高烧、寒战、谵语。当时老爷子年逾七旬，用西药治疗数日，疗效不佳，病情日益严重，身体十分虚弱，遂请爷爷救治。当检查完患者病情后，爷爷感到非常棘手。但为了救死扶伤，爷爷开出处方，采用反治疗法，热病用热药。当患者服药后，出现了狂躁不安，甚至要动手打人，子女们都吓坏了，认为是回光返照，寿命不会好久的。但爷爷却胸有成竹地说，这是药物发生了作用。于是，吩咐患者家属赶紧熬点稀饭备用。果真半小时后，患者口渴，饥肠辘辘，想吃稀饭。当家属喂了小半碗稀饭后，病人顿时平复下来，并且安然入睡。翌日，患者苏醒过来，且气色有所好转。随后，经过几天的恢复和进一步治疗，病情得到完全控制。没多久，患者恢复了健康。而后，程书记逢人就说，孙老医生是神医啊！我父亲病入膏肓都被他救了过来，之前我们把后事都安排好了，想不到他一包中药就起死回生，真了不得，了不起！

生命之重，医者之仁。上世纪70年代初，时任星子县革委会主任的史松明患血卟啉病赴上海某医院求治，医药费花了好几千元。要知道，那时的千元是现在的多少倍啊，但病情一直没有得到控制。其主要症状是常常头昏、眩晕而突然昏倒。在西医领域里，只有应急的静脉给能量合剂或高渗葡萄糖之类以缓解症状。经过多方治疗，一直得不到有效恢复。在万般无奈的情况下，后经时任星子县卫生局局长的引荐，找上了爷爷。爷爷到底是技艺精湛，药到病除，只用了两包药就将史主任的病治好。事后，史主任逢人就讲，我这病在上海花了好几千元钱都没有效，孙医生只用了两包药花了五角四分钱就治好了，真是一名有医德有医术的好医生啊！

爷爷就是这样一个实施医术相当严谨的人。他用一个个治愈的病例，说明中医能治疑难病，能治急病，能治重病，能起死回生。几十年来，县内外各地患者不断慕名来找他看病。如东风船厂厂医孙某患有白血病，其父辈、堂兄等在省城南昌都是享有盛名的医生，对此病都无能为力。经过爷爷的精心选药，精心治疗，半年后，奇迹出现了。孙某不但没有被白血病这死神夺去生命，反而症状逐渐消失，病情一天天好转，而且还怀上了孩子，并安全顺利地生下一男婴。尤其值得一提的是，一名患者家属按照旧时的习俗还曾抬着轿子来诊所请爷爷出诊，被爷爷暖语谢绝，爷爷亲自背着药箱步行到患者家中为患者治疗，在当时被传为佳话。

这，只是爷爷普济众生、术精德高的一个缩影。正如业内人士对爷爷的评价：颖悟慧聪，胆识过人，远离名利，心无旁骛。

众所周知，中医药既是中华文明的重要载体，又在人民群众健康生活中发挥着不可估量的作用。星子是杏林医学的发源地、中医先祖董奉的故乡，因此爷爷给我们留下了许多美好的期许。他师经方而不泥于经方，博采众长，兼收并蓄，去粗取精，为己所用。他始终强调中医要姓"中"，要突出中医特色，体现中医优势。他除身怀治病的绝技外，还根据自己的实践经验，潜心研究各种病理，充分体现了其深厚的中医学理论基础和丰富的临床经验。

爷爷坚守大医精神高地。不论候诊的人有多少，不论什么人在候诊，他从不敷衍病人，并且药效集中，价廉高效，既可达到治疗的目的，又可避免药材的浪费，同时也可减轻患者的负担。他常说，要做老实人，不要自欺欺人；要做明明白白的医生，万不可做徒有虚名的名医。他常告诫家人和身边的人，有些职业能以追求利润为目的，医学则不可以，医学不能抛弃崇高，混迹于喧嚣的市场。

唐代医药学家孙思邈在《大医精诚》中说："凡大医治病，必当安神定志，无欲无求，先发大慈恻隐之心，誓愿普救含灵之苦。"爷爷就是这样的大医，双肩挑的是振兴祖国中医的重担，双手操持的是最具正能量的搏击。"中医给人的就是几千年留下的东西仍在用，如何更好挖掘传统，治疗现代疾病，需要不断学习、实践、继承、发展。"爷爷经常这样告诫自己。

爷爷行医数十余载，积累了丰富的临床经验，撰写了二十余万字的学习心得笔记。祖国中医学的传统文化在他身上得到了很好发扬，广大人民群众的健康与生命在他手上得到了很大保障。

在赣北这块广袤的大地，爷爷备受广大市民爱戴与景仰。他孜孜不倦地在中医药园地辛勤地播种、耕耘，以其精诚之志和爱民之心感动着、感染着许许多多的同仁和百姓大众。无论是医术还是医德，爷爷都可谓实至名归，用"妙手回春""悬壶济世"来形容他毫不为过。令人难忘的是，他老人家对晚辈的温柔、怜爱和严格教育，无不让我们铭记在心，这也让我在幼小的心灵里对爷爷有了更深的敬仰和崇拜。

前不久热播的电视剧《老中医》中有这么一句台词：中医不求医治天下之病，但求无愧天下之心。我想这也是我爷爷孙英杰老中医一生的写照。

孙严，男，1972年出生于庐山市。1994年参加工作，历任九江市公安局特警支队一大队大队长、交警支队宣传科长、二大队大队长等职。

首届中医研究生程昭寰：从乡村郎中到世界名医

郭思远

人物名片：

程昭寰，生于1944年8月，江西省庐山市蛟塘镇铁门程村人。1959年初中毕业后，随父程西亭先生学医，1962年出师。1964年到江西中医学院进修深造。1966年在原星子县人民医院任中医师。1978年9月考入中国中医研究院研究生班，成为我国第一届中医研究生，师从岳美中、董建华、方药中、刘渡舟等。1981年获医学硕士学位，同年分配至中国中医研究院附属广安门医院工作。主任医师，博士生导师。

历任中国中医研究院附属广安门医院行政处处长，中国古籍出版社副社长，国家体委培训局医院院长，中国中医研究院中医基础理论研究所党委书记兼副所长、专家委员会副主任，国家中医药管理局痛症协作组组长。同时曾担任国家科技部973"方剂关键科学问题研究"课题组成员，国家重点奥运科技课题"中医药消除运动型疲劳的应用研究"时相药法分课题组组长。

他一直从事中医工作，曾做过庐山市乡村"土郎中"，为农民开药，深得百姓好评。曾到美国、加拿大慰问华侨并讲学，到英国、日本进行学术交流。1997年，他获得国际中西医学会世界总会颁发的"世界名医"荣誉证书。

几渡重洋稠杏林，悬壶道济苍生哀。晚归桑梓神情奕，原是故人入梦来。

一

几天前，我跟远在美国的舅妈联系，说想写一篇怀念昭寰舅舅的文章，征求她的意见。她说："这是好事，相信你会写得很好。"而我却苦于构思，难以下笔。或许是太想写，反而怕写不好。记忆闸门一旦打开，总流露出些许悔意。

记得2012年4月底，我正一边读研一边工作，舅舅抱病归国。我和表兄艳逊去首都国际机场接机，到广安门医院舅舅家中已是晚上。他身体很虚弱，或许因为回家的喜悦掩盖住身体的疼痛，精神尚可。他躺在床上，我在床边跟他说："如果您身体允许，我能不能跟您做个口述史？我采访了那么多人，自己的舅舅还没有采访过。"他高兴地说："好！等我身体稍好点。"

第二天，他就住进广安门医院干部病房，但身体一日不如一日。一次，我跟舅妈回家中取饭，她私下跟我说，舅舅肺上的癌细胞已转移至心包。我很惊讶，知道舅舅的病情很不好。从舅妈口中得知，舅舅在回国前几天，每天天未亮，总是睁眼看着天花板独自流泪，好几次都对舅妈说："我要回去。"

有几天，我因单位采访和研究生课程很忙，没能下班去陪伴他。周末过去，他用略带责备的语气说："你怎么这几天没来看我？"我自是过意不去跟他解释，他点点头表示理解。之后几日即使再忙，我都会过去看他。

5月上旬，他的肺已不能正常运行，需要借助呼吸机。5月12日，我赶到医院，他倚坐在病床，头搭垂着。我没敢打扰，就坐在病床边许久，走时跟他说："我明天再来看您。"他知道我要走，用含笑的眼神看着我，微微点头。四目对视，他眼里充满温情和欣慰，那眼神让我终生难忘。

5月13日上午，我还在学校上课，接到妹妹小霞的电话，知道舅舅已经走了。我心里悲伤万分，才明白他昨天的眼神是在跟我告别，虽然什么也没有说，却又什么都说了。

舅舅最后从美回国，知道自己时日不多，所以他每天都想回来，想跟自己的兄弟姐妹、亲朋好友最后道别。但谁都没想到这么快，甚至包括他自己，从回国到离世不到20天。采访他的事，终究没有遂愿，给我留下莫大遗憾。

梦，有时是虚无的，有时又很真切。我们无法预知，会梦到什么，但常人言："日有所思，夜有所梦。"前日，我梦见舅舅从美国回来，清晰的场景非常真切，他依然是豪情万丈，神采奕奕，像是实现了"把中医药传向世界，让世界理解中医，中医服务世界"的愿望。

他曾对我说："我一定要让中医药誉满全球，鉴真可以东渡，现代中国人就不能西行吗？有一天华裔也可以当美国总统，中医药也能在全球深入人心。"

想到时下2020美国大选初选，其候选人民调排名第三的就是华裔杨安泽，他是50年以来第一位参选总统的华裔，或许正应了舅舅的预测。

那中医药呢？

二

2006年2月，我在湖北读书尚未毕业，来京"北漂"。当时抱着一定要闯出个名堂的心态，懵懵懂懂，负笈北上。彼时，正好表弟晓勋在舅舅创办的北京玉泉中医院工作。我便来寻他，到医院后才知舅舅已回九江中研京九医院出诊。几日后，我第一次在京见到舅舅，简单介绍来京目的后，他便把我安排在办公室做文秘工作。

有一次，他叫我到他办公室，问我要不要学医。我有些疑惑，学中文还能学中医？他说："家里有句俗话：秀才学医，笼里抓鸡。"于是，他写一封信让我转交北京中医药大学陶晓华教授。陶晓华教授是庐山老乡，现任北京中医药大学副校长。我顺利报考远程教育学院中医专业，并通过入学考试，就此与中医结缘。

舅舅出生在庐山市蛟塘镇铁门程村，生长在中医世家，天资聪颖。其父程西亭先生是当地名医，闻名乡里。其父仅念8年私塾，便自设私塾做塾师，一边教书又一边自学中医。1953年，其父以九江地区中医界统考第二名获得职业中医师职称。

他从小就随父学《药性赋》《医学三字经》等中医药典籍，却未曾想过自己也当医生。1959年，他初中毕业后考取九江一所重点中学，非常想去九江念书。然而父亲希望他能学医继承衣钵，但话到嘴边又说不出口，就私下找到县长跟舅舅做工作。县长真把这当回事，找来舅舅说："你父亲这么好的技术怎么能失传呢？县领导的意思，你还是跟着你父亲学中医吧！"这下舅舅没有办法，只能服从安排。这一年，他正式随父学医。

他真正信服中医药是因为自己救治了第一个病人。当时有一个农村孩子高烧抽搐，抱到中医诊所来医治，他在父亲的指导下做出诊断：急性中毒性消化不良。随后，他开出一剂"逐寒荡惊汤"，只有四味药，加之以针灸、刮痧疗法，孩子吃两剂汤药后痊愈。药到病除，这是他第一次感受到中医药的魅力。

在随后的日子里，他在父亲的指导下，医术不断精进。当时乡下人没钱看西医，更多是看中医。他看的病人也越来越多，攻克了一些疑难杂症，逐渐取得患者的信任，医名始扬。

他在医学实践的同时，非常注重理论研究，1964年至1965年连续在《江西医药》杂志发表《半夏厚朴汤治验一例》《治疗乙型脑炎5例报告》。没过多久，他这个"土郎中"就被请进县人民医院当大夫。1968年，当时正处"文革"期间，当他得知江西中医学院要开办一个师资培训

139

班，就偷偷摸摸与学校取得联系，私自跑到学校进行为期一年的中医理论进修。这次进修，让他在中医理论上有所突破。

1975年，北京中医药大学教授、中国工程院院士董建华来九江会诊，星子县领导指派他协助就诊。他帮董建华院士整理了100多个医案，给董院士留下深刻的印象。后来两人经常书信来往。

1978年初，董建华、岳美中、刘渡舟等老一辈中医学家联名上书卫生部，呼吁解决中医后继乏人的问题，促成中国中医研究院开办"文革"后首期研究生班。董建华院士来信通知他报考。当时他还有些顾虑，自己学历只是一个进修生，但他意识到这是千载难逢的机会。

在"文革"中，他父亲被错误打倒，因为成分问题他一直被压制。所以，他非常珍惜这次考试机会，每天上完班就回到宿舍看书。有一天深夜，他在宿舍床上一边看书，一边抽烟提神，不小心把床给烧着了。经过刻苦复习，忍受常人难忍的压力，在1000多人报考只录取50人的情况下，终于考上中国中医研究院研究生，成为"文革"后星子县第一个考上研究生的人。

虽然他考取了，但进京就读的阻力还在。当时，他的录取通知书被星子县人民医院扣住，理由是业务骨干不能放走。他实在没有办法，只好求助当时的县委书记。好在县委书记从为国家培养人才的角度表态："既然国家需要，那就放吧！"时年34岁的他才得以离开小县城，走进中国中医药学的最高学府。

2011年，我报考首都师范大学研究生，经过三年奋战终于考上。有一次，我陪他到北京琉璃厂买文房四宝，他回忆起他考上研究生的情形，对我说："我那时候考上研究生真不容易，考上后我父亲不知道有多高兴。"虽然时代不同，但是考取研究生让父亲感到欣慰的感情是相通的，我能理解他这种心情。

三

舅舅毕业后，被分配到中国中医研究院附属广安门医院内科研究室。1981年，他就提出"尊重中医自身发展规律发展中医"，并将中医自身发展"三要素"（辩证思维、研究方法、基础理论体系）发表在《光明日报》上，提议并组织编写《中国历代名医学术经验荟萃丛书》（共24册），单独撰写《衷中参西的张锡纯》，合写《外科名医王维德和高秉钧》分册，时任卫生部长崔月犁题字："整理历代名医学术经验，提高中医学术水平"。他坚持在基层普及中医学，共同主编《基层中医临证必读大系》（共18册），负责主编《内科》《伤寒》分册。

他对医圣张仲景《伤寒论》有深入研究，著成《伤寒心悟》，著名中医大家刘渡舟在序中写道："作者治伤寒之学，集众家之长而融以己见，可谓功深矣。"又先后对内科肝病、肾病开展研究，著有《肝病证治概要》《肾病证治概要》，后者荣获全国科技优秀图书奖。

在完成中医基础理论和采撷众家之长后，他的研究转向中医脑科学。他曾告诉我，还是在跟父亲学徒时，有个两岁孩子患脑积水，中医称为"解颅"，头颅肿得像个小冬瓜，在多方医治无计可施后，家长抱来求助其父。当时其父确诊后，用五苓散加减治疗一个多月，孩子脑积水慢慢消去。这给他留下深刻印象，也是他对中医治疗脑病的最初记忆。

他在广安门医院工作期间，一位朋友请他去看个病人。该患者叫汤国治，是黑龙江省绥化铁路公安段民警，在全国警察比赛中曾获一等奖。他在一家宾馆里看到汤国治时，汤国治已昏迷好几天，高烧抽搐。汤国治在家乡已找过几家医院，一直没有确诊，来京后才被一家大医院诊断为脑肿瘤，但治疗方案迟迟不能确定。朋友就来找到他，希望他有办法医治。但他看过患者后，与医院诊断大相径庭：不是脑肿瘤，而是邪毒内侵、肝风妄动、痰火上火大脑所致。随后，他开出三服汤药，让患者家属鼻饲灌入。几日后，汤国治病情开始好转，经过半月调治，患者竟奇迹般地痊愈。

这件事让他陷入深刻思考，中医对脑病治疗缺乏深入的研究和治疗手段，甚至对中医脑病的定义都不明确，亦没有中医脑病科学权威理论著述，导致在临床治疗无章可循、无方可用。中医学界传统的四大顽疾"风、痨、臌、膈"中的风症，为中医学界的薄弱环节。大脑是五志的源泉，过度的喜、怒、悲、思、恐会戕害五脏正气，危害人的健康。如何攻克脑病，丰富和发展中医学理论，这对提高人民群众的健康水平有着深远的意义。

1989年，他提议写一本《实用中医脑病学》，但当时他位微言轻，没有人响应，甚至有人认为他在搞"标新立异"。经过他反复做工作，终于得到时任广安门医院院长闫孝诚认可和支持。他汇聚全国各地40多位顶级中医专家进行研讨，经过无数次争论，在脑病的界定、脑病的诊断及治法等逐渐确立严格的规定。

几年后，他与闫孝诚院长共同主编的《实用中医脑病学》，获得国家科技三等奖，中国中医研究院给他颁发了荣誉奖章。著名中医脑病专家、中国工程院院士王永炎评价此书为"中医脑科学的奠基之作"，成为中医治疗脑病的第一本权威著述。

随后几年，他开始主编《中医脑病现代研究进展》和《脑健康》，提出构建脑髓理论的科学体系，强调大脑决定健康，健康需要健脑，提出了不同时期不同健脑原则，并对各种疑难脑病进行条分缕析的阐述，对脑病的现代研究进行总结，并从理论到临床、从治疗到预防，都做了有益的探索。

他在王永炎院士提出"毒损脑络理论"的启示下，进一步完善提出"三损脑络理论"，强调毒、痰、瘀对脑络的病理影响，进而揭示治疗规律。在他的治疗下，近似于植物人的患者恢复了意识，患脑积水的病人基本痊愈，老年痴呆患者有明显好转。1997年，他获得国际中西医学会世界总会颁发的"世界名医"荣誉证书。

在确定学术地位后，他的职位也从广安门医院升入中国中医研究院，担任基础理论研究所党委书记兼副所长、专家委员会副主任、博士生导师。并担任国家中医药管理局痛症协作组组长、国家科技部973"方剂关键科学问题研究"课题组成员，国家重点奥运科技课题"中医药消除运动型疲劳的应用研究"时相药法分课题组组长。

在服务奥运会期间，他提出方根理论，强调气味配伍，主编《气味配伍理论及应用》，强化气味配伍理论的实用性，剖析方根理论及气味四维配伍思维的科学性。把生命节律理论、运动医学和中医药有机地结合，提出时相药法理论，推动奥运科技——抗运动型疲劳的应用研究，并研究出温阳激活颗粒和滋阴修养胶囊，在国家运动队内取得很好的疗效。

四

功成名就后，他不忘桑梓，总想为家乡人民做点事。在九江市人大原副主任颜运策先生的长篇报告文学《把根留住》中有详细记载。他们是同乡，又是挚友。颜运策先生每次见我都会提及舅舅，说说他跟舅舅的往事，听来甚是感人。

舅舅取得研究生考试的复试资格时，颜运策先生正在九江地委工作。舅舅从星子赶到九江告诉他这一消息，他们都非常高兴。在去北京赶考的头一天晚上，他们睡在一张床，彻夜难眠，一起回忆经历的往事。

颜运策先生家三代贫农，因为成分好，每次在组织考察时都会占优势。而舅舅是地主家庭出身，被称为"地主崽"，总是被打倒、打压。在"文革"时期，父母被村里的造反派抄家游行，他也受到迫害，但他为人倔强，宁折不弯。他考取研究生后，虽然曾受到打压，但对家乡的那份感情依旧。

1996年秋，颜运策先生陪同时任九江市市长的戚善宏到星子县农村调研，老百姓对看病难看病贵的问题提出很多意见，有不少人还谈到舅舅在星子行医的一些佳话。第二年春天，戚善宏市长到北京参加全国"两会"，特意到中国中医研究院拜访舅舅，建议他"把根留住"，在九江办个中医院，为家乡人民做贡献。

戚善宏市长的建议，正好与舅舅的想法一拍即合。舅舅于当年9月在九江市创办中研京九中医门诊部，后改名为中研京九医院。此后，冬去春来，寒来暑往，舅舅坚持每个月底周四晚上坐火车到九江出诊，周日晚上又坐火车回北京。他每次到九江坐诊，常常是里三层外三层地被围得水泄不通，许多疑难病人得以救治。因此，在他的诊室里挂满了感谢的锦旗，最引人注目的是一面三尺锦旗——"死亡线上求救星，医术高明获再生"，这是鄱阳湖边一位65岁患者王绍木送的。

2007年春节前，王绍木被确诊患有"重症肝炎"，随后病情日趋加重，躺在床上奄奄一息。县医院医生看过后，摇摇头说："赶快到九江的大医院去！"九江大医院收治后，尽管使用几千元一针的药，但还是不见效果，随后医院下了"病危通知书"。

就在此时，王绍木的同乡跟舅舅相识，就联系舅舅到九江出诊。第二天，舅舅风尘仆仆赶到九江，在王绍木的病房"望闻问切"。舅舅两个手指按在下额深思说道："不碍。"随即开出10服中药，结果病人三剂清醒，六剂退烧，九剂黄疸大部分消退。经过两个多月的中医治疗，经医院临床检查，各项指标明显好转，身体恢复健康，半年后还能下田劳动。后来，王绍木拿着那面锦旗送给舅舅，感谢他让自己"起死回生"。

作为庐山走出去的名医，舅舅对杏林情有独钟。他曾多次跟我说过，让我收集"南康医学"的资料，最好做些研究。南康府辖今之江西庐山、都昌、彭泽、新建四县，而杏林就在今庐山温泉镇境内，自"建安三神医"之董奉开始，经刘开（宋朝南康府人，字立之，号复真先生，著《方脉举要》）、严用和（南宋人，字子礼，12岁受学于刘开，著《济生方》）等师承，后由徐必达（清朝南康府人，字德孚，著《幼幼集成解》《医学秘要》）相传至今，在中医药发展史上有着举足轻重的地位。

然而，历代医史学家、文献学家等对"南康医学"的学术价值未足够重视，尤其杏林，虽作为中医的代名词，医家以"杏林中人"自居，用"杏林春暖""誉满杏林"称颂医家的高尚品质和精良医术，但在庐山却没有被重视，更不要说开发利用。舅舅曾跟原星子县政府办公室主任刘希波先生讨论，如何来考证杏林，并且以杏林为题写一个影视剧本，便于向外推介和宣传杏林。刘希波先生曾说："这件事情一直都在我心里，就是昭寰教授走得太早了，都没来得及去做。"

晚年的舅舅本想落叶归根，曾跟我说，希望在庐山创建杏林养生文化馆和世界中医脑病科学研究中心，等自己百年后归葬庐山。经星子籍老领导出面协调用地，当时星子县主要领导已同意，但由于诸多原因未能如愿。多年后，老领导还跟我说："这事如能再做，我还能出力。"可是舅舅走了，有谁能做这件事？又有谁能做成这件事？作为晚辈惭愧至极！

五

2007年舅舅正式退休，一家人迁居美国加州旧金山，并开始第二次创业。他第一次创业是在北京，先后创立北京中研中医脑病研究院和北京玉泉中医院，都是以中医治疗脑病为特色，让中医药治疗脑病的临床经验普惠众人。

他曾遍游世界讲学，七次赴美，三到英伦、日本，在加拿大、澳大利亚及东南亚各国经常来往，但是每次讲学后都有一个感受，西方国家的主流社会并不认同中医药，他感到不公道，也感到有责任让世界了解中医药。他一直有个梦想：希望中医药走出国门，解决西医治不了的病，让西方主流社会认识中医药学是一门科学，让"中医药学大放光明于世界之上"。因此，他到美国进行"二度创业"。

对一个60多岁的人来说，英文只会几个简单单词，人生地不熟，想创业谈何容易。正在困难之际，得到友人的帮助，才在加州及联邦政府创办非营利性机构——国际中医脑科学院，为继续寻梦奠定基础。他免费为湾区社区中心开设失眠、头痛、忧郁症、脑肿瘤等医学讲座，深入洛杉矶、华盛顿等地讲学，每次讲座和讲学都深受好评。

2008年9月19日，在南加州蒙特利公园市市政府厅会议礼堂，高朋满座，由国际中医脑科学院与加州中医公会联合主办的首届国际中医脑科学术研讨会隆重举行。他作为大会执行主席之一，就中医脑科学理论体系及小儿自闭症等难治疾病作了报告和讲座，同时当选为国际中医脑科学院院长兼专家委员会主任委员。

到加州不到两年，他在治疗小儿自闭症方面取得惊奇疗效，美国境内患者纷纷寻医于他。来自宾州的张金华女士带着4岁的患儿前来就诊，当时孩子经外州医院诊断为自闭症。初诊时，孩子视线躲避碰撞，旁若无人，语言沟通障碍，不能说话，时而自言自语，时而大声尖叫，夜寐不安。经舅舅针药治疗4个月，夜眠安静，能视觉交流，能主动提出要求，自言自语及尖叫症状均明显减轻，词汇量增加，能通过电话跟人问好。此病例之所以取得如此效果，都源于他的逆向思维。他不采用常规补脑方法，而是采用醒脑开窍法和补肾养脑法结合运用，针药同治。

他还在国内时就跟我说："我一定要让美国总统说中医药very good！"当时，我以为他在开玩笑，但看他神情却是非常认真。有一次，我打开自己的邮箱，看到舅舅给我发来一张他跟美国前总统克林顿的合影，我心里非常高兴，知道他真的做到了。

后来听表姐程颖说，那次正好克林顿去参加硅谷高创会，舅舅跟克林顿握手时，通过望诊告诉克林顿如何做医学保健。当时克林顿有点吃惊，心想这个中国人怎么知道自己身体不好。舅舅把原委说清后，克林顿对中医药表示赞叹。

从1959年到2012年，舅舅从医整整53年。在从医路上，他总结两点体会：一是在继承的基础上必须创新，不继承就是无源之水，无本之木，何能有活水源头；不创新就会价值贬值，无法发展。而创新就是要与时俱进，用心去悟，以新去创。二是在发展的过程中必须剔除糟粕，发扬精华。要能做到这一点，应该严格区分清楚：什么是精华，什么是糟粕，避免良莠不齐，本末倒置。所以故人说："不是聪明莫学医，司命者，勿逐流。"

他曾在旧金山作《无题——赠诸多心仪朋友》："金山巍巍波涛雨，星庐冥冥草木春。五十年后谋出路，八千里外忆亲朋。明知世事如流水，不惜高年泛远津。侥幸科研结硕果，吟诗步韵慰平生。"他当时把诗给我看时，我只理解表面意思，而今再看意味不同。

他早年作诗："华年如水欲何求，仍向学海苦作舟。不畏浮云遮望眼，但喜庭前杏林稠。"这时是在孜孜以求，不断进取，而晚年所作《无题》，虽科研学海达到彼岸，然而漂泊在外自是想到回归本心。人生何以追求？不是为命运不公而自弃，不是因名利而不知自处，他身上有卧薪尝胆的决心，破釜沉舟的气魄，坚忍不拔的毅力，韬光养晦，厚积薄发。

今年清明，我独往位于北京昌平的舅舅墓前扫墓，作《寰祭》寄托哀思："青山柏树清明祭，茔冢新添菊酒杯。少小从医乃父志，暮年弘道西洋归。南康学派遗旧恨，董奉杏林仍废颜。一去蓬莱常入梦，如今谈起更伤悲。"

虽然我曾祖父火文公也是闻名乡里的郎中，可惜祖父、父亲都未能学医，因舅舅我才接触上中医，只是甚为可悲，自己未能从医。每当我遇到艰难困苦，都会在夜深人静时，独自望着漆黑的窗外，想着舅舅不平凡的一生，人生唯有奋斗才精彩，鼓励自己不断前行。

2019年7月13日于北京

郭思远，男，江西庐山人，先生界出品人。北京中医药大学中医学本科、首都师范大学哲学硕士研究生。曾在人民日报社、中国新闻社、中国互联网新闻中心等中央新闻媒体工作。著作有《教育新时代——大学书记校长访谈》，主笔创作《适逢大势——中关村人才故事》。

忠信宫亭湖——庐蠡文化侧影

口述：高美妍
记述：桂小平

　　宫亭湖，俗名神灵湖。在庐山脚下，老星子县城东南一里。宫亭湖得名，是由于湖边山头有一座宫亭庙。据有关记载，庙神非常灵验，过往商旅，无不上岸祈祷、祭祀。

　　鄱阳湖水流到这里，似乎有意拐进一个"几"字形湖汉，东西两边是渔民村，北边就是桂村、郭村。上个世纪八十年代，渔民村以捕鱼、运输为生，桂姓和郭姓的村民除种田外，会去县城卖蔬菜、务工。涨水季节，要么坐渡船过河，要么沿湖边绕行，反而有些不便。我的母亲和同村大多数妇女一样，经常去城里卖蔬菜，后来专门制作豆腐干，放菜市场卖或者送到餐馆。为了赶早市，往往起得很早，冬天五六点钟，天还没亮，就得动身。家里养的狗，好像叫阿黄，每天一大早，跟在后面送她，一遇到陌生人就汪汪大叫，非要我母亲劝阻、说明才会住嘴。过了河堤，快到县城的地方，有个叫大屋宋家的村子，母亲会叫住阿黄："你回去吧，这里狗多，和它们打架，你会吃亏的。"阿黄很听话，也有点不甘心，怏怏地转回。到八点钟左右，豆腐往往就已卖完。因为全程手工制作，豆腐细嫩、洁白，价格也是童叟无欺。村里"豆腐婆"比一般卖蔬菜的回家要早些。为了赶时间回去做农活，她们会坐渡船过河。听到我母亲和别人打招呼的声音，阿黄立马从家里窜出来，跑到我家背后的山脊上接她。十多年了，无论寒暑，一直接送。

　　家乡人的忠实、本分、诚信，还可以从史书典籍的记载中得到印证。据《幽明录》记载，三国孙权时，南方州郡派遣官员到朝廷进献犀牛角制

149

成的发簪，过宫亭湖时，庙神（庐山君）提出想看看犀簪，承诺到石头城（南京）一定归还。官员怀着忐忑不安的心情驾船离去，到了石头城，"有三尺鲤鱼跳入船，吏破腹得之"。"王勃风送滕王阁"也讲述了宫亭湖庙神诚信的故事。唐朝才子王勃经此去交趾（今越南北部）看望被贬谪的父亲，因风浪太大，上岸歇息。忽见一老者坐在石块上，问："来者是王勃吗？"王勃大惊作答："正是。"老者说："明日重阳，滕王阁有宴会，你如能出席，定当作不朽文章。"王勃笑道："此去洪都八百里，一个晚上哪里到得了？"老者说："你可速去，我会助你一帆风顺。"原来老者便是宫亭庙里的水神，王勃果然夜行八百里到达洪都，赶到了滕王阁，都督阎伯屿在那里大会宾客。正是由于宫亭湖庙神的一诺千金，这才有了千古名篇《滕王阁序》。

宫亭庙后面一里路左右的地方，矗立着北宋抗金名将张叔夜之墓。《星子县志》记载："叔夜，广丰人，……徽钦北狩，夜与其难……遂扼吭而死。二子伯奋、仲熊皆死之……后宋金讲和，遂得归葬。至蠡湖，遇大风，舟不能进，遂葬三人于宫亭湖。"张叔夜，自幼知晓兵事，宋室兵弱，主上昏聩，他对大势应该看得很清楚。但他依然率领两个儿子和三万将士，到开封勤王，其他各路将士，对宋钦宗的勤王檄文，没有响应。他在民族、国家危亡的紧急关头，尽忠报国、舍生取义，忠于国家、民族，尤其难能可贵。

"忠"，是人一生最神圣的价值追求。"信"，是人的立身之本，治世之道。生活在宫亭湖两岸的人们，自古就受到这些传统文化的熏陶，传承至今。

口述人：高美妍，女，73岁，庐山市白鹿镇波湖村窑背桂村农民。

记述人：桂小平，男，49岁，庐山市一中教师，讲述人之子。

留住乡愁

查筱英

一、娘泡的冻米茶

"初一早，家家跑，冻米嗯茶，喝个饱。"儿时春节，大年初一屁颠屁颠随在大人身后，满屋三间拜年。每到一家，厅堂中间八仙桌上（有八仙桌的当然是殷实之家），摆放着冒着香烟的木头桌桶，热腾腾的冻米茶，散发着诱人的黄豆、芝麻、生姜香味，馋得直流口水。稍一坐下，大娘、婶妈便盛上一白瓷茶碗冻米茶，放到我手上，笑眯眯地说："细妹呀，尝尝我家的冻米茶，比你娘泡的么试……"这时，我便用娘专门为我准备的银簪当筷子，拨划着瓷碗中的黄豆，嘎嘣嘎嘣品尝起来，好香啊！

童年春节的大年初一，拜年时喝冻米茶，是我们六都乡村老辈传下来的乡俗。除夕子夜，辞岁的爆竹一响，厅堂里岁火的余温还弥漫着，我娘便又围上围裙，开始打理大年初一冻米茶活计。她先将早就准备好的芝麻、黄豆炒熟，连同腌好的生姜归置在灶台上，再将浸透的冻米，从桌桶里舀出来滤干水分，和黄豆、芝麻放在一起。初一清晨早饭刚毕，娘便将先前准备好的冻米倒在锅里，加上几葫芦瓢温水，灶膛里，红红的棉花槁柴火噼啪噼啪地欢唱。一会儿锅里的冻米烧开了，娘即刻将炒熟的黄豆、芝麻、碎生姜一起下锅。待锅里烧开的冻米滚上三滚，娘便麻利地将锅里的"什锦"舀出来，盛在洗得锃亮的木头桌桶里，盖上桶盖，稍稍闷一会儿，便端到厅堂中四方饭桌上，等候前来拜年的亲友。

我家没有八仙桌，但一张普通的四方饭桌，仍被我娘抹得干干净净，

151

饭桌四方是四张长条板凳，也被我娘收拾得没一点灰尘。桌上木头桌桶里温馨的冻米茶香烟袅袅，围坐四方拜年的亲友，一边咀嚼着我娘泡的冻米茶，一边真情地夸赞："翠兰嫂（翠兰妈、翠兰婶）泡的冻米茶，就是不一样，又香又糯，不粘牙，好爽口……"

娘看着他们有滋有味的神态，听着他们由衷的夸赞，撩起洗得发白的围裙角，揩揩双手，甜甜地笑了。

拜年亲友陆续离去，娘坐下来稍歇口气，拉着我的手，念叨着："细女呀，往后你泡冻米茶，一定记得冻米下锅后只能滚上三滚，滚多了冻米就化了，寡淡粘牙，滚少了，火候不到，香味不浓……"看着娘作古作今的样子，我似懂非懂地点点头。

那时农家的冻米，是冬天冰冻过后，将糯米泡透，装在木甑中，放在大锅里，架上柴火，隔水蒸熟，再经过一周左右冬日的暖阳慢慢晒干，专供过年切糖糕、泡冻米茶之用。晒干后的冻米，色泽圆润，晶莹剔透，捧一把于手掌，神清气爽，赏心悦目，不亚于珍珠，掺上自家园中的黄豆、芝麻，绝配！

一九五八年，大炼钢铁，全民吃大食堂，我家的木头桌桶归公；三年困难时期，饿得前胸贴后背，梦中曾几次见到我家的木头桶；十年"文化大革命"，红海洋取代一切乡俗，只好心有不甘地忘掉木头桌桶，忘掉娘泡的冻米茶！再后来，鄱阳湖汊、穷乡瘠壤走出来的我，随着年龄的增长，随着岁月的沧桑，多少儿时的记忆，逐渐模糊淡化。唯有大年初一，温馨的木头桌桶、娘泡的冻米茶，非但总未逝去，反而更加清晰地映现于我的脑海，萦绕于我的心房。冻米茶是我此生珍藏的最美的味道。

二、娘发的薯薯粉

"六都佬，吃薯薯咯。"这是现在年龄在六十岁以上的六都老乡碰面时常说的亲切乡音。

薯薯，即是红薯。这个生长在六都黄土壳上的茎块疙瘩，伴随着我的童年，烙印于我的脑际，融入我的人生。

苦涩的童年，家境困顿，缺衣少粮，经常断炊，是薯薯这个不起眼的土疙瘩，帮我们兄弟姐妹填饱了肚子，渡过了饥荒。早餐，"不用筷子不用碗，手上捉个骡狗卵"；午饭，以薯薯米为主，略掺少许大米的薯米饭；晚上薯丝粥……薯薯半年粮啊！它伴随我读完了小学，进入中学。

不知从哪年哪月开始，老辈人发明了粗粮精作的妙招——发薯薯粉。我娘发的薯薯粉呀，那可是逢年过节家中餐桌上的美味佳肴。

每年除夕的年夜饭，娘便从半下昼开始做准备。首先将有限的几小条猪肉放在锅里chǎ（方言）熟捞出，然后很金贵地舀出chǎ肉汤，放在一边；再把浸好的薯薯粉倒进锅里，灶里加把大火，薯薯粉烧开后，娘便用大铁锅铲使劲地将烧开的浓浓的薯薯粉反顺旋搓；看到颜色逐渐晶亮，赶紧倒入chǎ肉汤，添加豆豉卤、盐、大蒜叶等佐料，用锅铲踏匀，又反顺旋搓（这时要小火），等到锅底略起焦皮，便可起锅了。娘给围在灶台旁，馋得直流口水的兄弟姐妹每人添上小半碗，笑眯眯地说："吃吧，吃吧，莫烧到了舌头，不够锅里还有。"

吃着娘发的薯薯粉，那糯糯的、酽酽的、爽爽的、滑滑的，略带柴火烟熏的尤物，从头顶一直鲜到脚底，味道好极了！

随着年龄的增长，我离开了家乡，离开了娘。但每逢节假日，我必带上我的儿女，回家看娘，吃娘发的薯薯粉……

随着生活水平的提高，我吃过海参，尝过洋味。每每酒足菜饱之后，我的心头总会掠过一丝淡淡的失落，一捧深深的遗憾：再也吃不到娘发的薯薯粉了！

查筱英，女，江西庐山市人，1946年4月出生，原星子县人大常委会副主任，现任庐山市关工委执行主任。在五柳诗社、庆云文化社、山南文化研究会等多个社团组织兼职，撰写诗词、文章数百篇，策划编印青少年教育书籍若干本。

一个七旬老人的古城记忆

口述：陈伯林
记述：陈再阳

　　我家世居南康镇西门外的大王庙陈村。出大西门沿大路西行一里许便到了城山岭。岭上紧靠大路的北边，有座向南的四合院式庙宇，县志上记为城山庙，俗呼大王庙。新中国成立初，庙宇正殿供奉的神像还在，是一个持大刀的武将形象，本地人称为"城山大王爹"。我们家族聚居的村庄就在大王庙后面，故老相传这座庙是我们陈姓的私庙，供奉的是陈友谅。大王庙所在的山头现在已经被打平，建了庐湖春天和庐湖花园商品房小区。新修的迎春桥路就从大王庙的原址经过。

　　江西星子的陈姓人为何供奉湖北仙桃的陈友谅呢？查方志和家谱得知，元朝末年，江苏江都人陈善卿从上海县令调来南康路担任杨林河泊所大使。据资料记载，河泊所掌管渔产管理、鱼税征收、捕捞水域划分和渔场登记管理等职责。当时星子县是陈友谅的势力范围，湖课吏出身的陈友谅，当然知道湖课税的收取于对他争夺天下的重要意义。陈善卿过来应该相当于今天的人才引进。

　　入明后，陈善卿改任星子县丞，退休后未回原籍江都集贤甫，而是定居南康城内的昌谷巷。按古代城池图记载，昌谷巷是从砚池街上琵琶岭的一条街巷，因南宋时名臣曹彦约（号昌谷）居此得名。陈善卿家族日众，后迁城西城山岭。为纪念陈友谅对陈善卿的知遇，陈氏一族于此建庙供奉香火。善卿公是星子陈姓14个庄的发脉太公。可能是因为陈善卿的官职县丞又名少府的缘故，城山岭又名少府岭。看到有的资料说少府岭是因为葬有北宋名士刘凝之而得名。刘凝之官安徽颍上县令，没担过县丞，何来少府之说？刘凝之夫妇墓址在今南康大道西端十字路口处，我们当地人称这地方为"圈垄"。上世纪60年代村民将"圈垄"石（环墓矮围墙）抬去修了蔡家岭鸭嘴塘。1980年砖瓦厂取土挖出刘凝之夫妇坟内的两块墓志铭，现藏点将台。

南康古城是我生我长的地方。她前临碧波万顷的落星湾，后倚翠耸千仞的匡庐山，一城坐拥名山名湖，海内几曾得见？她因为是千年历史的南康府和星子县"府县同治"的所在地，被称为"南康城"，在文人笔下干脆简称"康城""星城"。又因在匡庐山脚下的缘故，古代著述中也称之为"匡城"。可以说，谈庐山，就是说星子。二者的自然、地理、人文不可分割。

古城坐落在庐山伸入鄱阳湖的一个半岛上。她的东边和北边是宫亭湖，西面和南面是十里湖（即落星湾）。城内由南北方向的数条岭埂组成，被"前山"和"后山"两条长龙合抱，正对"一郡印星""两学文星"的落星石。古城东边的山岭为前山，南端山咀称黄婆矶（老县中处），往北延伸称锦岗岭（有东风船厂、大塘村）。古城西边的山岭为后山，南端山咀称南门矶（今气象局处），往北延伸为迎春岭、栎子峦（西为柏树垅），今为柳絮路。古城内有两条大岭埂，琵琶岭从小南门直接北门，余公岭从余公塘直到府衙。另在东门处有东门岭，亦称东仓岭（今东风船厂职工宿舍区）。城北有黄泥岭，城西有少府岭（清道光年蔡姓从马家冲迁来，始有蔡家岭之名）。

古城在清康熙时称城市党，全城分集贤、归厚、兴政、永宁四坊。民国初分彭蠡、匡庐南北二镇。抗战胜利后始称南康镇，"文革"时一度改称"东风镇"。

有城墙者方能称之为"城"。南宋淳祐年间（1241—1252年）南康知军方岳始筑土城，长5里许，作九门。明正德七年（1518年）知府陈霖凿石为城，长千丈，高二丈，开门五，上建城楼。城南滨湖，城东北西三面开挖宽二丈、深一丈五的护城河。清嘉庆十六年（1811年）知府狄尚絅组织星子、都昌、建昌、安义四县修复城墙，长1016丈，高二丈三，耗银15000两。设东门"东汇"、北门"匡庐"、西门"西宁"、南门"彭蠡"、小南门"紫阳"、小西门"德星"等六座城门。城墙的走向，东线大约沿今翠花路东船宿舍至老石粉厂，西线就在今天的匡庐路外侧，北线从今天的五岔路口高杆灯往东农机公司、菜市场，南沿老县中操场南经原煤炭公司至航运公司造船厂（现填为紫阳广场）。城墙1956年被拆除至县坡头建"大众俱乐部"（老百货公司内），现尚留老县中及原粮食加工厂两段可寻。

古城东门在今翠花路与东门巷交汇处，北门在今五岔路口高杆灯处，西门在今匡庐路和迎春桥路交汇处，南门在老县中大门旁，小南门在今紫阳堤防洪闸口北数十米处，小西门在匡庐路原食品厂往食品公司处。出东门，经山川坛、锦岗驿（今大塘村处），过赣江，走鼋河洲千眼桥，再过赣江故道，上多宝蒋公岭，去往都昌县；出北门，经绿瓦庙（元帝宫，今上桥李安置房小区处）、五里牌（不是今五里牌集镇，在今工业园供电所处）、罗汉寺（今胡家坽水库）、桃花铺（今下畈李村处），去往德化县；出西门，经迎春岭社稷坛（今迎春桥路和柳絮路交接处）、少府岭大王庙（在今庐湖春天东门处）、西观（能仁寺，在今帝景御园小区内）、流泗桥（今紫阳西堤内侧）、九虹桥（今长虹港彩虹桥处）、章恕桥、锦屏铺（今石材城内），上观音崖，经归宗、老隘口、龙山铺（今隘口街粮站处），往德安县；出南门，过紫阳桥，从紫阳堤乘舟，上可南达南昌、上饶，下可北往湖口、长江；出小南门，为紫阳堤内避风港，方便从港湾内弃舟进城；出小西门，走十里湖，一路经落星墩达下岸角，往张汉岭街、花桥市、蛟塘街。一路经铺门石（该地原有歇脚茶铺，又名覆盆石，今七夕公园）、杨五庙、钱湖街、横铺（今华林共同村北），往横塘街、泽泉街（今斜林李村），水旱两便。

157

古城内的主要街道为大十字形。一条南北走向的大街，从南康府衙的大门谯楼（点将台）出来，沿府前街，穿过"真儒过化"、"内台总宪"（俗呼"嘉靖牌坊"）两座牌坊，到达十字街口。继续南走，穿过砚池街、四牌坊街，直达紫阳门。这条夹在琵琶岭和余公岭之间的南北大街原来都是用麻石铺成的，俗呼"麻石街"，"文革"后才改铺成水泥路面。砚池街的得名是因为这条街过去大都是刻售星子特产金星砚的商铺。在十字街口往东称县坡头路，横贯余公岭，直通袁家桥。十字街口往西是西宁街，横贯琵琶岭，直通大西门（曾称西宁门）。西宁街上坡一段又称朱公坡、大正街。朱公坡顶往北，是北门巷街道，可通往北门。西宁街和北门巷都是麻石横铺地面，至今保留原貌，古色古香。从大正街南侧穿万家细巷，经杨裁缝洋楼东边沿埂有路通往小南门。杨裁缝洋楼前，往左下坡是昌谷巷，通砚池街，往右下坡通小西门。另外，从点将台到彭蠡门之间也有路直通。彭蠡门外原有"天恩存问"牌坊（隆庆牌坊），彭蠡门内原来有袁公街、瓷器巷，再向北经七石桥（芝华桥）、准提阁，通向府衙。

西宁街一直是古城的商业中心，直到上世纪80年代繁华依旧。北边店铺从杨五角开始依次为：混一天（殷老板油条烧饼铺）、鸿昌（饮食店）、新泰（景氏布匹杂货）、胡克祥（后朱普华家）、布匹店（胡宗礼店）、竹木店、大众照相馆（张氏店）、新华书店、益大（杂货店，今郭姓教堂）、龚氏油条铺、李氏饭店（往北门巷转角处）等等。南边店铺从工农兵餐厅开始依次是：艾皮匠（补鞋）、吴润生家、陈茂梧民生药店（刘秋桂家）、黄姓烟土店（后为药房）、细巷（通万正善"万家楼"）等等。鸿昌和益大是县城最大的商号。另外，北门巷有洪和祥（白氏大同布匹店），杨五角有醉陶轩（罐汤面食餐馆），砚池街有魏仁和（魏兆仁、魏瑞和父子砚池店），府前街老剃头铺后曾经是炭柴交易市场（原服装厂，后塑料厂址）。

古城内有一条溪涧，发源于黄泥岭，流入紫阳堤内。因为在爱莲池东的涧水边建有"冰玉堂",纪念"冰清玉刚"的北宋隐士刘凝之父子,人们便将这条溪涧命名为冰玉涧。冰玉涧一路流下,到袁家桥一段为直线。从袁家桥到紫阳门一段为反S形。在水流回转的两弯处,一是黄家巷,一是余公塘,都是出人才的风水宝地。横跨冰玉涧的古桥保存完好,从上往下依次为流化(冰玉涧)桥、袁家桥、花(黄)家桥、七石(芝华)桥、通江桥、广惠桥。2013年修建桃源大道时在广惠桥拱下发现100多个北宋刻字,有着重要的考古研究价值。其他古桥当不逊色,期待在"南康古城"项目建设中有新的发现。

古城保存完好的古建筑有府衙前的点将台(谯楼),府衙东的爱莲池,老县中的耶稣教堂,袁家桥东的张教官(海会军训团张尔祥上校)别墅,老县委内的张主任(国民党特训班张与仁中将)洋楼。其他如李家老屋、阳家祠堂、张家大屋、胡家大屋、姜家祠堂等赣派民居,在老城"棚改"中得到重视保留。城南仅剩1/4长度的紫阳石堤也被评为"国保"。现在所称的紫阳堤其实是宋代的紫阳堤和明代的田公堤的合称。现在南门外沙场就是田公堤所处的位置,上世纪80年代初被县城垃圾填埋而成南门码头货场。田公堤东头原来有开口,叫东闸头,用以进出避风船舶。田公堤西头有三孔紫阳桥与紫阳堤联通。紫阳堤分两段,东段与西段前后错开,留有一进出船舶的口子(西闸口)。东段内尚存原始港湾。西段有东段的两倍,现在已经填平为紫阳广场。

古城还有一些著名的建筑,可惜没有留存至今。它们是点将台前面的"真儒过化"牌坊,老县委门前的"内台总宪"牌坊,大南门外的"天恩存问"牌坊,城东湖岸的梯云塔(大塔,又称永镇塔),黄家巷后前山上的凌云塔(细塔,又称文峰塔)。琵琶岭制高点曾经有一栋古城的标志性建筑——杨裁缝洋楼。"杨裁缝"就是清末县城的大财主杨克清。这栋洋楼有三层,青砖砌成,前带走廊,是1980年拍摄《八一南昌起义》的重要外景地。后被拆除,在其址建商业局(后为供销合作社)办公楼。

知府衙门从点将台一直到老公安局后民警宿舍。知府正堂在老文化馆位置（现在的爱莲路）。老公安局院内两棵千年桂花树是知府眷属居住的后衙。知县衙门在县坡头今县二小内。清朝末年太平军乱后一度迁往小西门内（原食品厂址）。民国废南康府后，县衙才搬至点将台后的知府衙门。老府学在前山今老县中位置，说这里的学校继承了千年文脉是一点都不错的。老县学也叫"孔圣殿"，现为紫阳豪庭小区。这里建国初改为县政府，后建医院，再为武装部。

府城隍庙在琵琶岭杨裁缝洋楼前原百货公司仓库位置。县城隍庙在大西门内原粮食加工厂办公楼处。东门观（东元妙观）在东门口原针织厂内，清道光年在观前建万寿宫。西观（西元妙观）在少府岭西原能仁寺基，据说曾为吴师子讲学堂，观内原有一"碧云天"青石山门牌坊。上世纪80年代仍存古梅两株，深井一口，现建为"帝景御园"小区。

我清楚记得，1971年大王庙后建农药厂。我们村民在挖土施工时，挖到了一只朽烂的铜三脚锅。这锅青铜质地，有两尺高。我们几个村民当废品卖掉了，每家分得25元。我妻子用这钱帮4岁的大儿子做了一件黑线布面子的棉袄。当时村民认知水平都低，也没有文物意识。现在想来，那个三脚锅应该就是青铜鼎了。

还有，根据文史研究者的最新考证，现今庐山市气象局的位置，在宋代是著名的"后山陈氏"（也称"庐山陈氏"）的居住地。其家族"甲秀堂"中收藏的名家法帖和书籍"号为天下第一"。南康古城的深厚积淀，由此可见一斑了。

口述人： 陈伯林，1942年生，原星子县建材厂干部，世居南康城。

记述人： 陈再阳，1969年生，口述人之子，庐山市公安局民警。

原汁原味的民间长篇情歌

——流行于星子县南部乡镇的长篇叙事民歌《赛海棠》

搜集：朱金平

审订：陈林森

【前言】民国年间，在星子县南部乡镇流传着一部长篇叙事民歌（当地人称为"歌本"）——《赛海棠》，内容讲述一个名叫阮怀川（有人说他就是《赛海棠》的作者）的青年男子先后与美丽的姐妹俩暗结私情的故事，这一行为，以现代道德观念来衡量，有调戏、侮辱、不尊重女性之嫌。但从另一个侧面，却反映了当地民众对"两情相悦"的婚外情怀有某种默许和宽容的价值取向。在星子农村，流传着这样一句婚恋俗语："男不偷人为痴汉，女不偷人枉为人"。男女是否有婚外情人，成了衡量男性是否有魅力，女性是否被人欣赏的重要标准。这种价值观不为主流社会所容纳，所以主流社会认为这类民歌有违传统道德，有伤风化，故同时流传这样的警示语："男人莫唱《风筝记》，女人莫唱《赛海棠》，唱了《赛海棠》，不认得爷和娘。"

长篇叙事民歌《赛海棠》，为星子民间人士自编自唱、自娱自乐的作品，县志无记载。与其他地方流行的民间小调的格式相仿，七字一句，五句一节（全篇多达404段节），多用比、兴、赋手法，大量引用《贤文》、戏曲以及各种典故传闻，口语化程度高，俚俗味较浓，具有典型的民歌风味。诗中很多篇幅朴实无华甚至不无粗俗，艺术水准并非很高。例如多有重复，内容拖沓，押韵比较粗放，有些语句比较粗糙，加工不够，有些性描写过于直白，总体来说属于"下里巴人"；但其中也不乏优美动人的歌词，刻画人物生动传神，描写心理惟妙惟肖，如"十送""十想""十哭""十劝"等。其中有一节描写娇莲（阮怀川所结交的情姐，民间情歌常作为郎情姐意中女方的泛称）思念情郎的心理活动就很真切："送别情哥肉也麻，闲人面前怎说他，口里不说心里哇（动词，说），转个弯儿又想他，叫我如何丢得下。"

我的早年学生朱金平将他搜集到的《赛海棠》原本寄给我，已经经过他一定的修改和整理，我看过之后，对所发现的一些明显的错别字作了订正，个别地方根据我的认识进行了某些纠正。我觉得这是一件很有意义的事情。这样的唱本反映了过去一个相当长的时代活跃在民间的原始质朴的文化形态，保留了某些当地的经济、文化习俗和某些方言。

类似的民歌在许多地方都有流传，网上查得修水县也有题为《赛海棠》的民歌小调，和星子的《赛海棠》高度相仿。星子县的歌词："送郎送到屋背垴，郎个包袱我来驼，若是有人来盘问，只说表妹送表哥，送哥几步又如何。"星子县的歌词是："送郎送到大门坡，郎的包袱姐来驮，路上有人盘问你，只说妹妹送哥哥，私情莫把众人唆。"还有我的同学陈德生参与编集的武宁县的《打鼓歌》（百花洲文艺出版社2009）中有一首类似的长篇叙事民歌，题目叫《海棠花》，歌中海棠花是娇莲家门前标志，供给情郎辨认地址。而且这首民歌中的男主人公的名字也叫阮怀川，出门的地点也是假托南京。这里就有一个传播的流程或者路线，是不是从北到南，从湖北到与湖北交界的武宁、修水，再逐渐沿修河传到鄱阳湖地区？2015年12月30日《浔阳晚报》报道武宁县石门楼镇一位老人汪南通搜集了大量的民歌，其中就有一首百段以上的长歌《阮怀川下南京》，可见这类民歌的主要人物和主要情节都有大同小异之处。我半个世纪前下放在武宁山区时就亲耳听到当地农民唱这类情歌，有一首通俗易懂的"散歌"我一直记到今天："吃了糊饭去看娇，大水打掉路边桥，手扶桥墩双流泪，只见桥墩不见娇，打掉情歌路一条。"这种追求自由爱情的精神确实令人感动。这段歌词不但体现了山区农民的爱情生活，而且反映了山区生活的某些断面，如经济贫困（吃糊饭），山区桥多，桥梁简陋，由木头架设，极易被洪水冲毁，现在这些物质条件早已改观。

这类民歌内容多言男女情事，所谓"山歌不离郎和姐，离了郎姐不成歌"。武宁县的《打鼓歌》于2008年获得国务院授权文化部颁发的"国家级非物质文化遗产"证书，那么，星子县的《赛海棠》也应抓紧搜集整理加工，将其曲调恢复起来（据说武宁、修水的《赛海棠》曲调的旋律几乎是一样的，但星子县的不一样），并形成文字，培训传唱能手，对丰富新的庐山市旅游事业也许也能贡献一分力量。（陈林森）

赛海棠

杨柳三月功夫忙，娇莲提篮去采桑，上身穿着毛蓝褂，下身穿着绿花裙，三寸金莲脚下蹬。

一步走来一步行，路遇怀川姓阮人，一见姐姐下身拜，叫声姐姐功夫忙，手提花篮往何方？

情姐转面笑洋洋，哥哥听我说言章，谷子落田人工紧，眼前就是栽禾忙，我到花园去采桑。

怀川转面带笑容，一年之计在于春，百草发芽生嫩笋，房中绣女也思春，我与情姐一路行。

情姐听说两面红，谁家生的这子孙，不共乡来不共党，不是亲来不是邻，因何与你一路行？

怀川听说笑吟吟，路言几句是真情，美不美来乡中水，亲不亲来故乡人，因何不与一路行？

非是我今撇情哥，如今人口快如梭，一点差错传千里，成人少来败人多，免得人家说啰唆。

怀川听说且不妨，多久有意看娇娘，今日路途撞遇姐，天缘凑合两成

163

双，思想与姐讨主张。

情姐听说面带红，低头半日不做声，我在娘家十三岁，嫁到婆家二三春，不知何为是私情。

怀川听说心内焦，娇莲说话有蹊跷，你把此言来哄我，想到姐家走一遭，聪明姐子见识高。

君子提言我知音，路途之上莫高声，你到前面有何事，转来我家吃茶汤，青年子弟日后长。

随我言来我便行，情姐莫做失言人，我到前面无大事，一去就到贵府门，径到府上看情人。

怀川一去如云飞，娇莲采桑转回归，今日撞见风流子，句句言语动我心，暗思暗想在心中。

情哥娇莲路上行，喜在眉头笑在心，见姐容貌生得好，犹如捡得宝和珍，只见红日落西沉。

一爱情姐生得清，刘备东吴去招亲，周瑜定下美人计，谁知假事果成真，赔了夫人又折兵。

我爱情哥是英豪，好比吕布镇虎牢，三英战布难取胜，不如貂蝉女将军，战败三国众英雄。

二爱情姐生得真，桂英打马下山林，阵前遇着杨宗保，两下阵前结成双，谁知她是九女星。

我爱情哥生得真，仁贵打马去征东，寒窑别妻十八载，一去不见信和音，蟒袍玉带转家门。

三爱情姐生得乖，杏元别夫赠金钗，昭君只因投河死，神仙托体转回来，夫妻日后百年偕。

我爱情哥生得嫩，伍员反楚把吴奔，吴国借兵来反楚，赶跑楚王并奸臣，旗开得胜转家门。

四爱情姐世间稀，好比前朝七仙女，七姐下凡遇董永，夫妻双戏牡丹

164

池，商郎喜配秦雪梅。

我爱情哥笑盈盈，罗通扫北点雄兵，日杀三城无人敌，夜杀四门救主回，救主回朝换紫衣。

五爱情姐年纪轻，可恨妲己女妖精，宫中调戏伯邑考，比干丞相舍了心，一败江山二败臣。

我爱情哥光家门，单枪匹马似赵云，万马营中救幼主，杀得曹兵无处寻，胜过三国众英雄。

六爱情姐好娇娘，莺莺烧香会张郎，红娘月下传书信，喜中状元结成双，十里长亭送张郎。

我爱情哥风流郎，关公匹马斩颜良，过了五关斩六将，单刀千里送皇娘，古城相会见兄王。

七爱情姐赛西施，前朝孟姜是贤妻，哭倒长城八百里，寻夫不见我郎归，撞死城楼永不回。

我爱情哥我的人，好比马超点雄兵，杀到潼关无人敌，曹操一见掉了魂，夺船避箭去逃生。

八爱情姐笑开怀，杭州读书祝英台，同学三年六个月，山伯不知女裙钗，前世夫妻少修来。

我爱情哥乐开怀，好比韩信把兵排，荥阳一战霸王败，救出汉王回朝来，大小三军笑颜开。

九爱情姐笑语轻，好比当年卖花人，可恨狼心曹国丈，逼她做个十夫人，多亏包公断分明。

我爱情哥好后生，好比王孙公子身，正德游龙戏过凤，带进宫来受皇封，一家大小在皇宫。

十爱情姐一枝花，娇莲爱我我爱她，桑园对面亲口许，去到姐家吃酒茶，看看我姐娇莲家。

我爱情哥好交情，好比当年王金龙，三姐关王庙里会，助夫赶考上北

165

京，得中状元转家门。

日落西山郎转身，时时刻刻记在心，望见姐家心欢喜，不免抽身上姐门，看姐情意假和真。

一程来到姐家门，娇莲一见忙转身，好言几句开口问，贵客来到我寒门，到我寒门何事情？

昨日有事不能行，今朝抽身上姐门，天色已晚难行路，路途无茶口又干，喝杯香茶我还乡。

难为情哥到寒庄，一杯香茶止口干，天色已晚你莫走，昼前午后你莫行，在我寒舍且安身。

难为情姐一片心，不觉来到你家门，今日亲手少办礼，礼轻意重一点心，桑园说合这私情。

情哥提起我心知，今日私情休要提，请在我家安心住，好客无东情意真，明日天光再动身。

怀川听说此事因，忙拿雨伞就起身，想姐是棵桂花树，手长脚跃也难攀，辞别情姐我且还。

你要回还就回还，只怕今晚难过关，一锄难挖一口井，万事只要肯登攀，怒气冲冲为何因？

非是我今气冲天，我见娇莲过来嫌，鹭鸶下河偶遇蛟，两下都是打鱼仙，何苦劝说此闲言。

左难右难难坏人，不动心来也动心，本当执意不从你，烂板安桥坑害人，露水夫妻有修行。

怀川听说笑盈盈，几句古话你听真，月到十五光明好，人到中年万事休，露水夫妻前世修。

我是月中丹桂枝，叫郎做个上天梯，上天梯子郎办好，且将高处来比低，早开仓库救郎饥。

听说开仓救郎饥，胜造七级浮屠泥，犹如久旱逢甘雨，好似他乡遇故

166

知，千里路上得信回。

挽手牵郎进绣房，开言叫声我情郎，有缘千里来相会，无缘对面不相逢，鸳鸯一对天生成。

怀川坐下问一声，尊声心肝我的人，你家丈夫哪里去，倘若来了怎脱身，一场快活一场空。

叫声情哥我的人，我的丈夫不回程，也是自家风流子，嫖戏人家妻子身，谁知家中有歹人。

怀川听说忙起身，辞别情姐我回程，你家财宝我不爱，只为私情上姐门，为何比我一歹人？

一见情哥要回程，双手扯住郎衣襟，话不投机郎莫怪，莫把此言记在心，海阔天量君子心。

一见情姐赔小心，喜在眉头笑在心，十分标致又乖巧，说出话来动人心，同胞姊妹有几人？

上无兄来下无弟，平生姐妹两个人，妹妹嫁到杭州去，大街之上姓张人，要比奴家胜十分。

听说妹妹胜十分，蚕儿吐丝肚内存，有朝一日闲无事，杭州城内走一程，看看娇莲妹妹身。

叫声情哥我的人，你我对天把誓盟，你若丢奴刀下死，我若丢郎短命人，恩爱夫妻海样深。

一盏明灯被郎吹，取下荆钗脱下衣，姐做狮子床上滚，郎踩绣球滚上身，好比刘备去招亲。

姐是池中一棵莲，长在池中许多年，过路君子谁不爱，个个都爱池中莲，谁知今日被郎眠。

郎是鸳鸯飞满天，不爱鱼儿单爱莲，一翅飞在莲蓬上，朵朵莲花色色鲜，一来采花二戏莲。

郎是猛虎下山林，朝思暮想要吃人，从来不见一人面，今日一见难脱身，连皮带骨一口吞。

石榴开花叶正多，细谈细答问情哥，今日在此同床睡，千斤担子奴担承，牵肠挂肚我情人。

石榴花开叶正明，酒盅照见有情人，连酒带菜吞进肚，酒在壶中人在心，怎么舍得我情人？

石榴花开叶正长，莺莺相思在西厢，红娘月下传书信，得中状元结成双，问郎思量不思量？

石榴花开叶飘飘，郎在船头姐在艄，有朝一日船开岸，隔断巫山十二桥，只怕半路空断腰。

一更鼓来响叮当，情哥睡在姐身上，人上加人天盖地，肉中包肉阴包阳，好比俊鸟配凤凰。

二更开口对哥言，千里姻缘一线牵，头不生来面不熟，今朝睡在我枕边，切莫脚踏两边船。

三更回姐几句言，我今生长二十边，十八姐子处处有，心中不爱我不言，一点真心向娇莲。

谯楼鼓打四更时，情哥叫姐我要回，待奴出来观星斗，刚刚只有半夜时，再留情郎耍一回。

谯楼鼓打五更时，娇莲起来办酒席，溏心鸡蛋煮一碗，青丝包头扎郎眉，行程切莫受寒饥。

鸡叫三遍大天光，挽手相送我情郎，二人说话嘴对嘴，一夜玩耍到天光，日后莫说姐留郎。

日留郎来晚留郎，一夜玩耍到天光，倘若旁人知道了，你我骂名四海扬，不说姐来便说郎。

送出房门问一声，心肝肉肉我的人，还是明夜来到此，还是后夜近奴身，奴在房里好留门。

叫声情姐我的乖，这个日子我难猜，明夜无事明夜到，后夜无事后夜来，你把房门半掩开。

情哥一去两边张，娇莲在房巧梳妆，忧忧闷闷真难过，昏昏沉沉上牙床，鸳鸯枕上细思量。

辞别情姐转身归，将身睡在牙床内，昨夜私情虽然晚，恩深似海哪个知，暗思暗想记心里。

自从那日别情哥，日思夜想可奈何，人无喜色精神少，迷迷沉沉瞌睡多，情哥一到好张罗。

自从那日别娇莲，朝思暮想夜不眠，朋友面前不好说，妻子面前不好言，只想娇莲共枕眠。

自从那日别情人，家中行走闷沉沉，公婆叫来不答应，丈夫问来不做声，好像日间鬼迷人。

自从那日别心乖，想起心乖去打牌，二万三索各倒子，八万九索对出来，把姐当作支花牌。

自从那日别娇莲，心中只想口不言，清风扇子买一把，胭脂花粉买两包，娇莲家中走一遭。

娇莲接来手中存，难为情哥送秋风，你要来时休办礼，素手来看一点心，此后不要这样行。

叫声情哥我的人，我今不是下等人，上等之人爱玩耍，下等之人爱金银，爱钱不是好娇莲。

手挽情哥进绣房，挽手牵着我的郎，端把椅子我郎坐，一杯香茶倒来临，今夜两人要私情。

叫声情姐我的乖，我今不为私情来，我在家中闲无事，朋友邀我下苏杭，故来辞别我的人。

娇莲听说此原因，犹如跌在冷水盆，往日我家常来往，并未说到下苏杭，不知哪里怠慢郎？

听说情哥下杭城，我劝情郎切莫行，情哥思想杭州去，莫做寻花问柳

169

人，及早回来记在心。

一劝情哥切莫行，堂上双亲靠何人？山中也有千年树，世上难寻百岁人，忠孝二字放在心。

二劝情哥听我言，几句私情在眼前，千世修来同船载，万世修来共枕眠，一夜夫妻百世恩。

三劝情哥有情人，我劝情哥早收心，古人不见今时月，今月曾经照古人，人到老来见分明。

四劝情哥下杭城，把奴抛在九霄云，自古钱财如粪土，只有真情值千金，要把良心放居中。

五劝情哥下杭州，无义朋友少交游，有酒有肉多兄弟，急难何曾见一人，而今你也知世情。

六劝情哥我的人，思想杭州费精神，红粉佳人休便老，风流浪子莫叫贫，千里无钱气煞人。

七劝（此处缺漏一段）

八劝情哥早回归，花开能有几多时，黄河尚有澄清日，岂有人无得运时，再过几年后悔迟。

九劝情哥早回归，莫做风流浪子身，贫居闹市无人问，富在深山有远亲，无钱妻子也不亲。

十劝情哥有情人，我劝情哥是真情，不信但看筵中酒，杯杯先敬有钱人，人到老来现分明。

娇莲不必战兢兢，朋友不说信和音，今日别你杭州去，回来不见枉来行，无有半点轻姐心。

叫郎莫去是真情，点灯下厨办酒筵，八仙桌子当堂摆，金盅银筷上下分，一壶美酒在手中。

你我同床共枕人，今晚何必这样行，此去并无三五载，两三月里就回程，情姐不必挂在心。

一把桌子油漆光，下坐娇莲上坐郎，手执金壶劝郎酒，四季发财早还乡，情郎哥哥记心上。

油漆桌子本是光，照见容颜两分张，今日在此同饮酒，不知明日在何方，郎牵姐来姐牵郎。

一把桌子四四方，情哥吃饭姐滗汤，声声叫郎吃饱饭，出门不比在家乡，上午短来下午长。

桌子本是四四方，我今吃饭不用汤，你也吃来我也吃，出门胜过在家乡，心宽不怕路头长。

一把桌子四角尖，情姐站在郎身边，声声叫郎吃饱饭，盘中有菜只管拈，日后莫说姐不贤。

桌子本是四角尖，情姐站在郎身边，站在身边难吃饭，纵然有菜也难吞，谁个说来姐不贤？

吃了饭来把碗丢，叫声情姐把碗收，桌子面上手靠手，桌子底下把脚勾，私情就在这里头。

一把烟筒黄色铜，打把烟筒送情人，郎抽烟来姐点火，竟自吹灰烧姐衣，二人打火笑嘻嘻。

一把锡壶白如霜，情姐烧茶劝情郎，一碗两碗劝郎喝，免得路上受口干，多带银钱买茶汤。

收拾碗盏进房门，打开箱子摸金银，金银收在包袱里，百两黄金莫离身，恐怕路上有歹人。

心肝肉来我的乖，爷娘宝贝你偷开，倘若公婆知道了，打骂乖乖痛心怀，乖乖不该这样来。

心肝肉肉我的人，爷娘宝贝送我身，百两黄金放心用，路上行走要小心，爷娘不知我私情。

难为情姐送金银，小心天下任你行，包袱放在身旁内，早晚三更不离身，哪怕路上有歹人。

挽手相送出房门，声声祝福有情人，日落西山早投店，昼前午后打伞行，莫等红日晒郎身。

送郎送到我门前，拜郎三拜打三拳，打你三拳三件事，除花戒酒莫赌钱，心乖嘱咐是真言。

情姐送郎大门前，情姐嘱咐是真言，败国亡家贪花酒，卖田卖地因赌钱，情姐不必挂心间。

送郎送到大门坡，郎的包袱姐来驮，路上有人盘问你，只说妹妹送哥哥，私情莫把众人唆。

情姐送我大门坡，我的包袱你莫驮，男女一路非小可，谁知情姐送哥哥，就怕外人多啰唆。

送郎送到大门西，毛风细雨湿郎衣，左手为郎撑开伞，右手与郎紧扎衣，日后莫忘娇莲妻。

情姐送我大门西，又劳娇莲来扎衣，纵有大雨我不走，毛风细雨难湿衣，难舍难分娇莲妻。

送郎送到墙角边，叫声哥哥听我言，今日在此同行路，不知明日在何方，想坏娇莲牵坏郎。

情姐送我墙角边，心乖不必苦难言，鸦有反哺羊跪乳，月到十五正团圆，怎不把心向娇莲？

送郎送到墙角西，一对竹鸡并墙飞，双双飞到天边去，竹鸡也有两夫妻，问郎思妻不思妻？

情姐送我墙角西，竹鸡双双并墙飞，竹鸡成双又成对，难舍难分两夫妻，不思妻来也思妻。

送郎送到荷叶塘，荷叶塘里有蚂蟥，蚂蟥缠到鹭鸶脚，乖姐缠到少年郎，夫妻一对正相当。

情姐送我荷叶塘，荷花开得水正香，姐听荷花开得好，郎说荷花不久长，郎情姐意正相当。

送郎送到荷叶台，许郎荷包许郎鞋，许郎荷包五月有，许郎鞋子下年来，此去不知来不来？

情姐送我荷叶台，许郎荷包许郎鞋，许郎荷包无用处，许郎鞋子做绣台，我今一去永不来。

送郎送到岭背东，好似牛郎织女星，牛郎站在河东岸，织女站在河西坡，两下情合意不合。

情姐送我岭背东，心乖比得真聪明，她是上界天仙女，我是凡间牵牛郎，七月七日怎相逢？

送郎送到岭背坡，岭背坡上鸟雀多，莫学山上无义鸟，养干毛来各一方，一翅飞到万山坡。

情姐送我岭背坡，坡上飞对好姣蛾，公的前面来引路，母的后面叫哥哥，一公一母宿一窝。

送郎送到岭背中，远远看见黑森林，郎说深山有猛虎，偏偏要向虎山行，为郎虎吃也甘心。

情姐送我岭背中，青枝绿叶真茂盛，猛虎伤人前生定，今日要吃难脱身，连皮带骨一口吞。

送郎送到岭背西，姐穿单衣无小衣，高山岭上栽松柏，根深哪怕乱风吹，郎不传说何人知？

情姐送我岭背西，二人行路慢迟迟，高山岭上栽松柏，根深不怕乱风吹，被窝做事何人知？

送郎送到大江边，叫郎写只好快船，选时定日船开岸，莫在江边等时辰，顺风相送有情人。

情姐送我大江边，姐在岸边郎上船，时逢入九不开岸，风大浪涌早弯船，情姐不必挂心田。

炮响三声船要开，娇莲办酒上船来，劝郎三杯开岸酒，一无凶险二无灾，三保我郎早回来。

情姐问我几时来，正月不来二月来，三月不来休望我，一朵鲜花别人采，情人不必挂心怀。

娇莲听说此原因，花开能有几年春，好朵鲜花被人采，残花败柳何人来，此话亏你说出来。

情姐不必挂心怀，船开不顾岸上人，有树有枝无鸟宿，乌鸦一去凤凰来，只留青山不愁柴。

听说此言痛心怀，此话亏你说出来，人生好比同林鸟，千里有缘也飞来，娇莲交义不交财。

竹篙点水船要开，郎搭跳板姐下来，姐行三步抬头望，只见船开岸不开，但愿船开岸也开。

打转船头搭转艄，这山望到那山高，声声叫姐姐不应，半路丢姐空断腰，只怕情姐久成痨。

送别情哥转回乡，不觉红日落西山，红日落在西山岗，黄花落在鬼门关，别郎容易见郎难。

辞别情姐把船开，只见情姐泪满腮，千怪万怪只怪你，不该说出妹妹来，姻缘今日两分开。

送别情哥转回归，晴天白日被鬼迷，独自一人回家转，想起情哥在哪里，只怪当初错下棋。

辞别情姐上船来，船开岸开心不开，昔日姐家常来往，今日姻缘两丢开，只悔当初太不该。

送别情哥进绣房，关紧门来挂紧闩，脱下绣鞋抛骰子，一个阴来一个阳，我郎乘船到苏杭。

辞别情姐心里酸，自思自想无主张，姐姐桑园情意好，妹妹住在大街上，做个生意会娇娘。

送别情哥无奈何，三寸金莲床上磨，娘问女儿什么响，今日蚊虫虼蚤多，不好说得想情哥。

自别情姐坐船中，思想怎得上姐门，只好挑个苏流担，手提花鼓唤娇娘，郎不叫姐姐叫郎。

送别情哥肉也麻，闲人面前怎说他，口里不说心里哇，转个弯儿又想他，叫我如何丢得下。

送别情哥闷忧忧，从前恩爱反为仇，今日别我杭州去，一心要想上妹身，不该与他说分明。

顺风顺雨高挂篷，杭州不远面前存，走进杭州抬头望，十分热闹人挤人，多办广货上姐门。

妹妹房中叹一声，缺少花线与花针，往日也有苏流担，今日不见担上门，花鞋怎么绣得成？

清早起来把担挑，肩挑担子访娇娇，下街走到上街转，手持花鼓用力摇，引姐出来我好嫖。

姐在房中听得真，听得花鼓响几声，想必来了苏流担，手中花鞋放不赢，快快去看假和真。

一见妹妹生得清，心中思想八九分，生得不长也不短，十分标致爱煞人，想必就是此女身。

走近前来尊一声，要买花线开花针，苏清漂白毛蓝布，毛红带子花手巾，还要买条花手巾。

放下担子尊一声，布匹头上你看真，货有好歹三等价，主人生意莫认真，公道还钱任姐心。

妹妹一听笑吟吟，这位客官真老成，你是苏州开金店，还是远方买卖人，高姓大名哪里人？

我家住在丹桂村，阮姓怀川是我名，家中少把田来种，小小生意且安身，请问大姐哪村人？

听说家住丹阳村，原来乡亲会乡亲，说起娘家离客近，丹桂村中姓孟人，今晚寒舍且安身。

175

听说妹妹姓孟人，喜在眉头笑在心，当初只说娇莲好，更比娇莲胜十分，话不虚传果是真。

有劳贵客临寒门，粗茶淡饭莫嫌轻，吃了茶来接了盏，三碗饭来三碗分，声声莫怪叫乡亲。

难为情姐一片心，素手来到贵府门，忙把箱子来打开，两匹毛蓝两匹青，五色花线莫嫌轻。

兰花接在手中存，轻轻移步进房门，拿了白银三十两，轻轻放在箱子中，买是买来送是送。

大姐嫌轻就动身，送与姐姐是真情，姐姐若还嫌弃我，此后不上姐家门，肩挑担子往前行。

一见乡亲挑动身，双手抓住箱子绳，小小生意利息少，一日能赚多少文，只怕生意做不成。

姐姐留住叫乡亲，行路辛苦早安身，姐点明灯前面行，郎在后面紧紧跟，眉来眼去两偷情。

郎有心来姐有意，两下不便说分明，郎把眼球睃着姐，姐把眼珠睃着郎，眉来眼去在绣房。

一见妹妹笑盈盈，左思右想不安身，眼见格子明灯亮，走进叫姐两三声，乡亲妹妹快开门。

妹妹开门问一声，因何声声叫乡亲，倘若公婆知道了，把你做个偷私情，遍身有口也难分。

叫声妹妹我的乖，我到杭州为你来，今晚若不依从我，死在绣房任你埋，抱着心肝倒你怀。

心肝肉肉我的人，我今只有十六春，丈夫生长十四岁，两下从未结成婚，无计可奈伴郎身。

情姐开了天大恩，风吹云散满天星，蚂蟥缠倒鹭鸶脚，乖姐缠倒少年郎，夫妻一对正相当。

176

与郎玩耍到一更，情哥好比花蜜蜂，百花开放都不采，单采奴家一点红，金菊开花对落英。

二更与姐耍一堆，一把金剑插玉池，两手掰开真秀色，金针插在玉池中，九霄云过又一春。

与郎同睡到三更，郎在妹怀睡沉沉，轻轻把郎来唤醒，忽听谯楼打四更，迷魂阵阵又贪情。

五更起来喜连连，手挽手来肩并肩，取出金银三十两，拿与情哥做本钱，把郎做个半边天。

妹妹开门进厨房，手拿鸡蛋两三个，清水煮蛋保身体，半斤精肉炒豆干，我郎早吃早还乡。

吃了早饭下乡行，肩挑担子不留存，也有一日挣几个，也有一天赚几文，货换米粮与担存。

日落西山妹望郎，歪头侧脑靠门房，两眼睃郎门外转，急急忙忙下厨房，喝了茶汤把饭尝。

春来夏去秋又到，残冬过了又逢春，昨夜三更得一梦，梦见娇莲病沾身，一夜思想到天明。

聪明妹子听我言，我今来了一年春，父母家中常思念，一心想去看双亲，辞别情妹我回程。

聪明哥哥听我言，生身父母大如天，十月怀胎娘受苦，养大切莫丢一边，早去早回莫迟延。

一爱情哥年纪轻，飘飘一品好后生，生得不长也不短，好比王孙公子身，哪个不爱我情人。

二爱情哥生得清，眉清目秀好爱人，生姜没有胡椒辣，香菜哪如韭和葱，时时刻刻记心中。

三爱情哥两面红，桃园结义共死生，同胞姊妹人两个，两个交结一个人，只怕我郎是歹人。

四爱情哥喜洋洋，家中还有一妻房，丢下妻子杭州去，大儿细女靠何人，不记家中望我娘。

五爱情哥端阳时，你要记得自己妻，月到十五光明好，情哥无子接宗支，露水夫妻不可倚。

六爱情哥爱花人，爱花都是少年人，花开花谢年年有，春去春来早回身，黄金难买少年心。

七爱情哥着轻衣，牛郎织女也相会，牛郎本是天星斗，织女就是妹妹身，牛郎织女结成婚。

八爱情哥我的乖，杭州也有祝英台，同学三年六个月，山伯不知女裙钗，前世姻缘少修来。

九爱情哥我的人，唐朝天子李世民，屠炉公主心不忍，杀散番邦四处兵，情愿投唐配罗通。

十爱情哥正当时，情哥生得真标致，七姐下凡配董永，商郎也配秦雪梅，槐荫树下遇仙女。

手拿雨伞忙起身，脸靠脸来叫情人，回家多则一两月，你在绣房莫忧心，日落西山早关门。

一见情哥就动身，我今送你赶回程，记得妹妹送哥日，千言万语细叮咛，可记当初下杭城。

好伤心来痛伤心，阳光大道往前行，流泪眼对流泪眼，断肠人送断肠人，拆散鸳鸯两边分。

不唱怀川路上行，姐在家中望情人，望断天边何日到，望成相思病在身，不知何日转回程。

哥哥你在杭州城，姐绣荷包送郎身，中间绣起蛾眉月，两边绣起凤和龙，把你绣在月当中。

情姐望郎几多回，高高明灯绣郎鞋，紧针密线慢慢绣，不觉两眼泪满腮，想郎当初太不该。

一望哥哥有情人，心中难舍又难分，流水下滩非有意，白云出岫本无心，这个姻缘天生成。

二望情哥有情人，天星戏浪月又明，天上众星皆拱北，世上无水不朝东，想起情哥梦里人。

三想情哥在绣房，千思万想来思量，画水无风空作浪，绣花虽好不闻香，时刻思想断肝肠。

四望情哥绣鸳鸯，情哥别我下苏杭，画虎画皮难画骨，知人知面不知心，如何得见我郎身。

五望情哥上油灯，手执油瓶把油添，千世修来同船载，万世修来共枕眠，今世夫妻前世缘。

六望情哥要去眠，花针插在枕头边，别人不知奴心事，奴来偷闲学少年，未知何日能团圆。

七望情哥受孤凄，不知我郎在哪里，枯木逢春犹再发，人无两度再少年，想起情哥泪涟涟。

八望情哥在杭州，时刻思想内心忧，月过十五光明少，人到中年万事休，不觉想起两泪流。

九望情哥上牙床，梦里相逢结成双，同床共枕光明过，金鸡叫醒两鸳鸯，谁知南柯梦一场。

十望情哥大天光，梳头洗面把香妆，光阴似箭催人老，日月如梭老少年，几时得到郎身边。

一想情哥日落西，犹如刀割姐心里，天边想到地边转，不知情哥在哪里，想和情哥过一时。

二想情哥日落山，想郎容易会郎难，想郎不离郎左右，左右不离半时间，日间容易晚间难。

三想情哥进绣房，不觉两眼泪汪汪，笼边竹鸡也上宿，北山鸟雀也成双，叫我如何不思量？

四想情哥点明灯，点盏孤灯照自身，吹熄明灯暗里坐，抱到绣枕叫哥哥，哥哥不应怎奈何？

五想情哥上牙床，上牙床上细思量，伸脚困来脚又冷，缩脚困来腿又酸，叫我如何不想郎？

六想情哥睡不成，轻移莲步出房门，你看人人成双对，谁知娇莲受苦心，想起心肝肉上人。

七想情哥半夜时，半夜三更被鬼迷，我郎是个迷魂鬼，迷迷沉沉过一时，两眼睁开在哪里？

八想情哥金鸡啼，声声啼得好孤凄，你走花街并柳巷，哪里记得娇莲妻，不记当初采桑时。

九想情哥大天光，娇莲起来巧梳妆，先洗油头后洗面，洗罢面来把香装，祝告神明保平安。

十想情哥把褛穿，穿上褛子好穿棉，我郎本是真君子，去到阳关写只船，顺风相送到江边。

正月私情爱郎身，眉清目秀好后生，牡丹开花千人爱，情哥生得中姐心，思想不离半时辰。

二月私情姐爱郎，人生何处不思量，夜里梦中常相会，眼泪流在绣枕上，一夜思想到天光。

三月私情爱怜他，想起心肝心也麻，郎是前世蜜蜂子，姐是逢春三月花，只怪情哥不在家。

四月私情绣房中，花开能有几时春，一朵鲜花无人采，黄龙困在深山中，犹如孤雁失了群。

五月私情巧梳妆，手拿明镜照娇娘，十指尖尖搽白粉，卖粉之人在苏杭，叫我如何不想郎。

六月私情热难当，鸳鸯枕上不成双，茶不思来饭不想，骨瘦如柴眼落眶，眼泪流在绣枕旁。

七月私情秋风时，哪日望得我郎回，一身白肉如刀割，哪个少年不思妻，越思越想越孤凄。

八月私情秋风高，情哥不到姐成痨，你在杭州多快乐，哪里记得娇莲妻，不记当初采桑时。

九月私情想情哥，鞋尖脚小路难拖，忧忧闷闷真难过，迷迷沉沉瞌睡多，我被情哥想坏啰。

十月私情小阳春，百花台上望郎来，早来三日同相会，迟来三日鬼门关，若要相会难上难。

望郎不见姐转身，谁知怀川路上行，急急忙忙望前走，远远望见姐家门，不觉来到姐家村。

手扶栏杆叹一声，丢下一年好伤心，思想一年病一转，只是这场病得真，只怕一病见阎君。

手扶栏杆叹两声，痛心姐姐听原因，我在杭州无音信，不知情姐病沾身，鬼门关上一同行。

手扶栏杆叹三声，聪明我郎听原因，堂前父母无人管，大儿细女靠何人，切莫与我鬼门行。

手扶栏杆叹四声，聪明我姐听原因，堂上父母我不管，大儿细女自成人，定要与姐鬼门行。

手扶栏杆叹五声，情哥听我说原因，昨日有人对我说，说你交接我妹身，此事是假还是真？

手扶栏杆叹六声，情姐莫听旁人音，有人打马堂前过，看见堂前一个人，说你私情有别人。

手扶栏杆叹七声，情哥不必冤枉人，堂上是我亲哥哥，抓沙抵浪败我名，天不载来地不容。

手扶栏杆叹八声，聪明姐子听原因，堂前既是亲哥到，闲人言语莫认真，二人私情照旧行。

181

手扶栏杆叹九声，聪明我郎听原因，如今与郎要分别，依旧回转杭州城，莫把奴家放在心。

手扶栏杆叹十声，手抱娇姐说原因，千错万错是我错，不该丢姐一年春，把姐害得不像人。

一哭情姐得病时，此处又无好名医，问得名医我去请，请来治好娇莲妻，免得一人受孤凄。

二哭情姐回复郎，莫请郎中下药方，莫请和尚做斋醮，莫请道士荐鬼魂，多买钱纸度亡灵。

三哭情姐气飘飘，亡魂落地把纸烧，烧了三斤四两钱，口不闭来眼不开，快叫阎君放转来。

四哭情姐去穿衣，一层毡来七层衣，上身穿着毛蓝褂，下身穿着七彩裙，打扮乖姐哪里行？

五哭情姐抱上床，把姐放在门板上，青丝包头齐眉扎，脚下穿着绣花鞋，哭断肝肠不转来。

六哭情姐时辰来，把姐放在望乡台，日上只见灵和榜，夜晚只见一炉香，茶饭不见姐来尝。

七哭情姐泪淋淋，房中响得乱纷纷，你在阴司莫吓我，我是你的心上人，魂魄与我在家门。

八哭情姐抬去埋，情哥双手搭灵牌，千里路上也回转，情姐一去永不来，叫我如何丢得开？

九哭情姐去乱坟，只见黄土不见人，坟上叫姐千万句，不见我姐回半声，独自一人转家门。

十哭情姐肉也麻，不如削发去出家，万贯家财有何用，黄泉路上去寻她，要到阴司会冤家。

十一哭情姐进绣房，手拿钥匙去开箱，被服绸缎件件有，金环银饰几十双，只怪我姐命不长。

十二哭情姐做满堂，大操大办自主张，二十四对箱和桶，只只付与我乖乖，保佑乖乖上天台。

一爱情姐得病真，我请医师看你身，郎中下药全无效，求神烧纸也不灵，谁知一病见阎君。

二爱情姐二七来，堂上只有姐灵牌，三餐茶饭无人吃，絮絮叨叨哭哀哀，可怜只我守灵牌。

三爱情姐三七临，阴司地府姐受刑，多买钱纸庙中去，买动阎君少动刑，我姐是个苦命人。

四爱情姐四七临，我姐是个阴司人，三魂飘飘归地府，七魄茫茫上天庭，丢郎一去好伤心。

五爱情姐五七多，阴司有个七阎罗，七殿阎君来开放，放我情姐转回阳，免得牵坏你的郎。

六爱情姐六七期，姐的丝麻无人披，无儿无女无半子，孤孤单单我的人，越思越想越伤心。

七爱情姐七七来，刚刚满七上天来，望乡台上常常去，鬼门关上无人来，想起情姐痛心怀。

八爱情姐百日来，百日未见我姐来，往日一去回家转，今日一去永不来，叫我如何丢得开。

九爱情姐是周年，情哥无福姐无寿，谁知情姐赴黄泉，先前只说同到老，半世夫妻少修来。

十爱情姐守灵满，无人送姐上祖堂，思想起来心不忍，去请道士送上堂，忧忧闷闷实难当。

不唱怀川哭姐身，回言再表妹妹身，自从那日分别后，沾个相思病在身，不知何日转杭城。

正月相思渐渐狂，情哥路远不知音，妹妹得了相思病，不请郎中不请神，只要情哥近我身。

二月相思渐入怀，情哥一去永不来，相思好比船和岸，船要开来岸不开，因何不学我乖乖。

三月相思渐渐真，心中离怀想情人，三日未曾吃碗饭，四日未曾喝盅茶，被郎害得眼放花。

四月相思渐渐糊，梅香扶我到门前，歪头侧脑靠门望，路上行人有几千，不见我郎在眼前。

五月相思渐渐凝，恼恨情人坏哥兄，先前只说同到老，谁知今日两分离，奴想哥哥受苦情。

六月相思热难当，好比雪上又加霜，吃饭犹如吃刨雪，喝茶犹如喝毛汤，茶饭不沾只为郎。

七月相思渐渐迟，我郎一去永不回，不记当年阳光道，阳关道上牵郎衣，手牵郎衣早早回。

八月相思渐渐焦，情哥一去把头摇，过了黄河分了手，过了前桥抽后桥，半路丢姐空断腰。

九月相思渐渐难，情哥一去不回还，当初求姐甜如蜜，今日求郎难上难，想郎想得不耐烦。

十月相思渐渐长，寒露霜降不还乡，写封书信求郎到，家中又无好梅香，想坏兰春牵坏郎。

一叹情哥泪满怀，翻来覆去挂心怀，自从那日分别后，谁知今日不回来，心下如何丢得开。

二叹情哥闷悠悠，不觉两眼泪涟涟，前世赶散同林鸟，今世夫妻不团圆，把我丢在哪一边？

三叹情哥日转西，放心不下带犹疑，莫学前朝陈世美，家中有妻说无妻，咬破中指后悔迟。

四叹心肝我的郎，铜打心肝铁打肠，分别之时叮嘱你，你今不想这一方，想必他乡有娇娘。

五叹情哥进绣房，轻移莲步走茫茫，公婆面前不出丑，假装笑脸喜洋洋，心中只想我情郎。

六叹情哥正黄昏，风吹云散满天星，一轮明月天上照，照见四海九州人，未见情哥转回程。

七叹情哥靠纱窗，推开格子望情郎，望见青天半边月，未知何日照家乡，思想起来痛肝肠。

八叹情哥金鸡啼，姐在房中暗猜疑，想是家中言语紧，父母高年不能离，一年应该去一回。

九叹情哥大天光，娇莲起来巧梳妆，何日望得我郎到，满腹忧愁告一场，实实难舍少年郎。

十叹情哥绣花鞋，奴绣花鞋等你来，青丝镶边蓝绒锁，绣成鞋子等郎来，不知我郎来不来。

镶边鞋子绣好了，看见我郎半路到，走出门来抬头望，低头不言近奴身，却是怀川姓阮人。

一骂情哥太不该，奴到婆家未开怀，花言巧语来哄我，把我哄上迷魂台，迷魂台上两丢开。

二骂情哥心不良，因何回家一年长，还是近处交结姐，还是妻子留住郎，凭心直说莫包藏。

三骂情哥气纷纷，声声只骂无义人，为人交友先交义，桃园结义同死生，过桥抽板把人哄。

四骂情哥心不良，忘恩负义往何方，奴家好比秦氏女，夫与郭氏结成双，将奴抛弃在一旁。

五骂情姐哭兮兮，前朝孟姜是贤妻，哭倒长城八百里，千里路上送寒衣，想起前情后悔迟。

六骂情哥回复郎，莺莺相送在西厢，红娘月下传书信，中得状元结成双，你是张生跳粉墙。

七骂情哥怨自身，只怪当初错认人，画虎画皮难画骨，知人知面不知心，碗大桑树没良心。

八骂情哥无义人，而今与你两脱身，我家不是安身处，近处有姐近处行，快快出去我关门。

九骂情哥气不消，心中好似炭火烧，夫妻不和只为你，公婆面前把话挑，越思越想越心焦。

十骂情哥郎起身，一把扯住郎衣襟，我今与你同去死，塘里有水岸有绳，恨得把你一口吞。

日落西山一点红，姐烧茶汤郎点灯，我郎要知茶中味，三月谷雨润郎心，我郎早吃早尝新。

日落西山夜沉沉，二人挽手进房门，姐说贪花无人厌，郎说男女一样心，黄金难买少年心。

一进香房喜洋洋，红罗帐里上牙床，香房帐里抱娇娘，同床共枕配鸳鸯，细谈细答细思量。

细谈细答夜更深，清风明月睡沉沉，忽听黄狗高声叫，惊醒南柯梦中人，担凶担险为情人。

一怪情姐怪得多，水性杨花树一棵，不等逢春就开叶，不等交秋叶又黄，翻脸无情不认郎。

二怪情姐怪得高，水性杨花两面刀，当初不是强迫你，自脱衣衫自解裙，翻眼无情不认人。

三怪情姐太不该，张郎一去李郎来，张郎为姐卖了屋，李郎为姐退了亲，恶人都是受姐空。

四怪情姐无义人，我为情姐枉费心，先前只说靠流水，谁知今日把我嫌，把我丢在九重天。

六怪情姐三伏天，把我当作采花船，又想南京做买卖，又想北京做官来，我心哪有姐心宽。

七怪情姐秋风凉，菱角花开满池塘，三月花开我不采，采来采去不成双，再要想姐刀下亡。

八怪情姐是中秋，长声短叹心中忧，当初只说同到老，谁知今日把我丢，抛开姻缘反为仇。

九怪情姐是重阳，孤雁独自不成双，燕子有公又有母，只怪姻缘不成双，自思自想无主张。

十怪情姐小阳春，众星出山月更明，伴姐好比伴毛兔，刚刚睡暖又动身，担凶担险为哪门？

东边放光急忙忙，金鸡报晓分阴阳，郎也难舍有情姐，姐也难舍有情郎，轻手轻脚同下床。

这里快乐莫虚言，心中只想我娇莲，难舍娇莲成双对，还到哪里忆前言，思想起来泪涟涟。

一月愁思难为言，流落他乡怎团圆，自从我姐身死起，至今已有二月余，暗里思想只自知。

二月愁思把头低，阎王地府放她回，唐朝刘全甘心死，头顶西瓜去寻妻，我今也是一样的。

三月愁思闷忧忧，三月采桑到姐边，路上有缘有情义，两下姻缘前世牵，你说可怜不可怜？

四月愁思狂倒颠，还到哪里会娇莲，三魂渺渺归地府，七魄茫茫到九泉，花不重开月难圆。

五月愁思会娇莲，阳关办酒到河边，人生有酒应当醉，一醉何曾到九泉，阴阳阻隔各一边。

六月愁思饭不甜，拿起筷子想娇莲，我下苏杭姐陪伴，眼泪汪汪格子边，声声吃饱把饭添。

七月愁思泪眼开，杭州攻书祝英台，同学三年六个月，山伯不知女裙衩，两下姻缘巧安排。

八月愁思闷沉沉，国丈打马卖花人，铁面包公从直断，阴阳床上又还魂，夫妻一对转家门。

九月不满上牙床，梦里相会喜洋洋，分明与姐同床睡，醒来不知在何方，阴归阴来阳归阳。

一问情哥事何疑，因何回家这多时，分别之时嘱咐你，挽手相送你回归，怎么来得这样迟？

答姐一声拍姐身，心中有事不好言，在家难舍亲父母，尽得忠来孝难存，露水夫妻在一边。

二问情哥喜洋洋，正是萝卜辣子姜，蚂蟥缠到鹭鸶脚，乖姐缠到少年郎，抛妻不顾下苏杭。

答姐两声拍姐肩，二人相会一条心，你也撇开亲父母，我也撇开妻子身，露水夫妻海样深。

三问情哥笑开怀，奴绣荷包等郎来，两边绣起朝阳凤，中间绣朵牡丹花，青绒锁口送乖乖。

答姐三声靠姐身，十分乖巧绣得清，姐是牡丹千人爱，情哥生得中姐心，千针万线费姐心。

四问情哥事何因，我郎住在丹桂村，路隔姐家两三里，可曾看到我姐身，十分标致赛兰青。

答姐四声泪昏昏，妹妹犹如在梦中，你姐得病半个月，月前一病命归阴，好伤心来痛伤心。

五问情哥着一惊，两眼流泪落纷纷，既是我姐身亡了，因何我家无信音，此事是假还是真？

答姐五声痛在心，提起冤家活不成，五方六月吃冷水，点点滴滴记在心，一场快活一场空。

六问情哥事堪疑，为何说出此言来，想起当初交结姐，中途路上两丢开，从头至尾说出来。

三月采桑交结姐，算来不过二三春，想起心肝肉上人，（此处漏

两句）

七问情哥太不该，不该想到苏杭来，既是当初交结姐，同伴到老也应该，为何做出这事来？

答姐七声泪纷纷，想起此事有原因，当初只说妹妹好，姐说妹妹赛观音，因此想到苏杭城。

八问情哥果是真，朝思暮想挂在心，姐沾相思被你害，把姐害得命归阴，只怕日后照样行。

答姐八声我的人，妹妹只管放宽心，阎王要人三更死，决不留人到五更，寿年本是天生定。

九问情哥浪子身，贪花不要乱用心，通胞姊妹两个人，两个交郎一个人，只怕日后有骂名。

答姐九声我的乖，乖乖说话痛心怀，千怪万怪只怪我，隔山隔水到此来，不该爱妹这样乖。

十问情哥叹一声，丈夫痛得有十分，郎中下药全无效，算命难上廿二春，结发夫妻怎样行？

答姐十声求神明，神灵保佑你夫君，长生不老一百二，福寿双全万年春，善人不遭恶报应。

一忧丈夫病绵绵，双手拍胸只叫天，黄连树上挂猪胆，苦上加苦实可怜，只怕夫妻不团圆。

二忧丈夫病得真，双脚跪在祖堂中，满堂香灰齐起烟，神灵保佑我夫君，杀猪宰羊谢神明。

三忧丈夫病沉沉，姐在房中伴郎君，既然是我亲夫主，青春少年未沾身，死也难全我夫君。

四忧丈夫把香装，祝告神明保佑郎，年老婆婆生一子，传宗接代靠郎君，三炷灵香保我郎。

五忧丈夫把命排，虎坐中堂命难挨，今年命运太不利，不损寿年也退

189

财，甘心情愿善退财。

六忧丈夫哭凄凄，口口声声我的妻，七周八岁相伴你，谁知今日两分离，难舍老母难舍妻。

七忧丈夫回复郎，犹如刀割我心肠，我郎若有千岁寿，奴家愿死去替郎，免得你妻守空房。

八忧丈夫嘱咐妻，张家无子接宗支，老母今年六十岁，招夫养子任你为，我妻改嫁母孤凄。

九忧丈夫靠郎身，我郎只管放宽心，你妻若有歹心意，难对老母难对亲，生死是你张家人。

十忧丈夫靠郎身，两眼流泪满胸膛，声声叫郎郎不应，哭得天昏地也昏，今世夫妻不得成。

劝姐莫忧放宽心，生死由命不由人，黄叶不落青叶落，黄泉单取少年人，哭断心肝枉费心。

劝姐莫忧解姐愁，妹妹听我说从头，屋漏偏遭连夜雨，行舟又遇顶头风，妹妹不必苦忧心。

劝姐莫忧靠姐怀，妹妹听我说上来，命里有时终须有，命里无时莫强求，妹妹不必泪双流。

劝姐莫忧宽姐心，不要忧来不要愁，好顺夫妻不长久，续弦夫妻却到头，自宽自解莫忧愁。

劝姐莫忧靠姐身，妹妹听我说真情，夫妻好似同林鸟，大限来时各自飞，妹妹不必苦忧忧。

劝姐莫忧姐忧心，好言几句你听真，秋来满山多秀色，春到无处不花香，妹妹不必挂心怀。

劝姐莫忧姐忧心，我劝妹妹是真情，须饮酒来便饮酒，得高歌处且高歌，妹妹不必苦心怀。

劝姐莫忧宽姐心，我有言来你听真，家中老母常挂念，要到家中走一巡，不知安定不安定。

兰花听说心沉沉，忽听情哥要回程，我的丈夫而今死，哪个宽得我的心，我与哥哥一同行。

妹妹听我说真情，只怕婆婆不听从，你的丈夫而今死，披麻戴孝还在身，灵前茶饭靠何人？

说起丈夫事有因，马上满七到来临，快请道士来做七，多买钱纸度亡灵，哥哥带妹转回程。

妹妹听我说原因，古人言语是真情，丈夫本有三年孝，守满三年各凭心，良心一点放居中。

一哭丈夫一七临，我夫死得好伤心，忙把棺材来收殓，柏木棺材放堂中，三牲祭礼两边分。

二哭丈夫二七边，眼泪汪汪烧纸钱，哭得丈夫天上应，苦命夫君在黄泉，丢妻别母实可怜。

三哭丈夫三七来，把郎灵牌安起来，脚下又无男和女，只有你妻守灵牌，叫声我郎哭声乖。

四哭丈夫四七临，我郎阴司莫挂心，忙请道士来做七，又请和尚念经文，好度我夫上天庭。

五哭丈夫五七临，我郎是个读书人，生来一身多正直，死在阴司也为神，哭哭啼啼好伤心。

六哭丈夫六七边，神主牌在大门前，阴间地狱启发你，功劳簿上荐亡灵，把郎安在祖山坟。

七哭丈夫满七边，正是满七不堪言，也是前世未修到，短命夫君去黄泉，你说可怜不可怜？

八哭丈夫百日来，妹妹打扮上坟台，前面祭礼前面去，妹妹后面哭淋淋，我为夫君慢慢行。

九哭丈夫泪涟涟，丈夫孤坟在面前，声声叫郎郎不理，短命夫君苦难

191

言，哭声丈夫哭声天。

十哭丈夫泪涟涟，说尽天边是闲言，哥哥去时我也去，日同茶饭晚同眠，快去阳关写只船。

左思右想难脱身，二人商量把话明，路上有人盘问你，哥哥带妹转家门，万事由天不由人。

二人打扮就动身，叫声婆婆老年人，我到娘家就回转，你在家中莫忧心，多则一月就回程。

一程来到墙角东，只见石榴一枝红，本当摘朵哥哥戴，我郎是个爱花人，向阳花木早逢春。

二程来到墙角西，一对鸳鸯并翅飞，双双飞到天边转，夜来交头宿一堆，你我不过露水妻。

三程来到池塘中，一朵莲花出水红，自古藕断丝不断，而今情深意也深，哥哥也要照样行。

四程来到小河边，河边一对好白鹅，公的前面指引路，母的后面叫哥哥，一公一母宿一窝。

五程来到大江边，叫郎写只好快船，只见前浪推后浪，三面朝月一面天，切莫良心丢一边。

劝姐莫忧姐真乖，好言几句听开怀，万般不由人计较，一生都是命安排，哭断肝肠不转来。

劝姐莫忧姐起身，一炷青香表自心，快请道士来做七，请你烧香我端灵，好伤心来痛伤心。

劝姐莫忧姐转身，手挽姐姐长精神，根深不怕风移动，树正何愁月影斜，谁人敢说娇莲家。

劝姐莫忧姐住声，两眼流泪靠郎身，男人无妻家无主，女人无夫身落空，把你当个亲夫君。

妹妹住在一字街，唱个曲儿开心怀，今朝有酒今朝醉，闷闷不乐为何

192

来，且把忧愁两丢开。

妹妹回头笑盈盈，唱个曲儿列位听，三弦琵琶拿在手，细唱细答果开心，唱的前朝有名人。

正月里来是新春，洪武点兵下南京，前战先行胡大海，大破采石常遇春，梅花开得粉样红。

二月里来是花朝，三姐打扮上彩楼，王孙公子上百万，绣球单打平贵头，杏花开得朵朵鲜。

三月里来三月三，昭君娘娘去和番，手执琵琶三件事，慢慢弹开雁门关，桃花开得红满山。

四月里来养蚕忙，童王娘娘去采桑，过往齐王去打猎，封在宫中做皇娘，茨花开得白杨杨。

五月里来是端阳，刘秀七岁下南阳，姚期马战来救驾，二八星宿闹汾阳，石榴花开正端阳。

六月里来热难当，咬金板斧闹君堂，单鞭救主胡敬德，单通岂肯去投唐，莲花开得萍水香。

七月里来秋风凉，独行千里关云长，桃园兄弟来结义，千里迢迢送皇娘，菱角花开满前仓。

八月里来是中秋，隋炀皇帝下扬州，一定要把名花看，万里江山一旦丢，桂花开得满山稠。

九月里来是重阳，吕布杀死丁建阳，投靠董卓为义子，风仪亭上戏貂蝉，菊花开得满园香。

十月里来是寒冬，秦琼黑夜反山东，老将杨林来追赶，潼关九战魏文通，芙蓉开得朵朵红。

冬月里来小雪天，关公月夜斩貂蝉，关公斩了貂蝉女，周仓旁边笑洋洋，雪花飞散满天飞。

腊月里来是大寒，大寒过去蜡梅香，别州做官刘知远，江边戏求李三

193

娘，松柏长得放清香。

古人几句唱完了，远远望见娘家门，家中有客出来叫，包袱雨伞你捡清，船到岸边要小心。

还了船钱就动身，叮咛嘱咐有情人，回家几日来接我，要到你家看娘亲，还要看看嫂子身。

二人说了分路行，我今不是无义人，你在娘家安心住，改日接到我家门，粗茶淡饭莫嫌贫。

情哥情姐往前行，远远望见我娘亲，想起丈夫死得苦，号啕大哭好伤心，手扯娘衣哭进门。

这本好书《赛海棠》，前传后度到如今，男人莫唱《风筝记》，女人莫唱《赛海棠》，唱了《赛海棠》，不认耶和娘。

朱金平，1962年12月生，庐山市蓼南乡横岭村朱家湾自然村人，上世纪80年代曾在新池中学任教，现任职于武汉中快餐饮管理有限公司。高级商务策划师。

陈林森，1948年生，庐山市一中高中语文教师。中共党员。历任星子县政协委员，县人大常委会委员。系中国修辞学会华东分会会员，江西省语言学会会员，江西省中语会理事，九江市中语会常委理事，九江市作协会员。2001年教师节荣获九江市学科带头人称号。2004年评为全国优秀教师，受到教育部表彰、奖励。

西河戏印象

程光华

在赣北这片肥沃的土壤上，匡庐峰下，蠡水西畔，有一颗璀璨的艺术明珠，怀着浓郁的乡土情结，那便是西河戏。此剧种于2008年列入江西省非物质文化遗产名录。2011年列入国家级非物质遗产名录。

一、源流与戏名的由来

在清道光年间，德安高塘乡艺师汤大乐来到原星子县槎潭汤家，组建了"青阳公主星邑义和班"，开始传徒授艺。他以青阳腔的高腔和江西宜黄腔合演的乱弹腔班为基调，吸收了湖北汉剧的西皮唱腔和赣北部分地区的民间曲调而创成称弹腔戏，后来，随着一些在外学戏的优秀艺人陆续加入义和班，博采众长，逐渐形成了独具地方特色的一种戏曲。该戏以西皮、二黄为主的声腔，乡音俚语浓郁的唱腔道白，程式化的表演，格调古朴的服装道具，形式多样的开台和圆台，以历史为主的传统剧目，充满了地方特色，活跃了庐山市一代又一代的乡亲百姓的文化生活，实不愧为我国地方戏曲中的一朵奇葩。

至于西河戏的名称，是上世纪80年代初定下的。那是1978年，原江西省文化局局长、我国著名戏剧作家石凌鹤先生，来星子县观看老艺人演出，看后，他肯定地说，这是我们江西赣剧的一个支派，它的声腔与赣东北的饶河戏、修水县的宁河戏，似是而非。后来，江西戏剧研究专家从史料中发现，在清代晚期，有一剧种活跃于赣江下游西河分流沿岸，民间称西河班，于是省戏剧研究室便以西河戏定名，认定为江西古老剧种之一，

195

列入了中国戏剧大辞典。

二、浓郁的乡土情结

西河戏是我们庐山市流传最广，影响最大，群众基础最深的一种草根文化。不论男女老少，都喜爱它。上至八十多岁的爷爷奶奶，下至五六岁的黄口小孩，都能唱两句，都想唱两句。每当逢年过节、婚庆乔迁、升学参军、添丁祝寿，各个村庄都形成了"村村搭台，人人唱戏"的浓烈氛围。而每一台戏，都是我们的文化大餐，触动着我们每一根神经，唤起我们对家乡的热爱。

我曾亲身经历过一个事例。那是一九九三年，原星子县蓼花乡仕林村万家，有一位名叫万正泰的台湾同胞，他生于一九二二年，是台北大学教授，当时他七十多岁，带着孙女回蓼花老家探亲。万家全村人为了欢迎这位老先生回来，便请了西河戏班，演了几场戏来庆祝，其中有一出是演"四郎探母"，我扮演杨四郎。演出中，我把杨四郎离别家乡十五年，思念家乡骨肉的心情，演得非常逼真，特别是"会兄""见母""见妻"几折，演得扣人心弦，台下观众不少人流泪，万正泰先生和他的孙女儿更是放声大哭。演出结束后，万先生上台对观众说："今夜的精彩演出，使我太感动了，杨四郎离家十五年，回家探母，我万正泰是离家四十五年，回乡探亲，我要对得起我的列祖列宗。"事后，万先生拿出一大笔资金，重建祖堂，为祖堂撰写了一副对联"百姓皆有祖，万氏岂无宗"，祖堂建成后，万村人把他的这副对联用花岗石刻下立在祖堂大门两侧。万先生还出钱为万村修了一条几公里长的水泥路，名曰：思家路。

西河戏传承年代久远，影响范围广泛。自当年祖师汤大乐创立了弹腔戏，至今已传承了八九代，当年剧目只有三十来出，唱腔也单调简单。后来历代艺师如第二代艺师周自秀，第三代艺师刘敦厚，第四传艺师汤再树、万正榜等，都对西河戏的唱腔和剧本，作出了很大的贡献。仅剧本上，经过自创、移植和改编，到现在已有两百多出了。

三、规矩与变革

自古以来，中国人就重男轻女，这一封建思想也影响着西河戏班，最早的西河戏班规中，是不准妇女登台的。而新中国成立后，我在电影戏曲中，看到了很多妇女登台演出，有时还担任主角，为何西河戏妇女就不能登台演出呢？我把这一疑问向一些老艺人提出来，而老艺师们说这是班规，是祖师爷留下的规矩，不能更改。也许是因为年轻吧，我在一九七九年，牵头组织了二十几个年轻姑娘，排了几场西河戏，准备国庆节演出。这时就有几位老艺师前来阻止，对我说："程光华呀，妇女不登台，这是历代师祖传下来的班规，你这样做，是犯了班规，赶快停上排练，并要向'乐王爷'（戏祖师爷神位）赔罪，如若不然，西河戏要毁于你手。"当时，我向几位老艺师解释说："老前辈，现在是新社会，要破除封建思想，妇女不能登台，这个规矩是错误的，像京剧、越剧、黄梅戏，不是都有女演员吗？有的女演员还担任主角，这些剧种，不但没有衰败、毁灭，反而越演越旺盛。我这次组织妇女唱戏，就算是我对封建班规的一种改革吧。"几位前辈也只好默默无语。在当时，我向乡政府申请过，得到了乡政府的大力支持，演出如期进行，乡政府领导也来观看了这次演出。演出相当成功，台下掌声不绝。演出结束后，乡政府领导上台，与演员们握手，合影，表示祝贺，并且鼓励她们多排多演。我这次组织妇女演出，打破了历代封建规矩，对西河戏的推广和发展，起了很大的促进作用。

四、"梨园会"和拜师仪式

"青阳公主星邑义和班"成立之初，义和班成员和各地弹腔艺人，为了方便联系，便建有"梨园会"。每年到了乐王生日（农历八月廿八日），梨园会全体成员，集中一起唱戏纪念，同时修订班规，选举新班头，交换意见，研讨演技。而如果有新学戏的弟子，也会在这一天，举行隆重的拜师仪式。

拜师时，首先请来乐王菩萨，安放在一张大桌上，摆上鸡、肉、鱼三牲，斟上酒，盛上水果、糕点。乐王菩萨背后有红纸一张，中间写上"敕赐云山会上朝天乐王之神位"，两边写上"琴音童子，鼓板郎君"。桌子中间，放一化妆盒，盒上贴上红纸，写上"金花小姐，梅花小娘"，桌上点燃红烛、红香。先鸣爆，拜师弟子向乐王菩萨下跪叩拜，三拜之后，请上师傅，端坐在乐王菩萨前；弟子双手捧上拜师帖，跪在师傅跟前，求师傅接受，师傅接受拜师帖后，弟子朝师傅又拜上三拜，师傅便起身将拜师帖呈给各位在场的梨园会师傅，签名见证，再由学徒弟子向在场的各位长辈师傅们下跪叩拜。这样，才算是成为梨园会的正式弟子。

五、乐王的传说

乐王菩萨是木匠雕刻的一个俊美的小孩形象，满面笑容，身高一尺八，每次演出开台之前和演出圆台之后，村庄上都会有代表对乐王菩萨作揖行礼。那乐王菩萨是谁呢？乐王是唐朝丞相魏征的儿子。据说，有一次唐王李世民召集满朝文武，在云山梨树园中开会，要文武大臣演戏，并命令魏征丞相领头还要担任角色。魏征把剧中角色分配好后，还有一个丑角没人演，这时李世民哈哈大笑说："那就让我来演丑角。"（所以，在西河戏中，丑角地位最高。化妆丑角先化，戏箱只能丑角坐，其他行当不能坐）大家化好了妆，开了台，魏征第一个出场，他刚一出场，见台下人山人海，心里打战鼓，忙了手脚慌了神，两脸通红，便进场拿了一个鬼脸壳（面具）遮在脸上，手拿一块朝笏，出了场。魏征心慌意乱，竟忘了台词，不知道开口，只好东一蹦，西一跳，手舞足蹈，毫无规律在台上打转转，引得台下笑声一片，甚至有人把铜钱、银币抛向台上，以此取乐。忽然，台下有人大哭，众人一看，竟是丞相魏征的夫人，原来是魏征夫人带着七岁的儿子来看父亲演戏，魏征出场后，这小孩看见父亲在台上带个鬼脸壳，东蹦西跳，便哈哈大笑，谁知笑得不能住口，竟这样笑死了。当时，台下笑声变成哭声，李世民走下台来，见此情景，便长叹一声："悲哉，此孩乃乐中而亡也！"随手将手中的一块化妆黄布遮在这小孩脸上。后来，有人把唐王说的乐中而亡的亡字改为王侯的王字，于是，魏征的儿子便成了乐王。"乐"也寓意着唱戏有娱乐百姓，教化乡民的意义。

程光华，庐山市蛟塘镇人，1947年7月14日出生，曾任西河戏班头、剧团团长，九江市"民间艺术家"，现任庐山市西河戏保护发展研究协会副会长。自1966年高中毕业后，一直从事西河戏工作。

印象庐山

庐山东林寺修复始末

王天民

千年古刹东林寺，始建于东晋太元九年（384年），是我国佛教"净土宗"的发祥地。据史料记载，盛极一时的东林寺，当初规模宏伟壮观，其殿、厢、塔、室、亭、台、楼、阁多达三百余间；布局严整，殿阁繁复，规模恢宏，"足称万僧之居"，仅藏经阁就藏各种经书达数万卷之多。慧远法师在此建莲社，译经文，弘佛法，广招僧徒，影响广及海内外。这里曾一度成为中国南方的佛教中心。就是这样一座著名古刹，在历史上曾经历了千年巨变，屡遭兵燹，废兴迭更。尤其是清末以来，更是江河日下，一落千丈，寺庙冷落，僧人寥寥，康有为曾到此参观，只见破屋三间，引起他无限感叹！

新中国成立后，国家十分重视对历史文物的保护，曾多次拨款对东林寺进行修缮，并于1956年公布为省级重点文物保护单位，使古寺很快获得了新生。但在"四人帮"横行时期，这座著名古寺又再一次遭到浩劫，受到了更为严重的破坏，房屋被烧，经书被焚，菩萨被砸，僧人被扫地出门，有的殿堂成了农药化肥厂的生产车间或库房。一个偌大的佛门圣地，被糟蹋得面目全非，只剩下一座孤塔、几间破屋，满目疮痍，千年古刹，濒于破灭。

大地响春雷，祖国尽朝晖。1976年10月，党中央一举粉碎了"四人帮"反党集团。春回大地，万象更新，全国形势一派大好。在党和政府的关怀下，东林寺再一次获得了新生。

庐山是座文化名山，有着深厚的文化底蕴，众多的历史文物和名胜古

200

迹遍布全境。为了切实加强对这些珍贵资源的保护和管理，在粉碎"四人帮"以后，庐山的有关部门，根据上级的统一部署，对全山的历史文物认真进行了普查。因庐山的重点文物单位较多，省文物主管部门亦派人参与了这项工作。

1978年春，庐山管理局和省文物主管部门，根据文物普查情况和庐山文化部门意见，确定把修复东林寺和白鹿洞书院等重点文物保护单位，作为庐山文化部门当年的工作重点。省文物部门当即拨出专款17万元，用于首期维修工程的费用。

1978年初，庐山管理局设立文化处，我被派去主持工作。当时的庐山文化处，在上级的正确领导下，集中力量，积极展开了各项筹备工作：

一是组织力量，建立工作班子。下决心从处机关和处属单位抽调部分干部到一线去工作，首次抽去的干部职工有处机关王炳如（办公室主任）、周家驹；博物馆陈琳（馆长）、鞠静维；文工团孟昭学（团长）、孙其林；701电视台李远栋（台长）……

二是办理交接手续，收回被占用的房屋、山林和土地，处理好接交过程中的相关问题。如公社农药化肥厂的搬迁问题，被占用的山林土地问题。

三是请回东林寺原住持果一法师及其徒弟常志和尚，以便更好地发挥他们在寺庙修复和管理中的作用。

四是大力收集东林寺被散佚的历史文物及有关资料。

五是制订修复规划，搞好设计施工，落实施工队伍和专门技术人才。

经过几个月的紧张工作，整个筹备工作基本就绪，从福建惠安请来的一百余名施工人员也已于9月初到达现场，为1978年9月10日正式开工创造了条件。

在整个修复过程中，从党委分管领导到文化处所有参与这项工作的同志，都能尽心尽力地投入工作，遇到困难，都能迎着困难上，主动想方设法解决。当时最大的困难是修庙需要粗大的木料，而在市场上却无法买到，但在大家的努力下，通过各种关系，在靖安、修水、武宁的深山里解决了。另一个大难题是庙修好后，里面是空空的，佛像、神案、帐幔、法器都没有，但在国家文物局和省文物主管部门、政府宗教部门的帮助下，通过大家的努力，使问题逐个得到了解决。

东林寺修复工程，从正式开工到1979年6月底竣工，历时270天，共完成修复面积1184平方米，新建面积770平方米。新建项目有神运殿、护法殿、外宾接待室、厨房、公厕、山门、内外围墙等。维修项目主要有三笑堂、念佛堂、十八高贤堂、慧远墓、藏经阁、聪明泉、虎溪桥等。除此，还重塑了大殿佛像，重刻了十八高贤的石刻像。修复后的东林寺，高耸巍峨，粗具规模。庙内金碧辉煌，端庄典雅，令人耳目一新，为今后的完善和发展奠定了基础，亦为庐山旅游事业的发展作出了新的贡献。

王天民，1932年11月出生，江西靖安香田乡田里王家人。曾在江西省总工会和庐山温泉疗养院工作，后任庐山文教卫生局局长、园林处处长，省审计厅驻庐山管理局审计处处长等职。著有诗词联文集《咏庐》，有书法作品被毛主席纪念堂管理局收藏。

在开发三叠泉、五老峰的日子里

王天民

在1981年8月初的一次庐山管理局党委扩大会上，局领导提出把开发三叠泉、五老峰作为当前景点建设的重点，并要求我们立即组织力量开展工作。根据这一意图，从8月中旬开始，我们先后召开了多次座谈会，邀请了上海、浙江、山东、广西桂林等地的专家学者上山讲学，广泛听取了各方意见。在此基础上，集中了十余名专业人士（曹孝炎、欧阳怀龙、杨建国、王炳如、卫勇、王书沐、杨志中、黄润祥、杨豹、熊元生、熊梦希、夏正民等）于9月8日进入距三叠泉、五老峰最近的庐山育种站，现场办公，实地进行规划设计、测量勘探工作。当时，参加这项工作的人热情都很高，吃住都在育种站，白天黑夜整日忙工作，生活艰苦，大家毫不计较，只用10多天就初步完成了从五老峰山门至三叠泉一叠口的规划设计、选线钉桩工作，并开始组织力量进场施工。这段时间，当时的管理局党委书记陈锦章曾多次到现场参加活动，同大伙一起探讨开发方案，具体指导工作。许多同志的深思熟虑、远见卓识对搞好规划设计起了极为重要的作用，集中起来有以下一些观点：

1. 要把这里的自然景观、人文景观、地质科学景观、植物景观有机地结合起来，形成综合性的艺术景观效果；

2. 开发原则：一是要保持原有景观的山林野趣和原始的自然风貌，在建设上要使景区增色，不使其减色；二是要便于游览；三是要留有余地，宜小不宜大，宜少不宜多，宜藏不宜露，文章不要做完，好话不要说尽；

3. 要把握景区特色，在这个基础上考虑意境。当前很重要的工作是选线，要明确每段道路突出什么，五老峰一至五峰要突出险，五老峰至日照庵要突出秀，日照庵沿河涧至一叠口的便道突出灵，三叠泉的一叠口突出奇；

4. 日照庵至一叠口沿溪的游览便道是两个高潮的衔接点，有奇峰、怪石、溪流、幽谷，秀丽多彩多姿，其特色是水，水有白色、黛色、青色，形态各异，声音也是多种多样的，主要应体现溪流景观，以溪流为主，兼顾山石、人文、植物，形成一个综合艺术体；

5. 珍贵树木园要有美丽的外貌、科学的内涵，要把庐山的珍贵树木集中在这里，显示庐山树木的特色，必须品种要多、数量要多、规格要大、姿态要美、层次色彩要丰富，季相有变化，形成群落。五老峰至日照庵搞个绿色林带，改变现在的荒凉杂乱状态，不宜搞成公园式，建筑也不宜多，道路的处理要适当，入口处只要设个标志，不需要建大门；

6. 年初开工建设的登峰门比例失调，门顶的形状不好，要补救，要完善，要充实内涵，周围环境及门前的停车场均需整修，使其与大环境相协调。山上的亭子也不宜多，更不宜大，只能起点景作用，为了突出五老峰的险，可修点岔路，即盲肠小道；

7. 要充分展示本景区的历史文化遗存，包括名人遗迹和摩崖石刻，修复李白读书堂，建立纪念馆，整个建筑要古朴、粗犷、有野趣。

这些观点在整体规划和单项设计中都得到较好体现，因此很快就得到了管理局领导的认可。随后便立即组织施工力量，成立现场指挥班子，于10月底全部人马进入工地，吃住都在现场。当时确定的目标是力争在1985年五一节前完成如下四项工程，以实际行动迎接来年暑期的接待任务。

第一项工程是从日照庵沿河涧至三叠泉口的览便道。这里景观丰富、变幻莫测、多姿多彩，是整个景区建设的重点。道路全长3000余米，为了便于游览观景，整个路沿着溪流走，路形时隐时现、时高时低、时左时

204

右。有数座各种形式的石桥穿过溪流，其中汀步桥和石拱桥各两座，还有四条支路，总投资达15万余元。

第二项工程是五老峰登峰门的改造及其周围环境的治理。首先是在原基础上改进登峰门的造型，提高品位，充实内涵，使之雄伟壮观引人入胜；其次要整修好停车场和服务点公用厕所，使之与整体环境协调一致。

第三项工程是珍贵树木园。这里是通往五老峰和三叠泉的连接点，地理位置很重要，但当时这一大片土地已成荒地，杂草丛生，树木很少，严重破坏了周边景观。为了解决这个问题，使三叠泉、五老峰真正成为拳头景区，管理局领导下决心，利用这近百亩土地，建立一个环境优美便于游览参观的珍贵树木园。经与育种站协商，双方签订合约，条件是接收十名农工。为了减少建园资金投入，我们只组织了一支人数不多的专业队伍，具体负责筹划，选购树种树苗，指导种植，搞好日常管理。与此同时，管理局领导还多次动员全山干部职工参加义务劳动，各单位积极响应，浩浩荡荡进入工地打洞植树，挖沟排水，结果在短短的几个月内，就完成了近80个品种1万余棵珍贵苗木的植树任务。

第四项工程是从五老峰"目无障碍"经珍贵树木园至目照庵的游览便道。有了这条路，便把五老峰与三叠泉连成了一线，大大方便了游客，可以不走回头路。这是一条新选的线路，施工难度比较大，但在大家的共同努力下，仅用两个月的时间，这条2000多米长的台阶路，就全线修通了，取得了比较令人满意的效果。

时光易逝，韶华难留，回首往事我感到欣然。我在庐山的宣传、文教卫生、园林等部门工作了近20年，有幸为宣传庐山、为庐山的文化教育卫生事业的发展、为东林寺和白鹿洞书院等名胜古迹的修复、为庐山的园林景点建设和旅游事业的发展做些工作，出点力，作点贡献，感到特别欣慰，非常自豪，无怨无悔。

老军人刘奇解放时接管庐山美庐别墅的回忆

口述：刘奇

记述：陈岌

世上有很多事情，都是在不经意中相遇相知的。

今年5月23日在庐山大厦，就是在不经意中巧遇庐山解放时，接管庐山的原四野老军人刘奇先生与他的家人。

有首歌叫作《遇上你是我的缘》，再听到时仿佛就是为我们这次偶遇而作，变得更为亲切与自然。然而更让人激动的是老人年近九十高龄，依旧精神矍铄，虽步履有些不便、耳有些背，但记忆清晰、思路顺畅，仿佛可以看见七十年前的少年军人那意气风发、风华正茂的样子，与他交谈间这种气氛自然而来，冲击着围坐在他周身的我们。

我们的交谈是从二十年前一封信开始的。

首先让我震惊的是老人家未语泪先流。一见面，老人立马从怀里掏出略显泛黄的信封，还没有来得及打开，双眸里充斥着泪花，一句"老表"脱口而出，随后在哽咽中颤巍着双手将信递给我并说："来晚了，实在是走不开。"从未见到过这般阵势的我，也一时手足无措、无言而对。此时，刘奇老人的大女儿吴岩女士为我化解了尴尬，并解释说："本来是要参加庐山解放五十周年的庆典活动的，由于我母亲身体一直不好，去年她老人家病逝后我父亲才得空。我们子女要他四处走走散散心，他老人家说哪里都不去，一定先要上庐山来看看。"当我打开这封如新的信笺时，看到了这样的文字：

刘奇同志：您好！

来信收悉。得知您五十年前庐山解放时曾在庐山工作生活过，并且时隔多年仍然如此关心和支持庐山。对此，我们表示由衷的谢意！

对于您想来庐山参加庐山解放五十周年庆祝活动的愿望，我们十分欢迎，但是由于您的来信经过辗转周折，于近期才收到。我山已于日前举办了庐山解放五十周年庆祝活动，故无法及时邀请您前来出席，实为一件憾事，请见谅。

庐山解放五十年来，在各级党委和政府的正确领导下，全山人民努力奋斗，庐山顺利实现了从疗休养到发展旅游业的战略转轨，旅游经济健康发展，社会面貌焕然一新，在国内外享有盛誉。我们真诚地欢迎你（您）随时来庐山参观游览、提出建议，提供有关庐山的历史资料。我们相信，您的到来将会大大促进我们对庐山历史的进一步了解，促使我们更加有效地做好庐山的建设、保护、管理工作。

祝您身体健康，万事如意。

庐山永远欢迎您！

江西省庐山风景名胜区管理局

一九九九年五月十八日

老人家动情地说："这个写信的人让我很感动，多亲切呀！"在常人看似普通的一份回信，在老人家的心中却是那样的沉甸甸。

这封庐山管理局的回信，是因刘奇老人家1999年在《解放军报》上发表的回忆文章《1949：接管庐山美庐官邸始末》而引发的。这篇近三千字的文章发表后，被各大媒体纷纷转载，成为当时的"网红"文章。同时，文章也表达出刘奇老人有意参加庐山解放五十周年的庆典活动的愿望。世事难料，这一耽搁就是二十年光景。也许是老天的有意为之，才使我们有此机缘得以见到这位身经百战的革命老军人，面聆他那声如洪钟般的教诲，共享他那段"忆往昔峥嵘岁月稠"的奋斗人生。

老人家心态稍有平复后，与我们娓娓道来他接管庐山美庐以及在庐山的经历：

1949年我们在四野四十三军军长洪学智的率领下南下的。我是四十三军129师385团政治处的宣传员。在渡江战役前四野的四十三军与四十军合编为第十五兵团，当时的四十军军长是韩先楚。我们是5月15日从湖北的广济（今武穴）田家镇渡江的。开始在湖北的阳新叫人"老板"，到了瑞昌后就叫"老表"。我们到达九江后，住在当时的法院的地板上，天天下着小雨。停留了五六天，看庐山就是个"大馒头"。5月24日我们接到命令，接管庐山的驻防。我们是从莲花洞的好汉坡走路上山的。抗战时期被称为"铁帽子"连的二营五连一个连和我们政治处主任郭文声、政治处宣传干事郎慧林、宣传员董秋波以及我四个人是一起上庐山的。五连之所以叫"铁帽子"五连，是因为他们都带着铁质的钢盔，在抗战时期骁勇善战，让鬼子闻风丧胆。

我们插话道："根据记载庐山是5月18日解放的。是当时的黄冈军分区第十四团团长马启春与第十三团政治处张钟带领一个班的兵力解放庐山的。"我打开手机找到收藏夹中的一张5月25日在庐山图书馆门前的合影给他看，并将照片上的"一九四九年五月廿五日，旅行江西庐山摄影纪念"一排字读给了老人家。此时，兴奋的情绪悄然浮现在老人沧桑而又充满着青春气息的脸颊上。老人家接着回忆道：

我们24日上庐山后，住在庐山管理局大楼里。带来了一台美式的大电台，当即就架上天线，收到了5月17日上海解放的消息。这是我们最为兴奋的，这么大的城市都解放了。27日，我们就进入美庐官邸进行查封。

查封美庐的那一天正下雨，然而丝毫没有影响胜利者的豪情。一进去是个很大的院子，很开阔。院后有大树，没有灌木林，这样有利于安全保卫。这边（老人挥起右手）有一块马铃薯地，开着小白花，花蕊是黄色的。只见大门右侧的岗亭空空荡荡，用藤竹制作的两乘滑竿，整齐地依靠在甬道尽头右侧的墙壁上。与我们四人一起进去的还有一个投诚的胖警察。我对这个胖警察印象非常好，就是他主动交给了我们一只象牙。象牙不是白色的，偏黄色，不是直的，带有一点弯曲，上面还刻有花纹，大概有这么长（双手比画着五十厘米左右）。

说到这里不仅老人兴奋了，更调动了我们的兴奋点。我激动地告诉老人家："是的，这根象牙现在保管在庐山博物馆，我见过。一共有两根，一根大的与一根小的。是抗战胜利后盟军送给蒋介石的，有机会一定能看到。"

哦，那敢情好！二楼铺着地毯，龙凤花纹的，很大。对着大门的是卧室的小门，里面并排放着两张大弹簧床，床侧各有一小型木柜。过道的左侧是作战室，墙上有展示地图的位置，一个长条桌，周围有靠椅。往里走看到一个稀罕的房间，我们看到墙壁上方端端正正地悬挂着耶稣基督受难致死的十字架，地面放着做宗教仪式的斜面垫板，垫板上支撑着一张桌面。胖警察对我们说：蒋介石吃了败仗，跪在这里做祷告。随后，我们上了楼，在楼上找到了一盒类似现在的名片，上面写着宋美龄的字样。当时想拿一张做纪念，但是不敢拿。因为我们是有纪律的。你看看，那个胖警察都会主动地将象牙交给我们。毛主席、朱总司令在我们南下时下发了一个"约法八章"，要求我们这些接管部队必须遵守执行。这个警察很有觉悟，做到了。

此时，老人家的情绪也舒缓了很多，端起摆在面前的庐山云雾茶，淡淡地品呷了一小口："好香啊！"我接话道："是不是像电影《南征北战》中那样说的，又喝到了家乡的水啦！"老人家情绪也高涨起来，接着说：

江西应该是我的第二故乡，我也是"老表"，虽然我在江西只有五个月的时间。我们从庐山下山后，沿着南浔铁路继续南下，当时我只有18

岁。我记得沿途有黄老门、德安、青云谱等小车站。我们一路南下都是靠双脚走过来的。铁路的确难走，枕木走一块一步不够，走两步又觉得不舒服。不过比起下庐山好汉坡那是要好走很多。上庐山走的是比较轻松的，可能也是与我们心情有关系。我们都知道庐山是国民党的夏都，又是有钱人与外国人住的地方，太有名啦。下庐山时我们只能这样走。

腿脚有些不便的老人家站起身来，学着当年的步伐给我们看，仿佛还是他当年的那个模样。这个极为简单的动作，着实我们在座的几个年轻人吃惊不小。老人即刻将我们带入了他那"激情燃烧的岁月"里，让我们共同分享着他那"革命者永远是年轻"的烽火年华。虽然我们几个倾听者中最小的也已年近半百，在老人家的面前还是晚辈、下一代。现在的我们自以为比他们有知识、有理想、有眼光、有追求，可是，我们又有多少人能够懂得他们那代人不忘初心的追求？又有多少人能够理解他们那代人的理想与信念？又有多少人能够走进他们已经不再年轻的内心深处？

我们几人赶忙将老人搀扶到椅子上坐下，请他喝口水稍事休息一下再讲。话匣子像是被打开，一时难以停歇。老人家接着说：

到南昌后没有停留，继续向西走。一路经过万载到大庾岭进入广东。万载的特产是鞭炮，我在报刊上看到说好像现在那里的百合也很有名。我是在万载入的党，所以我对江西这个红色革命根据地还是很有感情的。

从这几句朴实的话语里，让我们真正地体会到了什么是"第二次生命"。什么叫作"再生父母"。江西，为什么在老人家的心里是"第二故乡"？说到这里，老人炯炯有神的眼眸里，充满了幸福、甜蜜而又带着满满的感恩情愫。也许他老人家在座的子女，与老父亲时间待长了，听多了，难以察觉。而坐在对面的我们，从他老人家那一瞬间的眼神里，我们清清楚楚看到了什么，也明白了些许……

"您能不能再给我们回忆一下，您在庐山的经过。"此时，我们像是带着任务般的使命，迫切地想知道庐山刚解放时的情形，担心老人家的思绪离开庐山而停留他处。于是，很不礼貌地打断了老人家继续"南下"的话题。

我们上了庐山后，把美庐贴上了"中国人民解放军第29师封"的封条，并盖着长方形大红关防大印。在庐山也不敢到处走。不是其他的原因，是因为纪律有规定。一天我和郎慧林、董秋波三个人一起出来，路过一处有十三个国家孩子的学校门口，外国小孩们都跑出校门看着我们，我们几个都不敢接触，更不敢进去看看。这所学校离我们住的管理局大楼不远。（我们根据老人家的说法判断，此处应该是当时的英国学校，即今天的庐山第一小学校。）国民党励志社招待所在冯玉祥别墅，别墅在吗？（我连忙搭话说：还在。就是周总理在庐山开会时住的别墅隔壁、美庐的对面，待会儿我们一起去看看。）我们刚刚上庐山时，天气好冷，就是励志社的人给我们送来了毛毯盖，我印象非常深刻。当然，我们离开庐山后，这些东西都原样给他们送了回去。最有意思的是，我们一上庐山就有一个很有身份的人，听说是张学良的秘书长给我们送了一块猪肉，就是那个屁股肉，我们叫"后臀尖"。我们一路南下过来，沿路都是老百姓给我们送慰问品，馒头、鸡蛋啦什么的，没有想到在庐山有人会送猪肉。猪肉是多好吃的东西呀，当然我们没有吃又给它送了回去。解放军有《三大纪律八项注意》，这首歌你们会唱吗？

老人此时轻轻地哼唱起来，我们也附和唱着："革命军人个个要牢记，三大纪律八项注意。第一一切行动听指挥，步调一致才能得胜利。……"稍作停顿后，老人家从上衣口袋里拿出一张报刊上剪下来的庐山合面街的老照片，指着上面说：

我在这里的书店里，买了一本上海出版的地图册。后来我走到哪里，就在地图上圈到哪里。书店的老板很有意思，我对他说：我没有银圆只有人民币，你收吗？老板说：可以。刚解放在庐山就收人民币，可见当时庐山人的觉悟是很高的，也有文化。

这时，我开玩笑地说："那本书留到现在应该是文物了。那位老板您还记得他的模样吗？"老人无奈地摇了摇头。老人的大闺女吴岩女士接着话茬对我们说："我爸曾经给我们说过，为什么是带着他们四个人接管美庐。是因为他们有文化，怕那些没有文化的士兵把这些东西破坏、糟蹋了。我爸在老家是上了一所由抗日名将孙立人资助开办的'东北新华中学'，读了一年半，后来老家解放我爸就参军了。"老人家接着说："我只是初中一年半，没有文化。你看看那个美庐的胖警察，他真的是有觉悟的。我对他很有好感，那个时候又不能表现出来。""他们那一代人，虽然信仰、党派不同，但是人性中光辉的亮点是互相欣赏、钦佩的。"吴岩女士接着说道。老人此时不经意地点了点头。

我们在庐山还接待了两个人去美庐。两次将封条贴了又撕，撕了又贴上。一个就是你们江西省的省长邵式平。邵式平是与方志敏一起参加革命的，赣东北出来的。他是从北平现在叫北京，坐火车到南京，再坐国民党投诚的兵舰到九江去南昌赴任，到九江后可能是坐汽车到莲花洞然后上庐山的。他很胖，个子很高、块头很大。邵式平与我们在管理局驻地讲了一次话。他好会抽烟，烟瘾也大，一手拿着烟，一手比画着说："你们看看我这样，是没有办法自己走上来的。我就是从好汉坡坐滑竿被抬上来的，两块大洋。不要怕别人说我们共产党人是剥削阶级，要实事求是、讲真话。"我对他这些话印象非常深刻。还有一个就是127师的师长，他最有意思，一进美庐卧室就在床上打了一个滚。我们当时都被他这个动作吓着了，我们是不敢打滚的。

说到这里，老人家开心地大笑起来。老人笑得是那样的天真，有如童稚般的淘气与无邪。我们无不被这个笑声所感染、震惊。老一代共产党人对胜利的喜悦依旧写在脸上，对往事的记忆只有那些胜利的时刻，依旧深深地镌刻在内心……

时间在不知不觉中就过去了近两小时。此时，庐山大厦董事长黄志先生主动提出亲自开车送老人家去冯玉祥别墅、美庐等地看看。车上无语，车停在了冯玉祥的443号别墅前，老人缓缓地下车四处看了看，无奈地说："不是这里。"此时，吴岩女士说："他那时只有18岁，记忆还是停留在以前的，可能那时候的印象与现在完全不一样了。再说，七十年物是人非，变化也大。"老人略显沉默，似乎有些失望的感觉，我们接着上车直接到了美庐。我提议让老人家从参观的入口处进去，让他慢慢感觉美庐，担心他老人家过于激动，毕竟已是耄耋之人了。

我们一行随着人流走进美庐，带着老人从侍卫室的位置走进院子。当走到原来的大门处，我们问道："您当时是从这里进来的吗？"老人家有些茫然地说："这不是我们接管的美庐，蒋介石应该还有一处别墅。"我们边走边与老人介绍说："围墙外以前没有公路，是1953年庐山通公路后才修建的。以前美庐别墅进门处也改了，从老照片上看，1938年日军占领美庐时，大门的入口就在我们站的这里，进楼的台阶还没有改成现在这种十字架样的，应该是解放后才改成这样，所以您老也难以找到过去的感觉了。再说院内的环境也发生了变化，树木经过七十年也长大了，但是环境布局都没有变。我们去室内再看看吧。"

老人迈着有些匆忙的脚步登上门前台阶，此时他的小闺女喊了一声："爸，回头。就在美庐石刻这里照张相。"老人停下脚步回过头来，站在栏杆侧看着相机。这时又一次让我们看到了一个革命军人的姿态，刹那间让我想起曾经读过的方志敏《可爱的中国》中那段话：

假如我不能生存——死了，我流血的地方，或者我瘗骨的地方，或许会长出一朵可爱的花来，这朵花你们就看作是我的精诚的寄托吧！在微风的吹拂中，如果那朵花是上下点头，那就可视为我对于为中国民族解放奋斗的爱国志士们在致以热诚的敬礼；如果那朵花是左右摇摆，那就可视为我在提劲儿唱着革命之歌，鼓励战士们前进啦！

这虽是张普通不过的生活照，但老人的站姿、神态提醒着我们旁观者，这就是他们那代人不惜生命，为民族解放事业奋斗的群像、群雕。

老人走进室内，一句话都没有，眉头紧皱着，四处看着仿佛在寻找着什么。参观卧室时他说："不是这样的，蒋介石一定还有一处别墅。"无论我们怎么解释，老人家还是用那样坚毅的口吻肯定着，无论如何也不相信这就是他七十年前来查封的地方。由于二楼不对外开放，我来到美庐办公室找到了总经理高志平先生，他的父亲是解放后第一批走进美庐的平民，也是第一代美庐的"守护者"。当他听到是这位老人时，欣然地带我们一行人，从另一处小门走上了二楼。我此时也信心满满，相信老人一定能记起来这个就是他当年来查封的美庐。当来到二楼看过后，情况依然如前。老人那种失落的感觉，一下子将我们打入了情绪的低谷、无助的深渊。

从美庐别墅出来后，老人站在门前的石板路上，与我们一行人讲起了他去过的另一处359号熊式辉的别墅的故事："别墅旁边好像还有一个游泳池，在一处蛮高的山坡上。一进门的客厅里有一架大钢琴，我就用'单打一'弹了一个《没有共产党就没有新中国》的曲子。'单打一'，就是用一个手指头弹琴。"说完，老人发出一阵朗朗的笑声。"那好，我们就去359看看吧。"黄志先生应答道。我赶紧告诉老人家说："非常可惜呀。那栋别墅还在，朱德、康生在庐山开会时都住过。只是您说的钢琴肯定没有了，我们也不能看到您故地重游时，再'单打一'的表演了。"

告别高志平总经理后，我们边走边聊，老人一扫参观美庐时的不快，说道："熊式辉是你们江西实力派的人物。抗战胜利后蒋介石派他去东北当一把手，就是东北行营主任。那时我们东北的孩子都知道他。"上车后，我与吴岩女士再次谈起了老人为什么不认为这里就是他贴封条的美庐。她说："我爸那时年轻，记忆肯定是深刻的。但是那个时候的记忆与现在一定有误差，况且经过了七十年。"我接着与她说："美庐在1959年毛主席来庐山开会住在这里时，室内的布局、色彩都有所改变。再说这里住过宋庆龄、郭沫若、十世班禅等名人，变化是肯定的。即使是这样，外部的环境应该是不会变的，为什么他老人家认为肯定不是这里？真的有些难以理解。"我们都沉默了……

不一会儿我们的车就停在了359号别墅的台阶前。院外的铁门紧闭着，好在没有上锁。看看门房里也没有人，我们也自以为对这里熟悉，就直接打开了铁门带着老人上了台阶。

老人此时的眼里透射出兴奋的眼光，"对，这个就是熊式辉别墅。"到别墅的台阶有几百级且有些陡峭，老人手中的拐杖没有发出敲击地面的"咚咚"声，他竟然走到我们的前面去了。吴岩女士紧跟后面叫道："爸，慢点儿。这条路都走了七十年，不在乎这一时半会儿。"老人显然有些不服老，回答说："以前走这样的路，就像走平路一样。"走上台阶后，由于门都是关着的，我们只好坐在了门前的石质护栏上，老人再一次说起了他在这客厅里"单打一"的故事。黄志先生立即联系主管单位的负责同志，可惜的是看护这里的人不在，一时半会儿也回不来。我们都觉得对不起老人家，老人却依然沉浸在回忆中，情绪一点也没有受到干扰，并安慰起我们来了："就不要麻烦别人了，人家一定是有纪律或者有事。我们在这里坐坐就可以了。"气氛一下子安静下来，我们在相互对视间，各自听着对方的气喘吁吁声……

离开这里后，我们在庐山大厦共进了午餐。席间，我说："这次老人家来庐山，觉得今天有两件遗憾的事，一是竟然忘记了在美庐别墅引导老人家看蒋介石'美庐'石刻；另一个就是359号熊式辉别墅没能进去看看。"老人与家人都很客气地说："这就非常麻烦你们了，谢谢。如果不是机缘巧合，我们也没有办法遇到黄志先生与你。还是要谢谢你们，谢谢庐山人的豪爽与厚道，没有把我们当作外人、游客。""不过，什么事情都不能追求完美，完美在现实中也是不存在的。留下一点遗憾，也就是说

215

欢迎您与您的家人再来庐山故地重游，弥补遗憾。"我们应答道。"谈笑间，樯橹灰飞烟灭"。短暂的饭局在无拘无束、无问东西来处中结束了。老人在小闺女的陪同下，准备离开午休去。

看着老人慢慢地站起来，在小闺女搀扶下缓缓离开的背影，我陡然间脑子里闪过一个非常熟悉、亲切而又久违了的身影，那就是我的父亲……

己亥端午、高考首日，完稿于浔阳江畔家中

口述人：刘奇，男，辽宁鞍山人。1931年8月生。1948年入伍，曾任中国人民解放军53209部队政治部副主任，1975年转业。曾任鞍山市广播事业局党委书记兼广播电台台长，后调任鞍山市委。

记述人：陈发，男，庐山牯岭镇人。1963年3月生。庐山图书馆副研究馆员。

中南军区干部子弟学校在庐山

陈晖

【题记】人生总有许多机缘巧合，把分散在各个角落的人和事串联起来。朋友90余岁高龄的父亲从2013年开始自费撰写《庐山百年教育》，2016年邀请我先生一起参与，我也帮忙收集有关资料。那时书的初稿已出，中南军区干部子弟学校在庐山只有短短的两年多时间，是资料不全的几个学校之一，所以我一直在留意收集这些学校相关的材料。2016年5月中旬，我在微信朋友圈里关注到署名月半制作的《相聚庐山》的相册，这是该校老校友重返庐山后制作的，我看后既感动又兴奋，遂委托朋友找到他们的联系方式，最终找到组织者梁宁宁老师。他通过邮箱发给我一套他们在庐山就读时的照片，还寄了一套他们的回忆录《难忘少年时光》给我。因而中南军区干部子弟学校在庐山的历史算是全了。

中南军区干部子弟学校（建校时名为东北民主联军南岗干部子弟学校）成立于1947年，后随军从东北的哈尔滨到天津、汉口、庐山、武昌，部分一直到达广州。1949年9月随军迁往武汉，1949年10月学校部分干部、学生及教职工随迁广州。因抗美援朝战争爆发，为了学生的安全，1950年12月学校迁至庐山。朝鲜停战后，因学校所有物资需求都是人工背上山以及气候原因（冬季太冷封山），庐山不再适合继续办学，1953年2月学校迁往武汉。

学校为师级单位，学生们吃穿用品全部由学校供给。学生们穿统一制作的校服，夏秋是米黄色卡其布的套装，戴船形帽；冬季是咖啡色呢夹克。学生伙食有专门的营养师制定食谱，有会做西餐的炊事员。学校自己养了猪和奶牛，牛奶自给自足。在庐山时期，学校经费和物资都由中南军区后勤部供应。除一小部分薪金制职工外，绝大部分教职员工和全体学生，都享受供给制待遇，学生按战士标准，教职工按职务级别。

学校组织结构完整，设有校部、教导处、保育处、总务处、卫生所、小学部和幼儿园。庐山时期校长是谭政大将夫人王长德，李振潭任副校长兼党支部书记，李咏南任教务处主任。因学校驻地的自然环境以及当时社会环境比较复杂，特别从中南军区警卫团抽出一个加强连负责学校安全警卫工作。学习大部分教职工是从四野部队调来的现役军人，还有一些是陆续从地方选调来的知识青年。

学校的学生是在第二次国内革命战争时期、抗日战争和解放战争以及抗美援朝战争中军人的孩子们，有的是烈士的后代，也有党政军主要领导干部的子女。孩子们进校后就学习自己料理生活。除正规的小学课程外（语文、数学、地理、历史、自然课、美术、体育），学校每学期会组织营火晚会、音乐会、故事晚会，进行野外活动、举办田径运动会，还开了手工课，高年级开辟小菜园。学生们每周看2–3场电影。学生成绩采用的是苏联学校的五分制。在庐山时小学有11个班，从1951年开学典礼合影照片上看共有学生524人，教职工144人（1950年7月在汉口的合影学生424人，教职工63人）。在庐山期间有第一届（6人）和第二届毕业生（49人），毕业生参加北京、武汉中学入学考试，成绩优秀，大部分被最好的中学录取。

学校在庐山校址为传习学舍（现为庐山大厦）、庐山图书馆（现为庐山抗战纪念馆）、庐山大礼堂（现为庐山会议旧址）、原牯岭美国学校校址（现龙浩假日酒店）。其中传习学舍为一至四年级宿舍和教室；庐山图书馆为校部办公楼及女生宿舍，庐山会议旧址二楼为学校礼堂，一楼为学生食堂；围绕这三大建筑是学校的大操场；与传习学舍一条小溪相隔的牯岭美国学校旧址在外国人撤离后成为五、六年级的宿舍和教室；庐山管理局把河东路旁的几栋别墅划归学校使用，分别做学校幼儿园、卫生所和总务处用。幼儿园旧址是中八路359别墅，即朱德别墅；卫生所在南京军区171庐山疗养院院内，现已经拆除，当时在卫生所上班的大部分是日本人，1952年他们全部回国；总务处是中九路三号别墅，即胡志明别墅，这也是庐山唯一一栋外国元首居住过的别墅。1953年，学校迁回武汉时，一部分房产交给了中南军区第一高干疗养院（现为南京军区171庐山疗养院）；一部分房产交中央办公厅和江西疗养院，庐山房产局只接收了几栋房子。

当年对学校搬迁至庐山事宜，中南军区和学校制定了周密的计划和细致的准备，对教职工和学生进行了动员和分工。时值冬季，出发前，学校给每位学生发了两条连在一起的白毛巾，既可以当围巾御寒，也是学生上山时的统一标记。大孩子每人还发了一个竹编的大斗笠，用来避雨。学校派了一个先遣队在九江码头和庐山脚下的莲花洞设立了转运站，进行各种先期准备，然后师生们分批次从汉口乘坐轮船到达九江，再用汽车从码头把学生拉到庐山脚下，然后沿着一条很窄的石板路上山（其中有一段叫"好汉坡"，坡很陡）。高年级的学生在老师、阿姨的带领下，自己慢慢地步行，有些体质较弱的学生可以坐轿子，年纪小的学生则由"背夫"背着上山。每批学生都有老师、叔叔、阿姨或者警卫战士陪伴，以确保安全。

高年级的几个班是在牯岭美国学校搬走后迁进去的，牯岭美国学校的条件比较好，室内都是木地板，床都是单人床。教室除了上一般课的固定教室外，有专门上美术课和音乐课的教室，音乐教室配有钢琴和脚踏风琴。室外还有大操场、篮球场、排球场、棒球场和网球场。另外还有单杠、双杠和跳高、跳远的沙坑。美国学校撤离时留下了一个生物标本室，里面有很多兽类标本、植物标本、昆虫标本，制作水平很高，另外还有一些制作精良的舰船模型。学校还有留下的一些雪橇，因而不少同学学会了滑雪橇。传习学社和牯岭美国学校之间有一条小溪，当年的水量很大，河道中布满了鹅卵石，有大大小小的水潭，有的有几米深，潭水清澈见底。夏天，同学们常在水潭中跳水、游泳，或躺在大石头上晒太阳，水中有成群的小鱼在游泳，石头下面有不少螃蟹。

在庐山，学校采取的是封闭式教育，但老师们也经常组织学生们到校外去游览或写生，庐山的自然和人文景观参观了不少，如含鄱口、五老峰、三宝树、乌龙潭、植物园、花径、美庐等。那时庐山的生态特别好，野生动物比较多，学校的警卫连日夜值班，警卫连战士还真遇见过一只老虎在学校墙外游逛，他们也曾抓过一只金钱豹。周日，老师和阿姨们会带着他们去逛牯岭街，街上有书店和照相馆，还有许多小商店和零散的小商贩。在商店和小货郎担子里，有学生们喜爱的粑粑糖、冰糖、黄油球糖，还有梳子、小镜子、擦脸油、发卡、手电筒等小商品。

在庐山的那几年，男孩们在课余时间流行打克郎球，还常在竹竿的顶端绑个用纱布做的口袋，或绑个铁丝圆圈，再在铁圈上粘上一层层蜘蛛网，去捉蜻蜓、蝴蝶、知了，或者在草丛中捕捉各种小昆虫，再用大头钉钉在厚纸板上，自己做标本。学生们还用木头和陶石制作手枪、小船、陀螺，用彩色观音土雕刻山水盆景，在地上拍纸三角、玩弹弓，或用竹片制作宝剑，再从树上采来桐油果，挤出桐油，把竹宝剑刷得油光锃亮；或在大操场玩官兵捉强盗、抽陀螺、打嘎、玩玻璃球（打溜溜）、滚铁环。女孩们多数跳皮筋、集体跳绳和踢沙包。学校的课外活动非常丰富，每天下午都有足够的时间让学生开展多种多样的课外活动，手工课上不少学生会做航模飞机、做耳机，用漆包线做电动机。

学校到庐山不久，恰逢抗美援朝战事正酣，有不少学生的家长去了朝鲜前线，学校还请归国的志愿军英雄给学生讲他们打美国鬼子的故事。

有些学生还把从家长那里听来的故事讲给大家听。为了支援抗美援朝，学生们还踊跃捐出自己的零用钱给志愿军叔叔买飞机、大炮或给志愿军叔叔写信。

　　中南军区干部子弟学校老校友虽然在庐山的生活只有短短的两三年，但这却是他们最难忘、最幸福、最珍贵的记忆。庐山就如一块磁石，永远吸引着他们，他们曾多次组织在庐山读过书的老校友返回庐山追忆他们曾在庐山学习、生活的日子。这段历史也成为庐山几千年历史的一抹亮色。

印象庐山

忆庐山的几位老师

李国强

1953年到1965年，我在庐山小学、中学读了十二年，虽然半个世纪过去了，但当年的学习生活，特别一些老师的音容笑貌、懿言嘉行，却长留在我记忆的长河中，时时激起我感情的浪花。

孔国颐老师是庐山小学一位德高望重的老师，新中国成立前就教书，在庐山颇有名气，教过我两个叔叔。她终身未嫁，称"孔二小姐"，对学生很严格，平时不苟言笑，穿戴整齐、干净，头发总是梳得整齐光亮。她语文、算术都教得好，上课口齿清楚，条分缕析，一手板书和教案写得尤其漂亮。一次考试讲评，她说，凡卷面书写潦草的，我都扣了分，从小要养成良好的书写习惯。课后，她还单独找到我说，你考得不错，但书写差，要注意。这句话，我至今记忆犹新，也终身受益。七十年代初，我出差到庐山，特地去看望她，那时她已双目失明，听到我叫一声"孔老师"，她就知道我是谁，思维之敏锐，一如当年。

庐山开放较早，五十年代山北公路通车后，上山客人多，所以小学特别重视文明礼貌教育。一年级班主任姓李，她几乎每周都要强调守纪律，讲礼貌，说不能围观领导和外宾等。当时，庐山人称小轿车为"乌龟壳"，李老师很严肃地说，不能叫小轿车为"乌龟壳"，小轿车里坐的是领导和专家，不都成了"乌龟肉"了吗？我们一听，感到问题确实严重，从此不再叫"乌龟壳"了。

小学五年级时，反"右派"斗争也波及庐山小学。一个周日，校长召集部分老师和学生干部开会，研究斗争"右派"的事。校长说，明天要开批判某老师的会，为了开出气氛，斗出效果，不能冷场，我一宣布会议开始，你们就叫着要发言，真有言发的，边叫边举手；没有言发的，只叫不举手。第二天，会议如约召开，气氛果然紧张，我自然没有言发，跟着叫了几声。那位被批判的老师站着，没有让他说话。这是我第一次经历政治运动。

小学毕业后，我被免试保送进入庐山中学。当时，我学习兴趣广泛，不满足于书本和课堂上的学习，学校图书室藏书少，就跑庐山图书馆，跑新华书店，还向老师借书看。文科方面的书读得更多些，什么唐诗、宋词，贺敬之、郭小川的新诗，什么中外古典名著、现代小说拿到就看。学校的广播站、墙报、作文比赛、学生会主办的《春芽》等刊物，我都投稿。这与老师引导和鼓励分不开，每次作文评讲，我的作文十之八九会作为范文。当然也有例外。汪国权老师布置我们写短篇小说，这是我生平第一次也是最后一次写小说。我写的是小学生做好事，故事情节很简单，又把这个主人公以"红领巾"称之，结果汪老师讲评时，将其作为不当的典型，使我汗颜。汪老师是庐山中学老师中唯一在全国刊物上发表过作品的老师，所以很受学生尊敬，他的批评也就格外有分量。从此，我自知没有文艺细胞，再也不写小说等具有形象思维的东西了。

那时，老师教学特别认真，篇篇作文都要逐句逐字地改，圈圈点点，还要详写评语，再打分。渐渐地，我已经不满足于双周一次写作文了，自己每周一篇，都送老师批改。老师也有耐心，有时我没写，老师还会主动来催问。有一次，周时练老师去南昌观摩教学途中，在火车上批改我的业余作文，使我感动不已。初三时，语文老师说，你的记叙文、诗已经有一定基础了，今后要注意多写议论文。我又听进去了，那时出了一本《汉语成语小词典》，书店买不到，我就借来抄，经常读。骆老师引用过郭沫若两句诗"胸藏万汇凭吞吐，笔有千钧任翕张"，我很欣赏。这个时期，我还听老师的话，注意读报纸上的政论文，并开始剪报。

庐山中学办学历史不长，我是第四届高中毕业生，第一届十几个学生毕业，高考"剃了光头"。这年省教育厅在庐山办全省中学校长集训班，方志纯副省长批评说，一个避暑胜地庐山，一个革命圣地瑞金，都"剃了光头"。搞得一时很紧张，有条件的学生纷纷转学，有的到九江、黄梅，有的到南昌、武汉，我属于土著山民之后，无处可转，只有坚守山头，奋发图强。那时老师也很上劲，第二届考取两名，第三届考取九名，我们这一届考取十五六个，过毕业生总数之半。我报考时，数学老师说，我考理工科没有问题；语文老师则说，我若报考文史类，取重点大学把握更大。结果，我报了文史类，录取到复旦大学历史系，是庐山中学第一个进入全国重点综合大学的学生。后来，学校常以我为例，说明家长要配合学校，老师要指导学生。

我在中学当了六年的班长，班主任帮我提高了组织管理能力。初中三年班主任是严淑铖老师，他历史课上得好，史书和思想修养的书读得多。高中班主任是刘国忠老师，他高中就入了党，这在庐山中学为数不多的党员教师中，格外引起学生的注意，我见贤思齐，把刘老师引为自己争取进步的榜样。

寸草春晖，师恩难忘。学校教育对人的影响很大，像我这样家长识字不多的家庭出身的学生，更容易受教师的影响，我的每一个进步都凝聚着老师的智慧、心血和汗水。庐山小学、庐山中学尽管不是名校，也缺少名师，然而，庐山人淳朴，那时候学校校风好、教风好、学风好，整个社会风气也好，所以我们这一代人是中小学教育的受益者、见证者，至今回首往事，还是欣慰者。

李国强，男，江西庐山人，1946年4月生，毕业于复旦大学历史系。曾任江西省教育厅副厅长、省社联主席、省社科院院长、省科技厅厅长，江西省政府文史研究馆馆员，研究员，享受国务院特殊津贴。

寂寞开有主

——父亲徐新杰的山南文史生涯

徐青玲　徐向阳

父亲常说：诗人陆游云"寂寞开无主"，我倒主张寂寞开"有"主。他一辈子守护着庐山，培育出一朵朵花来，哪怕是三年一朵，五年一朵，纵有难耐的寂寞，也毫不动摇。

父亲出生于1933年12月8日，江西瑞昌人。上世纪40年代末，在九江高工读书时，便在《型报》副刊上发表过《自由》《吹笛的人》《爱与罪》等诗文。五十代在九江师范读书和毕业分配到星子工作后，仍坚持业余写作笔耕不辍。1951年北京开明少年出版社出版了以他的《硬汉顾世廉》为开篇的短篇小说集。1959年3月26日，父亲在《人民日报》文学副刊上发表了散文《鄱阳春色》；6月26日，又发表了书信体散文《这就是星子》；8月22日发表了散文诗《桨与舵》。人民日报，一年三炮。《鄱阳春色》还收入了人民日报出版社编印的《春暖花开》诗文集，列于冰心、臧克家、老舍、陈毅、谢觉哉等诸多名家及中央领导之后，并收入部队中学语文课本。

1961年，父亲调入县文物普查保护小组。由于星子地处庐山南麓，历代名人寄寓其间，名胜古迹很多。50代末开始，常有中央首长及外宾来游览。1961年9月，周恩来总理来秀峰参观，欣赏读书台上米芾的《登香炉峰诗碑》时，碑刻由于风雨侵蚀字迹漫漶，陪同的人介绍不来。总理反过来倒给他们仔细地讲解了这块诗碑。末了说，毛主席劝过，我们的领导干部要学点文学和哲学。此事引起了县党政领导的重视，决定对县内的文物和石刻进行全面的普查，考证和介绍。经过几个月的实地考察后，父亲受命编成了《星子金石存真》，为县领导的接待工作提供了极大的方便。通过这次文物普查，他不仅对县境内，而且对整个庐山的古石刻产生了浓厚的兴趣，有了一览全豹绍之于世的愿望。

殊不料，一本《星子金石存真》，竟给他招来了弥天大祸。1966年，他便被打成"三家村星子分店的代理人"，其后揪、批、游、斗不下百次，最后落得个"坚持反动立场，不宜再当干部"的罪名，下放县砖瓦厂当工人。也许是"罪孽深重"之故吧，他直到1979年才落实政策，高兴之余，决定全家上山一游以示庆贺。游览时，他时刻为古石刻所吸引，在仙人洞旁看到李烈钧的"常乐我净"题刻，对将军不沉湎于荣华富贵的高尚情操钦佩不已。在大天池看到王阳明的诗刻："昨夜月明峰顶宿，隐隐雷声在山麓。晓来却问山下人，风雨三更卷茅屋。"更为古代士子的忧国忧民之情而感动。松林路上，陈三立题的"虎守松门"和马占山的抗日诗刻以及庐山孤军留下的刻石，更是一曲曲爱国主义的大风歌。还有颜真卿的大唐中兴颂，柳公权的东林寺碑，黄庭坚的七佛偈，米芾的香炉峰诗碑，冯玉祥的墨子篇题刻……庐山石刻简直是中国古代书法的露天展览馆，正、草、隶、篆，龙飞凤舞，浩如烟海，深如古井。这些石刻不仅是山珍而且是国宝，他默默地思考决心一定要让这些山珍流传下去，他介绍庐山金石的决心更坚定了。

他常想，自己在庐山南麓工作三十年，星子人民是自己的衣食父母。星子还不富裕，但背匡庐而面彭蠡，有着丰富的旅游资源，旅游开发是振兴星子的出路。"谁言寸草心，报得三春晖"，他想在帮助星子脱贫致富方面尽点绵薄之力。他决意在《星子金石存真》的基础上扩大范围考察，编出一本《庐山金石考》，为星子的旅游开发鸣锣开道。

庐山石刻数以千计，朝代久远，文词古奥，风雨侵蚀，字迹漫漶，想时容易做时难。何况当年的《星子金石存真》早已被当作"四旧"烧成灰烬，一切都得从头开始。他没有小车，且连自行车都不会骑，十几里、几十里、百十里的古石刻，却得靠着两只脚，一步一步地去追寻、摩挲、考证。白鹿洞书院华盖松下，有处诗刻字迹漫漶，他硬是跑了五次，来回一百五六十里，并且伏在地上从各个角度仔细辨认，最后终于完全弄清了这处五十年前吴宗慈编《庐山续志》都没有搞清的石刻。几年中，他那微驼的背影，勿忙的足迹，印遍了秀峰、观音桥、醉石馆、汉阳峰、仙人洞、锦秀谷、黄龙潭……春晨秋夕，得道多助，他的事业得到了许多好心人的帮助。1980年，他家住在砖瓦厂，彭姓农民做土方，掘出古墓碑四块，彭世忠老人来告，他赶去一看，赫然入目者，乃是北宋名士刘凝之的墓碑。考证醉石馆石刻时，文化馆的同事程湘达、丁联洪不停地从山洞打水，再爬上醉石冲洗，又以毛巾擦洗；考证卧龙潭《五噫歌》时，老友刘海清剥剔青苔，手指几乎磨破；考证万杉寺石刻，妻、子刈草汲水……五年多时间，在群众、同事、亲友的帮助下，他对庐山上下的石刻进行了详细的考证，摘隐发幽，辨讹拾遗，日积月累，收获颇丰。择其优者二百则，详为注释，编成了《庐山金石考》一稿。

"时来风送滕王阁"，1983年《庐山金石考》一稿，纳入江西人民出版社古籍选题计划。县委县政府极为重视，认为此稿有助于本县的旅游开发，拨专款3600元印书。《庐山金石考》译文流畅，明白易懂，为欣赏庐山石刻提供了方便，受到了不少知名人士和省内外读者的欢迎。老戏剧家石凌鹤来信说："深感搜集无遗注释详尽，对我国旅游事业作出了很大贡献"。江西师大陶今雁教授寄来贺诗："庐山粹美汇瑶篇，想见先生斗志坚。真是春心花共发，许多四旧是芳妍"。《金石考》还在古《庐山志》及民国《庐山续志》的基础上，辨讹补遗二十余则，匡正了旧籍的错误。湖南武陵诗社社长杨杰来信说："读《金石考》，增长很多知识……译文准确，又富韵味，十分难得。我未到过庐山，原为一憾，得读此书，又为一快。"首次印刷三千册，成为旅游点上抢手货。加印两万册亦已售馨，后江西人民出版社正式出版了他的《庐山金石考》，游客之欢迎可见一斑。

他在考察庐山石刻的过程中，接触到乡贤陶渊明许多故迹。他认为，在人类社会发展过程中，横流的物欲常冲击精神文明的"神柱"，神不守舍于修身、齐家、治国、平天下是大不利的。而陶渊明的人格和诗品的核心，则是一个"真"字，唯"真"可以"善"，方可以臻乎"美"，真善美的精神文明，是世界大同的必要前提。他又得知，由于历史地理变化等原因，陶渊明的故里至今众说纷纭，自己在古柴桑工作三十余年，有责任考究澄清陶渊明的故里。经过正本清源的考证，他写出了《陶渊明故里辨》，同年发表于《江西社会科学》；以后又写成了《伟大的诗人陶渊明》《陶渊明"归隐说"新辨》《陶渊明的众生相》《人性的呼唤》等论文十余篇，发表于《争鸣》《江西文艺界》《江西师范大学学报》等报刊上，观点新颖，颇获好评。

1986年，由父亲牵头并精心策划的陶渊明研究会，于7月30日至8月3日在庐山南麓秀峰举行。来自全国12个省、市60多名陶学专家与爱好者济济一堂，在宽松融洽的气氛中交流了近年来陶学研究成果，互通了国内外陶学研究的信息，探讨了陶学研究的新课题，考察了诗人的故里故迹，并就进一步开展陶学研究等方面提出了不少有益的建议。中共九江市委常委、秘书长叶春同志出席开幕式并讲了话。县委主要领导出席会议致了欢迎词和闭幕词，县政协全力以赴善始善终，著名学者苏步青、胡国瑞、胡守仁，诗人公刘，湖南武陵诗社、九江市文联、九江市群艺馆等许多名家和单位给座谈会寄来了贺电、贺信与贺诗。

这次座谈会收到研陶论文与资料共三十八篇计二十余万字，并围绕陶渊明的人格和诗品、归田与归隐以及故里考证等三个方面的问题展开了热烈的争鸣。关于陶渊明的人格和诗品问题，宁夏大学教授王拾遗、湖南师大教授高扬、北京学者陶宗震、天津学者王廷箴、江西学者魏向炎等许多同志发表了自己的看法；关于陶渊明是归田还是归隐的问题，武汉大学副教授苏者聪、暨南大学副教授李文初、湖南学者曹菁、九江学者钱耀东、九江学者陈忠等纷纷发言；关于陶渊明故里问题，北京大学教授王瑶、武汉大学副教授苏者聪、江西省志编辑室廖正赓等同志先后作了发言。

为使史实结合，与会学者还实地考察了陶渊明的故居上京，还有醉石、面阳山陶墓以及桃花源的原型康王谷等，领略了陶渊明诗文中的优美意境，学者们对景生情，诗兴大发，共赋诗60余首。老诗人石凌鹤的《山亭柳》"最是庐山南麓，田园色彩缤纷，浮想桃源幻境……今非昔美还真"，表达了大家的共同感受。这次会议的召开扩充了陶渊明研究会阵营。与会的31名外地学者中，有25人加入了陶研会；石陵鹤、王瑶、王拾遗、高扬诸名家担任名誉会长与顾问，大大增强了陶学研究的指导力量。随后，仰陶者纷至沓来，日本早稻田大学讲师井上一之、韩国研陶学者崔雄赫教授等多次来星子拜访父亲，共探陶迹，共研陶诗，庐山山南一时成为陶研中心。

在匡山蠡水间生活了三十多年，他心系星子情寄名山，80年代末开始，校点了同治版《星子县志》和康熙版《庐山志》。人民日报、江西日报、省电视台及时发了消息，著名学者苏步青为《庐山志》题写了书名。《星子县志》传到台湾，牵动了旅台同乡的桑梓之情，台湾全有书局影印扩大为封面烫金十六开本。《人民政协报》以"一本地方志，两岸故园情"为题作了报道。他还全面考察了县内的旅游资源，写成了《新桃源的理想和星子的振兴——建设庐山南麓旅游区刍议》，《江西政协》月刊全文刊载。省政协办公厅编印在《情况摘报》上，呈省委省政府领导参阅，并获得全省"奔小康决策咨询征文奖"。

改革开放，涌现出不少"大腕"和"大款"。他却抱着金石考、陶渊明研究的冷板凳，一坐就是十几年，至今似乎还"乐不思蜀"。他说江西和九江的旅游不是都要打"庐山牌"吗？庐山之所以优于其他名山，就在于它厚重的文化沉淀。庐山石刻则是庐山古文化的精华。陶渊明是东方文化的巨星，是江西古代十大历史文化名人之首，更是九江和庐山旅游文化的重量级人物。陶渊明，庐山金石顶天立地啊！看起来是冷门，和旅游一挂钩，便成了热门。《金石考》出版前，县委书记县长亲自审阅封面，常委会讨论书名与序言便是证明。他说："近来许多国外学者频频来访，并非我有什么了不起，都是冲着陶渊明来的啊！"

2016年10月，北京大学光华管理学院教授、博士生导师周长辉率领北京挈云诗社诗友一行三十余人来庐山访陶，拜会父亲交谈甚欢。北林子以"丙申赴彭泽访陶偶遇徐老新杰前辈"为题赠诗云："徐宅在东皋，徐翁似老陶。云停闲得意，客至醉吟骚。王羲军催鼓，黄忠马带刀。直陈悲世戏，俚语入儿谣。斗米何堪算，说来为解嘲。自言好好色，采菊酾糟醪。吾信庐山下，疏林适鸟巢。神仙骑白鹤，偶尔见蓬蒿。"父亲读后，以诗报之曰："20日，获小女发来挈云诗友北林子、易宁大作，惶愧莫名，兹以顺口溜报之。老夫耄耋矣，师友正年青。植也嫌纤弱，丕兮可论文。最爱曹孟德，横槊动徽吟。诗人心不死，个个要挈云。既涉三曹又溜三首：孟德真老大，挟帝令诸侯。文韬与武略，未必逊唐尧。老子是英雄，儿子亦好汉，领兵还论文，弄个文帝干。阿哥忒精干，阿弟斗不过。只留七步诗，洛神没碰过。一笑，城北徐公。"

2009年鄱阳湖生态经济区规划上升为国家战略，他的心又动荡起来，他倾毕生之心血而成《古典庐山开发宝鉴》，2019年他自费出版《古典庐山》，于古庐山全面开发之考证规划、景点设计、创收项目、诗联点缀等方面皆匠心独运依陈出新，潜在价值未可限量。现因年事渐高，殊不忍和氏之璧久养深闺，向海内外志士仁人和文化院校团体，诚征开发古典庐山之投资与合作者。

父亲说："山不在高，有仙则名。钱不在多，有智则灵。知识资本，云帆沧海。同心携手，继往开来。再现世界文化大观园，功与庐山同不朽也。"

作为子女和后学，我们为有这样坚守初心的父亲，感到无比自豪！

徐青玲，江西瑞昌人，生于1964年。庐山市政协常委，庐山市文化馆副馆长。从事文化工作三十多年，先后在国家级、省级、市级报刊发表稿件一百多篇。

徐向阳，江西瑞昌人，生于1968年，庐山市广播电视台副台长，曾在《人民政协报》《江西日报》《长江开发报》《光华时报》《九江日报》发表诗文百余篇（首）。

印象庐山

记忆东山糯米酒

吴伟福

东山糯米酒产自我们东山村，这个地方既神秘又独特。它东依东牯岭，紧连鄱阳湖，背靠庐山。就在这一狭小地带，群山环抱、空气清新、气候温润、名泉遍布，形成了一个独特的小气候环境。从秦汉开始，我们当地居民就利用这种独特条件，发现了酿酒的"天机"。庐山地处被称为地球脐带的神秘的北纬30°附近，很多奇特的自然景观和人类文明发祥地都正好处于这一纬度，这里也是国际公认的黄金酿酒地带和世界名酒地带。

根据史料记载，在1600多年前的东晋时期，我国著名田园诗人陶渊明归隐庐山脚下东山村一带，在这里躬耕田园，春谷酿酒，享受饮酒作诗、怡然自得的田园生活，创作了大量流传千古的田园诗文，其中以《桃花源记》《饮酒·其五》最负盛名，并留下了"葛巾漉酒""酒香满地"等典故。陶渊明在历史上首次把诗与酒紧密联系起来，开创了咏酒诗的先河，庐山因此成为桃花源文化和诗酒田园文化发源地。由于陶渊明的道德情操和诗酒人生，吸引了无数文人墨客来我们东山村一带驻足游玩，这就使得我们东山村酿酒、饮酒之风盛行，当地传统酿造技艺和饮酒民俗也得以代代相传。

我们家世代定居在东山村东牯岭脚下的博士山吴村，祖祖辈辈以酿酒为业。小时候从我祖母的口中得知，我的祖上家道贫穷，祖太公吴兴润在贫病交加中办起酿酒作坊。祖太公由于长年劳累奔波，在家庭作坊稍有起色时就过早地离开了人世，祖太婆马氏就带着年幼的儿子（我太公吴龙灼）酿酒维持生计，等到太公长大成人，家境也开始有所改善。祖太婆马氏因为守贞节，被皇上敕封为贞节诰命夫人，并在马氏娘家马家冲的樟恕桥立了一个五米多高的花岗石贞节牌坊，直到"文化大革命"时期被毁。后来太公吴龙灼生了三个儿子，家里多了人手，酿酒作坊的生意也越来越红火。到了民国初年，家里重建房舍，扩大了酿酒作坊规模，在当地逐渐小有名气。祖太婆去世的时候，家里做了七天七夜的道场，可见当时家业的兴旺。然而，天有不测风云，抗日战争爆发，酿酒作坊的生意也一落千丈。从1938年到1945年抗日战争期间，我们东山地区是重灾区，我爷爷三兄弟相继去世，叔叔伯伯也大都先后夭折。一直到新中国成立的时候，一个二十多人的大家庭就只剩下了孤苦伶仃的二祖母和她一个儿子以及我祖母、我父亲和小叔。到了新中国成立初期，我祖母马官秀也是马家冲人，继承了马家人坚韧勤劳的品质，祖母就带着我父亲和小叔以酿酒谋生，孤儿寡母采草药、制曲和酿酒，但是祸不单行，七岁的小叔在挑酿酒水时不慎跌入池塘溺亡，家里因此雪上加霜。直到我出生，整个家里才算有了一点生气。

1957年"农业合作化"以后，酿酒的家庭作坊被撤掉了，东山糯米酒成了集体酿造。我们东山村是当时有名的"农业学大寨"先进村，当时的地委书记王大川在东山大队蹲点，王书记是个北方人，又是老革命。当时东山大队办了一个加工厂，常年做糯米酒，所以省、市、县领导来了，都要采购东山加工厂的糯米酒，使得我们东山糯米酒在江西地区和周边省份都很畅销，兴盛的时候甚至远销东北，东山糯米酒也就是从这个时期开始远近闻名。那段时期家庭作坊虽然没有酿酒，祖母和父亲仍然上山采草药给东山大队的集体酒厂制曲。记得我几岁的时候，祖母带我到东牯岭山上采草药，有一次大意让我走丢了，我走到与家里相反方向的何家岭去了。当时全家人心急如焚，到傍晚何家岭的好心人才把我送回家。当时山上的野猪还比较多，至今回想起来仍心有余悸。还有一次是我十多岁的时候，跟随父亲上庐山采草药，那时候正是饥荒时期，经常吃不饱，我们在山上一天没有吃东西，傍晚下山我实在走不动，父亲只好扔下采了一天的草药，把我背下了山，可见当时的生活条件有多艰苦。

1973年我高中毕业后应征入伍，从部队回来后，到1981年正值改革开放，农村分田到户，农民手里开始有点余粮，经济政策也逐步放开。这个时候我已成家，为了生计，又重新拾起了酿酒这门祖传手艺，在家办起酿酒作坊。酿酒和藏酒逐渐成为我的爱好，我开始钻研陶渊明时期以来流传的传统酿造工艺，我在传统工艺的基础上，增加了温水润料、缓火蒸馏、看花接酒和掐头去尾等一系列工艺，使得酒的品质得到了较大的提升。

我们东山村的酿酒气候条件独特、酿酒历史悠久、酿造工艺古老、酒文化底蕴深厚，从陶渊明时期算起，距今也有1600多年的历史，酿酒历史和文化底蕴毫不逊色于当今国内名酒。但传统家庭酿酒作坊在工艺传承、酿造规模和市场推广等方面存在较大的局限性，而且庐山地区没有一家具备正规酿造资质的酒厂和代表陶渊明诗酒文化的本土品牌。为传承和发扬这一古老的传统工艺，带动村民酿酒致富和发展酿酒产业，从2010年开始，我就下定决心筹办酒厂，在东山村适宜酿酒的庐山玉帘泉瀑布脚下，沿用传统工艺建立了规模化的酿酒车间。由于筹办正规酒厂和家庭作坊大不一样，面临立项、办证和资金等一系列问题，当时我没有办酒厂经验，就日夜兼程跑到全国各地去考察，向行家请教。在最困难的时候，一个月之内我头发逐步变白并且几乎掉光，当时很多亲朋好友好心劝我放弃，但是我还是坚持要把酒厂办起来。最终功夫不负有心人，在社会各界很多好心人的帮助下，前后历时四年多时间，创办了我们庐山市唯一一家具有正规研发、酿造和销售资质的生产企业"江西庐湖酒业有限公司"，还申请注册了一系列体现庐山地域文化特色、具有自主知识产权的五柳泉、香炉泉、玉帘泉、庐湖泉、庐湖醇、庐湖恋、庐山韵等品牌，使得这一古老的酿造工艺得以产业化和品牌化，也保护了庐山文化。2016年，经市政府和文化部门专家认定，我们的传统酿造工艺"东山糯米酒酿制技艺"被评为九江市非物质文化遗产，我作为传承东山糯米酒酿制技艺的代表人物，入选为这一技艺的非物质文化遗产传承人，我们沿用传统酿制技艺建立的酿酒企业也被评为九江市非物质文化遗产生产性保护示范基地，我酿造的"五柳液"牌东山糯米酒还获得了"江西省优质酒"证书。

我创办的东山糯米酒厂，经过长年累月的经验积累，并与酒界知名专家（如中国白酒评委、国家级评酒大师、国窖1573缔造者吴晓萍等）和四川酿酒研究所、贵州大学、江南大学、南昌大学、江西中医药大学、九江学院、浙江理工大学等国内高校科研院建立了合作关系，产品品质有了较大的提升；同时传承了九江封缸酒酿造技术，利用高粱等不同原料酿酒，引进了大曲发酵技术，品种也越来越丰富，获得了较好的知名度和美誉度，现在已经成为江西省食品工业协会会员单位、九江市农业产业化市级龙头企业、中国药文化研究会药食同源养生酒研发基地、九江学院药学与生命科学学院产学研合作基地和浙江理工大学生命科学学院实践教学基地等。

东山糯米酒的传统酿造史，既是东晋以来庐山的酿酒史，又是庐山手工业的发展史，同时也是庐山文化发展史的一部分，它见证了不同历史时期我们庐山地区的风土人情和社会状况，具有较强的跨越时空影响力。传承、保护和发扬东山糯米酒酿造技艺和陶渊明文化，对于庐山来说，具有较为重要的社会价值和历史意义。

吴伟福，1954年1月30日出生，字炎山，庐山市温泉镇东山村人，酿酒师、品酒师，"东山糯米酒酿制技艺"非物质文化遗产传承人，江西庐湖酒业有限公司和五柳、庐湖等系列品牌创始人。

一家三口的庐山情缘

陈实　王芙蓉　陈蕙卿

【题记】生命是一条长河，历经高山湖泊，千回百转，一直奔流向大海。在生命的长河中，必定有那么一段河流，最动人心魄。她因为美丽而鲜活，因为活力而青春。而当鲜活与青春遇上一座名山，并且与这座名山有了一段邂逅，那么，名山与生命，便成了那弯最美的长河中的一景。

在上个世纪50年代末至70年代初，我的父亲母亲恰好青春，恰好与庐山有了交集，也就恰好有了他们还有我，与庐山值得永远铭记的情缘。

父亲篇：南山公路红旗飘

陈　实

我今年已经89岁了。回首往事，最难忘的是在庐山修建南山公路的那段日子。

1954年，我从长春地质学院毕业，来到位于南昌市的江西省地质矿产局工作。作为一名地质工程勘探技术人员，我和局里的地质人一起共同担负起江西省地质找矿勘探的艰巨任务。多年以来，我参与了为祖国找地下宝藏的很多项目，省内省外的大山河流几乎都留下了我们的足迹。如：赣南钨矿，德兴铜矿，彭泽龙宫洞，九江狮子洞……

当时的我在江西省地矿局工作，"文化大革命"期间，江西省地矿局干部下放。1968年，我被下放到庐山脚下的红旗公社。

当年，庐山红旗公社是九江庐山下面的基层行政单位，位于庐山妙智去往九江的必经之路上。一条小溪流从庐山蜿蜒而下，流向红旗公社。溪水尤其清冽，河岸芳草茵茵。这里，既没有都市的喧闹，又没有庐山的冰雪严寒。我的妻子原本在庐山商业局工作，因为身体的原因，下了庐山，带着孩子也来到了红旗公社，继续在商业部门工作，我们一家人终于得以团圆。

初到红旗公社，公社领导见我是个读书人，又懂得地质勘探，便把我安置在公社施工工程办公室。打这以后，凡公社的基建工程，包括修建水库、构建大坝和村里的路桥、测量图纸、设计规划等大大小小的工程我都要参与设计，规划指导。

就这样，一年四季，春夏秋冬，我们的日子过得充实而温暖。

那是在1970年的春夏季节，正是农忙时节，红旗公社的领导召集公社干部和我们施工工程办公室的人员开会。公社书记一再强调，这是一场极为严肃的政治任务。原来是庐山要修建南山登山公路了。在此之前，上庐山只有一条北山公路，是连接九江与庐山的唯一通道，且路险弯急，行走不易。

1959年6月29日，庐山会议即将召开之际，毛主席沿北山公路登上庐山。一路之上，千里鄱湖万里长江尽收眼底，毛主席欣然挥笔，写下了气势磅礴的《七律·登庐山》："一山飞峙大江边，跃上葱茏四百旋。冷眼向洋看世界，热风吹雨洒江天。云横九派浮黄鹤，浪下三吴起白烟。陶令不知何处去，桃花源里可耕田？"

那些年，从北山公路上庐山，路的窄险和骤弯总是让人心惊胆战，随着时代的发展，需要一条更便捷更平坦的登山道路。规划中的庐山南山公路自通远至芦林大桥，全长24.7公里，路基宽8米，路面宽5米。南山公路建成后，从南昌上庐山将不再绕道九江，行车旅程可缩短30余公里。此项工程由当时位于庐山南麓的红旗公社、赛阳公社和通远公社等几个公社分段共同完成。我们红旗公社接到的任务是南山公路最上面的一段，从半山腰直到芦林大桥，全长近10公里。

正是秋收农忙时节，红旗公社的社员们都在赶着"双抢"。我和工程部的几位同志一起，乘坐公社安排的解放牌汽车来到庐山脚下。这里，汽车已经不能再往上开了。我们几个人走着山石小道，淌过溪流，攀爬陡崖。在披荆斩棘的过程中，顺应山行地势，将筑路所需的测量勘探等工作做得井井有条。正是暑气日蒸的大热天，虽山风习习，数日下来，仍晒得脱了一层皮。

1970年10月，农忙过后，庐山的南面，自山脚下的通远至山顶上的芦林大桥，翠色的山岭间铺满了飘逸的红，高低有致，这是一片红旗的海洋。在这场人海大会战中，处处可见这样的红色标语："一不怕苦，二不怕死""抓革命，促生产。工业学大庆，农业学大寨，全国学解放军""伟大的导师，伟大的领袖，伟大的统帅，伟大的舵手毛主席万岁"等。

为了保质保量完成红旗公社负责的那一段南山公路，红旗公社聚集了全公社的青壮年上山，就地扎帐篷，建工棚，搭伙房。青年男子们各有分工：抢铁锤，打钢钎，填炸药，挥锄头，挑箩筐……为数不多的女青年则负责后勤服务工作：烧水做饭，送茶解暑，在工作紧张之余来一支革命歌曲。

我的工作是排除工地上的险情，以工程技术指导，加快公路的延伸。每天，我早早地来到工地，和几个工程人员一起，查看前一天工地的状况；预定当天工作的进程，测量行进途中的沟壑，准备所需的材料，预想可能遇到的困难，商定解决问题的方法。力争将所有的技术工程做在前头，以便筑路的过程快捷顺畅。但是，有些事情并不是以我们的意志为转移的，危急情况时有发生。

记得当时的物资是很紧缺的，我们开山劈石用的炸药和钢钎等材料是上级配送的，使用的过程中需得有专人保管。每一次的爆破，都要进行严格的检查。尽管如此，还是因为有工人操作不当，或炸药未及时引爆，工人粗心未及时躲藏，而牺牲在自己的岗位上；有测定好的路线，却因巨石挡道，而绕弯取道；有修筑途中忽遇塌方，山石滚落，堵路伤人，不得不重新抬石挑土打通道路；有遇山泉沿沟壑而下，为了不堵塞水道，需得沿坡势架桥铺路……

有时候，问题难以解决，我们就留宿在山上的工地里。秋冬的庐山，夜晚很是寒凉。帐篷薄冷，烛光微弱。我们几个工程技术人员围看着眼前的图纸，几经商榷，几经争议，面红耳赤也不罢休，直到讨论出大家都满意的方案才罢休。

那是漫山散发着栗子香的时节，我们红旗公社全体筑路人员群策群力，集中力量，历经半月有余，将一座挡在眼前的大山拦腰斩断，削去了山头，让山南公路从它的山腰上穿行而过。当这段路面整修出来，解放牌汽车鸣着喇叭通过的那一刻，我们全体都沸腾起来了。我们高举着毛主席的画像，挥着红旗，喊着口号，欢呼着，跳跃着，拥抱在一起，眼里心里都是笑，激动得热泪盈眶。

感谢摄影师，他抓住了这个特定的历史时刻，不失时机按下了快门，为我们，不，为南山公路，为庐山，为历史，留下了这个永恒而珍贵的一瞬间！

短短24.7公里的南山公路，从1970年的金秋走到岁末的霜雪天，路的雏形基本出现。1971年春种后，继续完善后期工作，直到7月5日竣工通车，用了不到一年的时间。现在想起来，当时的我们确实有股子为革命事业满腔热血的干劲。所有的修路工人都是自建工棚，自带干粮，没有任何报酬，仅仅是年终算工分。在那种高强度的工作中，竟然没有一个人有过抱怨，没有一个人打过退堂鼓。

庐山南山公路的路面是由多层山石铺就而成的。为了稳定路基，最下面一层是由较大的石块铺垫。第二层是在大石块中见缝插针地填入碎砟子。最上面，铺上一层细碎如沙一样的小石粒子以使路面平整，便于车辆平稳通行。

当时，在庐山南麓，公路边，山脚下，河流旁，处处可见由老人、女人和孩子组成的庞大的碎石队伍。他们的头上裹着毛巾，手上套着棉纱手套，右手拿着小锤头，散落在一块块大石头旁。右手的小锤子击打着左手圈住的石头，叮叮当当的敲打声，在河道里清脆地响着，若闻天籁。大大小小的石粒就这样在脆响的曲调中汇聚成一方一方的路基，成就了蜿蜒而上无限风光的庐山南山公路。

岁月不居，行道逢春，南山公路至今已有58年的历史。这些年来，在时间和技术的打磨下，南山公路的宽度和质量，都具备了时代的高标，越来越精湛，越来越漂亮。今日的庐山南山公路，已经成为庐山一大名片。那九曲十八弯的车道，林荫遮蔽，景色优美。春赏满山杜鹃，夏观绿野芳华，秋怡林深涛卷，冬喜踏雪寻梅。如若遇上云海瀑布，见其在红日中喷薄流动，云蒸霞蔚，气象万千，蔚为壮观。此情此景，走在南山公路上，唯有心旷神怡，方能解此心意。

此生，青春已为庐山南山公路而沉醉，实乃三生有缘。

母亲篇：历史的青春

王芙蓉

1959年刚开春，记得那是个春光明媚的日子。还是九江师范的一名在校生的我接到了庐山商业局的通知，要我上庐山工作。当时，和我一同入选庐山工作的九江女生共20名。

我出生于1937年10月20日，为长得高挑、漂亮，加上聪慧、活泼，篮球打得好，早在九江二中读书时，就被借调到九江体工队打篮球。后来在九江师范读书期间，已经是九江市女篮队的5号。上庐山之后，又成为庐山女子篮球队队长，经常带队出征。

50年代末，九江市女篮经常外出参赛。赛场上，我们团结友爱、虚心好学、灵活果断、敢打敢拼，给大家留下了很好的印象。尤其是在那一场与国家八一队女篮的友谊对抗赛中，面对国家八一队的强势，我们九江女篮英勇顽强，奋勇拼夺。分数悬殊，我们没有气馁。这场比赛，我是偏锋。在八一队的严密防守中，我的队友们巧妙周旋，抓住战机，以迅雷不及掩耳之势，传得一球给我。我奋力突破八一队的防守，一个跳投，稳稳地将球送进了八一队的篮筐。这个进球，打破了九江女篮与国家八一队这场比赛零的纪录。当时，整个篮球场上掌声雷动。

22岁的我，成为当时九江市家喻户晓的女篮5号。

1959年4月，我收拾了简单的行李，上了庐山，成为庐山商业局的一名工作人员。上了庐山才知道，1959年初，庐山对山上现有的人员来了一次大清理。凡出身成分不好，政治思想不过硬的人全部下山。同时，补充一些家庭成分好，个人政治素质过硬的年轻人上庐山工作。当时，和我一同被选上庐山工作的年轻人有近百人，都是从九江各县区选拔来的。清一色的家庭成分好，贫下中农，政治素质过硬。身体好，未婚。女孩子个子不低于1.65米，男孩子个子不低于1.75米。

4月的庐山，正是"人间四月芳菲尽，山寺桃花始盛开"的时节，春和景明，万物生姿。虽然春光无限好，我们却无暇顾及。从上庐山的那天起，我们二十个女生就被分配在不同的住地，彼此之间不能知晓。我和另一个叫作刘甘霞的女孩子住在商业局日照峰4号。在这里，我们被郑重而秘密地告知，7月，将在庐山召开一个很重要的会议，一个国家领导人出席的会议。我们要在思想上引起足够的重视，要学习相关的礼仪和知识，随时听候调遣。

接下来的日子里，我每天在商业局的门市部上班，业余时间要学习服务的意识和态度，包括学习文化知识，了解江西九江，掌握礼仪习俗，规范三步四步舞曲的基本步法，掌握与人交流时的语言表情的传递，修炼身心，微笑待人。就这样，一直到6月下旬。

初夏的庐山芳草茵茵，林荫步道，暑热不蒸，气候宜人。傍晚我常走到不远处的庐山大礼堂。于1937年落成的庐山大礼堂，位于牯岭东谷掷笔峰麓火莲院河西路504号，外表壮观，内饰华丽。原是蒋介石在庐山创办军官训练团的三大建筑之一，解放后改名为"庐山人民剧院"。

6月底，一辆又一辆小车开进了庐山大礼堂，大门口增加了卫兵，进出人员都需要出示通行证，原本安静的庐山大礼堂忽然变得庄严而神秘。

当时，我只知道这里要开一个会议，一个国家领导人都参与的会议，一个很重要的会议。我要严格遵守各项纪律，严守秘密，保证安全。会议结束后，才从报纸上得知，这个很重要的会议叫作"中共中央政治局扩大会议"和"中国共产党第八届中央委员会第八次全体会议"，就是人们常说的"庐山会议"。

从7月2日到8月16日这一段时间里，我们全天候待在庐山，与外界鲜有联系。我们二十个九江女孩，被分到各个部门。有的被派到会议地点，整理会场，为与会的领导们添茶加水；有的被派到各个楼层，整理房间，勤换被褥，修整花卉，保持洁净；有的被派到厨房，一日三餐，在保证食品安全和卫生的前提下，注意营养和美味。

我的工作是在庐山商业局门市部迎接来往的嘉宾，介绍庐山的地理人情和丰厚的物产。庐山会议期间，若有需要，便立刻到岗。记得午间和傍晚，常有国家领导人光临我们商业局门市部，了解庐山的地理风物以及人文风情，态度非常和蔼可亲。

盛夏时节，庐山的清晨有些薄雾，阳光通透，送来满屋的清香。下午的时光，更多的是我们工作人员互相交流的时间。我们聚集在一起，聆听部门领导对我们工作的指导，学习并改进自己工作上的不足。

傍晚的庐山，云蒸霞蔚，林木葱茏，鸟声清悠，温度适宜。庐山大礼堂坐落在庐山的东谷长冲河畔，与牯岭街相距不远，与会的领导们都喜欢在饭后到林子里看看。印象中，朱德总司令最喜欢去牯岭街走走，且一路走，一路指点风景，谈笑风生，连个警卫都不带，有时候还真的让人担心呢。

当时，距离庐山大礼堂不远处是庐山第二疗养院，疗养院里设有一处宽敞的舞厅，一到晚上，灯火通明。领导们会到这里来坐一坐，喝茶、聊天、跳舞。工作人员的进出同样是要绝对的安全，凭票证才能进入舞厅。在这里，我们看见了毛主席、周恩来总理、刘少奇主席、朱德总司令、董必武副主席等党和国家领导人。舞池里歌声清悠，旋律优美。我们面带笑容，迎候着每一位跳舞的领导。翩翩起舞的时候，我们不敢斜视，只能用眼角的余光去看舞池里的领导们。在擦肩而过的瞬间，我看见了毛主席，他跳的是慢四；周总理喜欢跳快三，舞步轻盈，张弛有度，且节奏极快；朱德总司令喜欢活泼的节奏，在舞池里动感地穿行；董必武副主席则是以缓慢的舞步，丈量舞池，表现出一位长者的淡定与自乐。

平日里，总以为国家领导人一定很威严，但是此刻，在舞池里，我却分明感觉到了毛主席的和蔼，周总理的可亲，朱总司令的随和，董副主席的淡定，还有许许多多国家领导人的温和与亲切。庐山第二疗养院的舞池，因为有了他们的驻足，而具有了独特的历史的芬芳。

如今，距离庐山会议，时间的脚步已经走过了60年。庐山会议，已经成为中国历史发展的里程碑。当年的庐山大礼堂，不仅是人们休憩身心的场所，更是影响中国乃至世界历史的场所。庐山会议会址，也已经成为国家级文物保护单位，成为世界文化遗产庐山风景名胜区的重要人文景观。

而我，当年九江的一位年轻女孩，能够在这样的一个历史时期，亲历这一段岁月，成为这个时期中国历史的见证者，何其有幸。虽然我已是耄

243

鬈老人，但是一想起这段经历，许多故事还是历历在目，仍是心潮如涌。人生能有几回感动？就让我的故事，永远定格在历史的青春里吧。

女儿篇：我和庐山的故事

陈蕙卿

我与庐山的故事可是有着40余年的缘分了，虽然时常去庐山，或从好汉坡登山，意欲锻炼身体；或从柴道上攀缘，有探奇掠艳之心；或随学生春游，看满山红杜鹃；或携孩子从山口而入，以享那片来无踪去无影的云雾，但终归只是为了游玩而已，直至去年……

2008年的8月，我和曾在庐山工作过的现已年近八十的父母一起，带着我的女儿、侄儿乘车来到庐山，在云遮雾绕的庐山小住了些时日。这次的小住不仅仅是故地重游，更重要的是，这次在庐山的坊间，我们一行人很有了些怀旧寻根之收获。

遥想在上个世纪60年代，在山上秋风初起山下菊花飘香的日子里，我出生在怡人的庐山东谷。我是家中的长女，第一个孩子的出生，让年轻的父母增添了许多的忙碌，也给当时在庐山商业局上班的母亲增添了许多跑路的机会。时值父亲在省城机关工作，远在南昌。因而照顾我的工作便当仁不让地落在了母亲和婆婆的身上。母亲说，庐山的天气变化无常，风和日丽时晴空万里，风霜刀剑时雨雪霏霏。我出生的这一年的冬天，为了洗尿片，在从东谷的住处去溪里的路上，因石板有冰凌，我的婆婆重重地摔在了溜滑的冰雪中，手也因在冰雪里浸泡时间过长而患了风湿，不易弯曲了。一直到婆婆去世，那一双骨节粗大的手还在操劳。为了让我能长得更壮实一点，母亲上班中间还要从牯岭街赶回家，等褓褓中的我满足地哑吧着嘴巴睡着后，又要赶回单位继续上班。庐山的路或上或下，或小径或石阶。在庐山你是见不到自行车的，那是因为下坡人骑车，上坡车骑人。母亲就是这样来回折腾，即便在寒冷的冬日也会冒出许多的汗气来。这样一个看似简单且普通的为人母的行为，母亲奔波了许多年。

或许是因为婆婆和父母的精心养育，抑或是庐山集天地之灵气而养人，出生不久的我，白胖而可人。年轻的父亲又喜欢摄影，于是花径、仙人洞、锦绣谷、牯岭街、三宝树、飞来石……处处都留下了我儿时快乐的身影。如今每每看到这些岁月久远的黑白照，亦会有许多的亲切感。照片中的父亲是那么的年轻英俊，母亲是那么的漂亮怡人，照片中的小宝贝是那么的可爱幸福。无论是哪一幅照片，它的背景永远是那么美丽而经典。

随着暑期高温的逼近，和年事已高的父母重返庐山，一则让父母远离山下的酷暑，二来也很想听两位老人在悠闲的林荫中讲述那过去的故事。

果然，每走一处，每游一景点，已七十多岁的母亲，仍是兴味正浓，且不停地为我和我的女儿、侄儿回忆着过去的点点滴滴，记忆犹新。

在花径，白居易的题诗亭旁，母亲说，当年你父亲在这为你照了很多相。如今，这儿的树长高了许多，景致也改变了许多，那片空阔的草坪已然变成了亭台与桃林。在如琴湖畔，母亲说，当年我和你父亲常在周末的日子里带你来游湖，湖水悠悠，景色依旧。在含鄱口的石阶上，母亲说，当年你父亲常在天未亮之时，一人抄小路来此观云海，看日出。在牯岭街的石牛旁，母亲说，当年我们庐山的年轻人，常在这里开舞会，每逢有领导来庐山，我们还要陪领导跳舞，就连毛主席、周恩来等国家领导人来，也不例外，这可不是人人都有此殊荣的呢。每每讲到此，母亲的脸上总是漾着笑，虽然如今已是岁月沧桑，但还是可以看出当年母亲年轻、漂亮与活泼的影像。

每日悠闲般的寻访，让我有了更多的时间回望我的出生地。这里的山山水水，原本就早已在我的记忆中，只是这一回，随父母故地巡游，使我对山上的一草一木有了更多的亲近。这一日，父母兴致盎然带我们来到街边的一个路口。远远望去，石阶如虬龙卧坡，蜿蜒而上，只见其发始，

印象庐山

245

不见其终端。搀扶着母亲拾级而上，虽然道旁林荫遮蔽，不见毒日，但毕竟是盛夏，仍觉微有热意。母亲说我们去寻访你出生时住过的房子。就这样，我们在林间上上下下转悠了良久。因为母亲下山的日子久了，记忆中的房屋在岁月的尘埃中，随着世事的变迁，而难寻原迹。几经询问，才在一处溪水旁，找着了那石墙红铁皮的老房子。虽然外观上改变了不少，但那石刻雕花的墙壁和那典型的庐山居家小窗，却还是原样。母亲亲切地抚摸着墙壁说，这儿一点也没变。

听到屋外的动静，屋主人出来了，也是一位老太太，庐山的老居民。听了我们的来意，老人热情地将我们迎进屋里。在老人的引导和父母的回忆中，我的模糊的印记，真真切切地展示在眼前。我曾经住过的小房间，父母的卧房，婆婆的睡床，还有庐山居家储物的地下室，都给人一种新奇而又似曾相识之感。厅堂里的西式大壁炉，显示着西方人文化生活的气息。母亲说，这房子原是葡萄牙一位商人为避暑在庐山修建的。如今在庐山像这样由各国商人修建的石屋，大大小小遍布庐山的岭谷，成为庐山一大人文景观，最著名的莫过于林木环绕、景色别致的美庐，如今已成为庐山一处举世闻名的绝胜之地，而它与我的出生之地仅数步之遥。

返回的路上，石阶旁多了许多各地美术学院组织来庐山写生的学生，星星点点散落在丛林中，或画形态各异的石屋，或画盘曲参天的古树。一位看似导师模样的人蓄着长须，在一旁画着素描指点着学生们。母亲指着这条长长的石阶路说，就是这条路，自从有了你和你的大弟弟后，我一天至少来回跑上三四趟，那个时候仗着年轻，也没觉出什么累来。我小心地搀扶着母亲，很难想象当年为了我和大弟弟的奶水，为了家计，母亲是怎样不论春夏秋冬在这条既有苔藓烈日又有落叶冰雪的石阶上来回地奔跑的。虽然石板无痕亦无迹，只是默默地延伸着，无言地向我诉说着那往昔的岁月，但在它的光滑而凸显凹陷与泛青之中，我分明看到了有一双平底的布鞋留在石板上的印记，还有那短发布衣朴实得像庐山任何一棵松一样的身影。

岁月无痕。在阔别庐山多年之后，我的父亲母亲又圆了自己的庐山梦。

正如白居易诗文中所写：人间四月芳菲尽，山寺桃花始盛开。长恨春归无觅处，不知转入此中来。人间有此仙境，而我幸得成为降生于此仙境中的一员，且于这仙山琼水之中度过了快乐的童年，这是人生何其有幸的开始。虽然人生之路漫长而又充满风景，从山上到山下，从九江至南昌，辗转迁徙之中，那种对于庐山母亲般依恋的情愫，却始终未能改变，这或许是在我的血液之中，从生命被孕育的那一刻起，就已经融入那仙山之琼水的缘故吧。

陈实，男，湖北黄梅人，1931年1月7日出生。毕业于长春地质学院，曾为江西省地质矿产开发局九一六地质大队总工程师。

王芙蓉，女，湖北黄梅人，1937年10月20日出生。毕业于九江师范，曾为庐山商业局工作人员，江西省地矿局九一六地质大队会计师。

陈蕙卿，女，笔名一棵杨先生，中学语文高级教师，中国国土资源作家协会会员，中国散文家协会会员，江西省作家协会会员，现为南昌二中高新校区老师兼校报校刊主编。著有长篇小说《代课老师》，历史文学剧本《家园》，散文集《行走高原》等。

扬通庙村的美丽传说

管雪林

　　扬通庙，原名东溪寺，始建时间不详。比邻近的开先寺（现在的秀峰寺）、万杉寺稍晚些。据同治《南康府志》记载，宋代著名的书法家、诗人黄庭坚（山谷）曾为东溪寺书写匾额，后被毁。民间传说，清康熙六年，皇帝下江南选美，在秀峰寺选美三天，选中一名女子进宫做了妃子，这是当地一段美丽的"秀峰选秀女"传说。

　　相传，清代康熙年间，秀峰寺香火鼎盛，有百僧百尼。更为神奇的是寺内有一只灵狗，日常负责为寺内买菜。寺庙里的人只要把当天要买的菜列好清单，放在背袋里搭在狗背上，狗就会每天按照专门的路线到南康府集市（现星子县城城南）的菜摊位前向着摊主摇头摆尾。摊主就知道从狗背上的背袋里取出菜单，并按着清单上所派的菜配好送到寺庙。有一天，狗和往常一样，带着菜单途经东溪寺庙门前一棵大枫树下竟停了下来，对着树上的喜鹊窝狂叫不停，并不顾买菜之事还未完成。秀峰寺里的僧人们中午都不见狗和摊主把菜送来就着急了，便派人沿路寻找。寻至东溪寺门前，发现了狗正对着枫树狂叫，驱赶不走。怀着好奇之心的僧人搬来梯子爬上大树，结果在树上的喜鹊窝内惊奇地发现了一个大血球，就抱下树带回了秀峰寺。

　　大家在寺前的一个田坂里把血球剖开，里面竟是一个女婴，满头竟是癞痢。东溪寺住庙的一个姓鄢的男子抱回女婴并将其收养。岁月如梭，女孩一天天长大成大姑娘了。她还有一个天天对着井水照镜子的习惯，越照就越觉得自己很漂亮。可在常人眼里，竟没有人发现她的漂亮，因为她那满头的瘌痢壳无法显现她的美丽。

说来也巧，赶上皇帝下江南选美，正好是在风景秀丽的秀峰寺选美三天。谁都想目睹这一热闹场面，这个姑娘更是按捺不住要去看热闹，也很想参加选美。可养父不让她去，怕她的丑陋惊吓了皇帝身边的人。于是把她关在寺庙里，直到第三天下午，选美即将结束，养父不忍伤她的心和耐不过的苦苦哀求，就答应了让她去。姑娘高兴得一路狂奔，七八百米的路程一口气跑完，当跑到秀峰头门处（现在的"第一山"），脚下被石头一绊，重重地摔了一跤。这一跤摔得实在太妙，竟把满头的瘌痢壳全摔脱落了，显露一头乌黑亮丽的秀发。姑娘顾不了许多，爬起来抖了抖身上的泥土，几步就挤到人群前看热闹。

选美三天一人都没选上，正快要结束的时候，她的出现让宫廷里来的人眼前一亮。没想到，天底下竟有如此美丽女子。她被选中了，成为秀峰的秀女，当地的骄傲。随即宫女们在一座山的顶上为姑娘沐浴更衣，脱去了凡俗之衣，换上了宫廷妃子的服饰，即日便启程进皇宫。从此一个丑姑娘变成了超凡脱俗、风姿绰约的大美人，成为皇帝宠爱的妃子。

皇帝为感激寺庙养育"秀女"的恩德，御赐东溪寺"敕封扬通大殿"匾额，鄢姓养父被宣进宫做了国丈。另赐本村庄十二块免死金牌。从庙正南面山下大路过往的行人见庙"文官下轿，武官下马"。乾隆二十五年，知县王成英将寺庙复建，改"东溪寺"为"扬通庙"。皇帝御赐的"敕封扬通大殿"匾额立在正殿。扬通庙村由此而得名，扬通庙和匾额在"文革"期间遭毁坏，现存遗址和四块旗杆石。为纪念那只灵狗，皇帝拨银两修建了七座狗塔亭，其中有一座真正埋葬灵狗的塔亭里面是金钩银挂，现在还有几座狗塔亭遗址。建七座狗塔亭是为了防止盗贼盗宝。在"文革"期间，七座狗塔亭皆被盗毁。

民间传说，秀女乃仙女下凡，降生人间不能投凡胎，只能降生在上不着天下不着地的地方，所以就选择了大枫树上的喜鹊窝里。故秀峰寺又名

"开仙寺"，也叫"开先寺"；打开血球的地方叫"开仙坂"，现名"开先坂"；秀女摔跤的地方而得名"头门"，即现在的"第一山"；秀女进宫前换衣服的山叫"剥衣山"，后改名"钵盂山"（在扬通庙东侧300米处）。

至今，人们还为拥有这样一个美丽的传说津津乐道而传颂着。扬通庙自然村的村民们也为之自豪着，生活在背靠庐山，面对鄱阳湖的风水宝地而世代繁衍生息着。

管雪林，男，1959年12月26日生，高中文化，庐山市白鹿镇秀峰村扬通庙自然村人。

庐山忆雪

罗龙炎

在我的记忆中，庐山的雪，以前比现在要大好多。

我最早接触庐山雪，是上世纪60年代初到庐山读初中的时候。冬天，北风紧吹，往往天上并不见飘雪，而树上却渐渐白起来。慢慢地，树枝上的冰凌朝北的一面便渐渐加宽，形成一把把条状的冰刀，远远看上去，又如一束束银色礼花在空中怒放。松树的松针，则被冰雕塑成一朵朵盛开的白菊。矮一点的草丛或灌木丛，也晶莹剔透，俨然一簇簇洁白的珊瑚。眼前这种玉树琼花的琉璃世界，先前在山下的时候，我从来没有见过，感觉无不奇特。置身其中，仿佛入了小人书中所描述的九天仙境。"始知灵境杳，不与众山群"。后来我才知道，其实那不叫雪，而叫雾凇。我的印象里，好像庐山雾凇多半比雪要来得早一些，而且总是从小天池一带开始。所以，小天池历来都是观赏雾凇的胜地。

当然，也常有雾凇和雪相携而来的时候，而且常常一来就要待上好几个月才肯走。那时，庐山的第一场雪，多在十二月初甚至更早就如期光临。一场雪下来，不会像最近这几年那样，过不了一两天就化了，甚至当天就化个精光。那时的积雪通常是不会化的，或者化得很慢。每每中午时分才化出的一点雪水，至傍晚又会冻成冰。接着第二场雪、第三场雪，一场接着一场，不断叠加堆积起来，越堆越厚，越冻越结。按老人们的说法，这叫"雪等伴"。

所以，那时整整一个冬天，庐山牯岭都处在冰雪封冻当中。虽非冰封千里，却也悬冰百丈。正如古人所说，"倚天无数玉巉岩，心觉庐山是雪山"。这种情形下，只要出门，就没有不踩冰踏雪的。为了防止滑倒，人们出门，要么往脚上套一双草鞋，要么系两圈草绳。不像现在，有冰爪可穿。若是开汽车上路，则要挂上铁链条。要是雪太深，汽车带链条也不能走，那就只有老老实实停在那里了。庐山冬天，汽车停开是常有的事。遇到这种情况，为了不耽搁邮件，邮递员不得不从莲牯路步行下山，把邮件背上山来，十分辛苦。至于能不能吃上新鲜菜，那就没有人管了，不像现在，冰冻三尺，牯岭的菜市场还照样琳琅满目。所以，那年月，山上的人，家家户户入冬前都会储藏足够的马铃薯、白萝卜、咸菜之类的菜品过冬。这种冰雪封冻空山寂寂的日子，一直要挨到第二年三月开春之后才会慢慢结束。

庐山一下雪，天就会很冷。气温一般都在零度以下，最冷的时候，有零下十多度。

我读初中时，家里很穷，庐山也很穷。大冬天，教室里没有火炉，更没有空调，任何保暖设施都没有。我穿的冬衣既不厚实，也不暖和，脚上踩的是母亲手工做的单布鞋。上课的时候，脚冷得生痛，又不敢踩脚。一到下课，就用力地踩起来。这时，全班的踩脚声会顿时响成一片。有好几回，我们还用火柴把废纸点着，直接把脚放到火上去烧，也感觉不到火烧的灼痛。

那时，对我们穷学生而言，最有效的取暖办法，就是到马路上去滑雪。听说，这两年庐山在莲花谷建了滑雪场，但雪却是人工造的。我们那时滑雪，马路就是天然的滑雪场。从第一场雪开始，一场一场往上加，人踩，车碾，马路上的雪，变得又厚，又结实，又光滑。

牯岭有两段马路最适合我们土法滑雪。一段是牯岭饭店至十五号桥，一段是大林路口至如琴湖。这两段马路都有十几度左右的斜坡，可以从坡上一下滑到坡底。

我们的土法滑雪只要你敢滑，谁都可以去滑。装备很简单，取一截长约一尺的竹筒，劈成两半，再用刀将两片竹片劈口一面削平，然后分别将竹片一端用火烤炙，使之自然弯曲形成平钩状。这样，一副简易滑雪板就算做好了。滑雪时，将竹板表皮的一面接触冰雪，人两脚各踩着一片竹板，借助重力和斜坡，就会自然滑动起来，在惯性的作用下，会越滑越快，很刺激。初学的时候，由于平衡掌握不好，会常常摔跤。不过不很要紧，因为地上是厚厚的冰雪，一般不会摔伤到哪里去。但滑过雪的人，特别是初学者，几乎都摔过跤，甚至人仰马翻，也有摔得哭笑不得的。会滑的人则很牛，他们可以做着飞翔状，一口气从坡上滑到坡底。我不行，生性怕死，一到速度快起来，就会不由自主地蹲下身子，设法滚到路边停下来。

也有一些人不用竹板滑。他们用木板钉个架子，再在架子下面装上竹板，前门还安一个活动横杆作方向盘，就做成了一副简易雪橇。坐在雪橇上滑，重心低了很多，自然就不大会摔跤了。

那时，一有机会，我们就结伴去滑雪。虽然天寒地冻，有时甚至天上还在飘着雪花，身上却是暖暖的，不觉得冷。当时，有一首歌，歌名我现在已经忘了，歌词倒还记得几句。"冬天里不怕，大雪和风霜；夏天里不怕，火热的太阳。我们游泳，我们滑冰。我们每天起得早，起来就做早操！"每次冒着严寒去滑冰的时候，我们总爱哼唱这支歌。

记忆中，庐山滑雪，是我初中时代最快乐也最难忘的时光！

那时庐山的雪很大，有时一夜风雪，会把大门都给封住。

我初中毕业时，饥饿岁月并未结束。因此，阴差阳错，高中没有读几天，我就离开了庐山。直到70年代初，我被调到庐山文教处教研室工作，又一次来到庐山。

刚调到山上时，没有宿舍，领导安排我和一位姓万的老师一起住。他是临时从山下抽调来搞审干工作的，住在西谷粮站后面的山顶上。当时。庐山一小还没有从山顶上全部搬走，还有部分老师在这里办公。我和万老

253

师住的小间，在一栋两层板房楼的二楼。我们的铺盖就铺在用办公桌拼成的床榻上。万老师是一个很风趣幽默的人，生活也很随便，摞一摞书就算是枕头。我们俩原来就认识，晚上他总爱给我讲笑话。居住条件虽然较差，却并不觉得苦。我们常常闲聊，有时聊得兴起，竟聊到夜深。

一天晚上，寒潮来到了。风特别的大，刮得屋上的铁皮瓦哗哗作响，木板房似乎都被撼动。没多久，天开始下雪。雪毛毛不时从木板的缝隙里钻进屋来。万老师把几个漏风的缝隙，用废纸紧紧塞住。我们聊了一会儿，他就打起呼噜来。不久，我也睡着了。

不想，半夜，我们房间屋顶的铁皮被风掀开了一角，顿时，北方呼啸而入，雪片纷纷扑进来。慌乱中，我翻身下床，又惊，又冷，不住地打战。万老师也被惊醒了。他看了一下屋顶，二话没说就迅速出去，撬开了楼内一小老师办公室的门。按万老师吩咐，我们随即把铺盖转移到办公室。好在办公室有火炉，还封了一炉煤，比较暖和。万老师熟练地把煤火捅开，炉火就很快旺起来。他乐呵呵笑着说，好了！"风雨不动安如山！睡吧。"经他这么一调侃，我的心神这时总算也平定下来。我庆幸还好和万老师住一起，要是我一个人遇到这种突如其来的袭击，真不知该如何应付。

整理好之后，我们又开始睡觉。第二天早晨醒来一看，窗外一片白，风依然卷着雪花，漫天飞扬。我提着冲壶，想到下面厨房去打壶水上来烧。可是，二楼对外的大门怎么也推不开。万老师过来一看，说，这个地方兜风，门被雪封住了。我们好不容易扒开封门的雪，用铁铲铲出一条小路来！

大雪不仅封门，有时还封路。

记不清是1974年还是1975年春节期间，雪下得好大，一场接一场。我休假在山下家里过春节，到了初七，该回牯岭上班了。班车显然是坐不成的，登山公路已经多日不通车。走莲牯路，有消息说也不行。大雪把石头台阶全都淹没了，又陡又滑，不好走。那年月，不按时上班是不允许的。怎么办呢？同村的吕师傅和我一样也要按时回牯岭去上班。他是庐山建筑公司的木工师傅。我们俩商量后，决定从北山登山公路走上山去。

初八早饭后，我们从谭畈出发，穿过马尾水，插上北山公路。刚进马尾水山路，雪就有一尺多深。我们深一脚浅一脚，好不容易上到公路。心想，公路会好走一些吧。谁知，公路的雪也有一尺多深。这还不说，公路上的雪，好多天没人走过，上面结了一层硬壳。一踩上去，壳就破了，人就往下一塌，再一踩，又一塌。一踩一塌，反复如是，走起来很慢，而且十分吃力。没走多久，我们就气喘吁吁，汗流浃背，衣服从里湿到外面。虽然感觉很累，但又不敢多休息，一来怕时间不够，二来多停一会儿就冷。所以，不得不咬着牙关拖着沉重的脚步往前走。到后来，两条腿完全是机械地挪动。这样一直到傍晚，我们才走到牯岭。人都走木了，走憨了。到了家，人停下来后，还觉得两个脚在不住地往前挪动。

换下衣服之后，用热水好好泡了泡脚，顿时舒服极了。那种舒服，是无法言说的。第二天醒来时，感觉全身松软，用劲伸展之间，大腿的肌肉有一种特殊的酸酥感，酸胀中似乎带着几分舒坦，就如口茹话梅那样，酸中带甜。

这是一次刻骨铭心的行走，也是一次真正的坚持与战胜。有位诗人曾说，"没有比脚更长的的路"，说得确实有道理，有诗意。

现在说起来还真有点遗憾。早年我在庐山读书和工作的日子，加起来也有十年之久。虽然我和冰雪年年打交道，但竟然没有好好欣赏过一次。除了做学生时常去滑雪以外，也从未与冰雪亲近过，更别说留下几张雪景的照片。1977年，恢复高考时，我离开庐山。此后，三十多年的时间里，冬天，我一次庐山都没上过，与庐山雪便越来越有隔膜了。直到退休之后，我加入了庐山户外队伍，才对庐山的冰雪产生出十分浓厚的兴致。

退休不久，一次偶然的机会，我"重整旗鼓去登山"，进入庐山户

印象庐山

外，成为一名驴友。自此，一发而不可收，我竟成了户外铁杆粉丝。那时我们每个星期至少要爬一次庐山，而且风雨无阻。每次出行，我们都要拍下大量照片，回来发到庐山户外网站《精彩回放》栏目上，与大家共享，乐此不疲。由此，户外行走，不仅成为我们生活的重要部分，而且成为我们热衷奉行的一种生活方式。山峰、壑谷、丛林、野路、瀑布、溪水、朝霞、夕照、风雨、冰雪……统统构成了我们生活的一道道美丽的风景线。

2008年初，南方大雪，庐山大雪。然而，这冰雪不但没有成为我们登山的障碍，相反，成了我们出行的巨大吸引力。从元月初到春节前，雾凇，风雪，冻雨，一场接一场轮番侵袭，一次又一次把我们吸引到风雪山道中。第一次上山遭遇的是冻雨，当地人叫"油滑凌"。冻雨落到地上，如透明的玻璃，比雪要滑得多。我和三套车、大笨熊三个人同行，穿着在莲花洞农家买的草鞋，拄着登山杖，一步步往上爬。到了竹林寨，路边的树挂满了冰挂，有的把路都拦住了。竹子被冰压成了一张张大弓，横到路上。我们不时用登山杖敲打冰挂开路，或是猫着腰从竹弓下钻过去。到了好汉坡，台阶都冻成了镜面，又陡又滑。为防意外，我们都弯下腰来，手脚并用。到小天池时，北风呼啸，如刀削面，寒气更加咄咄逼人。望江亭银装素裹，在风中默默挺立。整个牯岭被笼罩在寒雾之中，屋影朦胧，空山寂寂，天色冥冥，街上几乎一个行人都没有。我们行走其间，仿佛坠入了时空深处，心里不禁有点恐惧的意思。当时，我的心中甚至奇怪地掠过一缕"庐山冰川"的幻影。

这种情景，以前我在庐山许多年从没有注意到，既陌生又神秘，居然还心生喜欢。自那之后，我对冰雪庐山格外喜欢起来。

我们的冰雪庐山行，总是选在雪大的日子，也往往是最冷的日子。有一年庐山很冷，小天池的风雪雾凇特别漂亮。清晨，我和几个驴友赶到小天池山门旁。一看，门楼俨然成了高大精美冰雕，路边栅栏的冰凌排成刀阵，威风凛凛。我们都很兴奋端起相机拍起来。这时，有一位新华社的记者也在这里拍雪景。可能是我红色的冲锋衣在冰雪世界中比较显眼，他拍下了我弓着腰拍摄雪景的照片，并发到了人民网上。我当时只顾拍片，并未察觉到。后来，朋友在网上看到那张照片，问我，我才知道自己竟成了记者镜头中的风景。

那次，我们还上到小天池诺那塔观景亭拍雪景。蓝天下，阳光给远处的丛林雪峰，抹上一层淡淡的紫蓝色清辉，十分清雅宁静。近处的诺那塔在蓝天下，显得格外圣洁。这是我第一次大雪天上小天池观景台。我从来没见过这么摄人心魄的雪景，顿时不由自主地沉静下来，屏气静心，一气猛拍。渐渐，手冻僵了，指头冻得生痛。从口罩中呼出的气，凝到眉毛上，眉毛都白了。大家相视而笑，的确是"冷并快乐着"！

像我一样喜欢冰雪庐山的人还真不少。有一年元旦，大雪纷飞，我们一百多人结伴冒雪登山。队伍从高垄碧龙潭坎上村出发，经捉马岭古道登山。一路上，红色的旗帜、五颜六色的冲锋衣、羽绒服，在白雪中格外绚丽。说的、笑的，唱的、叫的，打的、闹的，追的、跳的，情态纷呈，热闹非凡。虽然处于大山雪谷中，却没有一点儿"千山鸟飞绝，万径人踪灭"感觉。那种热烈的气氛和快乐的场景，躲在屋子里烤火的人是无法想象的。登上小天池公路时，里面的衣服全被汗湿透了。我们几个年纪大的，在一处稍背风的地方，冒着严寒，脱光上衣，擦了几下，换上干衣服，立马感到无比的舒服。大家都说，这要是在以前，无疑是会感冒的。雪大天冷，不但不能阻挡"雪粉"们行走的脚步，相反，雪越是大，越有吸引力，越能激发大家进山踏雪的热情。所以，那几年，庐山一下雪，户外出行的平台上，总是一呼百应。

遗憾的是，现在，大雪之于庐山，似乎已然稀罕之物了。自从2008年那场大雪之后，近十多年，特别是近两三年，庐山雪虽然每年都有，但多半不过区区几场而已，而且，也没有以前那么大。2017年冬，庐山雪姗姗来迟，第一场雪，一直挨到2018年1月4日傍晚才下，并且到晚上7点多点就停了。个把多小时的小雪，没有形成可观的景致。弄得一班"雪粉"驴友摄友，眼巴巴空盼了许久，忍不住在朋友圈里感叹抱怨。

那年，我在南国羊城过冬，看到朋友圈的信息，撩拨情思，写了一首小诗《牯岭雪梅》，以记对庐山雪的忆念。诗曰：

牯岭凇花白，山梅当路迎。

暗香随径绕，疏影向天横。

铁骨凝寒劲，红唇映日莹。

为因冰雪裹，更显洁高清。

2019秋记于濂溪河畔匡庐苑寓所

罗龙炎，网名秋空明月。1946年出生，江西九江人。九江学院教授，江西省作家协会和评论家协会会员。

我在观音桥给周恩来总理当保卫

记述：晏挺然

整理：晏飞

1961年下半年，党中央在庐山召开会议。那时，我在星子县法院工作，被抽调负责五里公社观音桥的保卫工作。

一天上午，庐山指挥部打电话通知星子县委，说有总理以上的首长到星子看看，要求县里保证绝对安全。正在召开的县委常委会立即散会，我和另外三位同志立即赶赴观音桥。因为庐山指挥部只通知首长到星子，不知道具体到星子什么地方，所以县里的同志就四处都去准备。

上午十点左右，我们在一处姓周的老表家中喝茶，这时首长的车子就来了，竟然是敬爱的周恩来总理。

周总理穿着蓝色卡其布中山装，带着黑边眼镜，一下车就来到周老表跟前。

周总理问：江西老表，你贵姓？

周老表回答：我姓周。

周总理说：我也姓周。

周老表问总理：你是哪个周家？住在哪里？叫什么名字？在哪里工作？

周总理往山上指了指，回答：我是这上面的周家，父母早已去世，我在好远的地方工作，很少回来。

这时，后屋走过来一个小女孩儿，后来知道了她叫周桂花。

周总理很喜欢小孩子，他亲切地对周桂花说：小朋友，帮我带路，到

259

你家去看看。

周家湾到观音桥没有马路，车子走不了。周总理牵着小桂花的手，走了一里多路。周总理步行到了天下第六泉。陪同人员停下来喝水，周总理看着就笑了，大家也笑了，然后围着周总理拍照留念。照相过后，大家都到水潭下去戏水，周总理牵着小桂花的手也往下走。

下坡途中，横着一块大石头，周总理想上去看看。保安人员赶紧叫我过去，问我这块石头埋在这里多久了，会不会摇晃。我没有把握，含含糊糊说那有几百年吧。周总理摆摆手说，算了，我不下去了，别为难人家地方同志了。然后，周总理回到桥上，坐在竹子躺椅上休息。等周总理坐下来，我就给周总理送上一杯庐山云雾茶。周总理的随行人员也削了梨子给周总理吃了，还拿别的水果、饼干给周桂花吃，吃不完就往她口袋放了。庐山指挥部每天拨招待费给观音桥，零食工作人员也可以吃，未拆开的可以退回商店。中央领导吃的东西，他都要照价付钱。

周总理躺在竹椅上，和周桂花聊起天来。

周总理问：小朋友，你今年多大？

周桂花说：我今年11岁了。

周总理问：你在学校几年级？

周桂花回答：我没有念书，家中生活困难，没有钱上学念书。

周总理问：你在家中做什么？

周桂花回答：我在家中放牛。

周总理又问：你放几头牛，一头牛记几分？

周桂花回答：我放一头牛，一头牛记一分，好劳力每天记八到十分。我放一头牛，每天不到一角钱。

周总理说：那太少了，你回去对小队干部说，起码你要放两头牛，每头牛每天要记两分，两头牛每天要记四分。你听到没有？

周桂华回答：你说的话没有用，要小队干部同意才行。

260

周总理笑着说：有用。小队干部不同意，你就对小队干部说，是今天到观音桥来的周伯伯说的。要给放两头牛，每头牛要记两分，两头牛每天要记四分工。

周桂花回答：我回去试试看。

周总理的秘书在旁边插话：保证行，不行的话再找周伯伯好吧。

周总理又问：你穿的衣服有没有？

周桂花回答：我的衣服全都是新的，热天衣服有两套，冷天的也有，我的父母好喜欢我。

周总理又问：你参加儿童团吗？

旁边的江西省委杨尚奎书记说：现在不叫儿童团，叫少先队，农村还没有。

周总理说：对对，现在叫少先队，过去大革命时期叫儿童团。

周总理接着问：你家有几多田，每年收谷多少斤？

周桂花回答：每年要收几十万斤。

周总理问：现在收了多少？

周桂花回答：今天还未收割，不知多少。

周总理说：这是五八年的浮夸风吗？

周总理又问：你家养猪吗？

周桂花回答：养了一只好大的猪，有两百多斤。

周总理笑着问：今天到你家吃中饭，把你家养的大猪给我们吃，好不好？

周桂花回答：不行，这头猪养大卖掉后要用来买口粮的。

周总理说：你不要怕，放心吧，我们保证你家有口粮吃。

周总理话音刚落，随行人员提醒他：总理，我们在这里坐了一个多小时，我们该走啦。

周总理说：我们走了，下次再来。

随后，周总理就和周桂花告别，离开了观音桥。

因为我是地方保卫，一直站在周总理的竹椅后面，他老人家和小桂花的说话经过，自始至终我都在场，每一句我都听得很清楚。我在周总理后面还照了许多照片。

周总理离开观音桥的当晚，我送去了许多粽子、糕点到周桂花家中。听到我们的介绍，说今天来观音桥的是周总理，周桂花的家人大吃一惊，说没想到真是周总理！

记述人：晏挺然，男，江西弋阳人，1934年出生。1949年8月，先后由邵式平、方志纯介绍到上饶革命烈士学校、江西工农中学学习。后在江西省公安厅、江西省第三监狱、星子县人民法院、星子县南康镇、星子县开关厂、星子县总工会、星子县退休管理委员会等处工作。

整理人：晏飞，晏挺然长子，1963年出生于星子县。1982年在中国人民解放军步兵陆军第一师第一团（83012部队）修理所服役，1984年7月—1985年7月参加对越自卫还击战。曾任人保财险德安县支公司经理、天安保险九江中心支公司总经理、恒邦财产保险股份有限公司九江中心支公司总经理兼党委书记，现任恒邦财产保险股份有限公司理赔管理部/客户服务中心总经理。有画册《魅力九江·梦里水乡》、长篇报告文学《不辱使命》（策划）等作品。

古城小巷——黄家巷

卢雁平

　　前年，黄家巷被列入庐山市棚户区改造。政府的工作力度很大，短短几个月里，先是宣传、动员、搬家，然后是挖掘机进场，不消几日，古老的黄家巷就彻底改变了模样。

　　2019年农历七月半，傍晚，我奉母亲之命，带上祭品，随着为数不多的卢、胡两姓黄家巷原住民，借着远处桃源大道路灯的余光，来到了正在拆建的黄家巷。人们凭着印象和相互指认，摸索着寻找自家旧宅的大致位置，摆上祭品，手捧木香，跪拜作揖，聊表对祖先的思念。事毕，只见人们三三两两集在一起，神情依恋地在低声说着什么，良久不肯离去。我也猜出了几分，不外乎是担心来年是否还能来老地方祭祖。的确，背井离乡的人尚有返乡之望，而世世代代在此繁衍生息的黄家巷人却要永远离开这里。

　　想到这些，不禁长叹一声，儿时的记忆及父辈们口口相传的那个有着麻石路、青砖屋、小溪流、圆拱桥的江南小巷——黄家巷仿佛就呈现在眼前。

　　黄家巷坐落在庐山市市内（原星子县城，古南康府所在地），城市背匡庐，面鄱湖，傍水而建，城内丘陵起伏，街道崎岖不平，唯有城东南有一片平地，一条名叫冰玉涧的流水从东北面西南横贯，将这块地与闹市隔开。在涧拐弯处有两座相隔不远的拱桥，涧水在两桥之间形成一个十来米见方的水潭，东边拱桥高高隆起，上面建有凉亭一座，再往东是一道紧贴拱桥与路水平的石桥。涧边是一排乌桕树，透过绿荫，簇簇房屋，灰砖、黑瓦、流水、深巷展现在眼前。这就是过去在星子享有一定声誉的黄家巷。

黄家巷呈丁字形，东西向巷约250米，与冰玉涧平行，朝南向巷南高北低约150米。巷内有5米宽通道，道旁有三处立有两块合立的旗杆石，石高1米多，宽约50厘米，上有一圆眼，是封建社会官员竖立旗杆用的。巷道两旁是一家连着一家的青砖屋，黑灰色的墙上覆盖着斑驳的青苔。房屋多为徽派风格，带天井的大宅并不是很多。巷北有一栋面南两层方形西式洋房，房前的围墙中间开着对开的小木门，门上像北方的四合院一样建有雨棚，在众多建筑中格外显眼。洋房西北方不远的涧边有一口水井，是全巷人的吃水井。每到黄昏时，挑着一头带绳的水桶前往挑水的男男女女络绎不绝。巷内有两条小溪，其中一条由南向北，源于城墙下射步亭，汇西边府学包和东边义学堂茂林、莽草中之水，在亭下石坝边形成涓流，至黄家巷巷南口形成黄家潭，然后沿巷东墙下，过小桥至巷北墙拐弯，与东西向溪水汇合至巷西，形成卢家潭；东西向一条，源于城东南城墙下一座通护城河水管，进城后形成一口塘。塘两边是低矮的山坡，茂密的松林，塘西形成一条涧，至黄家巷东，过袁家桥与冰玉涧汇合，另一小支流沿黄家巷北墙由东向西而下，与南北流向的小溪相合，经卢家潭向西流向南湾而去的冰玉涧中。流过每家门口的溪水犹如山泉，清澈见底，终年不断。站在巷中央朝南望去，略带弧形的城墙似是黄家巷的后院墙，北望则是横在巷前的冰玉涧，涧上中间一座凉亭，两边两座桥，恰似黄家巷的大门。早春季节，家家门前水声潺潺。碧水潭边、杨柳树下，是巷内女人洗东西时集会的地方，青石板的溪岸，花岗石的小桥，则是孩子们玩水的场所。由于地势较低，每年汛期，鄱阳湖洪水经冰玉涧倒灌漫进黄家巷，水大时淹过数米高，搬家躲水成为一年一度的家常便饭。虽是洪灾，也灾中有乐，大人们用各种工具在门口扳鱼或用丝网放鱼，小孩则乘着洗澡用的木盆在水上荡来荡去。这就是以前的古黄家巷。

从黄家巷出发，沿冰玉涧向东北行二里许出东门，对面岭上矗立着七级梯云塔，塔上层层门户，清晰可见。沿涧南行里许出南门，面前是朱熹所建紫阳古堤，横卧湖滨。不远的湖中，一座圆形石山屹立，名叫"落星墩"，星子县名由此而得。远远望去，青山隐约间，有一座舟人崇拜的神秘的"老爷庙"。再远望去，则是浩瀚无边、水天一色的鄱阳湖面。

黄家巷，据说是籍贯属一湖之隔都昌县的宋代理学家黄灏来南康府拜朱熹为师，得道后在白鹿书院讲学，后在城东南落户而形成的。巷内居民历来以耕读为本，从古至今人才辈出，巷内不过二十来户人家，清末民初就出了不少人物，比如：卢耀祥，光绪年间南康府训导；卢耀容，光绪年间登仕佐郎；胡德馨，国民政府铨叙部赣浙闽铨叙处处长；卢英瑰，第一次国共合作期间中共星子县委书记；黄石子、黄益义曾任中共县委委员等。新中国成立后，随着城镇发展，外来人口增多，但人才仍主要出自世居黄家巷的卢、胡二姓之家。如胡振鹏，中国第一位水利博士，曾任江西省副省长、江西省人大常委会副主任；卢名涌，九江制氧机厂党委书记；卢致中，上海纺织大学教授；胡小平，山东大学威海校区教授；卢劲松，中国船级社广州分社高级工程师等。其他科级行政领导、高级教师不胜枚举。值得一提的是那些因为努力而改变了身份的佼佼者，始终都保留着祖辈留下的勤劳朴实的本质，每到下班或节假日，他们都会脱掉制服，换上球鞋，挽起衣袖，挑着粪桶，不约而同来到巷子旁边的菜地和菜农们一起劳动。尤其是胡振鹏副省长在读研究生时，假期回家种菜养猪在全县传为佳话。黄家巷自民国以后黄姓渐渐少了，巷内以卢、胡两姓为主，但黄家巷这个古老的名称，在民间仍照常沿用，并且载入历代县志。

随着时代的变迁，虽然现代的黄家巷，除巷道、水井、拱桥、溪流等外，已难觅古时的踪影，但世代在此居住的黄家巷人邻里友爱，和睦相处。如今黄家巷人搬迁走了，改造后的黄家巷也不知是否还叫黄家巷。大家都不愿千年黄家巷就此死去，都希望黄家巷像一只凤凰在涅槃中获得永生！

卢雁平，男，庐山市南康镇人，1963年出生。历任星子县委办副主任、科技局局长、农开办主任、城管局局长、扶贫办主任等职。

我所经历的星子基础教育

陈晓松

我出生于1964年2月，1980年6月高中毕业的时候，是16周岁零4个月。

那时候小学学制五年，我读了两个一年级，在三年级时，年级结束时间从寒假改为暑假，因此三年级读了1年半，合计就是小学读了6年半；那时候中学学制四年，但我读了两个高二，合计就是中学读了5年，所以，我的小学和中学一共读了11年半。用16周岁零4个月减去11年半，可以得知，我上学的年龄为4岁10个月，日历时间应该是1968年底。

我不是神童，那么早上学完全是出于无奈。

家母秋桂大人在《印象山南》一书中是这样回忆的："1968年，干部按照'五七指示'接受贫下中农再教育，统称为'五七大军'，我们全家四口下放到了温泉公社东山大队项家墙插队落户。你爸爸在大队做工作队，我就在小队干活。在这里的时间虽然不很长，但老大是在这里上学的，当时我到小队小学代课，他没人管，就跟着我去上课，就这样上了学，所以他上学早。"

由此可见，我开始上学是非常不规范的，或许我的上学经历，就是母亲在台上讲课，我蹲在窗户下玩泥巴。但不管怎么说，在别人眼里，我还是进了学堂的。因为年纪太小，我对这个时期的学校生活几乎没有任何哪怕是碎块的印象，只会偶尔迸发出来一星似是而非一闪而过的漂浮记忆。2017年10月26日，陪母亲到项家墙故地重游，站在村头新修的水泥道上，我指着西边说，我觉得大队小学应该是归宗那些大樟树的位置，彼时身体还显得非常健康的母亲摇了摇头，说没有那么远，具体地点她虽然说不清楚了，但记得没有过"一见心寒"。这里简单介绍一下"一见心寒"：1938年8月，侵华日军发动武汉会战，入侵星子时将温泉镇东山村下山找粮的28名村民集中杀害。后人将遇难者合葬在被杀害地不远处，并立碑"一见心寒墓"。

母亲在书中继续回忆说："大概是1970年左右，上级号召部分下放干部协助大队工作，我被下放到了花桥公社桥北大队，当大队副队长，你爸爸下放到了蓼华公社翻身大队。"此地为什么叫花桥我介绍一下：因为这个小集镇的南面有条小河——友情提醒，并不是靠小集镇更近的北面的景家港——小河虽然不宽阔，但两边民众往来确实不便利。当地的一群叫花子看在眼里急在心头，就众筹建了一座桥。为了纪念花子们的功德，村民就把它叫作"叫花子桥"，后来简称"花桥"。到了上世纪90年代，可能是觉得"花桥"太土气，而且出身不好，于是改名为"华林"。

那年代，孩子身份都是随母亲的。比如说，父亲是商品粮，母亲是农业粮，生下来的孩子就是农业粮。再比如，父亲是上海户口，母亲是星子户口，生下来的孩子就是星子户口。身份随母亲，生活也多是随母亲。就这样，我跟随母亲从温泉东山小学来到了花桥桥北小学，在这里，有了一些清晰的记忆。

套用"南昌市为江西省人民政府所在地""南康镇为星子县人民政府所在地"的表述方法，可以说"桥北大队为花桥公社革命委员会所在地"。我家住的是桥北大队的大队部，一栋两层小木楼，楼上楼下都有住房，除了我们也没其他人家。当年风一吹整个楼房都吱吱作响，每当此时，我总是担心那楼会倒，但是，这样折面子的话是不能对大人说。现在回过头看，那是我人生第一次思考死亡，从此开始具有了忧患意识。所以，我那时睡梦中都会辗转反侧，带弟弟睡在楼下的母亲，半夜经常听到楼板咚咚作响，那是我滚落达地的声音。我现在左嘴角有块不明显的疤痕，就是当年滚落在带钉子的条凳上扎的，扎穿了，流了不少血，不过好像也没打什么破伤风针，没那条件。只不过，那栋让我担惊受怕好几年的小木楼现在还没倒，虽然局部颓圮，主体依然屹立。距离大队部北面20来米就是公社办公的地方，至于那里是平房还是楼房我真没印象，但记得正是在房子前面的道场上放露天电影，故事片之前垫场的《新闻简报》主要是三个主角，主席当然是第一，再就是西哈努克和阿拉法特。那道场是外界通往桥北大队的必经之路，有一次先严家模大人骑自行车从他下放的翻身大队带我回家，没注意道场上拉着些晒衣服的铁丝，往前一冲，铁丝直接勒在我的脖子上，我和父亲都摔倒在地，命运多舛啊。这次意外又增添了我的忧患意识，尽管我现在开车会不得已打电话甚至拍照，但眼睛绝不会松懈对道路及周边情况的观察，皆因小时候的烙印太深了。

转学到了桥北小学，照理说我至少应该上二年级，但家里觉得我太小，前面也没学到什么知识，还是应该再从一年级读起。我反正没有话语权，而且觉得学校还不错，有糊泥弄水的玩伴，读几年级管他去。最初桥北小学校址在哪里我没有印象，只记得教室是一间黑屋子，估猜我是年纪小、个头小，于是坐在第一排靠墙的位置。教室不仅黑而且挤，后边的大个子同学比较调皮，上课一直吵吵闹闹。我们的老师是一位头癣后遗症携带者，乡间一直认为这种人脾气比较暴躁，果然。他见到后边同学不听话，扔了几个粉笔头没有效果，突然一个大鹏展翅腾空而起，就从我的桌子上跨过去，站在后边的桌子上踢不听话的同学。我哪里见过这等阵势，吓得哇地大哭起来，隐约记得老师反倒有点手足无措，赶紧折回来安慰我。不过，可能是这一次哭得淋漓，之后很多年我都有泪不轻弹了。

后来大学毕业，我一竿子插到底分配到九江师专中文科做老师，经常听到中教法教师谈论"复式教学"，以为是多么高大上的教学法。有一天我终于恢复了记忆，我在三年级之前，一直是这么"复式"过来的。有印象的这一段，教室已经搬迁了，是一栋蛮大房子的西北角，没门没窗，通亮。房间西边本来就有个土坎，正好成了老师的讲台，下边坐着三组同学，分别是一、二、三年级。老师先给一个年级讲课，布置课堂作业，安顿好了这个，再去给另外一个讲课。老师讲了些什么我毫无印象，我只记得那教室是真破，外面下大雨，里面就要戴斗笠蓑衣。印象最深的是，在教室左侧靠墙位置，用木条隔了一个小间，墙根有条沟，老师就势在沟里摆了一担粪桶，这就是学校的男厕所。有一次，学校附近一户人家有人患病，家里人来到学校，想要一点童子尿做药引子。老师动员了半天，最后连哄带吓，终于有个男同学说了好些条件才进去，倒腾了半天，红脸爆筋地出来，大家一个个笑得打哏。

母亲还这么回忆说："后来我分派的工作主要是'蹲五队带六队'。五队就是上屋王家，但他那里没有房子住，我就带着你们搬到了下屋王家，直到1973年调回秀峰县委党校。"

到了下屋王家之后，我似乎开始记事了。我在班上做过班主席，后来班上来了一位烈士家属，洒农药灭螺牺牲的王书英烈士的侄子，老师就动员我做学习委员，让他做了班长。这时候，因为原来的教室太破旧，而且可能很危险，不能再做教室了，于是就把教室分散到了大队旁边的邹家。我记得每个屋场的学生去上学，先要集合排队，然后一起走向学校，最前面的同学举着红旗，第二个同学端着毛主席画像。不要以为后面的同学空手闲逛，我们要扛着板凳，冬天有的同学怕冷，居然提着火桶。因为是借用老表的厅堂上课，那时候各家各户的条件都不好，所以离邹家屋场近的就出桌子，远一点的就出板凳。桌子都是八仙桌，人钻在底下背来，上完课了原样背回去。2003年年底，我担任中文系分管教学的副主任，陪同学校分管教学的副校长魏寒柏到都昌检查学生实习，车载收音机播出一条新闻：九江市委主要领导批示，要求都昌年内必须解决学生自带桌椅上学的问题。我听了大吃一惊，说没想到都进入了新世纪，还有很多学生像30多年前的我那样。在复旦数学系获得博士学位的都昌籍魏校长生性幽默，他耸耸鼻子，说："没想到吧，教育的欠账多着呢，好多教育局长都应该打屁股！"

我还隐约记得在下屋王家的生活，应该是蛮艰苦的，经常下雨，又没有套鞋穿，很多人都是踩高跷出门。我也尝试过，但生性笨拙，所以经常摔跤，身上比不踩高跷还"泥巴搭洒"。家里住的房子我印象不太深，但确定是和牛栏相连，因为只要犯了什么事，母亲惩罚我，就是让我到牛棚里去罚站。母亲一喊我就进去，一喊我就出来，绝不赌气不吃饭。我在下屋王家最高光的一件事，是年终生产队起塘泥捞鱼，我站在池塘边看热闹，不知道怎么一只大脚鱼爬到我的脚边，我不敢用手去抓，就用脚一脚一脚地，把脚鱼踢回到家里。后来大人听说了，生产队长还到家里开玩笑，说脚鱼是公家的，要我交回去。看我惊慌失措的样子，大人们都是哄堂大笑。

到了三年级，应该是1973年的光景，我们终于兴高采烈地搬进了翘首以盼的位于景家港的新学校。这是一所那时候很正规的小学，小学有正规的校园，校园有正规的校舍，校舍有正规的班级教室，教室有正规的课桌椅。可是，我享受这种美好可能只有十几天的时间。有一天正在上课，大弟弟急匆匆跑来对我喊道："妈妈叫你快走，车要开了！"听罢，我慌慌忙忙把书本塞进书包，在老师和同学们错愕的注视下，跑出了教室，离开了桥北小学。因为母亲结束下放调回党校，于是，我也跟着她离开了花桥公社桥北大队，这一别就是"弹指一挥间"的38年。桥北小学记得名字的同学有王金火、邹俊玉（以上见过面，以下没见过或见了面也不认识）、陶才金、万年青。

父亲似乎是早于母亲回到县城工作，分配在县农业局，母亲则是回到了县委党校，回到了秀峰。因为我已经上了三年级，有一定的自理能力，于是父母就让我到县城念书。那时候，父亲还不到40岁，经常骑自行车下

271

乡。我平时就在农业局食堂吃饭，是不是自己洗衣服不记得，因为没有任何印痕，估计是不洗的。农业局到小学很近，那时候整个县城就这一所小学，有时候听老师叫"城关小学"，有时候叫"五七小学"，这些我们都不会去理会。我当时转到了三（4）班，去了之后不久，班上选班干，大家选我做了小组长，我还用带土味的乡下话骂选我的同学，被老师制止了。那时候都是男女搭配座位，后来知道了三（4）班是男女同学交往相对正常的一个班，男女生之间可以说话，桌子上不画三八线。我的同桌是家住东风造船厂的钱芳蓉同学，她当时给了我这个乡下小孩很多照顾，但后来一直都没联系，加之又深受老二班"男女授受不亲"风气的影响，以至于十几年后走在街上都互不理睬。班上的文艺委员叫王利平，他坐在最后一排，每次上课之前都由他起调唱歌，一个男生能把歌唱得那么好，我是第一次见到，城里的学校和乡下的学校，差别真不是一般的大。三（4）班的班主任是屈老师，他也是我们的语文老师。每一篇课文，他都由故事导入，使我有了浓厚的兴趣。如果要排人生的启蒙老师，我的启蒙老师就是屈老师。屈老师是都昌人，后来据说离开星子回了老家。若干年之后，我在师专校园闲逛，迎面走过来几个人，其中一人非常面熟，可是我当时绞尽脑汁都想不起来。过了好一会儿，我突然记起来了他就是屈老师，赶紧再追回去，他们早就不知去向。这可能是我唯一的向屈老师表示感谢的机会，可惜错过了。

前边说过，三年级多读了一个学期，在这期间，我加入了红小兵。六一儿童节那天戴红领巾的时候，我非常不好意思。因为人家都是一二年级的小孩，三年级的站在队列里，高高地杵在那里很醒目地丑。进入四年级，学校按成绩进行分班，我分到了成绩优秀的四（6）班，班主任是程招丽老师，这是我人生中第一个记住名字的老师。我说小学中学都是懵里懵懂，这是体现之一。

小学有段时间，按照学校要求，我们每天晚上都要组成学习小组进行学习。不记得是四（6）班还是五（2）班的时候，我和住在建筑社的叶永龙、旁边大屋里的张仁和是一个小组。那时候，叶永龙家祖孙三代九口人挤在一起，张仁和家人也不少，而我父亲经常下乡，就我一个人住在农业局的宿舍里，所以小组学习自然就安排在我家。自学的总体情况都还好吧，就是有一次，叶永龙突然讲起来鬼故事，张仁和也添油加醋一顿，结果把自己吓坏了，两个人都不敢回家。其实，我家到他们两家，都不过几百米的距离，但是那时候都是泥土路，沟沟坎坎，而且西边有一大片芭茅地，阴森得瘆人，最怕的就是这儿。于是，我们三人就挤在一床躺下了，抱团驱怯。到了半夜，咚咚咚有人敲窗户，原来是他们的父亲找人来了，把他们领回家。他们的父亲是分别来的，我被咚咚咚吵醒了两次。再说一点后话，就是到了初中，有段时间也要求组成学习班，这次就不在我家，我去的是商业局的李永生同学家，其间，我们还去医药公司谢秋雁同学的学习班取过经。班主任熊廷魁老师很认真负责，时不时走家串户地检查督促。

继续来说小学。我虽然分到了成绩比较好的班级，但很快出了一个"反潮流的小学生"黄帅，所以感觉也没读多少书，玩耍绝对是主旋律。从农业局到学校的路途，就是后来的县城仿古街，当年那里是一条砂石公路，左侧便是老城墙，城墙中间有个很大的豁口，从那里通往学校。现在说到城墙，很多年轻人脑海里会浮现出八达岭长城的雄姿。如果小县城的城墙也都那么巍峨，万里长城也就不会显得那么宝贝了。我们小的时候，县里城墙的东南西北轮廓还基本完整，不过大多数都已经成了土堆。土堆多好啊，是我们打土巴仗的好战场，出家门打起，城墙脚打到城墙上，一直打到教室。上课是我们休养生息的时间，下课之后继续开战，放学了更是打得不亦乐乎。尽管我们抗击打能力都还不错，但要奋斗就会有牺牲，没关系，轻伤不下火线，万一重伤了脑袋被打破，己方不会讹诈，对方不会抵赖，提几个鸡蛋慰问一下就一了百了。我后来也吃到了鸡蛋。那是一次课间，我们六班和五班在教室旁边的草地上搏击，五班班长谭振梅趁我不备，抱住我的双脚用头一拱，我惨叫一声就倒在地上。同学们看我不像装死，于是把我抬到乒乓球台，说我的右脚崴了，一齐帮我推拿起来。我原本还咬牙坚持，被他们一推实在忍不住痛哭起来。哭声招引来了一位高老师，据说是"会打"的，他摸了摸我的脚踝，说不能乱推。于是，叶永龙背着我走在田埂上，张仁和提着鞋跟在后面，把我送回农业局的住处。

其时，父亲下乡做工作队去了，母亲在相隔七八公里的秀峰党校，我只能自己照管自己。我只觉得右脚依然疼痛，不能行走，于是找了一根半人高的柴火棍做拐杖。农业局食堂在坡上，两截应该有二三十个台阶吧，我一天要拐上拐下跳三个来回，有些大人看见了，还责怪我不学好。过了三五天，我还是那样，隔壁的熊家爹就说，不会是骨折吧，于是打电话给我父亲。父亲回来后带我到医院拍片，证实了熊家爹的分析。于是，马上给我打上了石膏，让我回家卧床休息。谭振梅知道消息后，和他母亲提着一篮子鸡蛋来看我，父亲一点都没责怪他，还说小孩子打打闹闹磕磕碰碰总是难免的，谭振梅和他母亲很感激地离开了。我后来和谭振梅也没什么接触，中学毕业之后听说他做了船老大，不知道什么原因竟然溺亡了……

因为出了这样的意外，父母对我的安全担心起来，觉得不能给我太多的自由，于是，把我从县城小学转学到秀峰党校旁边的五里公社秀峰小学继续念四年级。从党校家里走到学校，要经过蔡家湾几个村子，路比县城上学远多了。不过这一路，除了担心在田埂上踩到菜花蛇之外，其他也都是蛮好玩的。我对秀峰小学只有两个印象，一是一个学期交了6角5分钱学费，二是男同学最喜欢的课外活动是扒裤子。秀峰小学记得名字的同学有陈述星（以上见过面，以下没见过或见了面也不认识）、帅金林。

之所以秀峰小学存留的印象不多不深，是因为待的时间太短，不知道有没有满一个学期，随着母亲从县委党校调到县委宣传部工作，我又跟着她回到了县城，住在农业局第一排宿舍东头第一间。这是离开温泉公社东山大队之后全家的第一次团聚，其时已经是1974年。

我当然还要回到县城唯一的小学去读书，读五年级。我到学校报名的时候，遇到了教导处蔡海林老师，他是一个大嗓门的直性子，一见面就问我去哪个班。这时我才知道，我们那一届，可能是像我这样的回城生比较多，从六个班扩成了七个班，但是我也不知道到哪个班好。就在我犯难的时候，蔡老师问我的班主任是谁，我说是程招丽老师。蔡老师说，程老师现在是五（2）班班主任，你就去二班吧。我走到二班窗户那一看，嘎嘀哟！好多老熟人啊，叶永龙、张仁和、于崇明等人都在这里，他们看到我也很高兴，情不自禁地鼓起掌来。此情此景让我感到温暖、亲切，我不是到一个新班，而是回到了过去的集体。这个集体后来我们习惯地称为"老二班"，以区别高中之后频繁分班分出来的其他二班。蔡海林老师后来离开了学校，去做了令人艳羡的石油公司经理，但从他后来的经历看，他这种性格的知识分子，还真是不适应从政经商。

老二班会玩的人很多，所以玩得很疯，相比之下，其他班显得比较沉闷，只有各班抽调合成的七班还能相提并论。班上有三件事值得略记，这三件事都和叶永龙有关。叶永龙是班上的锋霸，义字当头，勇猛异常。冬天的时候，男生喜欢分边贴墙挤暖，有一次叶永龙把蒋雄同学从走廊摔倒了教室前的场地上，蒋雄当时口吐白沫，抽搐不止。还有一次，叶永龙和班上新转来的程新华同学打架，开始他是占上风的，后来程新华的弟弟赶来助阵，三人从教室滚到操场，从坡上打到坡下，叶永龙虽然输了，但以一敌二不是完败。让叶永龙颜面扫地至今为我们同学津津乐道的是，有一次叶永龙照例欺负女同学，哪知那位瘦小的陶淑琴柳眉倒竖，瞋目长啸，辫子一甩，操起板凳就朝叶永龙砸来。叶永龙虽然久经战阵，但拳头从来没有击打过女性，顿时惊慌失措，撒腿就跑。于是，星子小学1975届一、二、三、四班的同学，共同见证了一个空前绝后的历史性场面：一个男生被一个女生拎着板凳追着，围着教室跑了三圈……陶淑琴后来被我们赠予绰号：板凳！叶永龙遭此打击之后，性情有所变化，历经艰辛，现在发展得很好。

因为玩得疯，时间自然过得飞快，转眼就小学毕业了。但是，拍完毕业照的第三天晚上，很多同学聚在灯光球场看篮球赛的时候，传来一个噩耗：陈小平同学当天傍晚在南门河游泳时，不幸溺亡。我和陈小平名字相差一个音，他被同学开玩笑称作"胖大陡"，我被称作"胖大紧"。我们是同一小组，作为小组长的我经常要检查小组每位同学的作业，还要挨个听他们背诵课文。我们的字写得都还可以，他比我强，都被程老师抽为宣传小组，每个星期天到学校出黑板报，所以接触很多，印象很深。第二天，我和几个同学询问到他在东门涧的家，却不敢近前，看到的是门口翻倒的板凳。懂风俗的同学就说这是人已经埋葬了，没成家的人是"短命鬼"，不能在家停棺。前几天还在一起嬉闹的同学，就这么阴阳两隔，此事对年幼的我们，打击很大。我本来就有点怕水，从那之后更是畏惧，所以我尽管一直生活在大湖大江大海岸边，大学时甚至开设过游泳课，后来甚至还教会了女儿游泳，但我自己一直不会游泳。

我们是成建制升入初中的，星子小学的七个班变成了星子中学初中的七个班。过了一个暑假，从小学生成长为初中生，我们似乎一下子长大了许多。因为我记得到县中去报到的那天，老师还没来上班，我们同学竟然没有打打闹闹，而是坐在教室前的矮墙上憧憬了许久的未来。特别不能忘却的是1976年9月9日下午，我们放学走到扬武角，百货公司的高音喇叭里播放着《告……书》：老人家逝世了……我们仿佛一下子感受到了自己身上的责任，在其后的悼念活动中，我们很多同学都成熟得相互认不出来了。我记得县礼堂的礼兵就有我们班的袁德林同学，他手持一支木头枪，目不转睛，神情肃穆，好长时间纹丝不动，认真得让我们感到震撼！

其实1976年开年，就仿佛和往年不一般。1月8日，周恩来总理逝世，我记得收音机播送讣告的时候，父亲一个劲地摇头叹息。7月6日，朱德委员长逝世。紧接着7月28日，北京时间3时42分53.8秒，东经118.1度、北纬39.6度，在距地面16公里深处的地球外壳，河北省唐山市丰南区一带突然发生里氏7.8级强烈地震。23秒钟后，唐山被夷为废墟，682267间民用建筑中有656136间倒塌和受到严重破坏，242769人死亡，164851人重伤，4204个孩子成了孤儿，直接经济损失达30亿元人民币以上。这些当然都是后来才知道的数据。当时，我们只知道地震非常厉害，党中央所在地中南海都有震感，地震的消息好像还是开滦煤矿的工人开着车到北京向中央报告的。社会上传说只要经过河北的车辆，都会被扣下来去参加抗震救灾，解放军是一火车一火车往唐山开过去。后来传言更厉害，说星子也是处于断裂层，是地震带，可能也会发生大地震，于是各个单位都在办公室的房前屋后，搭起来很多简易防震棚，供本单位职工及其家属在棚里过夜。我记得父亲不太相信地震这回事，他不肯到地震棚睡觉，他把竹床摆在门边，在桌子上放一只搪瓷缸，说地震来了搪瓷缸就会掉下地，把他惊醒了就马上跑出来。母亲说地震来得快，父亲肯定是跑不赢的。为此父母经常拌嘴。住地震棚最快乐的是我们小孩，少年不知愁滋味，每天晚上从这家的床铺跑到那家的床铺，好不开心，好不热闹。地震一直防到毛主席逝世。老人家逝世之后，吊唁活动就成了重中之重，大家渐渐把地震抛到脑后，不过地震也确实没有发生。

初中的学习抓得不紧，劳动却是不少，印象最深的是经常性地扛大粪。从学校厕所舀起来，两个同学一组，担到县农科所那边的农田里，据说那是学校的农场。调皮的同学就不到学校舀粪，或是在学校舀半桶粪，然后快到农田的时候在路上兑水。我们这些比较老实的同学，虽然知道有这样投机取巧的方法，却不敢去尝试。

前些年，我曾手绘了一张县中地图，因为我觉得，县中的校舍是很有规划的，可惜我不太能恰如其分地形容它。记得从北而南是大礼堂，大礼堂前面东西各有两间教室，分别是一班、二班和三班、四班，再南是纵向的一排柏树，五、六、七班就在这个林荫道的西侧。应该是我们初二的时候，学校把这排柏树铲除扩建运动场，劳动重点就转向到这里了。不过，到我们高中毕业的时候，这个运动场还没完工。这让我联想到我在厦大也是如此，现在的网红地芙蓉湖是我们八〇级挖的第一锄，到我们毕业的时候，还没有湖的影子。

学校大礼堂北面，和石粉厂相邻的区域，原是一片荒地，学校把它均分到我们七个班，分别种过红薯和油菜之类。油菜是怎样的收成和分成不记得，红薯我们经常监守自盗，不过都是些拳头大都没有的玩意，挖着玩而已。

初中两年，我们经常坐在学校南边的城墙上眺望鄱阳湖，望着远处的茫茫沙山，望着湖上的点点白帆，说着一些不着边际的话语。那时候流行手抄小说，《梅花党的故事》《恐怖的脚步声》等等我都抄过，很想看的《少女之心》却是很多年之后已经不想看的时候才看到。夏天涨水了，男同学中午就相约去游泳，为了防止有人向班主任报告，所有男生都要去，而且必须下水。我本是怕水的，为了不被孤立，也只好闭着眼睛从船上往水里跳。鄱阳湖丰水季，南门来学校上学的路都会淹没，水大的时候淹到了人武部门口，蔬菜队基本上是一片汪洋，我们就只能绕道东门岭，从东风造船厂拐到石粉厂，到学校来上课。有时候也会乘船乘舴盆，但学校为安全起见这是不被允许的。

初一的时候，班主任是江敏老师，她很年轻，工作没什么经验，年纪大一些的同学还敢欺负她，给她取外号。初二的班主任是熊廷魁老师，他竟然是程招丽老师的丈夫。我们小学的时候，他帮程老师改作业，已经牢记了我们的名字和习性，所以一下子就把我们降服了。不过有些东西熊老师依然改变不了，比如说男女同学之间的老死不相往来。班上李玲同学年纪大点，于是加入了青年团，那时候，入团是要隆重庆祝的。李玲买了一些糖果，女同学分发了，男同学的整整齐齐摆在座位上，上课时间到了，就是没有一个男生愿意第一个进入教室。后来即便坐到了座位上，还有几位同学把糖果拂到地上。

不过，凡事都有例外，这又和叶永龙有关。我们班班长是余艳，在我眼里，她不是同学，简直就是老师的化身，所以我对她一向敬而远之，似乎没有说过一句话。余艳是随父母从南昌下放的，后来也要随父母回南昌去。就在她要离开星子的时候，平时一些讨厌她的人，却恋恋不舍起来，这其中就包括叶永龙。我们听到的故事是，叶永龙和其他几个高年级同学来到余艳家门口，躲在篱笆墙后面，思想斗争了很多，终于鼓足勇气走了出来，把一个笔记本送到余艳手里，笔记本里夹着一封滚烫的情书……这么一个大大咧咧的人，情感居然如此细腻，让我们大跌眼镜。后来一段时间很多同学感觉自己不会谈恋爱，于是就期盼着能被板凳追三圈。

两年时间过得飞快，转眼就是初中毕业，我们这一届的老班级这次彻底解体了。学校把我们七个班合并为六个班，其中三个班大升级读高中，三个班小升级读初三。于是，星子小学的1975届，变成了星子中学的1979届和1980届。后来我们还经常分班，尖子班普通班，文科班理科班，于是星子中学这两届，都成为大锅里盘来滚去的铁铁的同学！

高中是按成绩分班的，一、二、三班，我在二班，这是我第一次脱离第一集团。也难怪，我的数学成绩很一般，化学懂一点，物理简直是坐飞机，很简单的自由落体都搞不清楚，总之吧，就是数理化不行，所以现在看到那种"井里有只青蛙一天跳几米……"的智力题，就飞快地忽略。二班的班主任是段柏林老师，任课老师到高二之初和一班是有交叉的，比如陈元芬老师，就同时担任一班和二班的数学课。我印象最深的是，课间我们在教室门口打马仗，陈老师站在走廊上痛心疾首地说："看看，这就是我们星子中学毕业班的学生！"而且那时候，二班还有一点向上的通道，就是你学习成绩优秀，你就可以上升去一班。记得沈瑞星同学开始回老家有事，成绩出来后学校把他调到一班，他一走进二班教室，同学们纷纷对他说："你是一班的，你去一班。"搞得他莫名其妙了好一阵子。

现在回过头来看，一班作为尖子班一直保持着向上的态势，二班则日渐松懈，和学校的措施及引导是紧密相关的。学校后来还进行了一点微调，把三班改为文科班，愿意读文科的就去三班，不愿读的就到二班。这样的调整是需要的，适合学校因材施教，但学校的做法不是如此，而是集中一切力量保一班，二班和三班基本上是放羊，搞得老师没有动力，学生更是散漫。后来高考，二班就录取了几个中专和技校，三班只考取了一个本科。一班还是争气，浙大、华工、西工及江大、江工有一批。但现在这一届同学当中，以目下的价值观评价发展得最好的，却是一班两位当年只考取中专的同学。所以我想，当初学校如果对二班三班重视一点，应该有更多的人走上更好的发展道路。这不是假设！

我没有和这一批同学走到毕业。就在我度过15周岁的第二天，1979年2月17日，就是中国边防部队对侵犯中国领土的越南军队进行自卫还击作战的那一天，我因急性黄疸型肝炎住院。此时，我第一次自主（当然征得了父母同意）做出了人生的一个重大决定：休学！就和我当初上学和其间数次转学一样，并没有办理什么正规手续，只是让遇到的同学和班主任老师说一声。高二的时候，班主任是教化学的罗明德老师。

如果我没有生病住院，以我当时的成绩，能够考取中专就是烧高香了。我知道自己有多水，所以一生病仿佛是遇到了救星，赶紧当机立断来休学。

在治病期间，我又做出了一个影响一生的决定：复学之后马上转文科！

年轻就是好！疾病很快祛除，身体迅速康复。不过，其后很多年我都不让吃"带发"的食物，特别是鱼类。那正是身体发育期间，营养没有跟上，以至于我34码的脚，只有170厘米的身高。此外，那之后吃鱼特别是大鱼一点惬意的感觉都没有，总觉得主料的鱼还没有辅料的蒜头香菜好吃。这些都是后遗症，当时看不到。

新学期如常来到，我兴致勃勃回到学校，没有人安排，也没有履行什么手续，我自己就回到了二班，因为这个班熟人多。班主任兼数学老师是胡稀稀老师，一个和学生打成一片的基本同龄的老师。我最初到二班是因为暑假就开始了补课，等到开学之后正式确定了三班是文科班，我就来到了三班，班主任兼语文、历史老师是杨国凡老师，一个和学生打成一片的年龄隔代的老师。杨国凡老师出身于星子的大户人家，人生经历坎坷，但依然乐观豁达，他是一位对我人生有提升意义的老师。关于他，我有篇专题文章《怀念杨国凡老师》，这里就不赘述了。

文科班是由原来的二、三、四班数理化学不进去的同学组成的，大家原来就有很多人是同过班的，所以并没有新班的生疏感。另外，班上还有好多补习生，这些补习生有些就是上一届的，也就是当年没读初三的那一批小学同级，所以也是同学。还有一些是高几届的，还有几位外地如德安、永修来补习的。我不知道补习生是不是要交更多的学费，这不是我们需要关心的，我只知道补习的同学和我们一样，老师对待他们也一视同仁。

现在同学们经常开玩笑说，我在学校不看书，课后和他们一样玩耍、看电影，回家就偷偷地看书。其后，我在学校也是认真的，课堂上的效果很好，除了数学课，其他老师讲过的内容都能入耳入脑入心。那时候我喜欢看字典，背诵《现代成语词典》；我喜欢看地图，在纸上徜徉世界；我喜欢历史人物和故事，自己做了很多笔记把他们串联起来……总之吧，这几门课我感觉是读通了，感觉非常轻松。可是，我们那时候条件很差，地理老师叶房井这么回忆说："课本都没有，真可怜！不要说你们不知道学到哪里，我们也不知道讲到哪里，就只知道往前拱。"

转眼就到了高考。1980年高考时间是7月7、8、9日三天。我的考场就是我们班的教室，监考老师之一就是老二班班主任程招丽老师。我就这么轻松、愉快地迎来了高考，同时也结束了我的中学时光。

　　陈晓松，男，江西星子河村人，1964年出生，1980年毕业于星子中学文科班，1984年毕业于厦门大学中文系，中共党员，江西省作家协会会员，九江学院庐山文化研究中心主任。

中国科学院庐山疗养院——心中最温暖的家

刘莉

我出生的时候中国科学院庐山疗养院还没有成立，而我出生之地与现在的中国科学院庐山疗养院仅一墙之隔，从疗养院开始建设时，这里便是我和伙伴们的游乐场。

我的父亲和母亲因为工作的需要，作为疗养院筹建小组的成员，参与了疗养院的整个建设过程。

我从参加工作到现在，都是在疗养院，可以说是疗养院陪伴了我度过了人生中最美好的时代，也可以说我有幸见证了疗养院的成长和辉煌。

在疗养院工作期间我管理了一段时间的档案，在建院资料里发现了时任庐山植物园主任的穆宗山老先生的一封信，信里记载了当年中国科学院庐山疗养院的筹建情况。

中国科学院在上世纪50年代，就计划在庐山建立疗养所，由于种种原因搁浅了。1969年8月，中国科学院革委会领导从北京给现在的庐山植物园（当时庐山植物园隶属于中国科学院）来电话说，中科院有一批年龄大、身体状态不大理想、不能继续正常工作的老科研人员，中科院党组希望能安排他们到庐山植物园休养一段时间。

1969年12月底，由马先一同志带队的一行13户中科院老干部来到庐山植物园，他们在庐山休养了近两年，对庐山的气候、环境、人士风情有了进一步的体会，一致认为庐山是集疗、休养和召开各类会议于一体的合适地点。

中科院党组对这批疗、休养的老干部们的身体恢复情况十分满意，打算把这个疗、休养点充分利用起来。1975年9月11日，中科院疗、休养团由王志恒同志带队共16人来到庐山植物园，并在庐山植物园召开了领导小组座谈会，全体疗养员及工作人员都出席了。会上，疗养员们对此次疗养表示愉悦和激动，纷纷感谢党和中科院领导，并决心以更大的热情和积极性投身生产和科研。

在这次会议之前，召开过一次小型座谈会，目的是为建立中国科学院庐山疗养所征求意见，为建所报告提供素材。参加会议的人员一致认为在庐山建立疗养院所是非常有必要的，中科院长期从事野外、海上考察，常年与毒品、辐射物质接触的人员在当时中科院人员中占比很大。恢复他们的健康，对保障科学事业的发展有着深远的意义。庐山的空气、水质、环境的情况，非常符合建疗养所，这次会议得到的意见由庐山植物园、中科院人事局、疗养员代表三方署名上报中科院。

1978年3月18日，在全国科学大会上，邓小平同志所做的开幕词指出，四个现代化的关键是科学技术现代化，要大力发展我国的科技教育事业。他着重阐述了科学技术是第一生产力这一马克思主义的观点。中科院立刻做出决定，为恢复长期接触有毒有害物质、野外考察等科技人员的身心健康，为祖国的科学事业提供坚强的保障，庐山疗养所正式进入筹建阶段。

筹建阶段最重要的是选址，中科院负责筹建的领导来庐山调研、选址。经过实地调研发现，庐山风景优美的芦林湖畔，有我国著名地质学家李四光的一栋别墅（我国第一个地质研究所旧址）。从1931年到1934年，李四光对庐山进行了科学考察，以庐山第四纪地质地貌为研究对象，发表了包括《冰期之庐山》在内一系列研究著作，开创了第四纪冰川学说。由此，引发中外学者对庐山第四纪冰川的学术论争，演奏出一部中国第四纪地质学的世纪交响曲。这个第四纪冰川学说提出的发源地就是为科研人员提供疗养的理想之地。

1978年6月16日（78科发计字0973号）经过邓小平、李先念、汪东兴、纪登奎、余秋里、王震、谷牧、方毅等中央领导人圈阅同意，决定成立中国科学院庐山疗养所，地址设在著名地质学家李四光先生创办的我国第一个地质研究所的旧址上，郭沫若院长亲自为庐山疗养所题名。1985年5月更名为"中国科学院庐山疗养院"。为了提供更好的疗养环境，让更多的科研人员能够得到休息，1986年庐山疗养院进行了扩建。2005年经中科院院长办公会研究决定，将疗养院定位为"中科院科技骨干疗休养基地及小型学术会议中心"，目的是更好为我国科学事业提供坚强的后勤支撑。

因庐山先后成立多家疗养院、培训基地和宾馆，每年来庐山疗养、避暑、旅游的人数剧增，造成夏季供水紧张。为解决饮水问题，1987年，疗养院请中国科学院南京土壤研究所和贵阳地化所的专家实地勘察，专家们现场勘测一致认为疗养院院内水源充沛，经过挖掘，开凿出两口110米深的水井，两家研究所检测后，发现井水中含锗、锌等10多种对人体有益的微量元素。长期饮用这些微量元素对人体具有良好的软化血管的功能，对动脉硬化、心血管和心脏疾病能起到明显的缓解作用；能增加软骨、结缔组织的弹性和强度，促进骨骼的生长发育，有利于骨骼钙化和防治骨质疏松；能增加皮肤弹性，保持弹性纤维周围组织完整性的功能。

记忆中，每年从3月份开始，疗养院里就十分热闹，每天一大早就有广播响起，那是疗养员们开始做保健操，接着是太极拳、太极剑。厨房飘出让人饥肠辘辘的香味。八点之后医务室、保健室门口来人络绎不绝，疗养员们开始检查身体、进行治疗。这样的热闹一直延续到每年的12月。

在我11岁的时候，学校放暑假，有一位来自中国科技大学的季老师，看见我和小伙伴们整日在院子里疯玩，现在想想大约是替我们可惜，浪费了大好时光、虚度了青春年华，主动找到我们的家长，无偿替我们补习功课。于是，我们结束了放养的生活，每天上午各自在家里学习，下午集中在一个简陋的休息室里，开始了有人管教的日子。只可惜，那是我们和季老师的第一次相聚，也是最后一次，季老师疗养期结束后，我们师生之间再也没有联系。但是他给予我们的关怀，现在每每想起心中都无限温暖。

1990年，当时的中科院兰州冰川冻土研究所副研究员秦大河，争取到第一次徒步科学考察南极的机会。1990年3月3日，一支由6名不同国籍的科学家组成的科考探险队实现了一项壮举——他们经过220个昼夜的艰苦跋涉，徒步行进5968千米，实现了人类历史上首次不借助机械手段徒步横穿南极大陆。他也成为中国第一个徒步横穿南极大陆的人。但是南极考察后他的体质严重受损，四肢无力、精神十分疲倦，曾先后两次来疗养院疗养。1990年7月他第一次来庐山疗养院疗养时，送给我一张在南极拍摄的，带有六位科考专家照片和签名的明信片，里面写道："刘莉小朋友：祝你不断进步！"这份珍贵的礼物我收藏至今。

那时候来的疗养员大都博学多才，使我们在疗养院的生活更加丰富多彩。疗养院会根据疗养员的特长开设各种兴趣班，我曾参加过语言、书法、气功的兴趣班。在语言班里，我知道了九江话同普通话接近的原因；在书法班我看到了中国文字之美；在气功班里我明白正确运用呼吸和意念可以锻炼身心。

中国科学院大气所的疗养员们来到疗养院，感觉院内空气特别清新，连忙取样，寄给同事检测，检测结果是疗养院院内负氧离子含量达到10000个/cm³以上，接近原始森林。

疗养员们来自不同的学科领域，对各自的研究领域从未停止探索，在庐山疗养期间，对疗养院及庐山的生态环境、地形地貌、生物等方面进行科学考察。为什么疗养院的石头墙壁上会长满黄色的菌，庐山的地貌景观为什么特殊，庐山的气候与植物的关系，庐山的气候对昆虫种类的影响……

疗养院在现任领导班子的努力下，已拥有设施时尚、设施齐全的客房

100套；典雅的中餐厅和庐山唯一的观湖景包厢，能提供260人同时就餐；风格各异的大小会议室5个，可接待30至200人的各类大、中型会议；康体设备齐全，有棋牌室、篮球场、乒乓球室及庐山唯一室外网球场。

疗养院目前已完成了院内基本建设及附属设施的升级改造，院内苍松翠柏竞相吐绿，百花齐放，一片鸟语花香的景象，给疗养员们提供了一个舒适、宁静的环境。因地制宜布置出具有江南特色的长廊、亭台、假山等景观，为疗养员们营造出江南如诗如画的美景。这里一年四季空气清新，院内负氧离子含量接近原始森林，是一个天然的氧吧。此外，饮用的是含有多种对人体有益的微量元素的矿泉水。

四十多年来，环境优美、空气清新的庐山疗养院迎来送往了一批又一批的科研人员。他们中有担任国家重大科技攻关项目的院士们，有跨世纪的青年科学家们，有主导建设了被誉为"中国天眼"的500米口径球面射电望远镜的学术带头人；有组建航天科技"北斗"团队、航天科技"神舟"团队、航天科技"嫦娥"团队中的主力军，有在空间科学领域用科学卫星"悟空"、实践十号、"墨子号"和"慧眼"持续产出了重大原创成果的骨干力量，有长期生活在环境艰苦的高山地区进行考察的科研人员，有长期接触有毒有害物质的技术工人。

据统计疗养院已先后接待45万名科研人员，其中院士有400位。师昌绪、柯召、李依依等院士曾多次来庐山疗养院休息。疗养员们在疗养院生活一段时间后，神经衰弱、肩周炎、冠心病、肺气肿、有机物中毒、免疫力下降等症状有明显减轻或消失，身心得到了很好的恢复。

疗养院至今保存着方毅副总理为疗养院题写的"怡心"，全国人大常委会原副委员长卢嘉锡为疗养院题写的"抓好疗养员疗养工作，就是为科技服务"，全国政协原副主席严济慈为疗养院题写的"休养生息，振兴科技"，陈凯先院士为疗养院题写的"风光雄奇举世罕见，管理服务堪称一流"，洪茂椿院士为疗养院题写的"管理创新服务一流，来到庐山疗养院如同回到家"，叶朝辉院士为疗养院题写的"仙山在匡庐，奇秀甲天下，中科疗养院，是我职工家"……这是领导们对疗养院深切的关怀和期望，这是科研人员对疗养院服务的认可和激励，这是疗养院职工多年来努力工作的回报和肯定。

近年来，我国在经历了华为、中兴事件后，深刻体会到，只有把核心技术掌握在自己手中，才能真正掌握竞争和发展的主动权，才能从根本上保障国家经济安全、国防安全和其他安全。中国科学院的科研人员正是为祖国提供科技支撑的坚强保障。中国科学院庐山疗养院服务好科研人员，也正是为我国科技进步、经济社会发展和国家安全提供坚实的保障。

时光荏苒，流年似水，远去的岁月蕴含多少美好的记忆与欢愉的过往。与疗养院相伴的日子里，一同走过的路上，有着我们成长的足迹。当年李四光的女儿李林亲手种植的一棵松树，如今依然屹立在疗养院内，它见证了疗养院四十多年的风雨兼程，四十多年如一日的坚守。

"心之所向，素履以往"，无论是曾经，还是未来，中国科学院庐山疗养院永远坚守初心，为全力投身创新实践，勇攀科技发展高峰，切实为担负起进军世界科技强国时代使命的科研人员提供最专业化的服务，永远是科研人员最温暖的家，是传递中科院党组织对广大科研人员爱的火炬，我们则是这份爱的守护神。

刘莉，女，1975年1月出生于庐山，1997年就职于中国科学院庐山疗养院，现任疗养院副书记、院长助理。

跟随父母下放的记忆

朱永健

1968年对于我家来说是一个特殊的年份，是年，正值轰轰烈烈的"文化大革命"运动期间，为了响应伟大领袖毛主席关于干部下放农村劳动锻炼，接受贫下中农再教育的号召，我家也和千千万万个家庭一样下放到了农村。大约是1968年上半年的样子，作为"五七"大军普通一员的父亲携母亲带着我们姐弟4人一起下放到了当时的朝阳公社红阳大队潘家湾生产队落户（现共青城市泽泉乡关帝庙村），我时年6岁。从1968年下放至1973年落实政策返城，全家在朝阳公社共计生活了近6年。当时虽然年龄尚小，但随父母下放的经历给我留下难以磨灭的印象。虽然当时生活非常清苦，但童年时的许多奇闻趣事和经历让我至今难以忘怀……

潘家湾村的记忆

潘家湾村是红阳大队所辖的一个生产小队，村子不大，全村人口也就两百人左右，以潘姓为主。该村位于关帝庙至朝阳公社的公路东侧，交通、生产生活在当时的农村中还算是比较好的，按父母当年的说法是不缺柴、不缺水、不缺粮的地方。记得全家到达该村时天正淅淅沥沥下着小雨，村民们身穿蓑衣自发地帮忙搬运家具（其实也没什么像样的家具，只是生活所需的日常用品）。虽然没有太多的寒暄和客套，但从帮忙的过程看得出村民们对我们的热情，个把小时家就算搬完了。午饭时分，生产队长看着新家一片凌乱，就让其爱人把我们全家接到他家吃了下放的第一顿午饭。也就是从这顿饭开始，我家与队长家从此结下了深厚的感情，母亲因和队长爱人属同年生人而结为"老庚"，故我们双方家的小孩互称对方父母为"同娘""同爸"，两家由此开始了几十年亲戚一样的走动，直至本世纪初队长夫妇去世。虽然全家开始了在潘家湾的定居生活，但父亲的工作主要是在朝阳公社毛泽东思想宣传队从事宣传教育工作，母亲则参加生产队的劳动，当时最大的姐姐只有8岁，我6岁，两个弟弟一个4岁，一个2岁。由于工作的特殊性，父亲无暇顾及家里，日常一切均由母亲辛勤操持，日子虽然过得清苦但也算平安快乐。和我家同住一栋大屋的邻居姓徐，是土改时从横塘公社搬到潘家湾来落户的。徐老伯当时已有五十多岁，独自一人带着一儿一女生活，女儿已订亲即将出嫁，儿子纪滚15岁左右，非常懂事但也非常顽皮。平时他家的柴、水全由他负责，因此，只要出去砍柴他必定会带上我，到我7岁左右的时候，我也会带上柴刀跟他学着砍柴。记得有一次纪滚砍柴时逗我说：毛主席教导我们要"一不怕苦，二不怕死"，所以你砍柴就要砍刺荆条，经他一逗我竟也毫不犹豫地抓住刺荆条就砍，结果手上全是血痕。

下放期间正值"文化大革命"高峰时期，大环境裹挟着人们自觉或不自觉地参与其中，谁也无法置身事外，人们把对伟大领袖的无限热爱与忠诚体现在自己言行之中，这是人民对领袖发自肺腑的质朴感情。记得有一次大队在小学召开群众大会，我们这些刚读一年级的小学生跟在大人身后也异常兴奋地看着热闹，现场群情激奋，不断高呼口号。这是我第一次参加如此激动人心的大会，和其他小伙伴一样感觉格外新鲜和好奇。

姐姐年长我2岁，当时已有9岁，自然而然就先当上了红小兵。从潘家湾村过马路往东翻过一座小山就可以到达德安县境，因此，红阳大队附近的村民日常都会到德安县城出售一些自家的农副产品并换回日常所需用品。由于当时政策管得紧，人们就偷偷摸摸地进行交易，为此，大队就组织小学的红小兵们带着红缨枪在通往德安的山路上站岗放哨。我因为年纪小没有资格参加，但很是羡慕姐姐他们，觉得特别神气。

还有一件印象深刻的事是在1971年林彪叛逃事件发生后，全国上下深感震惊，但偏居一隅的潘家湾仍如往日一样的平静，村民们根本不知道林彪叛逃事件的发生。一天晚上生产队突然通知第二天凌晨在生产队晒谷场召开社员大会，传达中央文件精神，要求各家各户半夜做好早饭，开会后就不能请假或走动。至于具体是什么事、为什么要在凌晨传达文件精神人们无从知晓，会议前的整个过程显得非常神秘。我和村里其他小伙伴则整夜无眠，蹿上跑下，显示出莫名的兴奋和激动。宣布林彪事件的会议一结束，村民们围拢在一起议论纷纷，从人们议论时的神情看得出人们对伟大领袖无比崇敬和热爱的朴素感情是如此真挚和深厚。从1968年至1971年我们在潘家湾共计生活了3年时间，善良的邻里和玩伴，快乐简单的生活在我纯净的心底留下了美好的回忆。

迁居杨家山林场

由于工作需要，1971年父亲经历了从公社毛泽东思想宣传队到参加修建庐山南山公路大会战的工作变动后，再一次调动工作到公社所属杨家山林场教书，全家也随之一起搬迁到林场生活。杨家山林场地处朝阳公社最北部，北与德安县交界，东与九江县相邻，从105国道关帝庙往北的山坳行约2公里就能到达。林场所在的山村约有100人，村民也是林场职工，以横塘公社迁来的熊姓为主。林场四周被大山所包围，山上林木茂密，野生动植物资源丰富，村民们林农并举，护林、造林和农业生产两不误，这里是个恬静的世外桃源之地。在我家搬来之前，林场已经建成一栋三户型的"明三暗五"连体土砖瓦房，最东为陈姓社员家居住，我家住中间，最西头为场部兼小学教室，小学就设在这里。调父亲到林场就是为了解决林场子女出大山读书不方便的问题，因此，父亲也就成为林场小学的首任校长兼老师，反正学校老师校长也就他一人，而母亲则在林场看守场部与外界联络的唯一电话机。学校所有学生加上我们姐弟4人不到20人，教学以复

291

式教学为主，教和学在当时的环境下都显得比较轻松和自由，且学习压力也不大，因此生活倒也轻松快乐。林场除了护林造林和农业生产外，夏末初秋后的最主要工作就是烧木炭，场里所有青壮年劳力基本上都要到山里筑窑、砍木棍烧木炭，所产木炭一部分自销，一部分供公社所用。烧木炭必须在冬季到来前结束，因此，每年到了这个季节，我们就会利用周末时间和小伙伴们满山遍野采摘野柿子、野生猕猴桃等野果，有一次我和姐姐找到一棵野生猕猴桃采下的果实足有一大提篮，可见当地野生水果的丰富。

在杨家山林场的 2 年多生活是丰富多彩的，虽然因林场闭塞，没有任何业余文娱生活，但我们从未感到过孤独和寂寞。春天我们会和小伙伴们拔竹笋、挖兰花；夏夜我们就聚集在林场的晒谷场玩游戏、捉萤火虫；秋天，就玩男孩子最拿手的活，偷桃摘李，爬树掏鸟窝，下水捞鱼摸虾；冬天则围坐在火堆边听场长的驼背弟弟讲一些狐仙鬼怪的故事，惊悚的故事情节往往让我们感到后背发冷，就像真的有鬼怪站在身后一样，虽心存害怕但仍乐此不疲。

山里人的生活简单而快乐，他们的快乐情绪往往也感染着我们这些孩子。山里人喜欢打猎，而场长更是难得的好猎手。林场有一条约定俗成的习俗，不管是谁打着了猎物，全场人都会分得一份。有一次场长打中了一只野猪，当天全场就像过年一样，大家杀猪分肉，忙得不亦乐乎。当然最忙的还是我们这帮孩子，跟着大人跑上跑下，其实就是为了早点吃到野猪肉。因为打猎也差点发生人命关天的大事故，有一天场长一早出去打猎，听见前方树丛中传来窸窣作响的声音，并且似有土黄色的"动物"在晃动，场长以为是黄毛狗（一种似狼或犬，但没狼凶比犬又高大的动物），于是屏气凝神瞄准后就是一枪。眼见前方一棵树被拦腰打断，随之而来的却是人的喊叫声，原来那似黄毛狗的东西并不是猎物，而是场长的弟弟——我们这些孩子都非常喜爱的炎火叔，他当天早上正在山上砍柴。因头天晚上他在场里看师傅修理柴油机，帮忙时把柴油弄到衣服背上，沾上灰后就成了土黄色，加之又是驼背，因此远看像是动物在晃动，就因为此差点成为哥哥的枪下鬼。

闭塞的自然环境，并不影响人们对生活的热爱和追求，年幼的我也会向往和想象着山外的世界。在林场生活的近3年时间里，我们基本没出过大山，公社也没有到林场放过一场电影，更谈不上有其他的文娱活动，因此，只要关帝庙或相邻的石门汪家有什么活动，那是必定不会落下我们的。有一次公社在关帝庙的土台上演样板戏《白毛女》，父亲特邀在戏中扮演杨白劳，当演到杨白劳向地主黄世仁交租的场景，父亲所演的杨白劳悲怆地喊着：一斗、两斗、三斗……我的情绪也随着剧情变化而变化，这样的场景至今我都记忆犹新。虽然时间已经过去了四十多年，父亲也故去近二十年，但我仍然清晰地记得那晚的场景。

石门汪家因距德安县城不远，看电影的机会明显较多。一次场长的妹妹带着我们姐弟和她自己的侄儿一起去石门汪家看电影《英雄儿女》，由于时值隆冬，气温非常低，电影散场后回家时皎月当空，照在已结冰的地面上晶莹透亮，我误以为是一块干地，谁知一脚踏上去才发现是一个结了冰的小水坑，结果弄得一脚是水。

1973年，随着干部政策的落实，我们全家重新搬回县城，结束了近6年跟随父母的"五七"大军生活，近6年的经历留给我的是满满的记忆和美好的回忆，虽然当时生活很苦，但回忆却是甜甜的。曾遇到过同时与我们家下放在邻村的儿时同伴，我们都会彼此开玩笑地互称对方为"老知青"。我想，这些经历就是我们这代人永远的精神财富，值得我们永远珍惜。

朱永健，男，庐山市南康镇人，1963年出生，1980年参军入伍，在某水陆两栖坦克团服役，退役参加工作后曾在星子县秀峰风景名胜区管理处、星子县旅游局、星子县商业管理办公室、星子县供销合作社任职，多次获省市县表彰，1992年获建设部"全国风景名胜区系统先进工作者"荣誉称号。

我经历的住房变迁

周清琨

二十世纪70年代初，根据星子县革委会文件要求，我受永红公社（今共青城市苏家垱乡）委派到县汽车队学习汽车驾驶。几经展转后，被调至县汽车队（后变更为星子县汽车运输公司）从事汽车驾驶员工作。

为解决两地分居，80年代初，我就把老婆孩子的户口转到南康镇，吃上了定销粮。当时单位无法解决住房，我就在县供电局旁边租了套私房暂住。当时城镇居民住房是三种方式解决，一是由单位自建职工宿舍，以职工福利形式，根据职工的职务工龄等情况分配住房，但绝大多数单位均属供不应求，一般都是要排队等候；二是自掏腰包租房解决住房；三是有能力的就自建房屋解决住房。当时我家刚搬上来，单位职工宿舍一时也轮不到，自建房屋又没能力，只有自掏腰包租房解决住房。记得当时我家在县供电局旁边租了套私房暂住，那套私房是大约有60平方米的两室一厅，一个共用厨房，一个很小的卫生间，一家三代7人勉强挤下。好在当时孩子们很小，三个大的孩子和我母亲共住一间，我们夫妻带小的住一间。记得有一天，我和妻子去上班了，三个大的孩子都上学了，我母亲在家带着小儿子。忽然邻居家气喘吁吁地跑着来告诉我，说是小儿子自己把自己反锁在房间，母亲没钥匙打不开门，一岁多点的小家伙在房间又哭又闹到处乱扒，母亲担心什么东西倒下来打到孙子也急得要哭。等我赶到家一摸，钥匙在我老婆那，再跑去拿又担心孩子出事，无奈之下，就让人在窗户外哄着儿子，我用强制措施打开门才算是避免了一场事故，但因强制措施开门把门框弄坏，还赔偿了房东损失才算是了事。

295

后来为靠近单位有个照应，先后又租了两户私房搬了两次家后，终于有同事自建房屋搬了出去，才算是住进了单位家属宿舍。虽然也只有60来平方米，但也算是有个稳定的住所！只是这套家属宿舍建设年代久远，砖木结构，前正房后厨房，用的是公共厕所，很不方便。我一家三代七口住着也确实拥挤不堪，加之孩子们也一个个长大成人了，特别是大女儿都成大姑娘了，挤在一起实不方便！记得有桩事让我难以忘怀，一个夜晚已经是深夜了，我肚子不舒服起来方便，怕吵醒孩子们就没开灯，轻轻地摸索着往后门去公共卫生间。走到女儿房门外听见大女儿在跟奶奶说话，我正想说话让她们早点睡，却听见大女儿跟她奶奶说，下午在单位上班有同事说她出嫁前别想有自己单独的房间。听女儿这么说，我知道女儿大了，参加工作了，有心思了，在女儿心中是多么希望有间属于她自己的房间啊！当时心里真是五味杂陈，难以明言啊！一个花季女孩仅仅是希望有个属于她自己的小小空间，这在她心中竟然是个难以实现的奢望！在当时的环境下，我这个做父亲的也是无能为力，心里感到十分的遗憾！这件事情让我感到压力山大，因为接下来还有二女和三女也一年年长大成人，住房矛盾将更加突显。

1991年，国务院发出了《关于积极稳妥地推进城镇住房制度改革的通知》，提出分步提租、交纳租赁保证金、新房新制度、集资合作建房、出售公房等多种形式推进房改的思路。这一利好政策，在星子县（今庐山市）也开始推行，我家因人口众多，按政策买下了一套有130多平方米的由废旧车间改造成的住房。虽然旧，但面积够大。买下来后经改造变成三室一厅一厨一卫的套房，终于圆了大女儿一个心愿！全家人从此也过上较为舒适的家庭生活。

2004年，因工作调动，我担任县政府党组成员兼房管局党支部书记、局长。当时，房地产开发在全国热火朝天地进行，星子县也小打小闹搞了个星光大道的开发项目。之后也一直没有大的地块拿出来搞住宅小区，也许是因为我被住房困扰多年，我调任房管局后就极力推动房地产开发工作，多次在县委常委会和政府常务会议上提出以房地产开发作为星子县近期经济发展的支柱产业来布局和推动。尽管当时也有不同观点和意见甚至是反唇相讥，但之后的事实证明我的提议是正确的。我之所以提出将房地产开发作为星子县近期经济发展的支柱产业来抓，首先是基于解决广大普通老百姓住房困难问题，因为尽管通过房改，解决了少部分干部职工的住房问题，但随着经济社会的发展，很多居民希望改善住房条件，农民进城后找不到房源来解决住房问题，还有外来务工人员的住房问题等；其次是从星子县当时的经济发展现状考虑，当时，全县工业发展现状不佳，旅游业也是半死不活，尽管口号连天响，但没有一个产业真正能成为财政收入支柱产业。尽管有不同的声音，但时任县委书记潘熙宁同志审时度势，决定加大对房地产开发力度。领导下了决心不等于市场就能跟着领导的节拍走，当时星子人对买商品房还没有适应，在住宅小区没有建设起来、居民没有比较的情况下，对住宅环境没有要求，所以对购买商品房缺乏动力，影响了开发商的投资热情，使县领导对商品房开发能否成功产生了顾虑，担心土地流拍导致政府经济损失。记得一天上午刚上班，接到县委潘书记电话，让我去他办公室，我立即赶到书记办公室，坐下后，书记问我对商品房开发有什么好的意见建议。说实话，在这个问题上我是作了较为深入的调查的，还真有点发言权，就向书记汇报了调查情况，并提出了自己的建议。首先是要下力气整顿房地产混乱现状，引导居民转变住房的观念，培育出房地产刚需市场；其次是营造良好的房地产投资环境，吸引开发商对星子商品房开发的关注，达到驻巢引凤的目的。与此同时，我在全局开展学习教育活动，引导干部职工遵章守法，加强业务学习，提高办事效率和服务意识。规定不准接受红包和吃请，不准为亲朋好友揽工程；同时利用基建领导小组的平台，向发改委、土管、城建和城管提出倡议，共同为房地产投资营造良好环境。通过县委县政府的高度重视和积极推动，房地产开发工作产生了空前效应。通过开发建设,一个个规划合理、设计新颖的住宅小区展现在人们面前。这些住宅小区的建设,既产生了空前的经济效应,为政府创造了近50%的财政收入,真正成为支柱产业,同时又美化了城市市容,吸引了外来投资和农民购房,推进了城市人口的增加和总量的发展。

得益于经济的发展和小区建设的普惠,我的子女们成家后都住进了商品房,只有我和妻子还住在房改房,守着因国家政策好不容易得来的这套住了二十几年的老房子心安理得地"守旧"。

几十年来,住房的变迁充分体现出了我国改革开放的正确方向。是改革开放使得包括我这样的普通家庭在内的广大人民群众都享受到了改革带来的红利。现在是城市美了,人民群众的住房条件越来越好,楼房越来越高,环境越来越漂亮了!

周清琨,星子县苏家垱乡(今共青城市)人,1955年7月3日出生,历任星子县汽车配件公司经理兼星子县汽车滤芯厂厂长,江西日顺滤清器有限公司党委书记、总经理,星子县经济贸易委员会党组书记、主任,星子县人民政府党组成员兼星子县工业园管委会党组书记、主任,星子县人民政府党组成员兼星子县房地产管理局党支部书记、局长等职。

我与庐山文化结缘

口述：胡迎建
记述：王海霞

我的治学道路始于1982年在星子县（今庐山市）编县志。搜寻资料是志办最重要的工作，我们购藏了挑担上门推销的毛德琦《白鹿洞书院志》与《庐山志》残本。我们去江西省图书馆找资料，又托江西师院王东林老师从师院图书馆借出吴宗慈《庐山志》，夜以继日抄写。我还曾上庐山牯岭踏访，步行下山到东林寺访果一法师，了解星子在40年代的佛教情况。我得知康熙版《南康府志》本省未见收藏，仅北京图书馆藏一部。1984年3月我赴北京图书馆（后改名为国家图书馆）查阅康熙版《南康府志》，购胶卷影印。修志者须研读旧志，才能了解一方山川形胜、人文、古迹等。

我也外出实地调查，步行到庐山垄康王谷（今名桃花源）、元代起义军据守的迁莺谷鼓寺寨、高僧憨山潜修的五乳寺、朱熹卧龙庵遗址。还有一次，由县政府办公室安排车辆，我们绕行过庐山东林寺、赛阳一带调查。星子虽是一小县，但所处在名山之南，交通位置重要，县领导接待任务繁重，清代康熙间南康知府廖文英早有接待困难的体会，他说："况湖上送往迎来倍难。"我作为小小县志办主任，都有分配接待的任务。有一天，《解放日报》总编来星子，县政府办要我陪同游秀峰等地，因这位总编对庐山史感兴趣。

其时，我希望进一步深造，计划报考上海复旦大学历史系黄苇教授的方志学研究生。他是江西安义人，他回信说欢迎，但1985年不招，要我

299

等一年，1986年他才招研究生。这样我便等不及了，决定1985年初春报考江西师大古代文学研究生。星子县县长段德虞说，要考研究生不反对，必须将县志编完。我拼命工作，连藤椅也磨破了，臀部连串血泡，终于在年底完成《星子县志》初稿。1985年上半年连续奋战，完成《星子县志》二稿、三稿修改工作。1985年9月我也离开了县志办，到省城读书，毕业后分配在省古籍整理办公室。

1994年初，我与江西人民出版社策划编辑《江西名山志丛书》十种。我点校注释吴宗慈《庐山志》，这是存世五种《庐山志》中最负盛名的一种，内容丰富，加上我重新注释的文字共140万字。该书资料来源广博，涉及古籍500多种，我查阅40多种工具书及资料书，加之早年在星子对庐山较为熟悉，方能比较准确完成点校注释工作，其中作了不少校记，对原书一百多处错误作了订正。

该书于1996年5月出版后，在学术界与社会上反映甚好，我还曾参加《江西名山志丛书》首发式，并获江西社科院优秀成果一等奖。该书初版后重印过一次。在《庐山志》基础上，我还增补古今游记三十余篇，编为《庐山诗文金石广存》70万字，于1996年9月出版。

庐山是一座诗山，历代诗人留下很多名篇。吴宗慈《庐山志》收有诗词2000多首，有人说有4000多首，众说纷纭。随着更多古籍的出版与影印，庐山诗词有更多的发现。庐山管理局顺应文化、旅游的发展，决定编《庐山历代诗词全集》。2007年我收到庐山管理局聘书，编《庐山历代诗词全集》，再次与庐山文化结缘。

2007年7月7日，庐山图书馆馆长刘庐松乘车来接我上庐山，商讨《庐山历代诗词全集》编辑方案。管理局王迎春副局长带我去见党委书记郑翔，商议编此书大的原则。第二日上午在图书馆召开会议，讨论方案。下午，刘馆长安排小车，前往我未曾去过的仰天坪。到了那里，四周有白云飘荡，山岗短松甚多。找不到《庐山志》所载的云中寺，早废了，却有房地产公司建筑的商品房，密簇而陈旧，仿民国结构，但无人来购，因其地偏僻，地势高而多雷电。此地距汉阳峰尚有两小时步行路程。退回，找到恭乾禅师墓塔，这是明万历间千佛寺开山祖师塔。另尚有数座墓塔。再寻到玄妙观废墟，据说，寺先废，光绪间建道观，至民国初年废。返回出牯岭北大门，到了女儿城，峰脊排列如城，传闻是元代避兵处。有一人告诉我说峰上方有不少石刻，有一方刻字模糊，怀疑是"庐山正中"四字，我说应为"匡岳正中"，因《庐山诗文金石广存》如此记的。

12月10日午后，刘庐松驱车来接我上庐山，上山入住迎宾馆。11日，8时往庐山图书馆，将《江西省人物志》复制给图书馆，然后他们将搜集的一些宋代庐山诗打印给我看。9时在管理局大楼四楼开会，罗时叙、汪国权等人均到场，先由我谈体例，然后由郑翔讲话，讨论颇激烈。午餐后返南昌，确定先由山上图书馆工作人员进一步搜集资料。然而工作量非常大，如此则旷日持久。经我们磋商，决定由我物色省内高校有志于此的科研人员，先上山开会。

2008年11月25日，我们有七人上庐山。次日上午8时在庐山文化旅游活动中心二楼圆形会议室召开全体编辑人员会议。到会者有《庐山历代诗词全集》主编郑翔、副主编胡迎建，文化处处长洪建国，图书馆馆长刘庐松，编辑人员罗时叙、汪国权、吴国富、徐顺民、魏祖钦、吴中胜、史朝骏、赖华先、张建华、王迎春、刘李英。会议确定了各朝代的负责人与各自的分工。那一次众人还游览了仙人洞，往植物园瞻仰陈寅恪墓。

2009年3月25日，我与洪建国处长往上海古籍出版社，与李保民主任接洽，他征求社领导同意，表示愿意出版《庐山历代诗词全集》。社长王兴康在宴会上说到他少年时曾游庐山的印象，后来又送他母亲到庐山游览。次日上午，我们商议订出版合同，并邀古籍社派人来昌参加编辑会议。29日，在南昌召开第二次编辑工作会议，主持人是王迎春，省委宣传部副部长陈东有出席并讲话。郑翔书记很高兴，勉励大家共襄大业。下午就具体问题达成共识。

6月12日，刘庐松接我们上山。13日，举行第三次编辑工作会议，管理局书记郑翔、副局长王迎春，上海古籍出版社编辑室主任李保民、编辑黄亚卓博士及各朝代点校注释负责人参加会议。大家就全书宗旨、注释繁简度进一步讨论商榷。各朝代点校注释负责人汇报了工作进度，并就遇到的问题沟通和商榷。主编郑翔强调，庐山不仅是风景名胜区，也是人文圣山，需要不断地挖掘整理，此书的出版将是建设庐山文化事业的一个组成部分，具体目标要求仍然是达到聚焦效果，体现人文圣山地位，发挥宣传功能，形成传世价值。希望此书的出版能够对庐山的宣传、旅游工作产生促进作用，同时也为庐山史、地方史、文学史提供一些补充的功能。希望能够按照原计划，7月份集中校注将初稿完成，9月份定稿，交由出版社审稿出版。下午会议由我主持，大家就编辑工作具体问题达成共识。当晚，我们与上海古籍出版社的李保民、黄亚卓就编纂问题再次磋商。14日返回南昌。

7月中旬，课题组人员陆续上山，重点查找庐山图书馆藏古籍中的诗词。这是一次会战，在图书馆三楼摆开战场，我们每天早上8点准时动手，夜以继日，有问题及时沟通解决。20日下午5时在体育宾馆会议室开会，郑翔书记讲话。

其间，我提出安排游览一般人未游过的景点。18日，刘馆长做导游，一行人经仰天坪，过小汉阳峰，登大汉阳峰，指点江山，对庐山形势有了实地的观察。过程十分愉快，当晚我写了长诗《汉阳峰行》。22日早晨全体人员同往，至五老峰自一线天下行至木瓜洞、李氏山房、海会寺，到白鹿洞书院参观，在明伦堂我为一行人讲书院简史。再往县城湖边观落星墩。车往南行，先后游秀峰、归宗。然后自观口至通远上山。我是星子人，理应为众人做导游介绍，此行我写了《游五老峰下李氏山房歌》一首七古。

26日下午，中央电视台刘编导来采访我，谈庐山诗词编辑情况。次日上午刘编导来拍摄工作镜头。28日下午，召开庐山诗词编辑工作会议，各组汇报进度，我作工作要点讲话。

其时正好有义宁陈氏庐山之旅活动。31日，庐山宣传部请我为中央台、凤凰台讲解陈家情况。中央台少儿台请我代选二十八首庐山诗供拍摄之用。8月1日上午，派车接我往云中宾馆参加陈氏庐山之旅欢迎仪式活动，与陈三立孙女陈小从，陈寅恪女儿陈流求、美延以及陈三畏之子陈云君等人相见，分外亲切。

8月3日下午，召开暑期第三次工作会议。8月10日返南昌。此后数日，我们到省图书馆查找庐山诗词。8月18日，刘庐松一行三人来我处。晚餐后，课题组八人往上海图书馆查找庐山诗词，连续工作数日，收获不少。25日上午返回，途中游浙江普陀山，参观宁波天一阁。

10月19日下午，编辑人员12人往庐山。次日开会，郑翔书记与我先后讲话。此次上山的主要任务是讨论稿件与改稿。上海古籍出版社李保民、黄亚卓也来庐山指导。我们要求所有稿件在12月交齐，由我初步把关，发往上海古籍出版社排版。这段时期我因长时间盯着电脑屏幕，眼睛也患上了飞蚊症。书稿交出版社，经过四个多月的紧张工作，排出清样。

2010年5月9日，我与王迎春局长一行在九江黄老门机场登机起飞，半夜到了上海。次日上午到出版社，就全集编辑所遇到的一些问题商谈办法，并拜会王社长、赵昌平总编辑。此年8月3日，我与刘庐松再往上海古籍出版社谈清样校对情况，有空则在宾馆校对部分诗词清样。当时商量由我致函，请香港大学终身教授、国学大师饶宗颐题写书名。至年底，编辑16000多首诗词的全集共12卷出版。

2011年1月8日，我与庐山多位领导一道来到北京，参加在人民大会堂江苏厅举行的《庐山历代诗词全集》首发式。次日至人民大会堂，宾朋渐至，10时开场，活动由庐山宣传部部长虞群主持，庐山管理局常委书记郑翔致欢迎词，由我介绍编书过程，最后我朗诵了一首七绝："千古匡庐万首诗，搜来编注恰逢时。三年成就名山业，共铸辉煌天下知。"随后上海古籍出版社社长王兴康讲话，最后由中共江西省委常委、宣传部部长刘上洋讲话，江西省委原书记万绍芬也很激动地发言。当天晚上，中央电视台新闻联播即报道了这一盛况。

5月19日全天，在淮海路上海市社科院礼堂召开《庐山历代诗词全集》研讨会，王迎春副局长介绍三个编纂过程，即整合、加力、收获过程。30名专家学者高度评价了这一套丛书的艺术价值与存史价值，我到会宣读的论文是《论历代庐山诗词及其编集》，后来连同《试析庐山诗词丰富的成果》一文，编入上海古籍出版社2012年1月出版的《匡山诗海映千秋——〈庐山历代诗词全集〉研讨会论文集》。

此外，星子县人大主任陶勇清还请我为《庐山历代石刻》撰写作者简介与点校与评点工作，庐山博物馆胡书记请我为庐山博物馆藏传砚图诗文作校注。背后的故事就不再唠叨了，总之，与庐山文化结缘是我这一辈子最有意义的事情。

    口述人：胡迎建（1953—　　），笔名湖星，祖籍都昌县，出生于星子。1987年毕业于江西师大，获文学硕士学位。曾任江西省古籍整理办公室副主任、省社科院赣鄱文化研究所所长，二级研究员，首席研究员。江西省诗词学会会长、《江西诗词》主编，中华诗词学会副会长，省文史馆员。享受国务院特殊津贴。

    记述人：王海霞，女，网名海曙云霞，江西鄱阳县人，1975年生。《江西诗词》编辑，江西省诗词学会副秘书长。

我的体校教练胡克祥

王勤

我1963年出生在九江，但父母工作繁忙，所以我从小在星子外婆家长大，一直在星子读书，直到1980年从星子中学高中毕业考取九江师专体育系。1983年大学毕业之后，分配到中国人民解放军军需财经高等学校工作。2004年5月九江学院组建后任体育系主任、体育学院院长。作为高校体育工作和管理者、全国群众体育先进个人、国家级社会体育指导员，我深爱着我的职业，我这一路走来所有取得的成绩，除感谢组织的培养和所有该感谢的人群，还有一个我不能忘记的人——我的体校教练胡克祥老师。

胡克祥，男，1934年7月出生于永修吴城，1岁半到星子，抗战时期逃难到都昌，1940年又回到星子。胡克祥小时候修读私塾，1948年到九江学习开百货商店，1949年回到星子经营百货商店。1953年，在好友建议下继续到中学读书，1956年中学毕业，7月份参加工作，在秀峰小学担任教师。1963年转到城区小学任教，1968年下放到朝阳公社，1970年到花桥中学当老师，1973年转到归宗共产主义劳动大学任教。1974年8月正式调入县体校担任教练，直到1994年4月光荣退休。

胡克祥老师在体校工作期间，主要从事田径和篮球训练。他在体校工作二十年的时间里，星子县田径、篮球运动水平在整个九江地区一直处于较高水平，特别是县女子篮球队创造过十年连续冠军的纪录，胡克祥老师被多次授予省先进个人光荣称号。

时间回到三十几年前的1980年2月，我在父母的建议下进入星子县体校参加体育类高考训练，有幸得到了胡克祥老师的亲自训练。1980年刚刚恢复高考没几年，小县城的体校条件非常简陋，缺乏教材、缺乏指导、缺乏借鉴、缺乏交流，所以担任体育类高考训练的教练压力是很大的，胡老师凭借他多年的经验，自己不断摸索，分析总结，对我们则是严格要求，系统训练。

那时，我和其他几个要参加高考的小伙伴，不得不吃住在体校。体校无论哪方面的条件都是艰苦的。我们每天凌晨5点半起床训练到7点结束，下午4点半开始到6点结束。当年主要借用县城小学只有两百米而且是泥沙的跑道进行专业素质训练，再就是在公路上训练。

记忆里印象最深的是耐力训练，从县城至五里牌往返跑，胡老师骑着他的二八自行车，手持一根长竹条，紧跟在后面。谁要是跑慢了，一定会和胡老师手里的长竹条来一次亲密接触。两千米变速跑、各十组五十米冲上坡和冲下坡、十组四至五层楼的跑楼梯、压杠铃、拉皮筋、引体向上、俯卧撑、背腹肌力量练习等等，这一切的一切在我以后的工作中不断得到应用。

那一年的高考，我和王江华、余查珍被九江师专录取，宋青兰考取江西师大体育系。虽然考取的人数不是很多，但对老师和同学都是很大的激励，后来有很多从体校走出来的学弟学妹分别考上不同层次的体育院校（专业）。

严师出高徒，胡克祥老师在他二十年执教生涯中，培养出一大批优秀人才，目前都活跃在社会各行各业，有高等院校的教师和管理者，有中小学教师和管理者，有体育行政部门的教练和管理者，有国际赛事奖牌获得者，等等。这里特别要讲一讲胡克祥老师最得意的弟子陈冬梅。

陈冬梅，女，运动健将。她1975年进入县体校训练，因为自己天赋出众，加之胡克祥及其他老师的科学指导，一方面打下了良好的基础，另一方面取得了良好的成绩，两年之后被选送到九江体校，再过两年又被选送到江西省体校，1984年进入国家队。陈冬梅的主要项目是400米和400米栏。陈冬梅先后获得1983年上海全运会400米栏第二名，1984年全国锦标赛400米栏第一名、全国冠军赛第一名，1988年全国冠军赛400米栏第一名、锦标赛第二名，1989年全国冠军赛400米栏第一名、锦标赛第二名，1990年全国锦标赛第二名、第十一届亚运会第二名，1984年南京国际田径邀请赛第一名，1987年杭州国际田径邀请赛第一名，1988年天津国际田径邀请赛第一名，1989年西班牙巴塞罗那第五届世界杯赛400米栏第五名等优异成绩，多次打破全国纪录。1991年，陈冬梅从北京体育大学运动训练系毕业之后，继续从事教练工作，在她的训练指导下，一批优秀的运动员同样在国内、国际大赛中取得了优异的成绩。2006年，她指导的学生获得了全国青年田径锦标赛女子100米冠军。

星子体校的校址，就在鼓楼洞后面，旁边就是灯光球场。在那里举行的每年一度的篮球比赛，深受老百姓喜欢。上世纪六七十年代每当举行篮球比赛的时候，真是人山人海，就跟过年过节一样热闹。篮球运动在小县城篮球爱好者中代代相传，过去是党政机关、企事业单位组队参加，现在也向着市场化迈进，成立了篮球协会，各界篮球爱好者组建了许多俱乐部，更是让这项运动得到了广泛普及，每年一次的篮球联赛，把整个县城全民健身运动推向高潮。"每天锻炼一小时，健康工作五十年，幸福生活一辈子"，这句口号已经深入人心，这都和体校及胡克祥等老师打下的群众基础不无关联。

时至今日，年近九十的胡老师平日里依旧关心体育。日前，我专程去星子看望了他。老人家身心健康，记忆力非常好，谈起当年在体校工作的往事，胡老师非常开心。在此，代表所有弟子衷心祝愿他老人家健康长寿！

永远的海会师范

胡和平

1983年9月，一群十四五岁的懵懂少年，怀揣着兴奋、好奇、忐忑或者几分茫然，来到海会师范学校。

学校坐落在庐山东南五老峰下的半山腰上。来到学校后，我们很快弄清楚了，学校的前身是江西共产主义劳动大学庐山分校。再往前追溯，这里曾是国民政府主办的庐山军官训练团的旧址，还曾经做过医院。有学者考证，抗战爆发以后，当时的国民政府领袖蒋介石在庐山军官训练团发表了著名的"庐山谈话"，指出"战端一开，则地无分南北，人无分老幼，皆有守土抗战之责"。在学校教学楼后面的树林里，军官训练团房舍遭日军轰炸，早已片瓦不存，成为一片废墟，但水泥甬道仍在。此后三年时间里，这里常成为我们晨读的绝佳场所。因为建成的年代较早，所以，学校的建筑不像其他学校那样楼群林立、高大气派，都是些石头砌的欧式风格的两层小楼，一楼也铺有木地板，走在上面咚咚作响。

因为在山区，生活的艰苦自不必说。这里没有繁华的街道，没有商场，没有餐馆，只有老师家属开的一个小卖部，供应一些香皂、牙膏之类的生活必需品，还常常不开门。冬天晚自习的时候，偶尔会有一个卖油糍的小摊，守在宿舍楼门口，这个时候便会围上一大圈人，一个个边走向教室，边吃得嘴角油光发亮。

冬天的海会师范，大多时间是粉妆玉砌的白色世界。竹子和树干都裹上了一圈厚厚的冰，身围一下子粗了不少，时常可以听到冰雪压断竹竿、树枝的啪啪声。大雪封山，物资供应不上来，有时没有蔬菜，只能吃稀饭加干饭。这还不算什么，最尴尬的要算洗澡这件事了。印象中学校男澡堂里冷热水供应就没有正常过，要么没有冷水，要么没有热水。经常要从澡堂外面的热水龙头里接了水提进去对冷水，碰到冷水管被冻上，兑不了，热水浇在身上又嫌烫，结果只能一丝不挂地站在冰窖似的澡堂里等一桶热水慢慢冷却，这种"冰火两重天"的境遇恐怕很多人没经历过。

在这里生活的三年，最难挨的是冬天，最惬意的自然是夏天了。沾庐山的光，这里的夏天特别的凉爽，山下暑气蒸腾、挥汗如雨的时候，我们晚上睡觉还要盖薄被。所以，我们寝室是没有电风扇和空调的。学校的北边和南边各有一条石溪，溪水清澈见底，常可见几条一寸来长的小鱼游动，颇有点柳宗元笔下小石潭的意境。夏天傍晚，我们三三两两地来到这里，洗澡洗衣，戏水聊天。年少无忧的时光随着溪流，静静地流淌过春夏秋冬。

也许是因为远离城市的喧嚣，这里是读书的好地方。在海会师范，老师们一直像管理高中生一样在管理我们，早操、早读、上课、晚自习……一样都不能拉下。倒不是我们有多自觉，而是因为在这个半山腰上，跷了课都没地方可去。冬天最难的一件事就是起来做早操了。天刚蒙蒙亮，恼人的《运动员进行曲》便响起来，这时候，宿舍的走廊里便经常会响起班主任邹保安老师那带着浓重乡音的催促声："起床了，做操了，起床了，做操了……"每天这个时候，就感觉推开热被窝比推一座山还难啊。最盼望的便是星期天，可以不用做早操，碰上下雪天，大家都懒得起来，只有邵班长照例准时起床，他于是用大铁桶把几乎整个寝室的人早餐买回来。

远离闹市的纷扰，庐山的灵秀赋予了海会师范别样的气质。这里有一群治学严谨、诲人不倦的老师，有一群朝气蓬勃、求知若渴的学子，他们共同造就了海会师范厚德载物、追求真知的好学之风。邹保安老师是一位仁厚的长者，为人和善，印象中他从没有对我们疾言厉色过。那一年香港电视连续剧《大侠霍元甲》热播，晚上我们没有地方看，都涌到邹老师的家里去看，他家本来就不大，去的人太多，以至于把他家隔断的木墙都挤倒了，他也没有责备我们什么。

年轻英俊的李炎忠老师，绝对是小女生们心中的"男神"。李老师教我们的数学，课堂内外举手投足间流露着儒雅的君子之风。后来李老师调往市区，在班级举行的欢送会上，同学们唱起《风雨兼程》这首歌时，不少同学眼里都泛着泪花。

蔡泽广老师的文选课常常妙趣横生。在他的课堂上，我们认识了葛朗台、威尼斯商人，下雪天，一首"江山一笼统，地上黑窟窿，黑狗身上白，白狗身上肿"的顺口溜瞬间活跃了课堂的气氛……

美术老师赵寿楣是一位颇具艺术家气质的老师，上海人，常戴一顶鸭舌帽，操着一口吴侬软语的普通话，不大好懂，但他的课还是很受欢迎，素描、国画、美术字，样样都教。

好老师还有很多。当时的海会师范，弥漫着一种氛围，一种求真向学的氛围。清晨，校园的树林里，传来朗朗的读书声；深夜，后山的琴房里，飘荡着悠扬的脚踏风琴声。

一群少年，在这个远离尘嚣的地方，寒窗苦读，乐此不疲。

在这几乎与世隔绝的地方，生活必然单纯，但绝不单调。繁忙的学习之余，我们办板报、办晚会、办球赛、搞野炊……可谓丰富多彩。山下田径场虽然极为简陋，但丝毫不影响我们的同学为了集体荣誉奋力拼搏，丝毫不影响啦啦队为同学加油而喊哑了嗓子。柳春华班长、邵友国班长、琚志忠、杨辉敏那时都是运动场上的风云人物，让我等没有运动天赋的同学艳羡不已。

现任海会师范八三（1）班同学会会长的梅鲜霞当时是班上的团支部书记，现任双峰小学校长的张明霞当时是生活委员，管着每个月饭菜票的发放，绝对广受同学们的欢迎。当时都正值长身体的时候，有的男生饭量大，定量的饭票不大够；而女生饭量相对较小，饭票常有结余。据说，与女生关系要好、饭票不够的男生，常可得到女生们的暗中资助。

五老峰的天似乎比别处更蓝。在参天古木间，你偶尔地一抬头，就能看到那湛蓝湛蓝、纤尘不染的天空，映衬着五老峰更加地纯净、威严。一方水土养一方人。纯净的山水造就了这里的人纯朴的性格，五老峰赋予了我们质朴、真诚、勤奋、善良的品格，这种品格浸入了骨髓，伴随着终生。

1990年，因为办学政策的调整，海会师范撤销并入永修师范。不久，永修师范与修水师范、都昌师范也相继撤销。2006年，随着最后一所师范——九江师范学校并入九江职大，中等师范教育在我市正式成为历史。海会师范撤并后，大部分校舍一直闲置至今。

这里，是梦想生长翅膀的地方；这里，是铁块淬火成钢的地方；这里，是船队扬帆起航的地方。

今天，我们生活在天南海北，工作在各行各业。五老峰下虽然人去楼空，但五老峰烙下的印记永远不会磨灭，五老峰下铸就的梦想永远不曾谢幕。

胡和平，男，出生于九江，1986年海会师范毕业，现任九江日报总编室副主任。

我在松门别墅的日子

吴曾艳

庐山文化传播丛书

我出生于1984年的夏天，从我出生起，我的生命便与一栋房子紧紧相连。这栋房子，有个美好的名字：河南路93号——松门别墅。

松门别墅是一栋二层别墅（还有负一层是地洞），朱红木板外墙，红铁皮瓦，地基和框架都是由米把长、半米宽的麻石条垒起来的。小时候我有些淘气，见着家里石灰墙上的裂缝，便生出了凿壁之心，攥着根铅笔就想打通通往别家的隧道。浮松的石灰粉，不堪一击，扑簌簌地落了一地。可凿不到半根小指长，就感觉前方遇阻——坚实的抵抗，仿佛就是麻石条对我无情的嘲笑。

我家住二楼偏门，据说二楼是后来建造的，起先只有一楼。二楼是天台，平时放些凉椅，再配上阳伞，主人接待客人，或赏松间明月，听松涛吟唱，大约是再好不过的。

我早记不得是谁告诉我这些的，住在这栋楼里的每个人，似乎都有种神奇的本领——无师自通地将这栋楼和它主人的故事，娓娓道来。

松门别墅的主人，叫陈三立，人称"中国最后一位传统诗人"。在那个众多洋人割占东谷，建造风格各异的异域别墅的时代，他选择了与东谷相对，毗邻一片松林的小山头，破土动工，一栋独具中国特色的小楼落成。他在这里生活了四年，对庐山感情深厚。

据说陈三立的儿子——国学大师陈寅恪的遗愿之一就是归葬松门别墅，可惜未能实现。陈三立的孙子陈封怀是庐山植物园的创始人之一。陈寅恪和陈封怀，他们叔侄二人，如今都长眠于庐山植物园。

一楼的王爷爷说，这房子是浸染了读书人灵气的，但凡住在这里的孩子，都能学业有成！起初我是不信的，后来隔壁家哥哥、姐姐，到自己，再到弟弟、妹妹……每个娃都上了大学，也许真有余荫庇护，也未可知呢。当然，赶上祖国的好政策也是不能忽略的因素。

王爷爷是南下的解放军，地地道道的北方人，身材高大，声音洪亮，却性格随和。我们一般大的小淘娃有四五个，总是占据他家的飘窗，看看电视，蹭点吃喝。

王奶奶也身材高大，却是地道的江南女子，有一手化腐朽为神奇的手艺。门前有一块斜坡，长满了洋生姜。那种瘦瘦高高的植物，花开时，一片灿烂的金黄。大约秋来不久，王奶奶便挖出根茎，稍作清洗，晒两次秋日，再将它们浸泡在调好的汁水里。过了不两日，家家的桌子上都会出现一碗酸酸辣辣脆脆的洋生姜，简直是下饭"神器"！

半个月后，屋后三人环抱的银杏树，黄了叶子，熟了果子。一夜大风，黄中透橘的银杏果子"咕噜噜"，滚了一地。有时候，王爷爷的儿子会爬上高高的屋顶，拽住遮檐的枝条，使足气力，上下摇晃，就像是和大树握手问好似的。银杏果雨一般地落下，"啪啪哒哒"，却捉迷藏一般，躲进落叶中去了。

孩子们拿着火钳和篮子捡拾（银杏果外面的肉是会烂手的，不能用手拿），一个赛一个的眼尖。王奶奶拿个栲，把果子倒在上面任凭风吹日晒，等到果肉都烂了，再搅拌清洗，小火炒制。要是哪家孩子咳嗽，奶奶便送一把果子去，殷殷叮嘱，用小火炒热，趁热去壳服用，一日五六颗，绝不可多食。咳嗽好了与否，我一点也不记得了，但是银杏果仁的香脆却深深地刻在味蕾里。

这银杏年年枝繁叶茂，它的邻居——一棵白梅树（据传这两棵树都是陈先生亲手种的），却总是瘦骨嶙峋的，每年春天挣扎着开过几朵花，便沉寂无声，连最贪婪的鸣蝉都不屑驻足其上。终有一年，连稀零的花也开

313

不出来了，死了。

我的小伙伴一直认为，是住在一楼后门的神秘的独居奶奶的晾衣绳终结了这棵梅花树，因此为白梅唏嘘了很久。为此，我们没少往她常年紧闭的门洞里灌水。

有一天，妈妈给我带来一块蜂巢——裹在一团金黄透亮的蜂蜜里，浓浓的甜蜜让人迷醉。妈妈说，独居奶奶要搬走了，搬东西的时候在墙板的夹层里发现了个蜂巢。我三两步奔去了独居奶奶家。

我从来没有进过这间屋子，那些乱糟糟待搬的东西，邻居们熟悉的面孔，甜腻腻的蜜香，热热闹闹地挤满了小小的屋子。

墙板里的"居民"可不止蜜蜂，绿意蒙蒙枝头绕时，白颊的鸟妈妈就在右侧外墙板上忙活起来了。它的家就像这面墙的靶心，利用斜钉的墙板巧妙遮住洞口。我们只能看见它娇小的身影一闪，便神秘地消失在墙上。过不了多久，墙中就会传来稚嫩的声音——"唧唧，唧唧"，直叫得人心痒痒。

至于它为什么把巢穴安在上不着天下不着地的"靶心"，我想我是知道的；那两只常年游荡在屋内外的老猫也知道，我看过它们蹲守于墙角的热切眼神；那条神出鬼没的花蛇也应该是知道的，我见过它游弋在屋脚的一截尾巴。

秋风吹起的某个清晨，就听不见"唧唧啾啾"的歌声了，直到第二年春天，年年如此。后来，爸爸靠着这面墙搭了一间小屋子，鸟就再也没来过了。

墙板里的常客还有一到半夜里就"咔哧咔哧"啃个不停的老鼠们，它们活跃在每一块墙板的后面。有时候我睡得正香，那"咔哧"声就突然在耳边响起，执着坚定，仿佛随时要破墙而出，告诉我什么秘密。我若恼了，重重敲几下墙，那"咔哧"声又跑到脚那头撒欢去了。我一直以为老鼠只喜欢啃木头，因为我家确实没有因为老鼠受过一丁点损失。

倒是那常年在房子里巡查的花白老猫，拖走过好几条鱼和几根香肠。我觉得那老猫很有些神力，它能穿行在房子的任何地方，比如阁楼。

我一直好奇那阁楼究竟是用来干什么的呢？用来住，实在太不可能了，因为它离地面实在太远，搭上我家最高的梯子，离它那一米见方的洞口也还差一大截，这楼里的任何人都没有上去过。可我总听见老猫在上面叫唤，它怎么上去的？

那天，我终于知道了老猫的秘密！

它先游荡几步，然后加速度冲着阁楼洞口正下方一米高的扶手扑去，转身，跃起一米高，在右侧墙上飞蹬两脚，反身一闪，就消失在黑洞洞的阁楼入口！难怪它一来，夜半恼人的"咔哧咔哧"就会消失一段时间呢。

有时候我暗自庆幸，还好有它，要不然我家那脆弱的地板被"咔哧"一族啃穿了，那刮北风的冬天，我们可怎么过呢？

我最不喜欢的是冬天，老房子的冬天可真是难熬啊！凛冽的北风一路横冲直撞，撞得大门"哐当哐当"响，还疯狂地从地板缝、门缝、窗户缝……从任何有缝的地方往家里钻，发出嚣张尖厉的鸣叫，纠缠着我，冻得我恨不得一天到晚抱着火炉。有时候，常常是面对着火炉的手脚烘暖了，屁股却被冻得硬邦邦的，换个方向，把屁股烤暖和了，手脚又冷冰冰的。

后来，爸爸买回来一张塑料地隔铺上，四周用透明胶带牢牢地封住。北风再来时，地隔波浪似的涌动着，满满都是无可肆虐的愤怒。当然，北风也不是那么一无是处的，每当它来到，家里的炉火总能借助风力，"呼呼啦，呼呼啦"，烧得炉体通红，煮饭做菜烧开水烘衣服，效率可高了！要是换温暖湿润的南风来了，那可就糟糕了。

南风是个泪眼盈盈的小姑娘，被她蹭过的木墙，就像被巨大的鼻涕虫爬过一般，触手黏腻。被她摸过的衣服，总是潮乎乎的，透着一股子怪味。若是生个炉子，南风裹着浓烟在屋子徘徊不去，呛得人睁不开眼喘不过气。我常想，这南风天生炉子，简直是自寻死路。

大约就是在南风来的那个季节，我九岁，房子来了一位特别的客人。他背着一个照相机，围着房子四处溜达了半天，又跟房子里的人聊了很久，斯文有礼，临走前还给我们几个小伙伴在房子前拍了照。两个月后，我们收到一封信，里面夹着那张合影，落款是陈怡竹。我们这才知道，这位陈先生，正是陈三立先生的后人。一年多后，陈怡竹先生再来访，依然给我们拍了照片寄来。这信，至今我还留着。可能是我觉得还有可能再见到他吧。

2016年，庐山管理局回收了这栋楼，邻居们陆续搬出了松门别墅。我家搬家那天，我没敢去，我怕我会哭到不能自已。

别了，我的松门别墅！

吴曾艳，1984年生，生于庐山，长于庐山，2004年毕业于九江学院中文系，毕业至今就职于庐山中学。

我在庐山图书馆

李红艳

1989年7月，我刚从学校毕业，就来到庐山图书馆做暑期工，12月正式分配到庐山图书馆，开始了我在庐山图书馆的日子。转眼三十年过去了，回首恍若昨天。

1989年春夏之交，发生了一场政治风波。但是回到庐山，并未波及，这里仿佛是一处世外桃源，风平浪静。庐山图书馆正常开放，人来人往。

当时的庐山图书馆位于河东路463号（现在的庐山图书馆干部培训中心），是一栋石木结构的老房子，石墙、铁瓦、坡屋顶，屋顶有4个老虎窗；窗户是平开木窗，大门是四开门，我记得门多窗多，门槛有点高，要抬腿。后来听庐山专门研究别墅的罗时叙老师介绍，那是1936年建的中央银行驻庐山营业处，它沿大道横列，大门仍有装饰门柱及门上的窗框图案残迹。

庐山图书馆创立之初的馆舍即原址，在原火莲院2号（今庐山抗战博物馆），是蒋介石先生亲自督办的，以适应当时的政治需要。蒋先生笃信风水，此址背后高峰巍峨，两侧丘陵回抱，前面溪水流淌。《庐山续志稿》记载："此建筑基地，天然形势之壮丽，实无以复加。"还说："庐山图书馆系一宫殿式三栋联立之二层楼建筑，由正面瞭望，庄严堂皇，构成一美丽之图案。"此后因各种原因，这里依次成了庐山博物馆、庐山大厦餐厅，到现在的抗战博物馆。

我进图书馆的第一个工作就是跟着老师在采编室学习采编程序，刻印钢板做卡片，油印。当时的采编都是手工，规范地说就是拆包、查重、画

317

线、盖章、分类、写标、贴标、制卡片、印卡片、分目录、造书单、登记等。读者查书有专门的目录柜，分别有三种目录：书名目录、分类目录、著者目录，以满足读者按不同要求查找。

80年代到90年代中期，图书馆处于一个很昌盛的时期，读者多，业务量大。各个部门都很忙碌，根本就不是一个想象中的清闲单位，可能是当时文化生活不够丰富，阅读还是人们主要的业余生活。庐山图书馆90年代初工作人员大概有13—14人，据查在1976年到1981年，工作人员只有7—9人。

馆内管理制度严格，业务工作正规，职守明确。采编、借阅、阅览、古籍整理、图书保管、对外服务、环境卫生各个部门都做得井井有条，社会效益非常好。

庐山图书馆从历史上看也是几起几落。1933年，蒋介石先生在庐山创办了"庐山军官训练团"，蒋先生认为"庐山训练，对于庐山图书馆更有密切之需要"。于是指示江西省政府督促迅速筹办。1935年8月5日，图书馆举行落成典礼，时任江西省政府主席熊式辉和国民党中央军校教育长张治中共同主持了开馆仪式，可见规格之高。开馆后各界名流争相赠书，购置及捐赠图书已达10万册。抗战爆发后，经费拮据，1937年底停办图书馆。1938年庐山沦陷，图书馆成为日军的军用仓库，书籍损失惨重。直到抗战胜利之后，国民政府从日军手中收回庐山图书馆。1946年7月24日，蒋介石到馆视察，留下了亲笔信："庐山图书馆馆长惠鉴：图书馆应从速组织，其应增加的人员与经费，望作最少限度之计划呈报。又古书中所缺之书，应从速觅取同版之本，准备抄补为要。中正。"此后图书馆一直在维系，直至1949年5月18日庐山解放。人民政府接管庐山图书馆，采取了一系列措施，使其发生了根本性的变化。庐山图书馆成为一个名副其实的综合性公共图书馆，迎来了一个发展的高峰。

但是，"文革"期间，图书馆名为合并，与本山的其他文化单位一道

"联合办公"，实为停办，工作只有收发报纸，贴贴海报大字报。图书馆书籍不可避免遭受损失。庐山地处山区，气候潮湿，书库疏于管理，加之人为因素，书籍潮湿霉烂或被虫蛀鼠咬，还有被偷盗。我曾听过有人说，"你们图书馆的书库，当时在庐山大厦，我们读书的时候去偷过书，爬上屋顶的小窗户从中抽出几本书，只是不好看，又是繁体字，也看不懂，不是什么小说图画之类的。后来也不知道书去哪了"。据庐山大事记载，1968年4月，一夜之间就被偷去历年精心收藏的大型画册128册，古籍中的小说、医书、字画也被陆续偷走。

直至改革开放以后，庐山图书馆的各项业务工作恢复开展，逐步步入稳步发展的正轨。

1992年，庐山图书馆搬入新馆，即现在的馆舍（庐山河东路1号）。该馆是由南京工学院建筑系设计，由当时的系主任鲍家声教授一行7人专门来庐山设计，庐山建筑公司二工区中标承建，工程竣工后被评为九江市优质工程，并被通报嘉奖。新馆工程分三部分：第一期书库楼，第二期借阅、办公楼，第三期展厅、报告厅、活动楼。按原设计还有第三期未完成，因资金等原因一直搁置，1997年，庐山管理局拨专款，在未完工的图书馆工程上增加了一个大门厅，算是给庐山图书馆馆舍画上了一个休止符。应该说现在的馆舍是80年代设计、90年代初完工，其建筑设计理念超前，完全符合现代图书馆的需求，只是遗憾的是庐山图书馆缺了第三期工程，少了很多活动场所，也只能等若干年以后政府再增加这一部分馆舍了。

搬入新馆后，旧馆舍河东路463号就改成了庐山图书馆干部培训中心，用于图书馆以文养文的第三产业用房。

在庐山的文化部门，图书馆是最早开展第三产业的，80年代就有了自己的打印机和复印机。当时的图书馆馆长是徐效钢，一位全军英模、全国劳模，党的十三大、十四大代表，一位非常优秀的图书馆馆长，他的办

印象庐山

319

馆理念和工作作风使得庐山图书馆一直走在基层图书馆的前列。我在1990年负责复印、打印还有少量的油印，我记得有一台照相机是凤凰205的，打印机是飞鸽牌的，复印机是5511型东芝牌的，质量很好。平时业务量很大，有时候忙一整天停不下来。后来才慢慢开始有私人做打印业务。在80年代末，图书馆还有了一台130型的图书车，主要是用于开展图书服务活动，送书到部队、学校、基层图书室，到市区或乡镇开展活动很方便。唯一不足的是那台车密封性不好，开山路经常是一头一脸的灰，所以记忆深刻。

庐山图书馆干部培训中心就是个小型的招待所，附带食堂，可接待30人左右。当时接待了很多会议，印象深的是1998年6月10日至15日，在庐山图书馆干部培训中心召开了《中图法》（第四版）编委会工作会议，与会者有全国各大图书馆的馆长，图书馆学会秘书长刘湘生，图书馆学家张琪玉，都是图书馆界很有名的人。那些年图书馆的日子风风火火，应该说是精神文明与社会效益同步发展，职工的干劲也大。靠着第三产业的收入，还清了6万多元的书架款，买图书车的时候还自筹了一部分。后来由于政策的原因，图书馆培训中心对外出租，一直作为图书馆的产业运营。

庐山是一个风景区，庐山图书馆作为旅游区的图书馆，游客很多，许多人是慕名而来。庐山图书馆是这样推介自己的：创建于1934年7月，位于世界遗产地和世界地质公园——庐山风景区的中心，海拔1160米，有建筑面积3200平方米。庐山图书馆为连续六届文化部命名的"一级图书馆"，九江市文明单位，"全国古籍重点保护单位"。庐山图书馆的馆名是1990年国家图书馆馆长任继愈先生题写的。

1959年、1961年和1970年的庐山三次会议，毛泽东主席、周恩来总理在庐山阅读的书藏在庐山图书馆，历史上的蒋介石、蔡元培，新中国成立后的唐弢、吕叔湘、吴健雄、袁家骝、石凌鹤、程千帆、刘缓松等都到过庐山图书馆，或查询或讲学。吸引读者的是庐山图书馆的历史文化和馆藏特色。

待在图书馆多年，也应该对自家馆藏如数家珍。庐山图书馆的特色馆藏：一是古籍，二是外文原版（西文图书），三是新中国成立前的报纸，四是名人捐赠图书。

说到馆藏特色就必须再提到庐山的历史，是历史造就了庐山图书馆的独具一格。现在的庐山图书馆的藏书，包括：1.牯岭图书馆，该馆成立于1910年左右，馆址在牯岭中路248号，馆舍为砖石平房，200平方米，六间房；藏书2万余册，报刊10余种，其中大多是来山的传教士私人赠送的，有私人赠送的书签签名，并贴于书的扉页上。该馆并不接待中国人，1932年以后，才增加中文书刊，并允许中国人入内阅览。2.牯岭美国学校图书馆，该校前身为1906年创办的"牯岭英美学校"，后由庐山的几大教会联合创办，藏书大概有8000册，以教科书为主，1941年太平洋战争爆发后关闭。3.基督教中华内地传教会学校图书馆，主要收藏宗教及研究中国儒家的书籍。1941年后关闭。4.国民政府时期的庐山图书馆（1934年7月—1949年5月），成立之初，除了购置部分图书，还成立了"庐山图书馆征集图书委员会"。至抗战前，征集和购置图书达10万余册，在此期间赠书至馆的有蔡元培、吴宗慈、陈布雷、沈长庚、熊式辉、罗家伦、梁培辑、武西山等。当时馆藏中文报纸13种，杂志110种。这时候的庐山图书馆除了正常业务工作，还成了庐山的政治中心，著名的"庐山抗战谈话会"就是在图书馆举行的。抗战胜利后，国民政府从日军手中接管图书馆，并把以上几个外国人办的图书馆的藏书全部归入庐山图书馆，1946年正式开放，设中文和西文两个阅览室，开架陈列。新中国成立后，人民政府接管了庐山图书馆。

现在的庐山图书馆经过多年的藏书建设，总藏书44万册，有古籍图书56 467册，其中善本5200册，善本书中明朝中叶至后期的版本有1000余册，另有众多的地方志、诗文总集和别集、宗教著作等；外文图书大多是

18世纪中叶至20世纪初的原版图书，有36 000册，主要出版地为伦敦和纽约，多为英美文学、历史地理、教科书和宗教方面的图书，以英文为主。另外还藏有民国时期的出版物30 000册。其他为现代出版物。

新中国成立后接管的庐山图书馆，对于外文书及古籍图书基本是封存保管。1960年，省有关领导指示庐山图书馆的藏书要整理出来，在江西省图书馆和省政协的牵头下，蔡智传、刘文涛、邹希敦等专家和省馆典藏部主任及其他相关老师，来到庐山，住在庐山大厦，前后历时一年有余，终于把庐山图书馆的古籍及外文全部分类，并完成目录。分类法按中小图书馆分类法。

2014年，国家要求开展全国古籍普查登记工作，2018年又在馆里开展古籍清点，我都参与了其中。2014年馆里编辑完成《江西省庐山图书馆古籍普查登记目录》六项数据电子版，该目录收录馆藏1440年（明正统五年）至1911年的古籍图书3232部35 669册；此外，庐山图书馆民国时期的线装古籍图书也极为珍贵，其中有许多历史文化名人捐赠的古籍图书，如1936年，蔡元培将故宫博物院送给他的一套《宛委别藏》，转赠给庐山图书馆。庐山图书馆参照古籍普查登记标准等相关规范文件，对民国时期的线装古籍图书进行了普查，对题名、著者、版本等项逐一进行登记，编辑完成《庐山图书馆民国时期线装古籍普查登记目录》电子版，收录民国时期的古籍1338部20 798册；并对极少数破损的古籍，进行了详细的登记，以便日后进行修复。庐山图书馆另对馆藏11部日本版中文古籍图书，也按普查规范进行了登记。对1949年以后影印的古籍图书，庐山图书馆也进行了登记。

对馆藏部分图书，我简要地列举一些：

馆藏《四明先生资治通鉴节要》二十卷，明宣德四年（1429年）刻本，十一册。明代刘剡纂辑的一部重要著作，列入"禁书目"。卷首有"宣德四年张光启自序"，卷端次下行题"京兆安正堂刘氏校刊"。该书具有很高的史料价值和版本价值，现在庐山图书馆保存良好。根据文化部颁发的《古籍定级标准》，确定为二级古籍甲等。列入第二批《国家珍贵古籍名录》。

有明正统五年（1440年）刻印的佛经。

有《史记》，汉司马迁撰，明陈仁锡评，明崇祯元年（1628年）陈仁锡刻本；《礼记》，汉郑玄注，清乾隆四十八年（1783年）武英殿仿宋刻本；《登封县志》，清洪亮吉纂，陆继萼修，清乾隆五十二年（1787年）刻本。

还有《时务报》，清末维新派报刊，梁启超主编。1896年8月在上海创刊，几月内销数迅速增长，"为中国有报刊以来所未有"。

馆藏庐山地方文献（摘要几种）：

《庐山记略》一卷，是庐山最早的地方志，晋释惠远撰，叙述了庐山的地理位置，名称由来，神话传说及其游庐山五言诗三首。虽然篇幅短小，但作为庐山志书之祖，仍不失为研究庐山的珍贵史料。

《庐山记》五卷，宋陈舜俞著，此书考据精核，体例明晰，一直作为山志的经典。

《庐山纪事》十二卷，清桑乔撰。桑乔，江都人，曾被贬官居于庐山。

现存庐山地方志中的原版之书，有清康熙年间由星子县令毛德琦修撰刻印的《庐山志》十五卷，后被收入四库全书。该书第一个从形式上总结概括了庐山志书的编纂体例，确定了庐山志的名称，突破了前人志山而不言志的成例。

庐山近代的快速发展，催生了另一部庐山志书的巨著，即吴宗慈撰《庐山志》十二卷、《庐山续志稿》八卷、《庐山志副刊》六种。吴志一书，体制宏大、义例明晰、资料详尽，并有许多独创之处。精刊精印，是庐山古今志书之首，是今日人们引用最多的史书。

再介绍几种馆藏外文原版图书：

《共产党宣言》（英文版），伦敦现代图书有限公司1929年3月出版。如今这种外文版的共产党宣言已经很少了。

《乔治·华盛顿传》，1832年美国费城出版。

《不列颠百科全书》，1929年第14版，美国芝加哥大学。第1至第13版出版于苏格兰爱丁堡。

《圣经》《圣经词典》《圣经百科全书》共藏57种。

《全国地理杂志》（美国），1888年创刊，馆藏部分1917—1922年度。

还有《莎士比亚全集》，19世纪后期伦敦等地出版，藏有全集、戏剧、故事等130余种。

2002年5月，有一位外国人来到了庐山图书馆。她是一位英国老太太，她的导游介绍，她叫查德门女士，1937年出生于庐山，在庐山生活了14年，1951年离开庐山回国。她曾在庐山美国学校读过小学，听说庐山图书馆有原美国学校的藏书，想来看看。我们带她进入外文书库，她认真而有些激动地一本本翻阅，后来听见她大声说："天哪！这本书是我小时候的数学课本，你们看，这后面还有我的名字。"她继续翻看，查德门夫人还意外地发现有她母亲签名并用过的图书《圣歌》。"你们快来看，这本书是我母亲借阅过的，上面也有她的签名，我太高兴了，今天的收获太大了，我要拍照。"这是她的原话，我记得很清楚。还有2008年，79岁的美国人艾尔萨·波特女士到庐山图书馆参观时也是非常激动，波特女士出生于庐山，其父是庐山"牯岭美国学校"校长奥尔古德。

当年捐书并筹建庐山图书馆的熊式辉先生，他的女儿李熊明华女士2018年带领一家人来到庐山图书馆，在她父亲捐赠的《万有文库》书架前留影。她已94岁高龄，她说来庐山图书馆是她有生之年的一个心愿，对她来说儿时的记忆是多么美好，多么深刻。

庐山图书馆创建至今已有85年历史，虽屡有兴废，数易其址，但图书馆永存。来来往往的都是过客，我也是过客，而它与庐山一样，永远在那里。

李红艳，女，1968年出生于庐山。庐山图书馆馆员、副馆长，研究方向为庐山地方文化史。

白鹿洞书院文化复兴的引路人——孙家骅

张林霞

白鹿洞书院素有"天下书院之首"之美誉，在中国书院文化历史长河中占有重要地位，在古代曾多次兴废。上世纪90年代，白鹿洞迎来了第十次兴复，而这次重新声名鹊起，得力于一个人——曾任白鹿洞书院管委会主任，后历任江西省博物馆馆长、文物局局长、文化厅副巡视员等职的孙家骅。

1995年夏我从九江师范专科学校中文系（九江学院前身）毕业，分配至白鹿洞书院工作。那时孙家骅已提拔至庐山文教卫生处任副处长，兼任白鹿洞书院管委会主任，以山上办公为主，对白鹿洞书院大约一周集中一次办公。我刚上班报到时一直未见到这位领导，而短短的几天时间里耳边关于他的传闻却不断。一个人如果有一半人能说他好说明他确实不错，而一个人如果全院人都说他好那简直就是个神话，孙家骅就是这样的人，一个能力、眼界、人品都让大家竖起大拇指的人。未见其人，先闻其名，上班一周后才终于见到这位传说中的领导。第一眼看上去没有想象中的高大上，神态随和中透着坚毅，体态瘦小而精悍。然而就是这样瘦弱的身躯里竟蕴藏着极大的能量，短短几年时间内他就带领着白鹿洞人让百废待兴的书院逐步走上复兴之路，重放昔日的光彩。

一、文化不会沉默——它的复兴在等待智者、奉献者的到来

1979年，24岁的孙家骅在德安县文物陈列室（后改为博物馆）工作。白天上班，晚上住在书库，研读宋史，研究宋史不可能不研究朱熹，也不

可能略过白鹿洞书院。1985年，孙家骅陪同导师、上海师大古籍研究所所长朱瑞熙教授来到白鹿洞书院。其时的白鹿洞杂草丛生，虽经两次修缮，仍显得荒凉破旧，已难觅昔日繁盛风采。朱瑞熙心痛不已，他语重心长地对孙家骅说："白鹿洞自五代南唐建立以来，到宋初成为'天下四大书院之一'，再经朱熹发扬光大，建立完备的教育体制，著书立说，传播交流理学思想，达到鼎盛时期，从而在中国文化史上占有极其重要的地位。这样一座千年书院如果不能很好地保存与利用，将是我们这一代人的失职和耻辱啊！"孙家骅心中暗暗记下了这一切，并有意识地开始收集整理白鹿洞的有关资料。正在此时，庐山管理局也在考虑恢复和发展白鹿洞书院。省文化厅乃至国家文物事业管理局都对白鹿洞书院给予了高度重视。就这样因缘际会，同时具备行政管理、外交和学术研究这三方面综合能力的孙家骅脱颖而出，成为洞主的最佳人选，他终于在1990年2月调任白鹿洞书院管理委员会任书记兼主任，开始了对白鹿洞书院极其重要的振兴工作。其时的白鹿洞百废待兴，当时白鹿洞所处的特殊地理位置造就了"一地三治""小单位、大社会"管理现状，周边环境极为复杂，内部机构急需调整。面对重重困难，孙家骅全力以赴，灵活化解各种矛盾，逐步理顺内部及周边各种关系。接着着手整治环境，到上级部门积极争取维修资金，对书院的亭台楼阁及环境进行全面整修，对建筑楹联、匾额等整理除旧，聘请园林及古建方面的专业技术人员进行维护，加强对古碑、摩崖石刻保护。又逐步更新"书院史陈列""朱子祠陈列"，新辟了"书院与历代名人蜡像馆""刘少奇旧居纪念室""中华女子诗词碑苑"和"怪松"景点等。向上积极争取资金支持，经多方努力，先后申请到200多万元拨款，全部用于古建维修与学术研究。经过全面整治，白鹿洞书院的环境终于焕然一新。一个富有生机的白鹿洞书院又重新出现在世人面前。

印象庐山

二、精心打造传播文化的殿堂

环境得到了维护重修，但白鹿洞的管理方式却是老式的血缘家族式管理，而且20多位工作人员大都只有高小毕业的文化程度，难以适应书院的发展需要。为规范管理，孙家骅首先对管理机构进行了全面调整，成立文物管理所、园门管理所、林业管理所、保卫科、文化研究所、办公室等部门，明确各部门职责分工，明确业务对口接待管理，制定《白鹿洞书院工作规范》，有制可循，用制度管好人事。同时引进人才、培养人才，选派人员到外地学习好的管理经验，不断提升书院职工的知识结构。孙家骅为了留住人才，想尽办法解决他们的后顾之忧，花大力气建好职工宿舍，改善食堂环境及伙食。同时提高职工生活条件，更新办公及生活设备，开通电话专线和电视接收器，购置汽车、计算机。对于我们毕业分配来的大学生也尽力做好思想安抚工作，刚来书院的时候，我们被书院世外桃源般的环境所吸引，可时间久了，这种与世隔绝的日子对年轻人来讲未免过于枯燥，大家向往着外面世界的精彩。是孙家骅多次给我们提供外出学习及参加学术会议的机会，增长我们的见识，让我们能真正定下心来为书院发展贡献自己的一份力。安顿好人心后，孙家骅又不间断地从外面聘请专家顾问学者来书院开展专题文化研究，提升书院的文化氛围。就这样稳步有序地把白鹿洞书院引上文物保护、学术研究、教育培训、旅游接待、园林管理"五位一体"的良好发展轨道上来。

三、开展学术研究和文化交流——走向文化复兴之路

在白鹿洞书院逐步走向正轨，进入规律有序的发展阶段后，孙家骅没有止步，他认为白鹿洞书院不能只停留在古建维修与旅游接待上。他思考的是这座古老学府在当代的意义与价值。随着现代大学的兴起，书院已经完成了它作为教育学府的历史使命，但它作为历史文化遗址，作为传统文化保留与发展的历史见证，可以继续开展学术研究等文化活动。正如他

在庐山文化处任上提出的"文化是庐山之魂"的口号，孙家骅决定"白鹿洞书院由古建修复进入到学术研究、教育培训上来"，开始着手开展文化复兴活动。首先是创办文物刊物。为加快推进白鹿洞书院的文化建设，孙家骅提议设立"白鹿洞书院文化研究所"，专门从事文化研究宣传工作。为了使书院的文化建设有阵地，孙家骅创办了内部刊物《白鹿洞书院通讯》，促进白鹿洞书院的文化研究。1991年，为扩大刊物的影响力，他将刊物改名为《白鹿洞书院学报》，连续出版了13期，登载学术文章300余篇，约140余万字。刊物在当时是国内外研究书院的唯一专刊，成为白鹿洞书院文化研究和学术交流的重要平台。2000年，《白鹿洞书院学报》改为《中国书院论坛》，影响力进一步扩大。其次是对文物古籍进行抢救。为抢救白鹿洞书院为数不多的古籍善本，1992年，孙家骅与上海师大古籍研究所合作，对明正德年间的《白鹿洞书院志》、嘉靖年间郑廷鹄编修的《白鹿洞志》等五种版本志书进行点校整理，由中华书局出版《白鹿洞书院古志五种》。此外，孙家骅先后主持和支持完成《白鹿洞书院碑记集》《千年学府》《白鹿洞书院碑刻摩崖选集》《朱熹及宋元明理学》《朱熹教育和中国文化》《中国历代科技人物录》《半边天诗词选》《白鹿洞书院》《白鹿洞书院史略》《朱熹和白鹿洞书院》《白鹿洞传说》等一系列学术著作。再次是逐步恢复学术研讨活动。在孙家骅的组织下，白鹿洞书院先后举办了"白鹿洞书院1050周年国际学术研讨会""中国古典诗词研讨会""《周易》与中国文化学术研讨会""六朝军事与战争学术研讨会""纪念朱熹诞辰860周年学术会议""跨世纪中学素质研讨会""全国中小学校长管理工作研讨会""当代中华诗词研讨会"等一系列学术研讨会。其中"当代中华诗词研讨会"在国内属首次召开，在学术界引起极大反响，《人民日报》（海外版）、《瞭望》（海外版）等十多家新闻媒体对此次研讨会进行了报道。学术研究的百家争鸣带来了文化交流的百家齐放，推动教学交流活动。在孙家骅的主导下，书院陆续举办了"中国古典诗词讲习班""中国钱币讲习班"" 古建测绘讲习班""家庭教育研讨班""老年管理学培训班""全国图书报刊人员业务培训班""家庭文化建设管理学培训班"" 《论语》学习班"等。最后是推进对外学术交流活动，促进书院对外影响力。1993年日本冈山县井原市兴让馆高等学校校长亲自带队考察书院，他说"心中的故里是白鹿洞书院，白鹿洞书院精神是本校的渊源"。1995年韩国博约会会长率领300名会员考察书院，他虔诚地说"我们到白鹿洞书院是来朝圣的"。

因为孙家骅的大力宣传，众多学者对书院青睐有加。著名学者姚公骞、周銮书多次到书院调研，留下一段"一年姚公五进洞、周公三进洞"的美谈。书院不仅得到学术界的支持，也得到了政界、社会名流的广泛支持和帮助。1990年，在庆祝"白鹿洞书院办学1050周年国际学术研讨会"上，江西省委原书记、中顾委副主任白栋材，全国政协委员王光美，北大哲学系教授汤一介等政界社会知名人士发来贺电。时任九江市委书记钟起煌莅会，并当场郑重宣布"九江市委、市政府已做出规划，一定要尽快把白鹿洞书院发展起来，努力把白鹿洞书院办成中国古代书院文化研究的中心和研究朱子学说的重要基地"。

促进书院文化研究的发展，需要强有力的经济作为后盾。孙家骅不仅利用电视、报刊等多种媒体加强对白鹿洞的宣传，还通过多种渠道为书院宣传造势，比如在工作用车两侧喷上"天下书院之手，海内书院第一"广告语对书院进行流动宣传，不放过任何机会提高白鹿洞的知名度。同时积极带领书院骨干赴全国各地开拓旅游市场，宣传效应带来游客人数不断上涨。同时利用文化积淀、文化资源发展文化产业，创办白鹿洞书院工艺美术厂，打造白鹿洞特色旅游产品，就这样各种营销策略多管齐下，书院旅游经济收入逐年上涨，而经济实力的增强反过来又用于提升书院文化研究水平，促进文化的繁荣发展。

四、"这个地方有优美的自然环境和古代建筑,是中国文明的标志"
——书院文明迈向世界的舞台

1996年,庐山申报世界文化景观成功,白鹿洞书院作为专家考察的第一站功不可没,而这一切更是得力于孙家骅全力以赴的积极筹备。专家组组长吉姆·桑塞尔这样称赞白鹿洞:"我希望我们的学校也有如此学习和反思的环境。谢谢你们给我的回顾"。斯里兰卡专家德席尔瓦夫妇这样赞扬:"为了全人类和将来,要保护文化和自然,我非常喜欢这个地方";"这个地方有优美的自然环境和古代建筑,是中国文明的标志"。这些盛赞让白鹿洞书院荣获世界文化景观这个美誉实至名归。

经过孙家骅的一番苦心经营,到1998年他离开庐山至江西省文化厅任职后,白鹿洞书院还一直延续他所创立的"五位一体"管理模式至今。今天的白鹿洞书院真正发展成了中国书院文化研究的中心。海内外专家学者纷至沓来,或升堂讲学,或开会研讨。文化研究、学术交流和教学活动取得了骄人的成绩。这里举办过国际性会议10次、全国学术会议40余次、各类培训班百余次,与清华、北大、人民大学等高校联合成立教学实验基地和移动课堂,每年定期在省内外举办书院研究会年会,这里举办过3期的白鹿洞书院论坛越来越引起社会的广泛关注,出版《白鹿洞书院系列丛书》7种及《千年学府》等研究丛书,出版《中国书院论坛》共10期,接待日本、韩国、新加坡等学术访问团体20余批……2018年获批全国中小学研学实践教育基地,一批批接受国学教育的孩子们来了,朗朗书声响起来了,"父子有亲、君臣有义、夫妇有别、长幼有序……"仿佛又回到南宋朱熹讲学的鼎盛时代。这一切得力于孙家骅,得力于他对书院文化复兴的殚精竭虑,他为白鹿洞书院延宾馆题写的楹联:"先贤握发延宾在澄心明道,后学折经问难求格物致知",就是他在洞主任上孜孜不倦上下求索的真实写照。

时至今日,在他离开庐山赴省上任后,还时时心系白鹿洞,密切关注着书院的发展动态。特别是他在退居二线后，更是利用他在文博界的影响力为书院的文化活动推波助澜，参与主编白鹿洞书院系列丛书、主讲白鹿洞书院论坛等，为白鹿洞书院文化复兴继续奉献着余热。

张林霞，女，1972年出生，九江柴桑区人，1995年分配到庐山白鹿洞书院工作，现任职于庐山管理局安全生产监督局。

陈寅恪归葬庐山纪实

李国强

今年是陈寅恪先生离世50周年、归葬庐山的第16个年头，人们对先生的思念无尽，先生墓前鲜花长年不断，清明时节尤多。

先生1969年10月7日殒于"文革"凄风苦雨中，2003年6月16日，即先生113岁冥诞之日葬于庐山植物园。一条归葬路走了整整34年，让人感叹唏嘘。

我涉入这件事，是主持江西省社科院、江西省社联工作的时候。1994年春，省社联正在筹备召开陈宝箴、陈三立学术研讨会，其间，我同省诗词学会秘书长胡迎建接待台湾淡江大学教授、陈氏后裔陈伯虞，了解到陈家想把庐山陈三立故居松门别墅改建成纪念馆，修复南昌西山陈宝箴坟墓，将陈寅恪骨灰安葬在陈宝箴墓侧，并承担相应的费用。在我看来，这三件事，合情合理，件件是好事，件件应该办。

我还获悉，先生生前遗愿是葬于杭州西湖杨梅岭先君陈三立墓侧。"文革"结束后，先生家人先奔杭州，陈情有关部门，但因"风景区不能建墓"而被拒绝。前后10余年，西湖断桥难渡，这才有欲葬南昌西山之议。

这年春夏，江西兴起赣文化研究热潮。8月17日，我向时任省长的吴官正汇报赣文化研究事宜，在汇报结束时谈及陈伯虞教授的三点想法，吴官正略加思索，说你写报告给我。第二天，省社联将《关于修复陈宝箴陵墓、陈三立庐山故居的报告》递呈省政府。报告说：

> 陈宝箴、陈三立、陈寅恪一家三代，为著名爱国者，在中国

近代史、近代文学史上具有重要地位，在海内外均有重大影响。省内一批学者曾联名于去年报告省文物局，建议在西山修复陈宝箴陵墓，在陈三立故居设陈列室，以增加江西旅游文化景点。今年9月，我会将会同省诗词学会、省政协学习文史委等单位共同举办陈宝箴陈三立学术研讨会。这有利于增强江西对境外赣胞的凝聚力，对促进江西对外开放，繁荣学术文化，推进精神文明建设大有好处。此数项内容，得到陈氏后裔的大力支持，并希望能将陈寅恪骨灰从广州迁葬于西山。特别是台湾淡江大学陈伯虔教授，已3次赴赣，慨允负担修复墓地费用，承担庐山松门别墅中3户迁出的部分费用，现二处均蒙省文物局、庐山文物处同意作文物保护单位。但新建县文化局提出墓地要陈氏后裔以一亩50万元购买，松门别墅的住户迁出问题，庐山管理局至今未下决心。特恳盼省长百忙中过问，敦促地方政府从全省大局出发，采取得力措施，尽快解决这两个问题。

4天后，吴官正在报告上批示："请张才会文化厅、社联、南昌、庐山等单位负责同志协商解决好。我想新建不会提这个要求吧？庐山老姚很有思想，说清楚了问题也就好办了。"

吴官正批得很艺术。"张才"即省政府副秘书长朱张才，"老姚"是庐山风景名胜区管理局党委书记姚洪瑞。朱张才拿着"尚方宝剑"，积极联系协调，有一次还约我同上庐山催办。然而，道理是说清楚了，事情却一件也不好办。建陈三立纪念馆要报批，据说上面控制很严；迁出松门别墅内的居民要钱，当时已经协调到省文物局、九江市政府和庐山三家分担，但资金一家都不到位；南昌西山陈宝箴墓，当年兴修水库时被夷为菜地，现墓主后人不追究，还主动出资修复，当地非但不支持，反而提出墓地要买，让人匪夷所思。

这年9月，陈宝箴、陈三立学术研讨会在南昌召开，会后代表们到庐山参观松门别墅。与会代表中，除专家学者外，有不少先生家人，特别是先生之女陈流求、陈美延和侄女陈小从，在得知吴官正批示后，很是感动，一时传为美谈。据此，陈氏家人提出，既然落葬杭州西湖和南昌西山都不成，就改葬庐山。陈流求说："这不仅是家属的愿望，也可以为中华优秀文化方面留下一点纪念。"

为此，先生家人正式向江西有关方面提出要求，并通过全国政协、西南联大校友会等单位多方呼吁。其间，陈流求于1995年11月3日致信西南联大校友会转也是校友的全国人大常委会副委员长王汉斌和彭佩云，请求在繁忙工作中与江西省有关方面联系，促成尽快落实。这封信，很快就转到江西，12月5日，已是省委书记的吴官正再次作出批示："请张才同志同文化厅、九江、庐山等领导商量，必要时请示懋衡和圣佑同志。"省长舒圣佑9日批示："请张才同志按吴书记批示办。"

这之后，朱张才继续联系，先生家属也多方努力。吴官正调离江西后，两任省委书记舒惠国、孟建柱，省长黄智权等先后都批示和过问过此事。2001年，著名画家黄永玉和陈流求联名致信全国政协副主席、江西省委原书记毛致用，请他出面斡旋。翌年4月17日，毛致用为落实此事，亲率黄永玉和陈流求专程到南昌、庐山。这期间，文化、统战、民政等部门也都涉入。然而，直到这年11月，仍旧不见动静。

这时，我已调任省科技厅厅长。11月3日，是一个星期日，我和几个朋友到庐山植物园休憩。当我同植物园主任郑翔聊及先生骨灰安葬之事，说仅我向省里反映到现在就有8年了，几任省委省政府领导一再批示，但就是不得落实时，郑翔说："就葬在植物园。"我一听，是个好主意。

我们当即商定：庐山植物园归中国科学院和江西省政府领导，是省科技厅的直属单位，不属庐山风景名胜区管辖。况且已有胡先骕、秦仁昌、陈封怀"三老"葬墓，再添一老又何妨？为免生枝节，我们只做不说。至于费用问题，先生家人已表示自理，就以陈家为主，植物园经费也困难，就多出力，少出钱。我还叮嘱，要尊重先生家人意见，抓紧墓园设计和选

335

址，争取明年清明完成。郑翔后来查了一下，定在先生诞辰日举行墓碑揭幕仪式。

我还告诉郑翔，胡迎建与陈家有联系，可请他征求先生家人的意见。胡迎建获知此事后，连夜征询先生家人意见。反馈意见很快传来：先生在成都的长女陈流求、在香港的次女陈小彭、在广州的三女陈美延，一致赞成将父亲骨灰葬在庐山植物园。她们觉得，父母骨灰安葬在植物园内，当属叶落归根，庶可告慰亡灵矣。

接下来的事情，顺风顺水。郑翔带着庐山植物园卫斌等几个人，一面与先生家人保持联系、沟通，一面精心设计建墓方案、选址。经反复研究比较，墓址选在"三老"墓右侧的山坡上，此处坐北朝南，阳光充足，地质干燥。墓碑就地取材，由大小砾石组成，一改旧习，不起坟茔，不设碑额，新颖、简朴、庄重。

在审定墓碑设计方案时，对要不要立"独立之精神，自由之思想"碑，我内心是有过思量的。当时，从全国来说，对先生的评价已经柳暗花明，但对这10个字仍较敏感。没有这块字碑，我们压力不大。但"独立之精神，自由之思想"，是先生精气神之所在，是先生"一生未尝侮食自矜，曲学阿世"的象征。立这块字碑，就是立先生形象，立科学旗帜；不立，必留遗憾。所以，宁可冒点风险，也要把黄永玉书丹的字碑立好。

也许是因为敏感吧，我在上庐山参加先生墓碑揭幕仪式前向领导请假时，领导劝我"不要去"。这当然是出于对我的关心，我心存感激，但没有犹豫，还是上山了。

让我感到欣慰的是，庐山植物园发出举行先生墓碑揭幕仪式的邀请函后，先生生前工作过的单位，如中国科学院、清华大学、北京大学、中山大学、中国社科院历史所，台北中央研究院历史语言研究所，以及燕京大学、西南联大校友会等单位纷纷发来贺信，高度评价先生，并对先生安葬庐山给予充分肯定。省领导陈癸尊、王林森，九江市、庐山及修水等相关单位负责人，陈氏后裔，新闻记者数十人参加了墓碑揭幕仪式。

我在致词中引用郁达夫《怀鲁迅》文章中的一段话："没有伟大的人物出现的民族，是世界上最可怜的生物之群；有了伟大的人物，而不知拥护、爱戴、崇仰的国家，是没有希望的奴隶之邦。"在我心目中，先生和鲁迅一样，也是民族精英，学人之魂。置身先生墓前，想到先生一生，新中国成立前求学为学漂泊半个世纪，新中国成立后又在频繁的政治运动中煎熬20年，身后竟34年骨无所归，今天终于入土为安，不禁悲喜俱来，动情地讲了三点意思：一要精心保护墓园，让先生安息，让先生家人放心，让海内外一切拥护、爱戴、崇仰先生的人放心；二要热情宣传先生；三要认真学习先生，尤其是要学习、践行"独立之精神，自由之思想"。这不是矫情之作，也非应景之辞，实为我的内心自白，是我多年来关注、策划并支持植物园最终办妥这件事的一个历史小结。

仪式结束后，在下景寅山的路上，一位领导对我说，这件事做得好，只有你这样为学的人，才会想到这件事，才能做成这件事。我心想这大概就是黑格尔所说的"只有精神才能认识精神"吧。

天人感应。郑翔告诉我，在安葬过程中，春雨绵绵，施工时断时续，但奇怪的事出现了，4月30日，当他捧着先生骨灰盒入墓穴安放时，雨止天晴，墓地上空出现一道绚丽的日晕，令在场者惊喜万分。植物园人用摄像机记录了这天随人愿，充满祥瑞而壮美的瞬间。

在整个安葬过程中，先生三位女儿表现出的闺秀懿范和文化修养，给人留下深刻印象。34年来，她们为安放先生骨灰不遗余力，多方奔走，令人感动。她们始终坚持费用自理，3人凑3万元，交给植物园。植物园不取分文，精打细算，能省则省，该贴即贴，剩余近万元要退，三姊妹怎么也不肯收。按理，为了表示酬谢，办一桌酒，请植物园领导和经办人也就可以了，但她们硬是包下牯岭街一家像样的酒店，用余款宴请植物园全体职工。植物园人也始终如一，把先生墓园当作文物单位保护，人人都是义务保安员、保洁员和宣传员。先生泉下有知，定当含笑。

安葬先生这件事，植物园和江西媒体并未作过多宣传，但却迅速传开。墓园照片在众多网络、平面媒体和书籍中不断出现，海内外来先生墓前的拜谒者、旅游者络绎不绝。著名作家、人民日报高级记者李辉还专程到庐山植物园，采访郑翔和我，并撰文介绍。这时，郑翔已经是庐山管理局主要领导了，他说在庐山工作多年，这件事做得最有意义。郑翔和我一样，一向仰望先生，钟情庐山，能有幸为先生安葬庐山尽点心力，感到由衷的高兴。

安葬后，我想，应该为先生安息的山坡取个名字。我想到，庐山花径公园内，唐代诗人白居易咏桃花的地方有座景白亭，亭旁立有陈三立撰写的《花径景白亭记》石碑，我小时候时常在那里玩耍，受此启发，就取名为"景寅山"，表达对先生的景仰之情。郑翔特请他的老师、书法家杨农生书丹，刻石立碑，成为一景。

古人云："山不在高，有仙则名；水不在深，有龙则灵。"景寅山并不高大，但因有先生而声名远播。碑上先生生前揭示、身后昭示的"独立之精神，自由之思想"，是学人心中永远的光，吸引着越来越多的人来到这座圣山，凭吊先生，沐浴光亮，纯净心灵。

2019年清明

李国强，男，江西庐山人，1946年4月生，毕业于复旦大学历史系。曾任江西省教育厅副厅长、省社联主席、省社科院院长、省科技厅厅长，江西省政府文史研究馆馆员，研究员，享受国务院政府特殊津贴。

我所亲历亲见的陈寅恪先生归葬庐山之过程

口述：胡迎建
记述：王海霞

1988年10月，江西省诗词学会成立之时，邀来陈寅恪侄女陈小从女士，聘为学会顾问，那是我第一次见到其懿范风仪。不久省诗词学会上书省委宣传部，以庐山松门别墅辟建陈三立纪念馆。1994年春，台北陈伯虞至武昌，乃遵小从女士之嘱，为此事来南昌访我，我提出，现在各方面人士不知陈三立，最好举行陈三立学术研讨会，先扩大影响。遂于9月中旬，在昌举行由省社联、省诗词学会主办的首届"陈宝箴、陈三立学术研讨会"，邀请全国五十多位专家学者、陈家后裔十多人与会，共研义宁之学。会后我陪外省代表与陈家后裔往游牯岭，访陈三立故居松门别墅，瞻拜依依。陈寅恪后裔陈流求、陈美延女士提出，陈寅恪骨灰一直未下葬，她们不愿意葬于广东，因为那是父亲在"文革"中伤心之地，且又不是广东人。希望陈三立纪念馆建成后，将陈寅恪骨灰归葬庐山。但当时庐山管理局说，建国后，不论何名人，不能葬于风景名胜区。当时白鹿洞书院管理处处长孙家骅提出可葬于白鹿洞书院，但陈家人不同意，说陈寅恪与那里无渊源关系。此事遂搁浅。

这段期间，我撰写了《独上高楼·陈寅恪》一书，先后于1998年、1999年由山东画报出版社、香港中华书局出版。

2001年6月，著名画家黄永玉从广东省委党校教师张求会的《陈寅恪的家族史》一书中获知陈家有将陈寅恪骨灰安葬庐山的想法，遂于2001年7月致信老朋友毛致用，请毛致用在陈氏姐妹致黄永玉的信上签署意见，转交给江西省。其时，张求会打电话告诉我这一喜讯，皆大欢喜，以为有希望了。

其后，江西省民政厅当即在省长亲自督促下，联合建设厅和庐山管理局，起草了一份《意见》，强调陈寅恪骨灰安葬庐山的各种理由。8月初，附有省长批示的《意见》送达毛致用处，"如陈先生的子女认为可行，即可具体商定实施"的郑重承诺，使得所有人都倍增希望。三个月后，黄永玉亲自将《意见》带到广州。陈美延因为摔伤腿脚，只得在电话中向黄老致谢。2002年4月，黄永玉与毛致用相约同行，从长沙驱车前往南昌，逗留一天，黄永玉再与广州陈美延的代表一起驱车前往庐山，实地考察松门别墅。前面有大石，上有陈三立所书"虎守松门"石刻。当时吴官正省长有批示，让那些人都搬出来。与庐山方面接洽，计划在选好的石头背后雕个洞，把陈先生的骨灰摆进去。黄永玉返家后，还为之书写了"独立之精神，自由之思想"，计划镌于大石上。然而传来此构想被否决的消息。庐山管理局谢绝的理由似乎也成立。他们指出，庐山是国家级风景名胜区，按照国家相关规定，不允许在景区里增加新的墓葬，何况在"月照松林"景点上凿穴入葬，难度极大，且不符合规定。如果一定要安葬庐山，作为通融，可在山上专门的墓地"长青园"里购置一处作为陈寅恪墓地，价格可以优惠。但陈家人不同意。

2002年夏，我在青山湖旁散步时遇到我的老领导，原任省社科院院长，此时任省科技厅厅长的李国强。我很焦急地告诉他，我听说杭州市政协有一提案，计划将陈寅恪骨灰葬到其父陈三立墓旁，在九曲十八沟处的牌坊山。如果安葬到浙江，江西人何以堪。

2003年2月，李国强来到庐山植物园检查工作，与时任植物园主任的郑翔见面时，谈及此事，并说到陈寅恪归葬庐山搁浅的遗憾事。郑翔当即提出，可以在庐山植物园择地安葬。庐山植物园直属中国科学院领导，由江西省科技厅业务管理。植物园虽在庐山，庐山管理局却没有任何管辖权。李国强觉得这是一个很不错的建议，叫他来找我。郑翔主任下山，到了省社科院找到我，说到庐山植物园可以承办此事，嘱我与陈寅恪后裔联系此事。因为他当时与陈家人不熟。我当时还赠送了我撰写的《独上高楼·陈寅恪》一书。我随后写了封信给陈寅恪三女儿陈美延，告知植物园有此意思，且其地环境甚佳。半月后，我接到陈美延的信，大意说，她家三姐妹经过商量，同意葬于植物园。因为这里有渊源关系，其伯即葬于此，距离松门别墅不远。我旋即将此喜讯告诉了郑翔主任。

郑翔和庐山植物园的上上下下，很快为此事开始制定方案，甚至已经退休的员工，也热情参与其中。选好了附近大沟中的大砾石块，搬运至勘址的葬地。2003年4月，郑翔赴广州。陈美延把保存了34年的父母的骨灰盒，交给郑翔。郑翔选择了2003年6月16日，也就是阴历五月十七日，即陈寅恪先生诞生113周年之日，葬于庐山植物园。墓碑是就地取材，由大小砾石组成。郑翔在通往陈寅恪墓地的坡下立了块石碑："景寅山"。然后在坡上做一寻常的木门，上书不寻常的两个字："仰止"。随后举行揭碑仪式，本人搭乘科技厅小车，与李国强厅长同行参加安葬揭碑仪式。此举乃有本人穿针引线之功。当时我极为激动，写了《陈寅恪先生逝世垂三十三年，今夏归葬庐山植物园，以冰川石为碑，以太乙峰为邻，冥诞之日，举行揭碑仪式》一诗：

> 重峦开抱待魂归，觅选冰川石作碑。
>
> 太乙居旁为友伴，含鄱如口纳恢奇。
>
> 文章不朽关天意，节义从来乃国维。
>
> 仰望匡庐云雾里，一峰屹立万峰移。

口述人： 胡迎建（1953—　），笔名湖星，祖籍都昌县，出生于星子。1987年毕业于江西师大，获文学硕士学位。曾任江西省古籍整理办公室副主任、省社科院赣鄱文化研究所所长，二级研究员，首席研究员。江西省诗词学会会长、《江西诗词》主编，中华诗词学会副会长，省文史馆员。享受国务院特殊津贴。

记述人：王海霞，女，网名海曙云霞，江西鄱阳县人，1975年生。《江西诗词》编辑，江西省诗词学会副秘书长。

倚立松门谱新篇

李朝勇

题记：九江学院庐山文化研究中心位于校内的"两南山"，山上的"陈寅恪研究院"为一栋两层中式别墅。2019年10月7日是陈寅恪先生逝世五十周年纪念日，一时间，网络和微信上有不少纪念文章和相关的活动报道。回顾这些年阅读陈寅老的著作以及参加的部分活动，我也想把自己的经历记录下来。

一

上个世纪90年代，偶然读到《心香泪酒祭吴宓》这本书，从吴宓先生的介绍中知道陈寅恪先生，后来看陆键东先生著的《陈寅恪的最后20年》，对陈先生的经历有了进一步的了解，被深深地感动。2003年春，在庐山中学教了8年书的我，加盟席殊书屋连锁，于牯岭街河南路口开了一家小书店。由于那年的"非典"疫情，订购的图书不能按期从北京发出，而开张在即，于是我把自己家中的部分藏书搬到店中，充实书架，很多都是看过的旧书，这其中就有《陈寅恪的最后20年》。5月的一天，店里来了两位读者，想买《陈寅恪的最后20年》，但这是我读了多年并写有笔记的一本老书，非常喜欢，所以坚决不卖，最终的结果是借给他们。后来才知道，他们是庐山植物园办公室的同志，要看此书的是庐山植物园郑翔主任。至于我和郑主任的相识，那是后话。当年由于"非典"疫情严重，很多单位和个人都无法亲临庐山参加陈寅恪先生墓的落成仪式，但纷纷发来贺信贺电，我当时在庐山中学担任语文教研组组长，郑翔主任请我找四位高中学生来朗读这些贺信贺电。我请李瑞兰老师挑选了两位男生两位女生，然后一同荣幸地于2003年6月16日参与了这项活动，目睹了这一盛事。我和庐山的几位读者将陈寅恪先生的著作《柳如是别传》《寒柳堂集》《元白诗笺证稿》《诗集》等带到现场，在庄重肃穆的仪式结束后，请陈先生的长女陈流求签名，流求女士非常大度地接受了我们的请求，起初她并不愿意在我的那本《陈寅恪的最后20年》上写字，觉得在陆先生的书上签字不好，怕不礼貌，但后来经不住我们几个的央求，还是签了名字，落款为：2003.6.16庐山植物园。那天的活动非常成功，晚上，郑翔主任上街，亲自到店里答谢，我请他签名，在《陈寅恪的最后20年》那本书后，他愉快地写下：曾借三日，读三夜。落款为：郑翔2003.6.16。所以，我保存的那本书里，有两个非同寻常的签名，对我而言，意义深远。从那时起直到现在，每年的6月16日，我都会买上一束鲜花，敬献在陈寅老夫妇的墓前，然后静静地待上片刻。此外，这些年也陪过很多朋友前往瞻仰，讲述一些我所知道的有关陈寅恪先生的故事。

二

2009年，我从庐山中学到庐山管理局办公室工作了四年。这年夏天，著名剧作家刘和平老师得知陈寅恪墓在庐山植物园，初上庐山，立即前往祭拜，后来还写了一篇文章《沉着的大师》，当时他正在创作《北平无战事》。在同辈人中，刘老师是比较早地知道陈寅恪先生的，1972年，他就从一位世交兄长罗木公口中得知"盲公大师"（陈门弟子对先生的尊称）。因为罗木公是陈寅恪先生的学生、中山大学历史系主任刘节教授的助教。从那时起刘老师就将陈先生的一些事迹铭记心中。在陈寅恪唐篔夫妇归葬庐山6周年的2009年6月16日，刘和平老师赋诗一首：

东篱未错认，千古两南山。

西子水尤暖，匡庐柳不寒。

刘老师让我把这首诗转呈给郑翔书记。（自2005年11月，郑翔主任从庐山植物园调到庐山管理局工作，先后担任局长、书记。）

这首诗很有味道，我们先看作者自注：

①先生1965年《重九日作》有"错认穷秋是晚春""空负东篱自在身"句。

②先生葬于庐山之上，陶渊明葬于庐山之下，悠然我中华民族之双峰并峙。

③先生之父陈三立老人墓在杭州西湖。

④先生最后一部文集名《寒柳堂集》，最后一部巨著为《柳如是别传》。40年后，柳皆不寒。

其次，此诗前三句含有东、南、西三字，最后一句没有北，无北即不寒。第一句"东篱"亦合陶渊明"采菊东篱下，悠然见南山"之典，第二句的"两南山"，刘老师本义是指陈寅恪与陶渊明乃中国文化史上的两座高峰，他不知除了陶渊明诗中的南山外，在现实中，陈寅恪先生的老家修水县，真有一座山叫"南山"，实在是太巧了。此外，散原老人陈三立葬在杭州西湖，陈寅恪先生葬在庐山，父子二人长眠之地都是"世界文化景观"。还有，陈寅老斋名"寒柳堂"，陶渊明号"五柳先生"，一句"柳不寒"，足以穿越时空，温暖两位先贤之心。郑书记读了刘老师的诗作后大为赞赏，七年之后九江学院内一座无名高地被称作"两南山"，由来就出自这首诗。

三

松门别墅在牯岭"月照松林"。关于庐山的松门别墅，陈寅恪先生《忆故居》一诗序中写道，寒家有先人之敝庐二：一曰崝庐，在南昌之西山，门悬先祖所撰联，曰"天恩与松菊，人境托蓬瀛"。一曰松门别墅，在庐山之牯岭，前有巨石，先君题"虎守松门"四大字。其诗曰：

渺渺钟声出远方，依依林影万鸦藏。

一生负气成今日，四海无人对夕阳。

破碎山河迎胜利，残余岁月送凄凉。

松门松竹何年梦，且认他乡作故乡。

2009年7月底，义宁陈氏有庐山寻根之旅。在"月照松林"的松门别墅前，我非常幸运地与陈小从女士以及陈寅恪先生的两位女公子陈流求、陈美延一起合影留念。陈流求、陈美延两位老人还记得2003年我带学生参加仪式，朗读贺信贺电之事，真是让我非常感动。"两南山"何以又会有"松门别墅"呢？容我慢慢道来。

2012年1月，郑翔书记到九江学院工作。为致力于九江地域文化与中国传统文化关系的研究，加强九江学院庐山文化研究中心的研究力量，打造学术高地，在原有的基础上拓展课题，对九江、江西乃至中国文化史上的两位大师级的人物进行研究、传承、传播，因而有把牯岭"月照松林"的"松门别墅"复制到九江学院之构想。当然那时还没有取"两南山"之名。2012年5月，受郑书记委托，我和九江学院白海涛老师两人，到广东专程拜访陈小从老人，询问别墅结构及内部的细节。事先找到小从老人在东莞的联系方式，5月17日上午，我们比预约的时间提前五分钟到小从老人家，巧遇张求会先生，张先生著有《陈寅恪的家族史》《陈寅恪丛考》等书，是研究陈先生的著名学者，他因有事，十点离开。我们先向小从老人自我介绍，说是受郑书记委托，李、白二位来看您了，然后我念了她的两句诗"人随黄叶散，我为白云留"，那是《匡庐山居秋日遣兴》中的句子。又拿出事先准备好的与她在松门别墅前合影的照片，回顾了2009年的庐山之会。简短寒暄后，我们说明来意，开始细致采访。老人很健谈，很兴奋，手绘了多张图，很多往事经她描述，如在眼前。依山而建的两层木石结构的房子，上、下层均可出入。祖父散原老人住那间，来的客人如李四光、徐悲鸿等住那间，客厅里挂的对联，她都记得清清楚楚。二楼的阳台是开放式的，可观日落，也能赏月，有时能同时看到太阳和月亮，故取名"同照阁"，她父亲陈隆恪的诗集即取名《同照阁诗钞》。临近中午，我们收获巨大，肚子有些饿，小从老人还把她心爱的饼干取出与我们分享。关于家乡、庐山、松门别墅，老人有说不完的话，至12点半，我和白老师告辞，相约等别墅建成后我们再相会。老人画的那些图纸应当还存在学院中。2013年，仿牯岭松门别墅而建的"陈寅恪研究院"竣工，6月16日，在陈寅恪先生归葬庐山10周年之际，九江学院特别举办了陈寅恪学术研讨会，以为纪念。91岁高龄的小从老人如约而来，我又高兴地见到了她。这次研讨会，陈寅恪先生的三个女儿陈流求、陈小彭、陈美延等陈氏后裔亦到会参与了学术研究交流活动。著名学者刘梦溪、汪荣祖、张求会等到会。会后，九江学院暨陈寅恪研究院在征得各位作者的意见后，将论文、发言结集出版，进一步增添了《陈寅恪研究资料目录》的条目，充实了陈寅恪研究库的内容。

李朝勇，1971年11月生于江西九江，祖籍安徽芜湖。大学毕业后在庐山中学教书十年，后到庐山管理局党委、办公室工作，曾任庐山党校副校长，现为庐山图书馆馆长。

佛光墨韵两相宜

——能行会长讲述庆云文化研究会发起缘由和经过

讲述：江西省佛教协会常务理事、九江市佛教协会副会长、庐山市佛教协会会长、庐山庆云文化研究会会长、万杉寺住持释能行

采访：余燕平

采访时间：2019年10月11日

采访地点：庐山万杉寺文殊堂静心斋

在庐山的崇山峻岭中，有一世外桃源般的胜境。香烟缭绕，花木扶疏。这里就是庐山佛教圣地千年古刹万杉寺，同时又是庐山市佛教协会及庐山庆云文化研究会的所在地。庐山庆云文化研究会，作为一个近年来蜚声海内外的文化学术团体，人才济济，成就斐然。一直以来，人们很难把一座暮鼓晨钟的佛教寺院，与一个实力雄厚的文化团体联系起来。近日，应《印象庐山》书稿主编、九江学院庐山文化研究中心主任陈晓松先生之托，我赴庐山万杉寺，拜访了庆云文化研究会会长能行法师。

余燕平（以下简称燕平）：会长您好！您已在一片废墟上建设了规模空前的万杉寺，在社会上反响良好。请问又是什么原因让您想到进军文化领域呢？

能行会长（以下简称会长）：今天的万杉寺在众人眼里是辉煌的，但建寺的过程是艰辛的。我在1995年，应星子县委县政府的聘请，主持恢复这一千年古刹，20年来在各级领导的重视关心、居士信众解囊相助及全寺

僧众艰辛努力下，终于将这一皇家寺院得以全面恢复。万杉寺现已是全国先进和谐寺院，女众样板丛林，为续佛慧命，绍隆佛种，传授三次全国汉传二部僧三坛大戒，戒子合计近2000人；为祈世界和平，风调雨顺，国泰民安，佛法常兴，更祈大美庐山和谐和美，繁荣昌盛，先后八次举办冥阳两利大型水陆祈福法会，盛况空前。万杉寺道风纯正，历代高僧辈出，在佛教界享有盛名，为秉承祖师家风，兴建禅堂，挂起临济正宗钟板，农禅并重，每年冬参夏学，创办万杉讲堂，培育僧才，现有常住僧众百余人。

至于您问我为什么原因进军文化领域，我作为一名当代僧人，谈不上进军文化，而是出于对文化的热爱。庐山是一座历史文化底蕴深厚的人文圣山，一山藏五教，地理环境得天独厚，其蕴含着夺人心魄的文化魅力。同时也是为了更好的弘法利生，回报社会。当时我想：寺院建得再大再好，如果没有文化就没有灵魂。因此我就想凝聚大家的力量，融合儒释道三教，推动庐山地域文化，为弘扬中国优秀传统文化，为实现中华民族伟大复兴而贡献自己的应有力量。

燕平：是什么打动您，不遗余力地组建文化社？

会长：庐山作为名山给人以厚重感，承载的不仅仅是一种地域性文化。国内的名山并不少，但像庐山这样，儒释道文化地位崇高，儒释道三家文化完美结合的不多见。慧远大师、陶渊明、陆修静他们圆融儒释道之间的虎溪三笑故事，更增添了这座名山的传奇色彩。这个故事的流传，表明人们对儒释道三教在庐山相长融合的心愿，也为人间佛教思想的发展奠定了基础。我非常崇尚东晋慧远大师在庐山东林寺聚贤结社的举措。相传当时十八高贤毕至，名篇佳作荟萃，可谓盛况空前。至宋时佛印禅师于归宗寺继承白莲社遗风，再结青松社。历史几经变迁，东林寺、归宗寺已无当年盛况。于是我就思考，如今万杉寺建设已具规模，我应该效仿祖师弘法利生的精神，聚贤立社，挖掘和弘扬庐山的优秀传统文化。正在这个时候，党和国家主要领导人提出：要坚持文化自信，实现中华民族伟大复兴需要中华文化繁荣兴盛。并提出：实现中国梦必须走中国道路，弘扬中国精神，凝聚中国力量，提出文化是民族延续发展和振兴之魂，要用传统的优秀文化滋养我们的心灵，陶冶我们的情操，充盈我们的精神空间等。中央领导讲话的精神，对我的触动非常大。盛世兴文，作为一座千年古刹，如何发挥好这个平台的价值，让佛教更好地走向中国化，是我们必须面对的问题。作为一个新时代的僧人，我有责任有义务为弘扬优秀传统文化做一些实事。这是我要致力于挖掘和弘扬庐山文化的一个重要心愿。

2013年10月份，时任县政协专委会主任的袁晓宏先生陪同县人大原副主任王忠芳和县政府办公室老主任、老文化局长刘希波等及县里文化人士，特为此事来万杉寺。于是我就和这几位老领导谈了我的心愿，立即得到了他们的赞许，他们表示大力支持，可谓一拍即合。当天就初议了组建文化社的相关事宜。这几位文化界人士对组建文化社热情非常高，他们与我的想法一样，都想为地方文化建设尽点绵薄之力。至于文化社组建后的活动场所及一切经费，有佛力加持，我会想办法，都不成问题。这几位文化人士对此深受感动。于是，我们向县里有关领导汇报，并与星子籍在外地工作的乡贤联系，迅速得到了县领导和在外乡贤以及曾在星子工作过的老领导的大力支持。11月5日晚上，我和刘希波先生、袁晓宏先生、仁静法师等一起到天沐温泉拜访江西省人大原主任、副省长胡振鹏先生，说明立社之事，当下就得到了老省长的高度重视和鼓励，老省长说："这是好事，值得建立。能行师父当年能在一片废墟上建成今天规模这么大的万杉寺，现在组建文化社更不是问题。"有了老省长的支持和鼓励，我们就更有信心和力量。于是，我们就紧锣密鼓地研究章程，拟定计划，报县民政部门办理批准手续。筹备工作进行得非常顺利。2013年12月28日，是个值得纪念的日子，庐山庆云文化社在万杉寺般若堂隆重举行成立大会，宣布庐山庆云文化社正式成立。可喜的是不仅有关县领导莅临成立大会讲话祝贺并揭牌，还有星子县文化界的知名人士，星子籍在外地工作的老领导和乡贤也都加盟了庆云文化社，如：刘极灿、胡迎建、陶海南、李国强、易宗礼等老领导都出席成立大会（见《庆云》第一期组织机构名单），老省长胡振鹏先生成立大会时正有重要接待任务，百忙之中，还特意发来贺函，祝贺庐山庆云文化社顺利圆满成立（贺词见第一期《庆云》杂志）。成立大会共有200多人参加。文化社成立之后，大家和合共济，按章程和计划开展了各种文化活动，取得了较好的社会反响。

燕平：当时的星子县已经陆续成立了一些文化团体，您所建的文化社有些什么特色？

会长：我们文化社是僧俗二界共同搭建的一个综合性的社会文化团体。我们办社目标是：牢记使命，不忘初心，爱国爱教，正信正行，坚持以多种文学艺术形式弘扬正能量。我们要求所出的《丛书》《丛刊》，要始终坚持"百花齐放，百家争鸣"的方针，坚持思想性和艺术性相统一的原则；在注重思想理论性和历史真实性的同时，还要求注重多样性、知识性和趣味性；还要有地域特色、有文采、有美感；充分发挥文学艺术的魅力，达到以文载道、以文载美、以史鉴人、以理服人、以事感人、以情暖人，努力使我们文化社的文章、书刊成为人们争相传读的文化精品和精神食粮。

燕平：您在实施建社过程中碰到过些什么困难？其间得到过哪些帮助？

会长：要办好一件有意义的事，不可能是一帆风顺，总会碰到一些困难，但是只要有决心、有毅力，困难总是会解决的。文化社建立之初，一是面临驻社干实事的人才问题，如我们文化社名誉社长能忍法师极力支持文化社的工作，亲自带领两名刚毕业的大学生俗家弟子（小黎和小张），承担文化社出版书籍的编辑、排版和文字校对工作。二是活动经费和出刊资金也有一定压力。不少热心人士为创办文化社纷纷慷慨解囊，仁忠法师拿出自己的积蓄3万元作为庆云文化社注册资金。曾担任过星子县委书记的吕明先生，将自己的一套房子卖掉，一下拿出10万元人民币，支持我们作为创办文化社活动经费。老省长胡振鹏先生帮助解决了《庆云》丛刊第一期杂志的出版经费问题。他们的支持和鼓励既缓解了资金压力，也增强了我们的办社信心。

燕平：请问会长，社名为"庆云文化社"，这里面有些什么含义？

会长：关于拟定社名为"庐山庆云文化社"，"庆云"两字有几个方面的含义：一是本社于万杉寺发起，社址在万杉寺，寺后有美丽的庆云峰；二是万杉寺曾名"庆云院"；三是寺中有庐山最大的摩崖石刻"龙虎岚庆"。《辞源》中"庆云"的意思是"景云，太平之应也，一曰庆云，又曰卿云"，而"庆"，有贺、赏、福、寿庆等义。"庆云"有祥云、瑞气之义。通过大家探讨和考究，就决定以"庆云"为社名，一是考虑有地点特色，二是希望我们的文化社所造成的文化影响，像祥云瑞气那样，给人们带来吉祥和美好。

燕平：文化社建立后，进展情况怎样？具体开展了哪些方面的工作？

会长：文化社成立后，总体上看工作进展是比较顺利的，每年开展的活动有端午禅茶会、年会、论坛等。无论是本地文化人士还是在外地工作的乡贤，只要是文化社的活动都非常积极地参加，尤其是在外地担任过党政领导职务的乡贤，如：老省长胡振鹏、老厅长刘极灿及李国强、余松生、颜运策、胡迎建、陶海南、熊才水、王守仁、张仁军、牛满贵、钱双成等老领导，以及曾在星子县担任过党政领导职务的段德虞、吕明、王忠芳、陶勇清、欧阳森林、易赛兰、查筱英、周启道、万长松等老领导，都非常热情地参与文化社的各种活动，并为如何办好文化社出谋划策，提出了很多指导性的宝贵意见。如老省长胡振鹏先生提出："东牯岭的抗日阻击战，有许多可歌可泣的爱国英雄故事，要抓紧挖掘记录下来，过些年所有见证这场战争的人都不在了，搜集、记录这方面的资料那就更难了。"就是在老省长的建议和亲自组织参与下，我们于2014年开始编写，2015年正式出版了《匡庐作证》一书。这本书发行后，社会反响非常好。老省长胡振鹏先生作为文化社的名誉社长，不是挂名，而是经常来文化社指导、参与和研究工作。记得在2014年年会上，老省长提出要求：我们文化社"要在九江有地位、江西有影响"。几年来，在大家的群策群力下，已经超出了这个要求和定位。现在文化社在全国已经有一定影响了。

文化社的工作，大致有这几个方面：一、设立专题，对庐山和鄱阳湖地域的历史文化进行考察、挖掘和专题研讨，并不定期组织大家到外地进行专题学习考察。二、编辑出版《庆云》杂志和《庆云丛书》。三、每年举行端午禅茶会和庆云文化社年会。四、举办"庐山文化·万杉论坛"，每年确定一个专题组织撰写论文，并进行论文交流发表。五、不定期邀请外地专家学者来文化社进行专题讲学。

截至目前，我们文化社出版的丛书和丛刊，合计近十万册，全国各大院校图书馆、各省市图书馆和档案馆共有近百家收藏，并给我社颁发了收藏证书。

燕平：一个寺院提供平台创办文化社，能做到这种程度实在是难能可贵！会长，请您再具体谈谈这些年来文化社的成果。

会长：说到这里，我要作个说明：2017年，国家民政部门下发了一个文件，要求凡非营利性的社团，都不能以"社"为名，于是我们按规定到庐山市民政局办理了更名手续，自2017年10月24日起，我们文化社更名为"庐山庆云文化研究会"。

建社以来，由于党和国家重视文化建设，在当地党政领导及相关部门领导大力支持和指导下，这些年来，我们文化研究会也确实取得了起初没有预料到的成绩。归纳起来，大致如下：一、文化研究会的队伍在不断扩大，会员的文化素质和学术水平在不断提高，由原来的地方文化人士为主体，发展到不少在全国学术界有影响和有地位的高素质人员加盟，提升了我们文化社书刊的内涵质量，扩大了影响。文化社的主要成员，利用各自的人际关系，邀请了不少在全国学术界有地位有影响的专家学者加盟文化研究会队伍。如国学泰斗、北京大学的楼宇烈教授，中国文艺学会副会长、国内外很有影响的生态批评学家鲁枢元教授，中国女性学开拓者、著名学者、陕西师范大学女性研究中心兼职教授、妇女文化博物馆名誉馆长李小江教授，中国人民大学温金玉教授、焦国成教授，华中师大王先霈教授，中国社会科学院纪华传教授等；还有本省的李国强研究员，傅修延、许怀林、王东林教授等；九江学院的罗龙炎、李宁宁、陈晓松、李勤合、吴国富、蔡厚淳等教授及庐山和九江的汪国权、邵绍周、张国宏等的加盟，大大地提升了文化研究会的会员素质和学术地位。会员人数由初期的100余人发展到现在的200余人。二、通过组织时事政治学习、文化专题讲座和研讨，深入庐山、鄱阳湖实地考察和有选择性的外地专题考察，不断提高了会友们的政治思想素质、文史专业水平和文化素质。三、先后举办了6次端午禅茶会和5次年会，成功地举办了三次大型的高峰论坛，即2016年以"人文庐山"为主题的"庐山文化·万杉论坛"；2017年9月，我承蒙各级领导的厚爱，被推荐到中国人民大学参加由中央统战部举办的第十二届爱国人士研修班学习，就此难得的机会，12月10日，庆云文化社与中国人民大学净土文化研究中心联合举办了以"传统文化与生态文明"为主题的"北京论坛"；2018年以"生态庐山"为主题的"庐山文化·万杉论坛"。目前正在筹备以"传奇庐山"为主题，讲好庐山故事的"庐山文化·万杉论坛"。四、编印了5期《庆云》丛刊和正式出版了4本《庆云丛书》，即《匡庐作证》《人文庐山》《传统文化与生态文明》和《生态庐山》。第6期《庆云》丛刊和第5本书《传奇庐山》正在准备之中。五、2016年12月，我们万杉寺由于在教内有一定的影响，各项工作较为突出，被评为全国创建和谐寺观教堂先进集体，由中央统战部和国家宗教事务局颁发了奖牌和荣誉证书。

燕平：庆云文化研究会发展到今天，成果显著，影响不小。请问会长，下一步您有什么打算？

会长：庐山文化博大精深。目前我们正在致力于将《传奇庐山》这本书尽快面世，尽最大努力全面展现庐山在不同历史时期所走过的路，以及在庐山发生的正能量故事。目的是使庐山在世人心目中的形象更加典型，更加动人，更加丰满。我还有一个愿望：今后文化研究会在有条件的情况下，要为庐山拍一部具有正能量的、有一定影响的电影或电视剧，出一套《庐山佛教史》和《庐山道教史》以及《庐山名人集》，让全世界更全面更深层次地认识和了解庐山。除了讲好庐山故事之外，我们庆云文化研究会在换届之后，将做出新的部署，进一步加强对庐山包括鄱阳湖文化的深层次挖掘研究和弘扬。不仅要带动地方经济发展，更重要的是多出有分量的正能量的文章和作品，使庐山这座人文圣山的经典文化，在中华民族振兴的伟大进程中，进一步发挥积极作用。我们要继续和合共济，不仅是我们自己要热爱庐山，而且要让世界更多的人来了解庐山，仰慕庐山。这是我们努力的方向，也是我们作为庐山人应该履行的义务和该有的担当。

燕平：好的，谢谢会长！非常钦佩您的远见卓识和为弘扬庐山文化、中国优秀传统文化以及佛教文化所作的努力和贡献！也祝贺庐山庆云文化研究会在您的带领下取得的卓越成绩！祈愿庆云文化研究会越办越好！

会长：阿弥陀佛，过奖了！谢谢您的祝福！

余燕平，女，江西省庐山市人，江西省庐山市诗词学会会员，庐山庆云文化研究会会员，中华诗词学会会员，中国辞赋家协会会员。作品见于各网络媒体，各级报刊。

后　记

陈晓松

再过10天，就是庐山建市四周年纪念日。

设立庐山市，目的就是根治庐山多年"一山多治"的乱局，整合各方面资源，擦亮"庐山天下悠"品牌，重振这座"人文圣山"作为江西旅游龙头的雄风。因为人们已经意识到，管理体制不理顺，文旅融合发展就会有很多障碍。好比庐山别墅，目前讲的只是涉及少数亮点部分、区域中心部分，其他则被分割得七零八落，山上部分归属管理局的除外，有的归属军队系统，有的归属财政系统，有的还是老百姓民居，含鄱口下原属星子县的太乙村根本纳入不了牯岭体系。

非常遗憾，庐山管理体制的整合并没有取得令人满意的进展。体制难整合，文化可先行。以文化融合人心，以文化助力庐山旅游经济发展，进而推动管理体制变革。这是有识之士的共识。

2018年10月19日，我们九江学院庐山文化研究中心聘任著名乡贤胡振鹏先生为学术委员会主任，他在讲话（这篇讲话经振鹏先生修改之后已成为《庐山文化传播丛书》的总序言）中提出要抓紧庐山文化基础性资料的积累和整理，当务之急就是收集庐山的口述历史。他说，收集庐山的口述历史比其他地方更难，因为庐山人口的流动性特别大。2017年星子县编写庐山山南抗战史，收到了40多篇口述历史，有一位当年参加过抗日游击队的老人，采访完以后，书还没有印出来，人已经去世了。振鹏先生一席话，让我想到自己的母亲，她老人家就是完成了《印象山南之南康旧事》的口述，五个月后就告别了人间。以至于现在我想知道的一些往事，就近就没有一个可以打探的人。于是，让《印象庐山》一书早日面世的愿望就更加迫切了。

《印象庐山》征稿启事于2019年1月30日发布，之后就产生了许多感人的事情。2月27日，我们就收到了第一篇投稿，作者是曾任庐山一小校长、庐山中学校长的周时志先生。3月1日和3月4日，分别收到了王楚松先生和熊美兰女士的稿件。两位老人都是上世纪30年代出生在庐山，50年代考取大学后一辈子在外地工作，王楚松先生担任湖南师范大学附属中学校长21年，但他们始终没有忘却庐山的养育，所以熊美兰女士的文章取名为《庐山——我从你的怀抱中起飞》。比前面两位老人还年长的龚平海先生，听说要收集和庐山有关的记忆，把自己仅存的《八十情缘》样书交给了本人，并且说"要怎么选用修改都行"。曾任财政部财政科学研究所研究员的项镜泉先生，非常关心本书征稿和出版事宜，很早就从大洋彼岸寄来了文稿。年届九旬的陈实先生和妻子王芙蓉、女儿陈蕙卿一起奉献了《一家三口的庐山情缘》。其他一些中青年人士，平时几乎不动笔墨，但为了庐山记忆，都贡献了自己的处女作。如果因此日后他们能更多地关注、涉足、传承、弘扬庐山文化，那则是本书的一个意外收获。

我要特别感谢本书的另外一位主编陈晖女士。陈晖女士是一位英语教师，但她借调到庐山管理局世界遗产（世界地质公园）管理办公室工作将近十年，主要从事国际交流、科普宣传、世界遗产管理以及世界名山协会等方面的工作，积累了广泛且有效的人脉。所以她的加入，使得本书更加厚实，也更加国际化。

百花洲文艺出版社负责人章华荣先生是江西出版界的后起之秀，他勤勉敬业，嗅觉灵敏。华荣先生对此书前景的看好让我很受鼓舞，他指定了干练的编辑室主任胡青松先生担任本书的责编。我们共同制订的推广计划将更增进人们对庐山的了解和亲近，这也是对中华传统文化的了解和亲近。

《印象庐山》是一本合集，凝聚着所有参与者的心血和付出。要把50多篇蕴意丰富的美文编辑成册，对本人也是一个考验。尽管本人以诚惶诚恐、如履薄冰的恭敬来梳理，难免还是会有一些不周，可能影响作者的本意。再者因为篇幅限制，没有插入照片，这也是一个遗憾。在此，一并向作者和读者致歉。

　　《印象庐山》是我们庐山文化研究中心推出的《庐山文化传播丛书》的第一部，这只是一个开始，我们将继续"抓紧庐山文化基础性资料的积累和整理"，目前的想法是成熟一本出版一本。这套丛书将和我们中心已出版六辑30本的《庐山文化研究丛书》相得益彰、相映成辉，能够为作为优秀民族文化组成部分的庐山文化的传承和传播做出一份贡献。

2020年5月20日小满

于九江学院两南山净植堂